梁实秋 · 雅舍经典全集
同人阁文化传媒出品

TONGRENGE MEDIA
同人阁文化传媒

# 雅舍散文全集

梁实秋⊙著

天津出版传媒集团

天津人民出版社

图书在版编目（CIP）数据

雅舍散文全集 / 梁实秋著 . -- 天津：天津人民出
版社，2018.9（2022.11 重印）
ISBN 978-7-201-13456-7

Ⅰ．①雅… Ⅱ．①梁… Ⅲ．①散文集－中国－现代
Ⅳ．① I266

中国版本图书馆 CIP 数据核字 (2018) 第 161775 号

**雅舍散文全集**
YASHE SANWEN QUANJI

出　　版　天津人民出版社
出 版 人　刘　庆
地　　址　天津市和平区西康路 35 号康岳大厦
邮政编码　300051
邮购电话　（022）23332469
电子邮箱　reader@tjrmcbs.com

责任编辑　李　荣
装帧设计　同人阁文化传媒

制版印刷　永清县晔盛亚胶印有限公司
经　　销　新华书店
开　　本　880 毫米 × 1230 毫米　1/32
印　　张　15.875
字　　数　432 千字
版次印次　2018 年 9 月第 1 版　2022 年 11 月第 3 次印刷
定　　价　88.00 元

# 目 录

## 雅舍散文

## 雅舍散文·二集

## 骂人的艺术

附　录

雅舍散文

# 广　告

从前旧式商家讲究货真价实，一旦做出了名，口碑载道，自然生意鼎盛，无需大吹大擂，广事招徕。北平同仁堂乐家老铺，小小的几间门面，比街道的地面还低矮两尺，小小的一块匾，没有高擎的"丸散膏丹道地药材"的大招牌，可是每天一开门就是顾客盈门，里三层外三层，真是挤得水泄不通（那时候还没有所谓排队之说）。没人能冒用同仁堂的名义，同仁堂只此一家，别无分店，要抓药就要到大栅栏去挤。

这种情形不独同仁堂一家为然。买服装衣料就到瑞蚨祥，买茶叶就到东鸿记西鸿记，准没有错。买酱羊肉到月盛斋，去晚了买不着。买酱菜到六必居，也许是严嵩的那块匾引人。吃螃蟹、涮羊肉就到正阳楼，吃烤牛肉就要照顾安儿胡同老五，喝酸梅汤要去信远斋。他们都不在报纸上登广告，不派人撒传单。大家心里都有数。做买卖的规规矩矩做买卖，他们不想发大财，照顾主儿也老老实实的做照顾主儿，他们不想试新奇。

但是时代变了，谁也没有办法教它不变。先是在前门大街信昌洋行楼上竖起"仁丹"大广告牌，好像那翘胡子的人头还不够惹人厌，再加上夸大其词的"起死回生"的标语。犹嫌招摇不够尽兴，再补上一个由一群叫花子组成的乐队，吹吹打打，穿行市街。仁丹是还不错，可是日本人那一套宣传伎俩，我觉得太讨厌了。

由西直门通往万寿山那一条大道，中间黄土铺路，经常有清道夫一勺一勺的泼水，两边是大石板路，供大排子车使用，边上种植高大的柳树，古道垂杨，夹道飘拂，颇为壮观可喜。不知从哪一天起，路边转弯处立起了一两丈高的大木牌，强盗牌的香烟，大联珠牌的香烟，如雨后春笋出现了。我每星期周末在这大道上来往一回，只觉得那广告收了破坏景观之效，附带着还惹人厌。我不吸烟，到了吸烟的年龄我也自知选择，谁也不会被一个广告牌子所左右。

坐火车到上海，沿途看见"百龄机"的广告牌子，除了三个大字之外还有一行小字："有意想不到之效力"。到底那百龄机是什么东西，有什么意想不到的效力，谁也说不清，就这样糊里糊涂的发生了广告效果，不少人盲从附和。小说月报东方杂志也出现了"红色补丸"的广告，画的是一个佝偻着腰的老人，手附着胯，旁边注着"图中寓意"四个字。寓什么意？补丸而可以用颜色为名，我只知道明末三大案，皇帝吃了红丸而暴崩。

这些都还是广告术的初期亮相。尔后广告方式，日新月异，无孔不入，大有泛滥成灾之势。广告成了工商业的出品成本之重要项目。

报纸刊登广告，是天经地义。人民大众利用刊登广告的办法，可以警告逃妻，可以凤求凰或凰求凤，可以叫卖价格低廉而美轮美奂的琼楼玉宇，可以报失，可以道歉，可以鸣谢救火，可以感谢良医，可以宣扬仙药，可以贺人结婚，可以贺人家的儿子得博士学位，可以一大排一大排讣告同一某某董事长的死讯，可以公开诉愿喊冤，可以公开歌功颂德，可以宣告为某某举办冥寿，可以公告拒绝往来户，可以揭露各种考试的金榜，可以……不胜枚举。我的感想是：广告太多了，时常把新闻挤得局处一隅。有些广告其实是浪费，除了给报馆增加收益之外，不免令读者报以冷眼，甚或嗤之以鼻。同时广告所占篇幅有时也太大了，其实整版整页的大广告吓不倒人。外国的报纸，不限张数，广告更多，平常每日出好几十张，星期日甚至好几百页，报童暗暗叫苦，收垃圾的人也吃不消。我国的报纸好像情形好些，广告再多也是在那三大张之内，然而已经令人感到泛滥成灾了。

杂志非广告不能维持，其中广告客户不少是人情应酬，并非心甘情愿送上门来，可是也有声望素著的大刊物，一向以不登载广告为傲，也禁不住经济考虑而大开广告之门。我们不反对刊物登载广告，只是登载广告的方式值得研究。有些杂志的广告部分特别选用重磅的厚纸，彩色精印，有喧宾夺主之势，更有鱼目混珠之嫌。有人对我说，这样的刊物到他手里，对不起，他时常先把广告部分尽可能的撕除净尽，然后再捧而读之。我说他做得过分，辜负了广告客户的好意，他说为了自卫，情非得已。他又说，利用邮递投送广告函的，他也是一律原封投入字纸篓里；他没有功夫看。

我不懂为什么大街小巷有那么多的搬家小广告到处乱贴，墙上、楼梯边、电梯内，满坑满谷。没有地址，只具电话号码。粘贴得还十分结实，洗刷也不容易。更有高手大概会飞檐走壁，能在大厦二三丈高处的壁上张贴。听说取缔过一阵，但是野火烧不尽春风吹又生了。

有吉房招租的人，其心情之急是可以理解的。在报纸上登个分类小广告也就可以了，何必写红纸条子到处乱贴。我最近看到这样的大张红纸条子贴在路旁邮箱上了。显然有人去撕，但是撕不掉，经过多日雨淋才脱落一部分，现在还剩有斑驳的纸痕留在邮箱上！

电视上的广告更不必说，天下没有白吃的午餐，没有广告哪里能有节目可看？可是那些广告逼人而来，真煞风景。我不想买大厦房子，我也没有香港脚，我更不打算进补，可是那些广告偏来呶呶不休，有时还重复一遍。有人看电视，一见广告上映，登时闭上眼睛养神，我没有这样本领，我一闭眼就真个睡着了。我应变的办法是只看没有广告的一段短短的节目，广告一来我就关掉它。这样做，我想对自己没有多大损失。

早起打开报纸，触目烦心的是广告，广告；出去散步映入眼帘的又是广告，广告；午后绿衣人来投送的也多是广告，广告；晚上打开电视仍然少不了广告，广告。每日生活被广告折磨得够苦，要想六根清净，看来颇不容易。

# 聋

我写过一篇《聋》。近日聋且益甚。英语形容一个聋子，"聋得像是一根木头柱子""像是一条蛇""像是一扇门""像是一只甲虫""像是一只白猫"。我尚未聋得像一根木头柱子或一扇门那样。蛇是聋的，我听说过，弄蛇者吹起笛子就能引蛇出洞，使之昂首而舞，不是蛇能听，是它能感到音波的震动。甲虫是否也聋，我不大清楚。我知道白猫是绝对不聋的。我们家的白猫王子，岂但不聋，主人回家时房门钥匙转动作响，它就会竖起耳朵窜到门前来迎。我喊它一声，它若非故意装聋，便立刻回答我一声，我虽然听不见它的答声，我看得见它因作答而肚皮微微起伏。猫不聋，猫若是聋，它怎能捉老鼠，它叫春做啥？

我虽然没有全聋，可是也聋得可以。我对于铃声特别的难于听得入耳。普通的闹钟，响起来如蚊鸣，焉能唤醒梦中人。菁清给我的一只闹钟，铃声特大，足可以振聋发聩。我把它放在枕边。说也奇怪，自从有了这个闹钟，我还不曾被它闹醒过一次。因为我心里记挂着它，总是在铃响半小时之前先已醒来，急忙把闹钟关掉。我的心里有一具闹钟。里外两具闹钟，所以我一向放心大胆睡觉，不虞失时。

门铃就不同了。我家门铃不是普通一按就嗞嗞响的那种，也不是像八音盒似的那样叮叮当当的奏乐，而是一按就啾啾啾啾如鸟鸣。自从我家的那只画眉鸟死了之后，我久矣夫不闻爽朗的鸟鸣。如今门铃啾啾叫，我根本听不见。客人猛按铃，无人应，往往废然去。如果来客是事前约好的，我就老早在近门处恭候，打开大门，还有一层纱门，隔着纱门看到人影幢幢，便去开门迎客。"老聃之弟子，有亢仓子者，得聃之道，能以耳视而目听。"（《列子·仲尼》）耳视我办不到，目听则庶几近之。客人按铃，我听不见铃响，但是我看见有人按铃了。

电话对我又是一个难题。电话铃没有特大号的，而且打电话来的朋友大半都性急，铃响三五声没人应，他就挂断，好像人人都该随时守着电话机听他说话似的。凡是电话来，未必有好消息，也未必有什么对我有利之事。但是朋友往还，何必曰利？有人在不愿接电话的时间内，拔掉插头，铃就根本不会响。我狠不下这分心。无可奈何，我装上几个分机，书桌上、枕边、饭桌旁、客厅里。尽管如此，有时还是听不到铃响，俟听到时对方不耐烦而挂断了。

有一位好心的读者写信来说，"先生不必为聋而烦恼，现在有一种新的办法，门铃或电话机上都可以装置一盏红色电灯泡，铃响同时灯亮。"我十分感谢这位读者对我的关怀。这也是以目代耳的办法，我准备采纳。不过较根本解决的办法，是大家体恤我的耳聋，不妨常演王徽之雪夜访戴的故事，而我亦绝不介意门可罗雀的景况之出现。需要一通情愫的时候，假纸笔代喉舌，写个三行五行的短笺，岂不甚妙？我最向往六朝人的短札，寥寥数语，意味无穷。

朋友们时常安慰我说，"耳聋焉知非福？首先，这年头儿噪音太多，轰隆轰隆的飞机响，呼啸而过的汽车机车声，吹吹打打的丧车行列，噼噼啪啪的鞭炮，街头巷尾装扩音器大吼的小贩，舍前舍后成群结队的儿童锐声尖叫……这些噪音不听也罢，落得耳根清净。"话是不错，不过我尚无这么大的福分，尚未到泰山崩于前而不动声色的地步，种种噪音还是多多少少使我心烦。饶是我聋，我还向往古人帽子上簪笄两端悬着两块充耳琇莹，多少可以挡住一点噪音。

"'人嘴两张皮'，最好飞短流长，造谣生事，某某畸恋，某某婚变，某某逃亡，某某犯案，凡是报纸上的社会新闻都会说得如数家珍。这样长舌的人到处都有，令人听了心烦，你听不见也就罢了，你没有多少损失。至少有人骂你，挖苦你，讽刺你，你充耳不闻，当然也就不会计较，也就不会耿耿于怀，省却许多烦恼。"别人议论我，我是听不见，可是我知道他在议论我，因为他斜着眼睛睨视我的那副神气不能使我没有感觉。而且我知道他所议论的话，大概是谑而不虐，无伤大雅的，因为他议论风生的时候嘴角常是挂着一丝微笑，不可能含有多少恶意。何况这年头儿，难得有人肯当面骂人，凡是恶言恶语多半是躲在你背后说。所以，聋固然听不见人骂，不聋，也听不见。

有人劝我学习唇读法，看人的嘴唇怎样动就可以知道他说的是什么话。假如学会了唇读，我想也有麻烦，恐怕需要整天的睁一眼闭一眼，否则凡是嘴唇动的人你都会以目代耳，岂不烦死人？耳根刚得清净，眼根又不得安宁了。"吉人之辞寡，躁人之辞多"。难得遇到吉人，不如索性安于聋聩。

安于聋聩亦非易易。因为大家习惯了把我当作一个耳聪的人，并且不习惯于和一个聋子相处。看人嘴唇动，我可不敢唯唯否否，因为何时宜唯唯，何时宜否否，其间大有讲究。我曾经一律以点头称是来应付，结果闹出很尴尬的场面。我发现最好的应付方法是面部无表情，作白痴状。瞎子常戴黑眼镜，走路时以手杖探地，人人知道他是瞎子，都会躲着他。聋子没有标志，两只耳朵好好的，不像是什么零件出了毛病的人。还有热心人士会附在我耳边窃窃私语，其实吱吱喳喳的耳语我更听不见，只觉得一口口的唾沫星子喷在我的脸上，而且只好听其自干。

# 小　花

小花子本是野猫，经菁清留养在房门口外，起先是供给一点食物一点水，后来给他一只大纸箱作为他的窝，放在楼梯拐角处，终乃给他买了一只孩子用的鹅绒被袋作为铺垫，而且给他设了一个沙盆逐日换除洒扫。从此小花子就在我们门前定居，不再到处晃荡，活像《鸿鸾禧》里的叫花子，喝完豆汁儿之后甩甩袖子连呼："我是不走的了啊，我是不走的了啊！"

彼此相安，没有多久。

有一天我回家看见菁清抱着小花子在房间里踱来踱去，我惊问："他怎么登堂入室了？"我们本来约定不许他越雷池一步的。

"外面风大，冷，你不是说过猫怕冷吗？"

我是说过，猫是怕冷。结果让他在室内暖和了一阵，仍然送到户外。看着他在寒风里缩成一团偎在纸箱里，我心里也有些不忍。

再过些时，有一天小花子不见了，整天都没回来就食，不知他云游何处去了。一天两天过去，杳无消息。他虽是野猫，我们对他不只有一饭之恩，当然甚是牵挂。每天打开门看看，猫去箱空，辄为黯然。

忽然有一天他回来了。浑身泥污，而且沾有血迹。他的嘴里挂着血淋淋的一块肉似的东西，像是碎裂的牙肉。菁清赶快把他抱起，洗刷一下，在身上有血迹处涂了紫药水，发现他的两颗虎牙没有了，满嘴是血。我们不知他遭遇了什么灾难，落得如此狼狈。菁清取出一个竹笼，把他装了进去，骑车直奔国际猫狗专科病院辜仲良（泰堂）先生处。辜大夫说，他的牙被人敲断了，大量出血，被人塞进几团药棉花，他在身上乱舔所以到处有血迹。于是给他打针防破伤风，注射消炎剂，清洗口腔，取出药棉花，涂药。菁清抱他回来，说："看他这个样子，今天不要教他在门外睡了吧。"我还有什么话说。于是小花进了家门，睡在属于黑猫公主的笼子里。黑猫公主关在楼上寝室里。三猫隔离，各不相扰。这是临时处置，我心想过一两天还是要放小花子到门外去的。

但是没想到第二天菁清又有了新发现，她告我说，在她掰开猫嘴涂药时发觉猫的舌头短了一大截，舌尖不见了。大概是牙被敲断时，被人顺手把舌头也剪断了。菁清要我看，我不敢看。我不知道他犯了什么大过，受此酷刑。我这才明白为什么每次喂他吃鱼总是吃得盘里盘外狼藉不堪，原来他既无门牙又缺半截舌头。世界上是有厌猫的人。据说，拿破仑就厌恶猫，"在某次战役中，有个侍从走过拿破仑的卧房时，突然听到这位法国皇帝在呼救。他打开房门一看，拿破仑的衣服才穿到一半，满头大汗，用剑猛刺绣帷，原来他是在追杀一只小猫。"美国的艾森豪总统也恨猫，"在盖次堡家中的电视机旁，备有一支鸟枪打击乌鸦。此外他还下令，周遭若出现任何猫，格杀勿论。"英文里有一个专门名词，称厌恶猫者为ailurophobe。我想我们的小花子一定是在外游荡时遇到了一位厌猫者，敲掉门牙剪断舌头还算是便宜了他。

　　菁清说，这猫太可怜，并且历数他的本质不恶，天性很乖，体态轻盈，毛又细软，但是她就没有明白表示要长期收养他的意思。我也没有明白表示我要改变不许他进门的初衷。事实逐步演变他已成了我们家庭的一员。菁清奉献刷毛挖耳剪指甲全套服务，还不时的把他抱在怀里亲了又亲。我每星期上市买鱼也由七斤变为十斤。煮鱼摘刺喂食的时候，也由准备两盘改为三盘。

　　"米已熟了，只欠一筛。"最后菁清画龙点睛似的提出了一个话题。"这猫已不像是一只野猫了，似不可再把他当作街头浪子，也不再是小叫花子，我们把'小花子'的名字里的'子'字取消，就叫他'小花'吧。"

　　我说"好吧"。从此名正言顺，小花子成了小花。我担心的是以后是否还有二花三花闻风而至。

## 麻　将

　　我的家庭守旧，绝对禁赌，根本没有麻将牌。从小不知麻将为何物。除夕到上元开赌禁，以掷骰子状元红为限，下注三十几个铜板，每次不超过一二小时。有一次我斗胆问起，麻将怎个打法，家君正色曰："打麻将吗？到八大胡同去！"吓得我再也不敢提起"麻将"二字。心里留下一个并不正确的印象，以为麻将与八大胡同有什么密切关联。

　　后来出国留学，在轮船的娱乐室内看见有几位同学作方城戏，才大开眼界，觉得那一百三十六张骨牌倒是很好玩的。有人热心指点，我也没学会。这时候麻将在美国盛行，很多美国人家里都备有一副，虽然附有说明书，一般人还是不易得其门而入。我们有一位同学在纽约居然以教人打牌为副业，电话召之即去，收入颇丰，每小时一元。但是为大家所不齿，认为他不务正业，贻士林羞。

　　科罗拉多大学有两位教授，姊妹俩，老处女，请我和闻一多到她们家里晚餐，饭后摆出了麻将，作为余兴。在这一方面我和一多都是属于"四窍已通其三"的人物———一窍不通，当时大窘。两位教授不能了解，中国人竟不会打麻将？当晚四个人临时参看说明书，随看随打，谁也没能规规矩矩的和下一把牌，窝窝囊囊的把一晚消磨掉了。以后再也没有成局。

　　麻将不过是一种游戏，玩玩有何不可？何况贤者不免。梁任公先生即是此中老手。我在清华念书的时候，就听说任公先生有一句名言："只有读书可以忘记打牌，只有打牌可以忘记读书。"读书兴趣浓厚，可以废寝忘食，还有工夫打牌？打牌兴亦不浅，上了牌桌全神贯注，焉能想到读书？二者的诱惑力、吸引力有多么大，可以想见。书读多了，没有什么害处，顶多变成不更事的书呆子，文弱书生。经常不断的十圈二十圈麻将打下去，那毛病可就大了。有任公先生的学问风操，可以打牌，我们没有他那样的学问风操，不得藉口。

　　胡适之先生也偶然喜欢摸几圈。有一年在上海，饭后和潘光旦、罗隆基、饶子离和我，走到一品香开房间打牌。硬木桌上打牌，滑溜溜的，震天价响，有人认为痛快。我照例作壁上观。言明只打八圈，打到最后一圈已近尾声，局势十分紧张。胡先生坐庄。潘光旦坐对面，三副落地，吊单，显然是一副满贯的大牌。"扣他的牌，打荒算了。"胡先生摸到一张白板，地上已有两张白板。"难道他会吊孤张？"胡先生口中念念有词，犹豫不决。左右皆曰："生张不可打，否则和下来要包！"胡先生自己的牌也是一把满贯的大牌，且早已听张，如果扣下这张白板，势必拆牌应付，于心不甘。犹豫了好一阵子："冒一下险，试试看。"啪的一声把白板打了出去！"自古成功在尝试"，这一回却是"尝试成功自古无"了。潘光旦嘿嘿一笑，翻出底牌，吊的正是白板。胡先生包了，身上现钱不够，开了一张支票，三十几元。那时候这不算是小数目。胡先生技艺不精，没得怨。

　　抗战期间，后方的人，忙的是忙得不可开交，闲的是闷得发慌。不知是谁诌了四句俚词："一个中国人，闷得发慌。两个中国人，就好商量。三个中国人，做不成事。四个中国人，麻将一场。"四个人凑在一起，天造地设，不打麻将怎么办？雅舍也备有麻将，只是备不时之需。有一回有客自重庆来，第二天就回去，要求在雅舍止宿一夜。我们没有招待客人住宿的设备，颇有难色，客人建议打个通宵麻将。在三缺一的情形下，第四者若是坚不下场，大家都认为是伤天害理的事。于是我也不得不凑一角。这一夜打下来，天旋地转，我只剩得奄奄一息，誓言以后在任何情形之下，再也不肯做这种成仁取义的事。

麻将之中自有乐趣。贵在临机应变，出手迅速。同时要手挥五弦目送飞鸿，有如谈笑用兵。徐志摩就是一把好手，牌去如飞，不假思索。麻将就怕"长考"，一家长考，三家暴躁。以我所知，麻将一道要推太太小姐们最为擅长。在牌桌上我看见过真正春笋一般的玉指洗牌砌牌，灵巧无比。（美国佬的粗笨大手砌牌需要一根大尺往前一推，否则牌就摆不直！）我也曾听说某一位太太有接连三天三夜不离开牌桌的纪录，（虽然她最后崩溃以至于吃什么吐什么！）男人们要上班，就无法和女性比。我认识的女性之中有一位特别长于麻将，经常午间起床，午后二时一切准备就绪，呼朋引类，麻将开场，一直打到夜深。雍容俯仰，满室生春。不仅是技压侪辈，赢多输少。我的朋友卢冀野是个倜傥不羁的名士，他和这位太太打过多次麻将，他说："政府于各部会之外应再添设一个'俱乐部'，其中设麻将司，司长一职非这位太太莫属矣。"甘拜下风的不只是他一个人。

路过广州，耳畔常闻噼噼啪啪的牌声，而且我在路边看见一辆停着的大卡车，上面也居然摆着一张八仙桌，四个人露天酣战，行人视若无睹。餐馆里打麻将，早已通行，更无论矣。在台湾，据说麻将之风仍然很盛。有中国人的地方就有麻将，有些地方的寓公寓婆亦不能免。麻将的诱惑力太大。王尔德说过："除了诱惑之外，我什么都能抵抗。"

我不打麻将，并不妄以为自己志行高洁。我脑筋迟钝，跟不上别人反应的速度，影响到麻将的节奏。一赶快就出差池。我缺乏机智，自己的一副牌都常照顾不来，遑论揣度别人的底细，既不知己又不知彼，如何可以应付大局？打牌本是寻乐，往往是寻烦恼，又受气又受窘，干脆不如不打。费时误事的大道理就不必说了。有人说卫生麻将又有何妨？想想看，鸦片烟有没有卫生鸦片，海洛因有没有卫生海洛因？大凡卫生麻将，结果常是有碍卫生。起初输赢小，渐渐提升。起初是朋友，渐渐成赌友，一旦成为赌友，没有交情可言。我曾看见两位朋友，都是斯文中人，为了甲扣了乙一张牌，宁可自己不和而不让乙和，事后还扬扬得意，以牌示乙，乙大怒。甲说在牌桌上损人不利己的事是可以做的，话不投机，大打出手，人仰桌翻。我又记得另外一桌，庄家连和七把，依然手顺，把另外三家气得目瞪口呆面色如土。结果是勉强终局，不欢而散。赢家固然高兴，可是输家的脸看了未必好受。有了这些经验，看了牌局我就怕，作壁上观也没兴趣。何况本来是个穷措大，"黑板上进来白板上出去"也未免太惨。

对于沉湎于此道中的朋友们，无论男女，我并不一概诅咒。其中至少有一部分可能是在生活上有什么隐痛，藉此忘忧，如同吸食鸦片一样久而上瘾，不易戒掉。其实要戒也很容易，把牌和筹码以及牌桌一起蠲除，洗手不干便是。

## 钟

　　不知谁出的主意，重阳敬老。"礼多人不怪"，这也没有什么不好。照例，凡是年届耄耋的市民，市长具名致送一份礼物，算是敬老之具体表现。我已受过十几次这样的厚贶，包括茶杯、茶盘、盖碗、果盘、咖啡壶、饭碗、瓷寿桃、毛围巾之类。去年送的是时钟一具，礼物尚未出门，就先引起议论，有人"横挑鼻子竖挑眼"，说"钟""终"二字同音，不吉，何况是送给不久一定就要命终的老人？此言一出，为市长办事的人忙不迭的解释说，不是钟，是计时器。

　　这计时器终于送出来了，而我至今并未收到。起初还盼望，想看看什么叫做计时器。是沙漏，是水漏，还是什么别的新鲜玩意儿？一天天过去，就是不见这份礼物送上门来。我知道，市长有他的左右，下面有局长，局长下面有科长，科长下面有科员、办事员，以至于雇员，办事讲究分层负责，随便哪一层出一点纰漏，或是区公所的办事人，或是公寓管理员，出一点什么差池，这个计时器就可能送不到小民的手中。我当然不便追索。向谁追索？去年的礼物没收到，还有今年的呢。

　　我不忌讳钟。前些年我搬家，就有朋友送我一个很大的壁钟，钟面四周饰以金光闪耀的四射光芒，很像古代美洲印卡族所崇拜的太阳偶像。这面钟挂在壁上，发挥很大的功能，不仅使得蓬荜生辉，还使得枉驾的客人不至忘归。这面钟没有给我送终。倒是六七年后，因空气潮湿而机器故障，我给钟送终了。

我们中国的方块字，同音的太多。高本汉说："北京语实在是一种最可怜的方言，总共只有四百二十个音缀；普通的语词不下有四千个，这四千多个的语词，统须支配于四百二十个音缀当中。同音语词的增进，使听受者受了极大的困难，于此也可以想见了。"同音语好像并没有给我们带来什么极大的困难，倒是有人故意在同音语词中寻开心，找麻烦，钟终即是一例。某省人好赌，忌讳输字，于是读书改称读胜。在某些地方，孩子若在麻将桌旁读书，被父母发现，会遭呵斥，认为那足影响牌桌上的输赢。读书是好事，但是谁愿意赌输？我在四川的雅舍门前有两株高大的梨树，结梨很少，而且酸涩，但是花开时节，一片缟素，蔚为壮观，我们从未想到梨与离同音不祥，事实上抗战胜利圆满还乡；如今回想"雨打梨花深闭门"的景象犹为之低徊不置。我回到北平之后，家里有两株梨树高过房檐，小白梨累累然高挂枝头，不幸家人误听谗言把两棵梨树连根砍去，但事实证明未能拯救我国破家亡亲人离散的噩运！此地有一股歪风，许多人家喜欢挂"福"字的猩红斗方，而且把"福"字倒挂着，大概是仿效报纸上寻人启事之把"人"字倒写，都是利用"到""倒"二字同音，取个吉利。福字倒挂，福就真到了么？我到过一个人家，家道富有，陈设辉煌，可是一进玄关，迎面就是一个特大号的倒挂着的福字。我为之一惊。没过多久，这位福人驾鹤而去了！袁世凯本人并不忌讳元宵，奴才起哄，改称为汤团，可是八十三天之后袁氏仍然消灭了。

　　钟是很可爱的一样东西，由西方传进中土之后，一般家庭无不设置一座，名之为自鸣钟。我小时候，上房有一座大钟，东西厢房各一座小些的，都有玻璃罩，用大铜钥匙上弦，每隔一刻钟，叮叮的发出一串小声，每隔一小时，当当的发出几声大响，夜深人静的时候满院子有此起彼落的钟响。座钟高踞条案的中央，是房间里最触目的一件陈设。后来游三贝子花园，登畅观楼，看到满坑满谷的各式各样的自鸣钟，总有百十来具，都是洋鬼子进贡的，这才大开眼界。鹁鸪钟由一只小鸟按时跳出来布谷布谷的叫，叫完了又缩回去，觉得洋鬼子确有他们的一套奇淫技巧，洋鬼子给大皇帝贡方物，不避送终之嫌，大皇帝亦不以为忤，后来还聚拢起来供人参观。如今地方官致送计时器还有什么可批评的？遗憾的是我没得机会见识一番。

## 汰侈

　　我国自古以来，崇尚节俭，不主汰侈。《左传·庄公二十四年》，鲁大夫御孙谏曰："俭，德之共也；侈，恶之大也。"他的意思是说，有德者皆由节俭来，恶行率自奢靡始。他所以进此谏，只是因为庄公"刻桓宫桷"，在庙椽上加了雕刻而已。丹楹刻桷，皆不合于礼，而近于奢。为君王者亦不可以有失俭德。

　　其实刻桷应算小事。历来奢侈成风，何代无之？石崇与王恺之竞豪侈相夸，传为美谈！而"五步一楼，十步一阁，廊腰缦回，檐牙高啄"的阿房宫早已创下了穷奢极欲的先例。管仲的镂簋，朱纮，山节，藻棁，孔子更早就说其器小。我们现在想想，餐具上刻些花纹，颔下拖一条红带子，柱头斗拱梁上短柱画些花纹，算得了什么，也值得大惊小怪！然而古时圣人已经见微知著，觉得奢靡之风不可长。孔子一面称管仲为"仁者"，这是不轻许人的誉词，但是一面也抨击他的器小。我们如今的豪门巨贾，有几个不求田问舍大营别墅，甚至有几家理发馆不在铺张扬厉，装潢逾分？

　　说起理发馆，就令人感慨。民国元年北京只有一家理发馆，在东单船板胡同西口路北，小屋一间，设座仅二，而顾客盈门。

使用西式推子刀剪，理发师穿着西装衬衫，给人印象很深，而印象最深者是他的顶上功夫，头发是由他连薅带剪，其手段如何可以想见。市面上的剃头棚剃头挑存留很久才被淘汰，继之而起的理发馆稍微洁净一些，但还谈不上装潢，顶多墙上挂了一面大镜，镜边一副对联"文章西汉两司马，经济南阳一卧龙"之类，也许再加上几幅西湖风景。小伙计用手拉扯的大风扇算是高级的设备，好像埃及女王克利奥佩特拉也用过这样的扇子。民国四年我进了清华，学校里的理发室是空屋一大间，环堵萧然，当中木椅一把，靠墙二屉桌一张，屋角洗脸盆木架一具，完了。但是理发师手艺高强，一手按住脑壳，咔嚓咔嚓几剪刀，大事已毕。提一壶热水兜头一浇，揩揩抹抹，然后梳两下子，请你走路，前后顶多不过十分钟，收费一角钱。随后各地理发馆渐有规模，踵事增华，渐趋奢侈了。

台湾经济起飞，理发馆不甘落后，于是有"亚洲第一"的理发厅出现。据报载，该理发厅去年即已大作广告，征求股金四千万元、女理发师三百名、女领台六十名、女经理二十名、女会计十名、女总机六名、播音员三名、修指甲十名、男门僮六名，共计员工四百十五名。店址面积一千多坪，加上一百二十个车位，占地近两千坪，备有六名专用司机接送客人。营业项目包括洗脚、修脚、修指甲、擦皮鞋、洗袜子，并提供各式餐饮及老人茶。更令人惊讶的是开张之日，居然顾客如云，座无虚席，生意鼎盛。

自由民主的社会，经济活动概以供求关系为准，只要不违法就不便干涉，至于是否有关社会风气的良窳，则事属道德范畴，应从文化教育方面下手，使之潜移默化。而在上者的示范提倡尤其重要。

就在这"亚洲第一"的理发厅造成轰动的几天之内，报纸揭露另外一则消息：

　　某国营公司董事长与总经理的办公厅各占一百一十坪、八位副总经理则占二百二十二坪，每人各拥有办公室、会议室及浴厕共四间，各式座椅十五张。此外尚有会议室大小四十间，高级人员还有两部专用电梯。

　　有什么样的办公厅，就有什么样的理发厅，不足怪。

# 警　察

　　我从小对警察有好感。

　　北平之有警察，大概是庚子以后的事。维持地方治安的机构本是步军统领衙门。所谓步军统领，又称九门提督，是前清官名，负保卫治安肃清辇毂的重责，一向都是由满洲亲信大臣兼任，所统率的士兵也是以满洲子弟为主体。在我二十岁左右的时候，步军在大街上隔不远的地方犹有三间一栋的小房，为驻扎之所，名为"堆子"。堆子前面照例有兵站岗。我小学的同学之属于旗籍的就颇有几位在小学毕业之后投效步军。我看着他们穿着褪色的皱褶的灰布制服，挂着上了刺刀的步枪，足踏各式各样的破布鞋，在堆子前面伫立，还满神气的呢。

　　警察代兴之后，步军仍然苟延残喘于一时，清室既屋，步兵已无拱卫辇毂的责任，更没有综理民事的能力。当初京师有"巡捕营"，掌管微巡地方诘禁奸宄之事，在乾隆年间设有五营之多。在步军统领统率之下，日久废弛，形同虚设。到了清季，巡警总厅正式设立，民初改称警察厅。警察一向以北平为中心，巡警总厅于各省设有巡警道。警察厅办理警政为全国模范。北平很久以来沿称警察为巡警。

　　北平市井谑称巡警为"臭脚巡"，大概是因为他们终日在街上巡查以致两脚发臭之故。我对于他们很有同情。他们的待遇太低，仅足糊口。我想其中不少是啃窝头的。有一阵子我的右邻是左二区的警察分局，只隔一道墙，什么声音都听得见。星期日午常有呼噜呼噜之声自墙外传来，间以咔嚓咔嚓之声，欢呼笑语不绝。细辨之，是警察先生们吃炸酱面，呼噜声是吸面条，咔嚓声是咬蒜瓣，大概是打牙祭。听他们的欢笑，我也分享他们的快乐。他们的两套制服，夏季黄的，冬季黑的，永远是洗得褪了色，皱皱巴巴的。看那份褴褛样子，怎能让人起敬？但是我们不可小觑他们。北平的警察几乎个个彬彬有礼，而且能言善道，民众发生纠纷，他们权充和事佬，时常真能排难解纷息事宁人。警察在一定的区域服务，一干就是多少年。没听说什么不时轮调之说，所以警察和当地人民相处相当融洽。很少看到他们身怀武器，不过他们身上少不了一根白绳，像童子军身上的白绳，他们名之曰法绳，是系犯人用的。我没见过手铐，我看见过警察用一根白绳系起一串犯人，像童子牵着一串骆驼似的，牵着他们在街上行走。

　　上海的印度巡捕、越南巡捕，给我另一种印象，前者像凶神，后者像小鬼，最好离他们远远的。越南巡捕最可恶，他们专门欺侮平民小贩。他们腰间经常挂着一个利器，两根小木棒，连着一条铁链子，我先还不知道这刑具如何使用。有一天看到一个安南巡捕在菜场门前抓住一个违规卖菜的乡下人，他把铁链绕在那人的腕上，然后把那两根木棒旋扭起来，铁链登时陷入肉里。只见那乡下人痛得在地上打滚，呼天抢地。越南巡捕固然穷凶极恶，捕房里的法国警官也不是东西，里面设有行刑的专室，我在善钟路捕房亲眼看到，一个警官用手枪抵住一个犯人，另一警官就像在沙袋前练拳一样，两拳齐施，直打得犯人鼻青脸肿，然后像拖死猪一样往铁笼里一丢，听候审判。这一顿揍，只能算是杀威。老虎可怕，伥也可恨。这是租界，有什么说的？

　　台湾的警察，我觉得很值得称赞。警察是维护法律秩序的。他们至少在外表形象上魁梧健壮，才能给人好的印象。纽约的警察号称"纽约人的菁华"（New York Best）。因为他们经过精挑细选，个个高大俊美。美国其他城市的警察无不皆然。他们的服装也好，永远是笔挺整洁，身上带的零件也多。一个警察驾车出外巡逻，停在路边，立刻就有小孩子围拢起来，摸摸他的警徽，摸摸他的手枪，他有时还会和他们讲个小故事。我问过好几个小孩子："你们长大了想做什么？"他们异口同声的说："做警察。"在他们心目中，警察是英雄，代表好人（good guy）打击坏人（bad guy）。我们台湾的警察，外形也很不错，还没有到和儿童打成一片的程度，但是也很受尊敬。

　　我说台湾的警察好，因为我和他们有过较密切的接触。有一年，一个独行盗闯入寒家，在持枪威胁之下劫去少许财物。损失不大，惊吓不小。家人及时报警，警至而盗已远扬。盗曾扬言如果报警必来报复，所以心里不无惴惴。四五位警察在我家里保护我。我给他们泡一壶茶，拿一包烟，送上一副跳棋，这就是全部的招待。到了九点，他们叫我睡觉。十点，电话来，赃已在一个当铺找到。十二点，电话又来，说盗已在一个赌场就逮，要我起来到分局指认，然后又把我送回家。前后十二小时破案。盗有特殊身份，十二天后伏法。警察的热心、亲切、机智、勇敢，使我甚为感动。没有警察，社会将要成为什么样子？

　　任何机构不可能没有害群之马。知法犯法的警察是少数而又少数。我看到警察在烈日之下站在街头指挥交通，驾着警车在街上巡逻，辄肃然起敬。

　　我们要善待警察，尊敬警察。

# 火　车

　　我在上海中国公学教书的时候，每星期要去吴淞两三次，在天通庵搭小火车到炮台湾，大约十五分钟。火车虽然破旧，却是中国最早建设的铁路。清同治年间由英商怡和洋行鸠工开建，后由清廷购回，光绪二十三年全线完成。当初兴建伊始，当地愚民反对，酿成毁路风潮。那一段历史恐怕大家早已忘了。

　　我同时在暨南大学授课，每星期要去真如三次，由上海北站搭四等慢车（即铁棚货车）到真如，约十分钟，票价一角。有一次在车站挤着买票，那时候尚无排队习惯，全凭体力挤进挤出。票是买到了，但是衣袋里的皮夹被小偷摸去。一位好心的朋友告诉我，不可声张，可以替我找回来，如果里面有紧要的东西。我说里面只有数十元和一张无价的照片。他说那就算了，因为找回来也要酬谢弟兄们一笔钱。这是我生平第一次听说东西被偷还可以找回来，其中奥妙无穷。

　　火车是分等级的。四等火车恐怕很多人没有搭过。我说搭，不说坐，因为根本没有座位，而且也没有窗户。搭四等车的人不一定就是四等人，等于搭头等车的不一定就是头等人。而且搭四等车的人不一定一辈子永远搭四等车，等于搭头等车的也不一定一辈子永远搭头等车。好像人有阶级之分，其实随时也有升降，变化是很多的。教书的人能享受四等火车的交通之便，实已很是幸运了，虽然车里是黑洞洞的，而且还有令人作呕的便溺气味。

当年最豪华的火车是津浦路的蓝钢车。车厢包上一层蓝色钢铁皮，与众不同，显著高贵。头等卧车装饰尤其美观，老舍一篇题名《火车》的小说，描写头等乘客在厚厚软软的地毯上吐痰，确是写实，并非虚撰。这样做是表示他的特殊身份。最令我惊讶的是头等车厢里的侍者礼貌特别周到，由津至浦要走一天一夜。夜间要查票，而头等客可以不受惊扰，安睡一夜，因为侍者在晚间早就把车票收去，查票的人走过头等车厢也特别把声音压低，在侍者手中查看车票，悄悄的就走过去了，真是体贴。查票的人走到二等车里，态度就稍有变化，嗓门提高；到了三等车里，就不免大声吼叫推醒那些打瞌睡的客人。

不要以为蓝钢车总是舒适如意，也曾出过纰漏。民国十二年盗匪孙美瑶啸聚一群喽罗在津浦路线上临城附近的抱犊谷。这抱犊谷是一座山，形势天成，入口极狭，据传说谷内耕牛是当初抱犊以入。孙美瑶过着打家劫舍的生活，意犹未足，看着火车呜呜的从山下蜿蜒而过，忽发奇想。他截断路轨，把一列火车车上数百名中外旅客一古脑儿掳上了山作为人质。害得军阀大吏手足无措。事涉被掳中外人士之安全，投鼠忌器，不敢动武。结果是几经折冲，和平解决，人质释放，盗匪收编为正式军队，孙美瑶获得旅长官衔。这就是轰动中外的临城劫车案。还有一个尾声，听说后来孙美瑶旅长不知怎么的还是被杀掉了。就我所记忆，如此规模的劫火车只发生过这么一遭。外国也有劫车案，有我们的这样多彩多姿么？

现在美国，火车已经是落伍的交通工具，在没有飞机和全国快速公路网的时代，坐火车从西海岸到东海岸是一大享受。沿途的风景，目不暇给。旅客不拥挤，座位很舒适，不分等级，只是卧铺另加费用。十几年前我旅游华府到纽约，就有人劝我要坐火车，因为以后可能将没有火车可坐了。果然，车站一片荒凉，车上乘客寥寥无几，往日的繁华哪里去了？

　　有人嫌火车走得慢，又有人嫌火车冒烟脏。人类浪费时间精力做好多好多不该的事，何必斤斤计较旅途所耗的时间？纵然火车走得像枪弹一般快，车上的人忙的是什么？火车冒烟是脏，可是冒烟的并不只是火车，何况现在火车多不冒烟了。如果老远看火车冒黑烟或吐白气，那景象却不一定讨厌。记得抗战时我住在四川北碚，天气晴朗，搬藤椅在门前闲坐，遥望对面层峦叠嶂之中忽然闪出一缕白烟，呼啸而过，隐隐然听到汽笛之声。"此非恶声也"，那是天府煤矿的运煤的小火车。那是"天府之国"当时唯一的一段铁路。我看了很开心，和看近处梯田中"一行白鹭上青天"同样的开心。说起四川省的铁路之兴建，其事甚早，光绪末年就有川汉铁路之议，宣统年间还引起铁路风潮，成为革命导火线之一。民国二十五年又有川黔铁路的计划。一再拖延以迄于今。可是抗战时经过重庆到成都公路的人，应该记得那条公路的路基特别高，路面相当阔，因为那条公路正是当年成渝铁路的未完成的遗址。

　　有一年由某大员陪同坐火车到郑州。途经某处，但见上有高山，下有清涧，竹篱茅舍，俨若桃源。我凭窗眺望，不禁说了一句赞叹的话："这地方风景如画，可惜火车走得太快，一下子就要过去了。"某大员立刻招呼："叫火车停下来。"火车真的停下来了，让我们细细观赏那一片景物。此事不足为训，可是给了我一个难忘而复杂的感触："大丈夫不可一日无权"，但是享特权算得是大丈夫么？

　　头等乘客在未上车之前即已享受头等待遇，车站里有头等
候车室。里面有座位，有茶水，有人代理票务。在台湾好像某些
车站有所谓贵宾室，任何神气活现的人都可以走进去以贵宾姿态
出现。上车的时候不需经由栅门剪票，他可以从一个侧门昂然而
入，还有人笑容满面的照料他登车。其实，熙来攘往，无非名利
之徒，谁是贵宾？

## 后记

　　潘霭先生来信说："成渝铁路勘定路线与公路有相当距离，
且成渝公路沿线有不少九十度直角弯道，实不可能循此线建铁
路。"也许我所说的系传闻有误。

　　又，马晋封先生来信说："抱犊谷之谷字该是崮。"

# 东 安 市 场

　　北平的东安市场，本地人简称为"市场"，因为当年北平内城里像样子的市场就只有这么一个，西城也有一个西安市场，那是后来兴建的，而且里面冷冷落落，十摊九空，不能和东安市场相比。北平的繁盛地区历来是在东城。

　　我家住的地方离市场很近，步行约二十分钟，出胡同口转两个弯，就到了。市场的地点是在王府井大街金鱼胡同西口的把角处。我十岁左右的时候，常随同兄弟姊妹溜达着去买点什么吃点什么或是闲逛一番。

　　东安市场有四个门，金鱼胡同口内的是后门（也称北门），王府井大街的是前门，前门往南不远有个不大显眼的中门，再往南有个更不大显眼的南门。

　　进前门，左手是市场管理处，属京师警察厅左一区。墙上吊挂着一排蓝布面的记事簿子，公事桌旁坐着三两警察，看样子很悠闲。照直往前走，短短一截路，中间是固定的摊贩，两边是店铺。这条短路衔接着南北向的一条大路，这大路是市场的主干线。路中间有密密丛丛的固定摊贩，两边都是店铺。路面是露天的，可是各个摊贩都设法支起一个布帐篷，连接起来也可以避骄阳细雨。直到民国元年二月间（辛亥年正月十二日），大总统袁世凯唆使陆军第三镇曹锟驻禄米仓部队兵变，大掠平津，东安市场首当其冲，不知为什么抢掠之后还要付之一炬。那一夜晚我在家里看到熊熊大火起自西南，黑的白的浓烟里冒着金星，还听得到噼噼啪啪的响。这一把火把市场烧成一片焦土。可是俗语说"烧发，烧发"，果不其然，不久市场重建起来了，比以前更显得整齐得多。布帐篷没有了，改为铅铁棚，把整条街道都遮盖起来，不再受天气的影响。有一点像现今美国的所谓mall（商场街），只是规模简陋许多，没有空气调节。

　　我逛市场总是从后门进去，一进门，觌面就是一个水果摊，除了各色水果堆得满坑满谷之外，还有应时的酸梅汤、玻璃粉、果子干，以及山里红汤、温饽、炒红果、糊子糕、蜜饯杏干、蜜饯海棠，当然冬天还有各样的冰糖葫芦。这些东西本来大部分是干果子铺或水果店发卖的货色，按照北平老规矩，上好的水果都是藏在里面的，摆在外面的是二等货，识货的主顾一定要坚持要头等货，伙计才肯到里面拿出好货色来，这就是"良贾深藏若虚"的道理。市场的水果摊则不然，好货色全摆在外面，次货藏在桌底下。到市场买水果很容易上当，通常两个卖主应付一个买主，一个帮助买主挑挑拣拣，好话说尽，另一个专管打蒲包，手法利落，把已拣好的好货塞到桌下，用次货掉包，再不然就是少放几个，买主回家发现徒呼负负而已。北平买卖人道德低落在民初即已开始，市场是最好的奸商表演特技的地方。不过市场的货色，至少从表面上看，是很漂亮诱人的。即以冰糖葫芦而论，除了琉璃厂信远斋的比较精致之外，没有比市场更好的。再往前走几步，有个卖豌豆黄的，长方的一块块，上面贴上一层山楂糕，装在纸匣里带回家去是很可口的一样甜点。

　　进后门右手有一座四层楼，也是火烧后的新建筑。这楼名为森隆，算是市场最高大的建筑物了。楼下一层是稻香村，顾名思义是专卖南货。当年北平卖南货的最初是前门外观音街的稻香村，道地的南货，店伙都是杭州人，出售的货色不外笋尖、素火腿、沙胡桃、甘草橄榄、半梅、笋豆、香蕈、火腿之类，附带着还卖杭垣舒莲记的折扇。沿街也偶有卖南货的跑单帮的小贩。森隆的稻香村虽是后起，规模不小，除了南货也有北货。特制的糟蛋、醉蟹等都很出色。森隆楼上是餐馆，二楼中餐，三楼西餐，四楼素食。西菜很特别，中国菜味十足，显得土气，吃不惯道地西菜的人趋之若鹜。

　　进后门左转照直走，就看见吉祥茶园。当年富连成的科班经常在此上演，小孩儿戏常是成本大套的，因为人多，戏格外热闹，尤其是武戏，孩子们是真卖力气。谭富英、马连良出师不久常在这里演唱。戏园所在的地方，附近饮食业还能不发达？东来顺润明楼就在左边。东来顺，以众烤羊肉驰名，其实只是一个中级的馆子，价钱便宜，为大众所易接受，讲到货色就略嫌粗糙，片羊肉没有正阳楼片得薄，一切佐料也嫌简陋。因为生意好，永远是乱哄哄的，堂倌疲于奔命，顾客望而生畏。润明楼就更等而下之，只好以里肌丝拉皮为号召了，只是门前现烙现卖的褡裢火烧却是别处没有的，虽然油腻一点。右边有一家大鸿楼，比较晚开的，长于面点，所做的大肉面，汤清碗大，那一块红亮的大块肥瘦肉，酥烂香嫩，一块不够可以双浇，大有上海的风味，爆鳝过桥也是一绝。

　　从吉祥戏院门口向右一转是一片空场，可是一个好去处。零食摊贩一个挨着一个。豆汁儿、灌肠、爆肚儿、豆腐脑、豆腐丝，应有尽有。最吸引人的是广场里卖艺的，耍坛子的，拉大

篇的，耍狗熊的，耍猴儿的，还有变戏法的。我小时候常和我
哥哥到市场看变戏法的，对于那神出鬼没无中生有的把戏最感
兴味。有一天寒风凛冽，一大群人围观，以小孩居多。变戏法的
忽然取出一条大蛇，真的活的大蛇，举着蛇头绕场巡走一周，一
面高呼：“这蛇最爱吃小孩的鼻涕……”在场的小孩一个个的急
忙举起袖子揩鼻涕，群众大笑。变戏法的在紧要关头倏的停止表
演，拿起小锣就敲，“镗！镗！镗！”“财从旺地起，请大家捧
捧场。”坐在前排凳上的我哥哥和我从衣袋里掏出几个铜板往场
地一丢，这时候场地上只有疏疏落落的二三十个铜板，通常一个
人投一个铜板也就够了，我们俩投了四五个，变戏法的登时走了
过来，高声说：“列位看见了么，这两位哥儿们出手多大方！”
这时候后面站着的观众一个个的拔腿就跑，变戏法的又高声叫：
“这几位爷儿们不忙着跑啊，家里蒸着的窝头焦不了！”但是人
还是差不多都跑光了。

　　从后门进来照直走，不远，右手有一家中兴号，本来是个绒
线铺，实际上卖一切家用杂货，货物塞得满满的，生意茂盛。店
主傅心斋精明强干，长袖善舞，交游广阔，是东安市场的一霸。
绒线铺生意太好，他便在楼上开辟出一个中兴茶楼，在绒线铺中
央安装一个又窄又陡的木梯，缘梯而上，直登茶楼。茶楼当然是
卖茶，逛市场可以在此歇歇腿儿，也可以教伙计买各种零食送到
楼上来，楼上还有几个雅座。傅掌柜的花样多，不久他卖起西餐
来了。他对常来的茶客游说：“您尝尝我们的咖喱鸡，我现在就
请您赏脸，求您品题，不算钱，您吃着好，以后多照顾。”一
吃，果然不错。那时候在北平，吃西餐算时髦，一般人只知道咖
喱的味道不错，不知道咖喱是什么东西，还以为咖喱是一种植物
的果实，磨成粉就是咖喱粉，像咖啡豆之磨成咖啡那样。傅掌柜

又说："您吃着好，以后打个电话我们就送到府上，包管是滚热的，多给您带汤。"一块钱可以买四只小嫩鸡煮的整只咖喱鸡，一大锅汤。不久他又有了新猷："您尝尝我们的牛扒。是从六国饭店请来的师傅。半生不熟的，外焦里嫩的，煎得熟透的，任凭您选择。"牛扒是北平的词儿，因为上海人读排为扒，北平人干脆写成为牛扒。中兴茶楼又拓展到对面的一层楼上，场面愈大，也学会了西车站食堂首创的奶油栗子粉。这一道甜点心，没人不欢迎，虽然我们中国的奶油品质差一点，打起来稀趴趴的不够坚实。

中兴的后身有两座楼，一个是丹桂商场，一个我忘了名字。这两座楼方形，中间是摊贩的空场，一个专卖七零八碎的小古董小玩意儿，一个是卖旧书。古董里可真有好东西，一座座玻璃罩的各种形式的座钟，虽然古老，煞是有趣。古钱币，鼻烟壶，珠宝景泰蓝等也不少。价钱没有一定，一般人不敢问津。北平特产的小宝剑小跨刀是非常可爱的。我在摊子上买到过一个硬木制的放风筝用的线桄子，连同老弦，用了多少年都没有坏，而且使用起来灵活可喜。我也在书摊上买到过好几部明刻本诗集，有一部铅字排的仇注杜诗随身携带至今，书页都变成焦黄色了。

斜对着中兴有一家葆荣斋，卖西点，所做菠萝蛋糕、气鼓、咖啡糕等等都还可以，只是粗糙一些，和法国面包房的东西不能比。老板姓氏不记得了，外号人称"二愣子"，有人说他是太监，是否属实不得而知。市场西点后起的还有两家，起士林和国强，兼做冷饮小吃，年轻的人喜欢去吃点冰淇淋什么的。有一家丰盛轩酪铺，虽不及门框胡同的，在东城也算是够标准的了，好像比东四牌楼南大街的要高明些。

越过起士林往南走，是一片空地，疏疏落落的有些草木，东头有一个集贤球房，远远的可以听到辘辘响，那是保龄球，据说那里也有台球。我从来没有进去过。那个时代好像只有纨绔子弟或市井无赖才去那种地方玩耍。

逛市场到此也差不多了，出南门便是王府井大街，如有兴致可以在中原公司附近一家茶馆听白云鹏唱大鼓，刘宝全不在了，白云鹏还唱一气，老气横秋，韵味十足。那家茶馆设备好，每位客人占大沙发一个，小茶几一个，舒适至极。

听完大鼓，回头走，走到金鱼胡同口，宝华春的盒子菜是有名的，酱肘子没有西单天福的那样肥，可是一样的烂，熏鸡、酱肉、小肚、熏肘、香肠无一不精，各买一小包带回家去下酒卷饼，十分美妙。隔壁天义顺酱园在东城一带无人不知，糖蒜固然好，甜酱萝卜更耐人寻味，北平的萝卜（象牙白）品质好，脆嫩而水分少，而且加糖适度，不像日本的腌渍那样死甜，也不像保定府三宗宝之一的酱菜那样死咸。我每次到杭州我舅舅家去，少不了带点随身土物，一整块宝华春青酱肉，一大篓天义顺酱萝卜，外加一盆月盛斋酱羊肉，两个大苤蓝，两把炕笤帚。这几样东西可以代表北平风物之一斑。

现在的北平变了。最近去过的人回来报道说，东安市场的名字没有了，原来的模样也不存在，许多许多好吃好玩的事物也徒留在记忆里，只是那块土地无恙。儿时流连的地方，悠闲享受的所在，均已去得无影无踪。仅仅三四十年的工夫，变化真大！

# 文 房 四 宝

　　文房四宝，谓笔墨纸砚。《明一统志》："四宝堂在徽州府治，以郡出文房四宝为义。"这所谓郡，是指歙县。其实歙县并不以笔名，世所称"湖笔徽墨"，湖是指浙江省旧湖州府，不过徽州的文具四远驰名，所以通常均以四宝之名归之。宋苏易简撰《文房四宝谱》五卷，是最早记述文房四宝的专书。《牡丹亭·闺塾》："春香取文房四宝来模字。"《长生殿·制谱》："不免将文房四宝摆设起来。"是文房四宝一语沿用已久。

　　凡是读书人，无不有文房四宝，而且各有相当考究的文房四宝，因为这是他必需的工具。从启蒙到出而问世，离不开笔墨纸砚。现在的读书人，情形不同了，读书人不一定要镇日价关在文房里，他可能大部分时间要走进实验室，或是跑进体育场，或是下田去培植什么品种，或是上山去挖掘古坟，纵然有随时书写的必要，"将文房四宝摆设起来"的那种排场是不可能出现的了。至少文房四宝的形态有了变化。我们现在谈文房四宝，多少带有一些思古之幽情。

# 笔

　　《史记》：蒙恬筑长城，取中山兔毛造笔。所以我们一直以为我们现在使用的这种毛笔是蒙恬创造的，蒙恬以前没有毛笔。有人指出这个说法不对。毛笔的发明远在秦前。甲骨文里没有"笔"字，不能证明那个时代没有笔。殷墟发掘，内中有朱书的龟板（董作宾先生曾赠我一条幅，临摹一片龟板，就是用朱墨写的，记载着狩猎所得的兽物，龟脊以左的几行文字直行右行，其右的几行文字直行左行，甚为有趣）。看那笔迹，非毛笔不办。民国初年长沙一座战国时代古墓中，发现了一支竹管毛笔，兔毛围在笔管一端的外面，用丝线缠起，然后再用漆涂牢。是战国时已有某种形式的毛笔了。蒙恬造笔，可能是指秦笔而言。晋崔豹《古今注》已有指陈，他说："自古有书契以来，便应有笔，世称蒙恬造笔，何也？答曰：'蒙恬造笔，即秦笔耳。'"所谓秦笔，是以四条木片做笔杆，而不是用竹，因为秦在西陲，其地不产竹。至于我们现代使用的毛笔究竟是始于何时，大概是无可考。韩愈的《毛颖传》不足为凭。

　　用兽毛制笔实在是一大发明。有了这样的笔，才有发展我们的书法画法的可能。《太平清话》："宋时有鸡毛笔、檀心笔、小儿胎发笔、猩猩毛笔、鼠尾笔、狼毫笔。"所谓小儿胎发笔，不知是否真有其事。我国人口虽多，搜集小儿胎发却非易事，就是猩猩的毛恐怕亦不多见。我们常用的毛是羊毫，取其软，有时又嫌太软，遂有七紫三羊或三紫七羊或五紫五羊的发明。紫毫是深紫色的兔毫，比较硬。白居易有一首《紫毫笔乐府》："紫毫笔，尖如锥兮利如刀。江南石上有老兔，吃竹饮泉生紫毫，宣城工人采为笔，千万毛中择一毫。"可见紫毫一向是很贵重的。我小时候常用的笔是"小毛锥"，写小字用，不知是什么毛做的，价钱便宜，用不了多久不是笔尖掉毛，就是笔头松脱。最可羡慕的是父亲书桌上笔架上插着的琉璃厂李鼎和"刚柔相济"，那就是七紫三羊，只有在父亲命我写"一柱香"式的红纸名帖的时候，才许我使用他的"刚柔相济"。这种七紫三羊，软中带硬，写的时候省力，写出来的字圆润。"刚柔相济"这个名字实在起得好。我的岳家开设的程五峰斋是北平一家著名老店，科举废后停业，肆中留卜的笔墨不少，我享用了好多年，其中最使我快意的是毛笔"磨练出精神"，原是写大卷用的笔，我拿来写信写稿，写白折子，真是一大享受。

常听人说：善书者不择笔。我的字写不好，从来不敢怨笔不好。可是有一次看到珂罗版影印的朱晦庵的墨迹，四五寸大的行草，酣畅淋漓，近似"笔势飞举而字画中空"的飞白，我忽有所悟。朱老夫子这一笔字，绝不是我们普通的毛笔所能写出来的。史书记载："蔡邕谐鸿都门，时方修饰，见役人以垩帚成字，因归作飞白书。"朱老夫子写的近似飞白的字，所用的纵然不是垩帚，也必定是一种近似刷子的大笔。英文译毛笔为brush（刷子），很难令人满意，其实毛笔也的确是个刷子，不过有个或长或短或软或硬溜尖的笔锋而已。画水彩画用的笔，也曾有人用以写字，而且写出来颇有奇趣。油漆匠用的排笔，也未尝不可借来大涂大抹一幅画的背景。毛笔是书画用的工具，不同的书画自然需要不同的笔。古代书家率多自己造笔，非如此不能满足他的需要。据说王右军用的是兔毫笔，都是经过他自己精选的赵国平原八九月间的兔子的毫，既长而锐。北方天气寒冷，其毫劲硬，所以右军的字才写得那样的挺秀多姿。大抵魏晋以至于唐，以兔毫为主，宋元以后书家偏重行草，乃以鼠毫羊毫为主。不过各家作风不同，用途不同，所用之笔亦异，不可一概而论。像沈石田的山水画，浓墨点苔非常出色，那著名的"梅花点"就不是一般画笔所能画得出来的，很可能是先用剪刀剪去了笔锋。

毛笔之妙，固不待言，我们中国的字画之所以能在世界上独树一帜，赖有毛笔为工具。不过毛笔实在不方便，用完了要洗，笔洗是不可少的，至少要有笔套，笔架笔筒也是少不了的。而且毛笔用不了多久必败，要换新的。僧怀素号称草圣，他用过的笔堆积如山，埋在地下，人称笔冢。那是何等的豪奢。欧阳修家贫，其母以荻画地教之学书。那又是何等的困苦。自从科举废，毛笔之普遍的重要性一落千丈，益以连年丧乱，士大夫流离颠沛，较简便的自来水笔、铅笔，以至于较近的球端笔（即俗谓原子笔）、毡头笔（即俗谓签字笔）乃代之而兴。制毛笔的技术也因之衰落。近来我曾搜购七紫三羊，无论是来自何方，均不够标准，都是以紫毫为心，秀出外露，羊毫嫌短，不能与紫毫浑融为一体，无复刚柔相济之妙。这也是无可奈何之事。有穷亲戚某，略识之无，其子索钱买毛笔，云是教师严命，国文作文非用毛笔不可，某大怒曰："有铅笔即可写字，何毛笔为？"孩子大哭而去。画荻学书之事，已不可行于今日。此后毛笔之使用恐怕要限于临池的书家和国画家了。

## 墨

古时无墨。最初是以竹挺点漆，后来用石墨磨汁，汉开始用松烟制墨，魏晋之际松烟制墨之法益精，遂无再用石墨者。魏韦诞的合墨法："好醇烟捣讫，以细绢筛于缸。醇烟一斤以上。以胶五两，浸梣皮汁中。其皮入水，绿色，解胶，又益墨色，可下鸡子白去黄五枚。益以真珠一两，麝香一两，皆别治细筛。都合稠下铁臼中，宁刚不宜泽，捣三万杵，多益善。合墨不得过二月九日，重不得二两一。"古人制墨，何等考究。唐李廷珪为墨官，尝谓合墨一料需配真珠三两、玉屑一两，捣万杵。晚近需求日多，利之所在，粗制滥造，佳品遂少。历来文人雅士，每喜蓄墨，不一定用以临池，大多是以为把玩之资。细致的质地，沉著的色泽，高贵的形状，精美的雕镂题识，淡远的香气，使得墨成为艺术品。有些名家还自己制墨，苏东坡与贺方回都精研和胶之法。明清两代更是高手如云。而康熙、乾隆都爱文墨，除了所谓御墨如三希堂、墨妙轩之外，江南督抚之类封疆大吏希意承旨还按时照例进呈所谓贡墨，虽然阿谀奉承的奴才相十足，墨本身的制作却是很精的，偶有流布在外，无不视为珍品。《红楼梦》作者织造曹寅也有镌著"兰台精英"四字的贡墨，为蓄墨者所乐道。至于谈论墨品的专书，则宋有晁季一之《墨经》、李孝美之《墨谱》，明有陆友之《墨史》等，清代则谈墨之书不可胜计。

墨究竟是为用的，不是为玩的。而且玩墨也玩不了多久。苏东坡诗："此墨足支三十年，但恐风霜侵发齿。非人磨墨墨磨人，瓶应未罄罍先耻。"《苕溪渔隐丛话》："东坡云：'石昌言蓄李廷珪墨，不许人磨。或戏之云：子不磨墨，墨将磨子。今昌言墓木拱矣，而墨固无恙。'"墨之精品，舍不得磨用，此亦人情之常。民初北平兵变，当铺悉遭劫掠，肆中所藏旧墨散落在外，家君曾收得大小数十笏，皆锦盒装裹，精美豪华。其形状除了普通的长方形圆柱形等之外，还有仿钟、鼎、尊、磬诸般彝器之作。质坚烟细，神采焕然。这样的墨，怎舍得磨？至于那些墨上镌刻的何人恭进，我当时认为无关重要，现已不复记忆了。

书画养性，至堪怡悦，唯磨墨一事为苦。磨墨不能性急，要缓缓的一匝匝的软磨，急也没用，而且还会墨汁四溅。昔人有云："磨墨如病儿，把笔如壮夫。"懒洋洋的磨墨是像病儿似的有气无力的样子。不过也有人说，磨墨的时候正好构想。《林下偶谈》："唐王勃属文，初不精思，先磨墨数升。"也许那磨墨正是精思的时刻。听人说，绍兴师爷动笔之前必先磨墨，那也许是在盘算他的刀笔如何在咽喉处着手吧？也有人说，作书画之前磨墨，舒展指腕的筋骨，有利于挥洒，不过那也要看各人的体力，弱不禁风的人磨墨数升，怕搦管都有问题，只能作颤笔了。

笔要新，墨要旧。如今旧墨难求，且价绝昂。近有人贻我坊间仿制"十八学士"一匣、"睢阳五老"一匣，只看那镂刻粗糙，金屑浮溢之状，就可以知道墨质如何。能没有臭腥之气，就算不错。

## 纸

蔡伦造纸，见《后汉书·蔡伦传》："自古书契多编以竹简，其用缣帛者谓之为纸。缣贵而简重，并不便于人。伦乃造意，用树肤、麻头及敝布、渔网以为纸。元兴元年（西历一〇五年）奏上之，帝善其能。自是莫不从用焉，故天下咸称蔡侯纸。"蔡伦是东汉和帝时的一名宦官，亏他想出以植物纤维造纸的方法。造纸的原料各地不同，据苏易简《纸谱》说："蜀人以麻，闽人以嫩竹，北人以桑皮，剡溪人以藤，海人以苔，浙人以麦面稻秆，吴人以茧，楚人以楮为纸。"多是植物性纤维，就地取材。我国的造纸术，于蔡伦后六百多年传到中亚，再经四百年传到欧洲，这一伟大发明使全世界蒙受其利，是值得大书特书的事。

文人最重视的纸是宣纸，产自安徽宣州，今宣城县，故名。《绩溪县志》："南唐李后主，留心翰墨，所用澄心堂纸，当时贵之。而南宋亦以入贡。是澄心堂纸之出绩溪，其著名久矣。"
案近人考证澄心堂，在今安徽绩溪县艺林寺临溪小学附近，与
李后主宫内之澄心堂根本不是一个地方。李后主用绩溪的澄心
堂纸，但是他没有制作澄心堂纸。宫中燕乐之地，似不可能设
厂造纸。《文房四谱》："黟、歙间多良纸，有凝霜、澄心之
号。复有长可五十尺为一幅。盖歙民数百理其楮，然后于长船中
以浸之，数十夫举杪以抄之。旁一夫以鼓节之。于是以大薰笼周
而焙之，不上于墙壁也。由是自首至尾匀整如一。"澄心堂纸幅
大者，特宜于大幅书画之用。不过真的澄心堂纸早已成为希罕之
物，北宋时即已不可多见。《六一诗话》："余家尝得南唐后主
之澄心堂纸……"视为珍宝。宋刘攽（贡父）诗："当时百金售
一幅，澄心堂中千万轴。后人闻此那复得，就使得之当不识！"
如今侈言澄心堂，几人见过真面目？

　　旧纸难得，黠者就制造赝品，熏之染之，也能古色古香的混
充过去，用这种纸易于制作假字画蒙骗世人。这应该算是文人无
行的一例，故宫曾流出一批大幅旧纸，被作伪的画家抢购一空。

　　宣纸有生熟之别，有单宣夹贡之分。互有利弊，各随所好
而已。古人喜用熟纸，近人偏爱生纸。生纸易渗水墨，笔头水分
要控制得宜，于湿干浓淡之间显出挥洒的韵味。尝见有人作画，
急欲获致水墨渗渲的效果，不断的以口吮毫，一幅画成，舌面尽
黑。工笔画，正楷书，皆宜熟纸。不过亦不尽然，我看见过徐青
藤花卉册页的复制品，看那淋漓的水渲墨晕，不像是熟纸。

　　文人题诗或书简多喜自制笺纸，唐名妓薛涛利用一品质特佳
的井水制成有名的薛涛笺，李商隐所云"浣花笺纸桃花色，好好
题诗咏玉钩"，大概就是这种纸。明末盛行花笺，素宣之上加以
藻绘，花卉、山水、人物，以及铜玉器之模型，穷工极妍，相习

成风。饾板彩色的"十竹斋笺谱""萝轩变古笺谱"可推为代表作。二十世纪初北京荣宝斋等南纸店发售之笺纸，间更有模印宋版书之断简零篇者，古色古香，甚有意趣。近有嗜杨小楼剧艺而集其多幅戏报为笺纸者，亦别开生面之作。

自毛笔衰歇之后，以宣纸制作之笺纸亦渐不流行，偶有文士搜集，当作版画一般的艺术品看待。周作人的书信好像是一直维持用毛笔笺纸，徐志摩、杨今甫、余上沅诸氏也常保持这种作风。至于稿纸之使用宣纸者，自梁任公先生之后我不知尚有何人。新月书店始制稿纸，采胡适之先生意见，单幅大格宽边，有宣边、毛边、道林三种，其中宣纸一种，购者绝少，后遂不复制。

## 砚

砚居四宝之末，但是同等重要。广东高要县端溪所产之砚号称端砚，为世所称，其中以斧柯山的石头最为难得，虽然大不过三四指，但是只有冬天水涸的时候才可一人匍匐进入洞口采石，苏东坡所说"千夫挽绠，百夫运斤，篝火下缒，以出斯珍"，可以说明端砚之所以珍贵。与端砚齐名的是歙砚，产地在今之江西婺源县（原属安徽）之歙溪。如今无论是端砚或歙砚，都因为历年来开采，罗掘俱穷，已不可多得，吾人只能于昔人著述中略知其一二，例如宋米芾之《砚史》、高似孙之《砚笺》，以及南宋无名氏之《砚谱》等。

历代文人及收藏家多视佳砚为拱璧。南唐官砚，现在日本，《广仓研录》以此砚为所著录名砚百数十方拓本之首，是现存古砚之最古老最珍贵者。宋人苏东坡的有邻堂遗砚，及米芾的紫金砚等都是极为有名的。所谓良砚，第一是要发墨，因其石之质地坚细适度，磨墨不费时，轻磨三二十下，墨沈浓浓。而且墨愈坚则发墨愈速，佳砚佳墨乃相得而益彰。除了发墨之外还要不伤笔，笔尖软而砚石糙则笔易受损。并且磨起不可有沙沙的声响。磨成墨汁后要在相当久的时间内不渗不干。能有这几项优异的功能便是一方佳砚，初不必问其是端是歙。

我家有一旧砚，家君置在案头使用了几十年，长约尺许，厚几二寸，砚瓦微陷，砚池雕琢甚细，池上方有石眼，左右各雕一龙，作二龙戏珠状。这个石眼有瞳孔，有黄晕，算不算得是"活眼"我就不知道了。家君又藏有桂未谷摹写的蝇头隶书汉碑的拓本若干幅，都是刻在砚石上的，写得好，刻得精，拓得清晰，裱褙装裹均极考究，分四大函。张迁、曹全、白石神君、天发神谶、孔宙，等等无不俱备。观此拓片，令人神往，原来的石砚不知流落何方了。

我初来台湾，求一可用之砚亦不易得。有人贻我塑胶砚一方，令人啼笑皆非。菁清雅好文玩，既示我以其所藏之三希堂法帖，又出其所藏旧砚多方，供我使用。尤其妙者，菁清尝得一新奇之砚滴，形如废电灯泡，顶端黄铜螺旋，扭开即可注水，中有小孔，可滴水于砚面或砚池，胜似昔之砚蟾。陆放翁有句："自烧熟火添新兽，旋把寒泉注砚蟾。"我之新型现蟾，注水可长期滴用，方便多多。从此文房四宝，虽不求精，大致粗备。调墨弄笔，此其时矣。

# 时间即生命

最令人怵目惊心的一件事，是看着钟表上的秒针一下一下的移动，每移动一下就是表示我们的寿命已经缩短了一部分。再看看墙上挂着的可以一张张撕下的日历，每天撕下一张就是表示我们的寿命又缩短了一天。因为时间即生命。没有人不爱惜他的生命，但很少人珍视他的时间。如果想在有生之年做一点什么事，学一点什么学问，充实自己，帮助别人，使生命成为有意义，不虚此生，那么就不可浪费光阴。这道理人人都懂，可是很少人真能积极不懈的善为利用他的时间。

我自己就是浪费了很多时间的一个人。我不打麻将，我不经常的听戏看电影，几年中难得一次，我不长时间看电视，通常只看半小时，我也不串门子闲聊天。有人问我："那么你大部分时间都做了些什么呢？"我痛自反省，我发现，除了职务上的必须及人情上所不能免的活动之外，我的时间大部分都浪费了。我应该集中精力，读我所未读过的书，我应该利用所有时间，写我所要写的东西。但是我没能这样做。我的好多的时间都糊里糊涂的混过去了，"少壮不努力，老大徒伤悲。"

例如我翻译莎士比亚，本来计划于课余之暇每年翻译两部，二十年即可完成，但是我用了三十年，主要的原因是懒。翻译之所以完成，主要的是因为活得相当长久，十分惊险。翻译完成之后，虽然仍有工作计划，但体力渐衰，有力不从心之感。假使年轻的时候鞭策自己，如今当有较好或较多的表现。然而悔之晚矣。

再例如，作为一个中国人，经书不可不读。我年过三十才知道读书自修的重要。我披阅，我圈点，但是恒心不足，时作时辍。五十以学易，可以无大过矣，我如今年过八十，还没有接触过易经，说来惭愧。史书也很重要。我出国留学的时候，我父亲买了一套同文石印的前四史，塞满了我的行箧的一半空间，我在外国混了几年之后又把前四史原封带回来了。直到四十年后才鼓起勇气读了《通鉴》一遍。现在我要读的书太多，深感时间有限。

无论做什么事，健康的身体是基本条件。我在学校读书的时候，有所谓"强迫运动"，我踢破过几双球鞋，打断过几只球拍。因此侥幸维持下来最低限度的体力。老来打过几年太极拳，目前则以散步活动筋骨而已。寄语年轻朋友，千万要持之以恒的从事运动，这不是嬉戏，不是浪费时间。健康的身体是做人做事的真正的本钱。

# "讨厌"与"可怜"

"你讨厌!"

"你讨厌我,但是我不讨厌你。"

上面两句话,第一句没有错,第二句不妥。讨厌是讨人厌恶之意。讨是引逗的意思。我们常说:"这个人讨人欢喜。""那个人讨人嫌。"我们也说:"不要自讨没趣。"讨是动词。所以第一句话"你讨厌"没有错。

第二句话里"讨厌"一语就用得不妥了。"你讨厌我",到底是我厌恶你,还是你厌恶我?到底是我讨你之厌,还是你讨我之厌?如果这一句话改作"你厌恶我,但是我不厌恶你",意思就通顺多了。"讨厌"二字不能当作一个及物动词用。

《老残游记》里有这样的一句:"大家因为他为人颇不讨厌,契重他的意思,都叫他'老残'。"在这句话里,"讨厌"当作形容词用,也是说得过去的。

但是现在有很多人常在语言文字中把"讨厌"一语当及物动词用,例如:"我最讨厌不守时的人。""谁不讨厌在公共场所抽烟的人?"乍听之下也可以了解句意,但是再一推敲,便觉得不合理了。

　　"门口一只猫，饥寒交迫，真是可怜。"

　　"我因为可怜他，就把他抱到家里来了。"

　　上面两句话，第一句不错，第二句不妥。可字表示性态，等于是"值得""宜于""使人……"之意，例如：可惜、可怕、可敬、可爱、可恨、可恼、可叹、可杀、可赦……可怜就是使人怜悯的意思。

　　陈陶《陇西行》："可怜无定河边骨"。白居易《长恨歌》："可怜光彩生门户"。这两句中的"怜"字意义不同，但"可怜"二字用法相同，都是表性态。

　　第二句便有问题。在这句里，"可怜"二字显系当作及物动词了。"我可怜他"，实在不成为一句话，到底是谁可怜，是谁怜悯谁，意思模糊不清。可是现在好多人都在说："你可怜可怜我吧！""我可怜他孤苦无依。""可怜"改作"怜恤"或"怜悯"就比较合理。

　　"可怜"可以作名词用，如"小可怜"；亦可作形容词，如"可怜虫"，就是不可作及物动词用。

　　有人说，词达而已矣，不必咬文嚼字。又有人说，字词的使用，往往是约定俗成，不必一定依照文法或逻辑的安排。话是不错，不过一般而论，字词的用法仍有其规范，不宜以讹传讹的错误下去。尤其是从事写作的人，如果在笔下慎重，尽量裁汰不妥的字词，对于语文的净化会有很大影响的。

# 又 逢 癸 亥

　　我是清华癸亥级毕业的。现在又逢癸亥，六十年一甲子，一晃儿！我们以为六十周年很难得，其实五十九周年也很难得，六十一周年更难得。不过一甲子是个整数罢了。

　　我在清华，一住就是八年，从十四岁到二十二岁，回忆起来当然也有一些琐碎的事可说。我在清华不是好学生，功课平平，好多同学都比我强，不过到时候我也毕业了，没有留级过。品行么，从来没有得过墨盒（只有品学俱佳热心服务或是奉命打小报告的才有得墨盒的资格），可是也没有被记过或进过"思过室"（中等科斋务室隔壁的一间禁闭室）。

　　级有级长，每年推选一人担任。我只记得第一任级长是周念诚（江苏籍），他是好人，忠厚诚恳，可惜一年未满就病死了。最后一位是谢奋程（广东人），为人精明，抗战期间在香港作寓公，被日军惨杀。

　　每一个中等科新生，由学校指定高等科四年级生作指导员，每周会晤一二次，用意甚善。指导我的是沈隽祺。事实上和我往还较多的是陈烈勋、张道宏。我是从小没离开过家的人，乍到清华我很痛苦，觉得人生最苦恼事第一件是断奶，而上学住校读书等于是第二次断奶。过了好几年我才习惯于新的环境。但是八年来每个星期六我必进城回家过一个温暖的周末。那时候回一趟家不简单，坐人力车经海甸到西直门要一个多小时，换车进城到家又是半个多小时。有时候骑驴经成府大钟寺而抵西直门车站，很少时候是走到清华园车站坐火车到西直门。在家里停留二十四小时，便需在古道夕阳中返回清华园了。清华园是我第二个家。

八年之中我学到了些什么？英文方面，作到粗通的地步，到美国去读书没有太大的隔阂。教过我英文的有林语堂、孟宪成、马国骥、巢堃琳诸先生，还有几位美国先生。国文方面，在中等科受到徐镜澄先生（我们背后叫他徐老虎，因为他凶）的教诲，在作文方面才懂得什么叫做"割爱"，作文须要少说废话，文字要简练，句法要挺拔，篇章要完整。五四以后，白话文大行，和闻一多几位同好互相切磋，走上了学习新文学的路子。由于积极参加《清华周刊》的编务，初步学会了撰稿、访问、编排、出版一套技巧。

五四的学生运动，清华轰轰烈烈的参加了。记得我们的学生领袖是陈长桐。他是天生的领导人才，有令人倾服的气质。我非常景仰他。他最近才去世，大概接近九十高龄了。陈长桐毕业之后继续领导学生自治会的是罗隆基。学生会的活动引发好几次风潮。不一定是学生好乱成性，学校方面处理的方法也欠技巧。有一晚全体学生在高等科食堂讨论罢课问题，突然电灯被熄灭了，这不能阻止学生继续开会，学生点起了无数支蜡烛，正群情激愤中，突然间有小锣会（海甸民间自卫组织）数人打着灯笼前来镇压，据说是应校方报案邀请而来，于是群情大哗，罢课、游行、驱逐校长，遂一发而不可收拾。数年之间，三赶校长。本来校长周寄梅先生，有校长的风范，丞乎人望，假使他仍在校，情势绝不至此。

　　清华夙重体育。上午有十五分钟柔软操，下午四至五强迫运动一小时，这个制度后来都取消了。清华和外面几个大学常有球类比赛，清华的胜算大，每次重要比赛获胜，举校若狂，放假一天。我的体育成绩可太差了，毕业时的体育考试包括游泳、一百码、四百码、铅球等项目。体育老师马约翰先生对我只是摇头。游泳一项只有我和赵敏恒二人不及格，留校二周补考，最后在游泳池中连划带爬总算游过去了，喝了不少水！不过在八年之中我也踢破了两双球鞋，打断了两只球拍，棒球方面是我们河北省一批同学最擅长的，因此我后来右手拾起一块石子可以投得相当远，相当准。我八年没有生过什么病，只有一回感染了腮腺炎住进了校医室。起码的健康基础是在清华打下的，维持至今。

　　清华对学生的操行纪律是严格的。偷取一本字典，或是一匹夏布，是要开除的。打架也不行。有一位同学把另一位同学打伤，揪下了一大撮头发，当然是开除处分，这位被开除的同学不服气，跑到海甸喝了一瓶莲花白，回来闯进大家正在午膳的饭厅，把斋务主任（外号李胡子）一拳打在地下，结果是由校警把他抓住送出校去。这一闹剧，至今不能忘。

　　我们喜欢演戏，年终同乐会，每级各演一短剧比赛。像洪深、罗发组、陆梅僧，都是好手。癸亥级毕业时还演过三幕话剧，我和吴文藻扮演女角，谁能相信？

　　癸亥级友在台北的最多时有十五人，常轮流做东宴集，曾几何时，一个个的凋零了！现只剩辛文锜（卧病中）和我二人而已。不在台北的，有孙立人在台中，吴卓在美国。现在又逢癸亥，欲重聚话旧而不可得，何况举目有山河之异，"水木清华"只在想像中耳！

## "金 钱 豹"

朱陆豪是陆光杰出演员之一。他的武功好，干净利落，中式中节，而且有一股英勇豪迈之气流露在眉宇之间。我曾以语齐如山先生，齐先生也有同感，他还表示一种热烈的愿望，愿他能更进一步，英气内敛，走上杨小楼的路数。有功夫而又有才气的演员是很难得的，而好的演员正是戏剧的灵魂，所以我看了朱陆豪的戏便非常喜悦。

但是我很少看戏，因为我工作忙，而且有早睡的习惯，平常在电视上观赏评剧的机会较多。伏案读写之际，菁清往往大叫："快来看电视，有朱陆豪的戏！"不由分说便把我拉去一同观赏。平夙看电视，时间一久，常恹恹欲睡，但是朱陆豪的戏不准许人打瞌睡。菁清从小爱听戏，她的尊翁在汉口拥有大舞台，她在鬌龄便经常出入前台后台，耳濡目染，成了一个小戏迷。她对于朱陆豪的评价也是很高。

沈苇窗先生对于评剧十分内行，每到台北必定看戏，非此不乐。他知道菁清和我都爱听朱陆豪的戏，便于前天夜晚邀我们去看他的《金钱豹》，还有黄猫庵先生同座。在苇窗先生的邀请、朱陆豪的号召、菁清的怂恿之下，我只好放弃一次我的早眠的习惯了。

我们走进剧场，正赶上字幕板打出"金钱豹朱陆豪饰"字样，不早不晚。坐定之后，只见金钱豹于紧锣密鼓之中出台亮相，博得一阵掌声。金钱豹的脸谱以黑色与金色条纹相间为主，展示一种活泼凶野之相。菁清低声对我说："你看他的眼睛眨巴眨巴的样子。"果然，他的眼睛一眨，金光闪烁，咄咄逼人。

《金钱豹》是一出武戏，是西游戏中的一出，因为打斗火辣，不拘内行外行的观众都会欣赏其热闹。苇窗先生说他看过杨小楼演的金钱豹。杨小楼是武生泰斗，演猴子戏（如安天会）也最为出色，他演金钱豹当然会令人叫绝。我没看过杨小楼演的金钱豹，但是我不止一次看过俞振庭的金钱豹。俞振庭是俞毛包的儿子，俞毛包是当时数一数二的，以武功做工风靡一时，杨小楼是他的弟子。但是俞毛包的剧艺传了他的弟子杨小楼，没能传给他的儿子俞振庭。俞振庭的剧艺不错，比起杨小楼便差一截了。可是在《金钱豹》一剧之中，俞振庭得了俞毛包的遗传，打斗起来凶猛过人，一派火辣辣的作风令人难当。在这样一出戏里，杨小楼的那种稳健文雅的演技反倒难以施展。所以杨小楼不常贴金钱豹，遂令俞振庭的金钱豹独步一时了。和俞振庭搭配的孙悟空经常由迟月庭担任，这一搭档有最好的默契，演来丝丝入扣。豹猴对打，要打得合作无间。和朱陆豪打对手的是张光僖，身手不弱，武功非常强，和朱陆豪势均力敌。

《金钱豹》不仅是武戏，而且带有武术表演的性质。翻斤斗是不可少的一个项目，噗咚噗咚的可以连翻二三十下，"斤斗虫"一语不足以形容之。令人心惊的是"摔殼子"，由三张桌子上翻身跳下，在半空中来一个"鹞子翻身"，然后落地。按旧规矩，摔殼子是用脊背着地，实在危险。虽说练习有素，难免受伤。看戏的人于心不安。前天我所看见的摔殼子是用双脚着地，稍有改良，然听那噗咚一声还是心里难过。我想这样的表演不妨省去。看戏是享受，这样的令人提心吊胆就不是必要的了。

打斗的高潮是飞叉。我记得俞振庭的金钱豹，是右手握着叉，只手遥遥的高高的掷去，叉上的银光闪动，环扣哗啦哗啦响，演猴子的适时高高跳起，于腾空中两手抱住叉头，仰面摔倒地上，做被掷中状。掷叉抱叉都要有分寸，间不容发。这一动作于顷刻中完成，没有犹豫，没有准备，迅速而自然，美妙之至。再者猴子没有打赤膊的必要。

以剧情论，《金钱豹》是一出神怪的笑剧，本是家喻户晓，无需深论，重点在于打斗。也许有人以为几近武术表演的部分不合戏剧构成的原理，殊不知一个民族的娱乐性质的表演自有其不同的背景，我们不可以西洋戏剧的理论来衡量中国的戏剧。我们的戏剧是文剧与武戏分开的，各有其范畴，而同样的深受民众的欢迎。

是晚《金钱豹》之后还是《盘丝洞》和《盗魂铃》两出，合称"金盘盗"，虽然都是西游戏，实际是各不相连。盘丝洞有彩绸舞一场，相当精彩。盗魂铃则是歌唱杂烩，博观众一乐。但是听到了周正荣的歌声，饶有韵味，令人感到意外的满足。

曲终人散，回到家里已是夜里十一点，才一合眼，耳畔犹闻锣鼓声，眼前尚见飞叉舞也。

## 陆小曼的山水长卷

最近看到陈从周先生的一篇文章——《含泪中的微笑——记陆小曼画山水长卷》。陈先生和徐志摩有姻娅关系，有关志摩与小曼的事情他知道得最多。陈先生这篇文章，含有我们前所未知的资料，弥足珍贵。谨先就陈先生所提供的资料择要抄述于后。

陆小曼是常州人，生于一九○三年农历九月十九日，卒于一九六五年四月三日，享年六十三岁。她临终时把三件东西交付给陈从周先生，一是《徐志摩全集》的一份样本，一箱纸版；二是梁启超为徐写的一副长联；三是她自己画的山水长卷。陈先生把全集送给了北京图书馆，梁联及画卷交给浙江博物馆，总算保存了下来。可惜的是全集纸版归还了徐家，在所谓"十年动乱"期间于抄家中失去了。

山水长卷是小曼的早期作品，结婚后在上海拜贺天健为师学画，陈先生许为"秀润天成"。此画作于一九三一年春，时小曼二十九岁。这长卷由志摩于夏间携去北京，托邓以蛰（叔存）先生为之装裱。装成，邓有跋语说明。胡适之先生在下面题了一首诗，诗曰：

　　　　　　画山要看山，画马要看马。

　　　　　　闭门造云岚，终算不得画。

　　　　　　小曼聪明人，莫走这条路。

　　　　　　拼得死工夫，自成真意趣。

　　小曼学画不久，就作这山水大幅，功力可不小！我是不懂画的，但我对于这一道有一点很固执的意见，写成韵语，博小曼一笑。

　　　　　　　　　　　　　　　适之　二十、七、八、北京

　　陈先生说，胡适这一个观点是以前没有发表过的。杨铨（杏佛）先生题了一首唱反调的诗：

　　　　　　手底忽现桃花源，胸中自有云梦泽，

　　　　　　造化游戏成溪山，莫将耳目为桔栓。

　　小曼作画，适之讥其闭门造车，不知天下事物，皆出意匠，过信经验，必为造化小儿所笑也。质之适之、小曼、志摩以为如何？

　　　　　　　　　　　　　　　二十年七月二十五日杨铨

小曼的老师贺天健后来也题了一首诗：

　　　　　　东坡论画鄙形似，懒瓒云山写意多；

　　　　　　摘得骊龙颔下物，何须粉本拓山阿。

梁鼎铭先生也有一段题识，他说：

　　……只是要有我自己，虽然不像山，不像马，确有我自己在里头就得了。适之说，小曼聪明人，我也如此说，她一定能知道的。适之先生以为如何？……

较长的题跋是陈蝶野先生的，他说：

……今年春予居湖上，三月归，访小曼，出示一卷，居然崇山叠岭，云烟之气缭绕楮墨间，予不知小曼何自得此造诣也。志摩携此卷北上，归而重展，居然题跋名家缀满纸尾。小曼天性聪明，其作画纯任自然，自有其价值，固无待于名家之赞扬而后显。但小曼决不可以此自满。为学无止境，又不独为画然也。

蝶　野

这一幅山水长卷，徐志摩随带在身，一九三一年夏，预备到北京再请人加题，不料坠机而亡，但是这幅画却未毁掉，小曼一直保存到死。陈从周先生在题记中说："历劫之物，良足念也。"如果不是他把这幅画送交浙江博物馆，恐此画早已被劫。

以上是抄述陈先生的大文。兹略述感想。

陆小曼是聪明人，大家所公认。她一向被人视为仅仅交际场中的一个名人，这是不公道的，她有她较为高尚的一面。沉溺在鸦片烟的毒雾里，因而过了一段堕落糜烂的生活，这也是事实。胡适之先生曾对朋友们说："志摩如果再在上海住下去，他会被毁了的。"所以他把他请到北京去教书。但是志摩没有对小曼绝望，他还是鼓励她向上。看这幅山水长卷，就是在堕落糜烂期间完成的。她并不自甘于堕落。听说以后她戒绝了鸦片，在绘画方面颇为用功，证之陈从周先生所说"她画的山水，秀润天成，到晚年则渐入苍茫之境"，更足以令我们相信她已脱胎换骨，有了完全不同的风貌。

小曼在二十九岁，学画不久，就能画出这样的一幅山水长卷，难怪胡适之先生要说"功力可不小"！言外之意可能是不信她有此功力。这张画我没见过，就我所见的陈先生大文附刊的图片而论，虽然模糊不清，但也可以看出布局的大概。在用笔用墨方面还看不出造诣的深浅，大概是走的纤细工整的路子。一般人学画都是从临摹入手，即使没有机会临摹古人的真迹，往往也有粉本可资依据。小曼此画是否完全自出机杼，我们不能臆断。

撇开陆小曼的画不论，胡适之先生的题诗及其引起的反调，倒是颇有趣味的一个论题。胡先生是一贯的实验主义者，涉及文艺方面他就倾向于写实。所以他说："画山要看山，画马要看马。"有物在眼前，画起来才不走样。这话不是没有道理。尤其是对于初学画者，须先求其形似，然后才能摆脱形迹挥洒自如。西洋画就是这样，初学者就是要下死工夫白描石膏。即使工夫已深，画人物一大部分仍然要有模特儿。其实我们中国画家也不是不知道这一番道理。赵子昂画马不是自己也趴在地上揣摩马的各种姿态么？中国的山水画家哪一个不是喜欢遨游天下名山大川？我从前胆大妄为，曾摹画过一张《蜀山图》，照猫画虎，不相信天下真有那样的重峦叠嶂峰回路转的风景，后来到了四川，登剑门，走栈道，才知道古人山水画皆有所本，艺术模仿自然，诚然不虚。甚至看了某些风景居然入画，所谓"天开图画即江山"，省悟到"自然模仿艺术"之说亦非妄作。大抵画家到了某一境界，胸中自有丘壑，一山一水一石一木，未必实有其境，然皆不背于理，此之谓创作。

# 副 刊 与 我

　　我最初和报纸副刊发生关系是不大愉快的。大约民国十一年，五四运动之后不久，我在清华学校和闻一多几个人对新诗发生很大的兴趣，经常试写新诗，互相传阅。我们对于我国旧诗所知有限，对于英美诗歌也所知不多，只觉得新诗是一个自由开放的园地，有青春的热情就可以写诗，近于胆大妄为。但是我们对于诗的基本原则不是毫无认识，批评的标准也还很高，看看当时一般的所谓的白话诗多不称意，我们以为诗可以用白话写，但白话诗并不等于诗，诗还是要有诗意才行。像胡适先生的"人力车夫，人力车夫，车来如飞……"那样的白话诗，我们就不大欣赏。像俞平伯先生的"被窝暖暖的，人儿远远的，怎能不想起人儿远呢？……"或康白情先生的"早起，如厕是第一件大事……"这一类的句子更不像是诗。胡适先生"只开风气不为师"，不以诗人自居，我们无需深责。俞平伯先生的《冬夜》、康白情先生的《草儿》，是当时最早的两部著名的诗集，我们便有些批评的意见。一多写了一篇《〈冬夜〉评论》，约二万余字，时在民国十二年夏，他把稿子交给了正在西山卧佛寺夏令营度假的吴景超，景超看了之后觉得很好，很工整的抄写了一遍交给我看。我当时便很天真的将稿送给《晨报副刊》发表。晨副的编者是孙伏园先生。我以为这样的严肃的批评文章一定会登出来的。鲁迅的《阿Q正传》、冰心女士的《繁星》等都是那时晨副上发表的，文艺的气息相当浓厚。一等再等，未蒙刊布，几度函询，不得回音。最后我就要求退稿，仍然没有答复。幸景超尚保有原稿，于是再抄一遍，由我写一篇《〈草儿〉评论》，二文合起来约有四万字左右，可以刊印为一个小册，名曰《〈冬夜〉、〈草儿〉评论》，薄薄的一小本，编为"清华文学社丛书"第一种。印刷费用为一百元，我父亲鼓励我写作，替我付了。从这一事件中，我体会得一个刊物的主编人凭他的好恶和人事的关系可以决定一篇文字的去取，并且对于投稿人信件可以不复，甚至稿件也可以扣留不还。主编人认为稿子不好，当然不用；投稿人来信很多哪有工夫一一回答；稿子也许早已不知去向，要退也无法退。所以我没有任何怨言，只是颇有一些不愉快。

民国十三四年，我写了一篇《论中国现代文学之浪漫的趋势》，投给《晨报副刊》，这时候晨副由徐志摩主编，闻一多给他画报头，也常有诗作发表。这时候我在国外，还没有见过志摩，十五年夏我回国，才在北平和他相见。我匆匆到南京东南大学去教书，但是课余还写了好几篇文字如《与自然同化》等寄给晨副发表。我的批评主旨是抨击浪漫主义，和志摩的文学作风不是同调，和一多也不是完全一道，看一多给晨副画的那个报头，其构图及笔调完全是英国十九世纪末璧尔兹莱的一派作风，这个副刊的趣味也就可见一斑了。不过志摩及其一伙究竟是自由主义者，胸襟相当开阔，有相当容忍的器量，主张归主张，友谊归友谊，《晨报副刊》还能容纳像我所写的文字。这和孙伏园先生主编的《晨报副刊》，在性质上大不相同了。

　　十六年春，北伐军进入南京，东南大学解散，改为中央大学，我没有得到续聘，一时在上海无事可做。得友人张禹九先生之介，进入《时事新报》，主编《青光》副刊。当时报馆总编辑为潘公弼先生，承他指点我如何发稿编排。每晚七八点钟去，十点左右把稿交付排字房领班，略示版面位置分配，就可以走，不需我看大样。《青光》的版面不大，只有半版，大约可纳一万字弱。报头是谁画的，我不知道，题笺是谁的手笔，我也不知道。这个副刊不是我创办的，我只是接办，事前既无准备，亦无班底，稿件完全靠外面投来。我到馆第一天，潘公弼先生引我到座位上，指着一个抽屉说："这里全是投稿，请你斟酌选用吧。"我一看稿件真是不少，塞得满满的，少说也有几百篇，但是合用的几等于零。当时一般报纸副刊，好像还是鸳鸯蝴蝶派的天下，以游戏文章为主，所谓"杂俎"的性质，尚未纳入新文艺的范畴。《青光》的面貌要改，但是要慢慢的改。旧式文言的稿子我一律不用，只用白话文，应酬性的敷衍之作全部排除，只采用较严肃的或幽默的作品。不久，投稿的人知道《青光》的性质改变了，所投之稿也渐渐较易选用，《青光》终于面貌一新了。

　　我每天要给《青光》写一篇短文，约在千字以内，有时只有四五百字，算是"专栏"，以讽刺现实生活为主。上海这个地方，光怪陆离，可讽刺的对象俯拾即是，写作的材料从不缺乏。而且材料不离现实，容易引起大家注意。后来我把所写的这些文字一部分辑为一册，题为《骂人的艺术》，由新月书店出版，居然还有人翻版盗印。我署名"秋郎"二字，是偶然摭取，郎是年少男子通称，并无其他含意。不过这时候我以此为名，也还有一段故事。我在美国主演过英文本的《琵琶记》，演赵五娘的是某女士，合作得很好，逢场作戏，戏演完了各自东西。后来这位女士嫁了一位朱先生，冰心女士就对我说："朱门一入深似海，从此秋郎是路人！"是套用崔郊的名句"侯门一入深似海，从此萧郎是路人"而改两个字。戏谑得颇有意思，遂径用"秋郎"二字为名。此后弃置不再用了。

编《青光》的一段期间，我是唱独脚戏的。只有陈登恪先生帮了我大忙。登恪是寅恪先生介弟，行八，通称陈老八，在东南大学教法文，和我同时未被续聘。沪居无聊，为《青光》撰长篇小说《留西外史》，叙述其旅法见闻，对于某些留法的时人刻画入微，颇受读者欢迎。虽说是袭取《留东外史》之意，但写来不落窠臼，有文艺价值。后汇为一集在新月书店出版。可惜的是我离开报馆之后他也辍笔了，只留下了一个残篇。登恪对我的帮助不只一端，我很感念他。

惠稿给《青光》的人很多，我多已不复记忆，据乔志高先生自述，他便是最早的之一。现在谈起来，我很高兴，可以自诩为"慧眼识英雄"。原因是我写了一篇短文，讽刺邻居为了哄孩子而大声播放唱片，翻来覆去的播放那三五张唱片，几乎日夜不停，吵得四邻不安。乔志高先生看了甚表同情，因为他也是被噪音所扰的受害者，他写了一篇文章响应，文笔十分隽雅。此后他还续投了好几篇佳作。我不记得他的署名是否为乔志高了。

几个报纸副刊一个个的都文艺化或学术化了，给鸳鸯蝴蝶式的海派作风以很大的打击。上海的所谓小报如雨后春笋，也许就是海派作者的余波所致。这些小报合于某一阶层的上海人士的口味，有他们的销路。有一家比较著名的小报对《青光》开始攻击了，只因我选登了一篇文章，里面有一句"某先生，讳某某"。某先生尚健在，何以称其名曰讳？好像这不仅是撰稿者不通，编者也是无知。在这一点大作文章。其实生而曰讳，在过去书中屡见不鲜。顾炎武《日知录》且有一篇文字专论其事，题为《生而曰讳》，他举出许多例子。有人对我说，生而曰讳，不能算错，横加指责是"鸡蛋里挑骨头"。我说，不，鸡蛋里没有骨头，要挑也挑不出来，若是有骨头，早些挑出来也好。

某小报登了一篇《乡下人到上海》，逐日连载，挖苦乡下人之未见过世面，初到繁荣的上海，闹出许多笑话。我不记得这是谁的作品，虽说是游戏之作，以乡下人为讪笑的对象，却暴露了作者之不健全的心理，自以为在租界里生长为荣，妄自尊大。我化名撰了一篇《上海人到纽约》，逐日连载于《青光》，即以其人之矛攻其人之盾。不数日《乡下人到上海》偃旗息鼓，《上海人到纽约》也就此收兵。

我编《青光》约半年，因应暨南大学聘，无暇兼顾，遂辞去编务。

以后我一直专任教职，不可能再编副刊。罗努生主持天津《益世报》的时候，我应邀编一个《文艺周刊》，后改名为《星期小品》。对日抗战前夕，应成舍我先生之约，又给《世界日报》编一个文艺周刊。都是属于文艺性质，为期不长。

抗战军兴，我辗转入川，在重庆有一天晤见程沧波先生，他刚接办《中央日报》，邀我主编副刊。那时候我在国民参政会，除了开会无所事事，住在临江门中国旅行社招待所，离报馆很近，而且我非党员，肯以编务畀我，盛情难却。在发刊之日我写了一段《编者的话》，全文如下：

报馆当局看我现在还有一点空闲，教我来编副刊。照例应该说两句话。副刊，一个人编是一种样子，各人的手法眼光不同。我编副刊不只一次，总觉得若编得使自己满意是很困难的。

要别人满意就更不必说。主要的困难是好的稿子太少。没有好稿子，编者是没有办法的。编者自己不能天天动笔写文字，写出来也未必就好。当然所谓好与不好，这标准只好凭编者的眼睛来定。这一对眼睛也许是明察秋毫，也许干脆是瞎的，但也只好如此。报馆的人请副刊编辑是用什么眼光，我不知道，我揣测报馆请人编副刊总不免是以为某某人有"拉稿"的能力。编而至于要"拉"，则好稿之来，其难可知。这个"拉"即是"拉夫"之"拉"，其费手脚，其不讨好而且招怨，亦可想而知。拉稿能力较大者即是平夙交游较广的人。我老实承认，我的交游不广，所谓"文坛"我根本不知其坐落何处，至于"文坛"上谁是盟主，谁是大将，我更是茫然。所以要想拉名家的稿子来给我撑场面，我未尝无此想，而实无此能力。我的朋友中也有能写点文章的，我当然要特别的请他们供给一点稿子，但不是"拉"，我不"拉"。

自己既不能写，又不能"拉"，然则此后副刊的稿件将靠谁呢？靠诸位读者。

读者诸君，你们花钱看报，看到我们这一栏，若是认为不好，你们有权利表示不满。但是我想，广大的读者是散布在各地方各阶层里的，各有各的专长，各有各的经验，各有各的作风，假如你们用一些工夫写点文章惠寄我们，那岂不是充实本刊内容最有效的方法么？选择编排是我的事，稿件的主要来源却不能不靠读者的赞助。我们希望读者不要永远做读者，让这小篇幅作为读者公共发表文字的场所。

文字的性质并不拘定。不过我也有几点意见。现在抗战高于一切，所以有人一下笔就忘不了抗战。我的意见稍微不同。于抗战有关的材料，我们最为欢迎，但是与抗战无关的材料，只要真实流畅，也是好的，不必勉强把抗战截搭上去。至于空洞的"抗战八股"，那是对谁都没有益处的。此其一。长篇的文章，在日报的副刊里是不很相宜的，所以希望大家多寄一些短的文字，不过两千字最好。并且我有一个信念，以为文章宁简短，勿冗长，我想在提倡"节约"运动的时候，大家一定也赞成。此其二。稿子寄来，我准细心看；若不登，附有邮票者准寄还；若登得慢，别催。此其三。

这篇文字写得不好，说的却是实话。没有料到竟然得罪了某些所谓文艺界的英雄好汉。

　　这篇《编者的话》有两点触犯了忌讳。第一点是我说"不知文坛坐落何处"是我"蔑视一切""蹈文人相轻之陋习"，所以不能不加以"指斥"。第二点是"目前一切必须与抗战有关"，不能容许"与抗战无关"的文字出现。首先发难"指斥"我的是一位署名罗荪的先生，在二十七年十二月五日重庆《大公报》上刊出一篇大文。我的答辩全文如下：

　　昨天《大公报》副刊载有罗荪先生的一段文字，标题是《与抗战无关》，题目很"新鲜"，所以我看下去了。内容是反驳我十二月一日在本刊所写的一段《编者的话》中的一节，这一节的原文是——"现在抗战高于一切，所以有人一下笔就忘不了抗战。我的意见稍微不同。于抗战有关的材料，我们最为欢迎，但是与抗战无关的材料，只要其实流畅，也是好的，不必勉强把抗战截搭上去。至于空洞的'抗战八股'，那是对谁都没有益处的。"这一段原文也被罗荪先生引录了，但是承他的情，他没有写出我的姓名，只称我为"某先生""此公"。

　　罗荪先生对这一节表示了不满，他说我是"正如赌场上的压冷门"而且是"压空了的"。编一个副刊，原来和上赌场可以相提并论，我实在没有料到。并且我没有上过赌场，何谓冷门，何谓热门，我也不懂。不过若说我有意"投人所好"，那是没有的事；假如我要"投人所好"，我何尝不会写罗荪先生那样的文字？

我已经明白的说"与抗战有关的材料，我们最为欢迎"，所以罗荪先生所挑剔的不过是说"一个作者既忠于真实而又找寻与抗战无关的材料"是"不容易"而已。其实谁说"容易"来的！与抗战有关的材料，若要写得好，也是"不容易"的，据我看，只有二种文字写起来容易，那就是只知依附于某一种风气而撷拾一些名词敷凑成篇的"抗战八股"，以及不负责任的攻击别人的说几句自以为俏皮的杂感文。

我可以再敬告读者：

一、于抗战有关的材料，我们最为欢迎。

二、于抗战无关的材料，只要真实流畅，也是好的。

我相信人生中有许多材料可以写，而那些材料不必限于"与抗战有关"的。譬如说吧，在重庆住房子的问题，像是与抗战有关了，然而也不尽然，真感觉到成问题的只是像我们这不贫不富的人而已。其穷的人不抗战时也是没有房子住的，真窗的人现在仍然住的是高楼大厦，其富丽不下于他们在南京上海的住宅。

讲到我自己原来住的是什么样的房子，现在住的是什么样的房子，这是我个人的私事。不过也很有趣，不日我要写一篇文章专写这一件事。但是我现在要声明，罗荪先生的幻想是与事实不符的。他说我（即"此公"）原来住在"德国式的建筑里面的，而现在是关在重庆的中国古老的建筑物里面"。事实恰好相反。什么是"德国式建筑"？重庆还有"古老的建筑"吗？我都不敢回答。有一点我要说穿：罗荪先生硬说我原来是住在"德国式建筑"里面，这是要证实我是属于该打倒的那一个阶级。这种笔法我领教过多次，十年前就有一位自命为左翼作家的在一个《萌芽月刊》里说梁实秋到学校去授课是坐一辆自用的黑色的内有丝绒靠垫的汽车。其实是活见鬼！罗荪先生的这一笔，不高明。在理论上辩驳是有益的事，我也乐于参加，若涉及私人的无聊的攻击或恶意的挑拨，我不愿常常奉陪。

民国二十七年十二月六日

　　我不嫌辞费叙述这一段四十多年前的旧事，是为了要说明我的立场。国家是需要统一的，对外是需要团结的，但是思想不需要统一，我在《新月》月刊上写过一篇《论思想统一》，后来收在《人权论集》里。我一直以为，我们对于一件事或一个问题，要想理解它，或批评它，便应该自己好好想一下，不能被别人牵着鼻子走。想过之后，如果认为应该跟着别人走，便堂堂的去一同走，这不是被人牵着鼻子。当然更不是被人抽着鞭子。事实上思想不能统一，只有独裁者及独裁之拥护者才要求思想统一。用威力胁迫思想统一，可能收效于一时，终必崩溃。国家统一，对外团结，也只是在大处着想，人的私下行为动态仍然各享自由，无需在任何方面皆求其清一色。我主编一个副刊，征求稿件，以与抗战有关的为最欢迎，其次是与抗战无关的也可以，层次分明，怎么说也没有丝毫破坏统一破坏团结的嫌疑。幸亏我们中国的自由民主的尺度，还能容忍像我这样的一个人继续的自由写作以至于今。

　　由于敌机轰炸，我奉命疏散，遂辞去副刊编务，一共只有五个月的光景，我长了不少见识。

　　来到台湾，逐渐看到几家报纸副刊拥有整版的篇幅，编辑人员不再唱独脚戏，有的多至七八位，包括美工在内。副刊内容，各有千秋，或重文学艺术，或重学术思想，五花八门，争奇竞秀。台湾报纸副刊内容之丰富，不但远超过以往之成绩，其独创之风格也是其他各国的报刊所不能比拟的。其编辑人员之辛苦可以想象，而其主编人之高瞻远瞩的策划尤其是难能可贵。我不能不为我们的几家报纸副刊大声喝彩。

　　上面一段说的是过去报纸副刊及其与我个人关系的经过，下面要说的是我对于《中国时报·人间》副刊及其主编高信疆先生的观感。

　　三五十年前报纸副刊大概都是消遣性的或是通俗文学性的，内容不外小说、诗词、杂感、轶闻之类。五四以后，最初仅是易文言为白话，仍不脱"杂俎"的味道，在整个报纸上不占重要的位置。由于时势变迁，新潮激荡，一般知识分子所要求于报纸副刊的水准提高，他们要比较严肃的新的知识的介绍和新的文艺创作。同时，几位著名的有才识的人士被报馆延揽主编副刊，副刊的面貌乃为之一新，地位之重要亦大为提升，例如北京《晨报》发行后聘请孙伏园、徐志摩担任副刊主编。这种情况一直延到对日抗战胜利之后，没有多大改变。台湾光复之初，报纸副刊还是大陆带来的老样子，十几年前才有了巨大的变化。是变，不是"革命"，"革命"一语不宜轻用。所谓变，是指就原有的基础扩大增新。这个变局，固由时势造成，也是有人为的因素。

　　《中国时报·人间》副刊在最近十年来突飞猛进，其主要关键在于高信疆先生这个人。信疆在副刊上不写东西，但是读者天天看报总是感觉到《人间》后面有一个意气飞扬而又筋疲力竭的主编人的影子。就好像看戏一样，一个个的角色在台上出出进进，细心的观众不能不想到戏剧的编者、导演者、策划者、演出者。因此，让我来谈谈我所认识的高信疆这个人。

高信疆是河南人，在西安长大的。他有北方人的淳厚朴实的
性格。抗战期间，我从宝鸡而西安而洛阳而南阳这一条路上走过
一趟，一路的黄尘蔽天，一路的诚恳强壮而又穷苦的老百姓，一
路的彪炳历史的名胜古迹。伟大的黄河流域令人发思古之幽情，
同时又令人兴起寂寞苍茫之感。在这样环境里出生长大的孩子怎
能不天生的养成一种开廓的心胸和坚毅的性格？

信疆的父亲是一位森林学者垦殖专家，抗战时任西北移民
处长，于民国三十三年往返新疆途中死于车祸。信疆是遗腹子，
生于是年六月。他的母亲是妇产科医师，茹苦含辛，带着四男一
女，于三十八年辗转来台。一家人的生活几乎是饔飧不继。信疆
入空军子弟学校，而台中二中，最后卒业于文化大学新闻学系，
于服役军事教官之后进入《中国时报》工作，他的一段青少年生
活实在艰苦，他没有对我诉说过，我是从别人的文字中窥见的。
只有一次对饮，他感慨的说了一句以前生活清寒之类的话。我对
他的感想是天降大任，志在腾骞。

信疆正式主编《人间》是在一九七三年五月一日。十年间他
表现的成绩据我看约有数端：

一、有计划的约稿。他针对时下的需要，主动的去约稿。
"约稿"和"拉搞"不同，约稿是约请某某写某一类题目的稿，
拉稿是认人不认题的央人捧场。拉稿也不易，不过拉来的稿往往
放在一起显着杂乱无章，很难发生大规模的动人的效果。信疆约
稿的能力极强，不是寄发一张打字复印的征稿信就算完事，他
是紧钉不舍志在必得。例如：他对于中国现代化这一课题深感兴
趣，他便多方进行约人写稿。他约请一批留美的学者分别写稿，
这一着棋下得高明。留美讲学的学者，不论是教国语、教比较文
学、教史哲，甚至教科技，大概都是身在海外，心在中国，而且

用中文写作更是顺理成章的事。这一批生力军给副刊平添不少光辉，因为他们有新的眼光新的资料，更难得的是他们都是热情洋溢，常常一下笔便是洋洋洒洒的宏文巨制。我自己便是在这方面受益很多的读者之一。

二、有活跃的作风。纯文艺创作不再独霸地盘，有不少空间留给讽刺现实的文字，可是有更多的空间划归历史、哲学的讨论。长篇的"报道文学"也不时的出现。那是从前报纸副刊编者所不能想象到的。此外如举办小说比赛，文学演讲，等等活动，都是能使副刊生色的手段。

三、有惊人的版面设计。整版的版面，弯切斜割，每日有不同的镂花拼图。较保守的人或许看了感到不可捉摸，一块块的不易衔接起来，常需歪着脖子或扭着身子跟着支离破碎的分割线走。不过不可否认的，这一版文字是经过悉心规画的，也许有时候未能尽如人意，却是煞费苦心。较长的文章常有与内容配合的插图点缀，增加情趣。以前的副刊只有一个固定的刊头图案，焉能有专人看了文字内容再画插图？我想起英国十九世纪末的《黄皮书》，称得起是文图并茂，但那是定期刊物，《人间》是日报副刊。

总之，信疆十年策划，使《人间》有今日的规模，大家不能不喝彩。如今他出国进修，我不揣谫陋，诌成八句歪诗以赠：

> 高侯磊落轮囷士，掌管人间纸半开。
>
> 多少鸿文经我读，几篇小品待君裁。
>
> 十年辛苦看应老，一日鹏飞心尚孩。
>
> 海外莫贪拾瑶草，春云霭霭早归来。

——一九八三年三月二十八日

## 影响我的几本书

　　我喜欢书，也还喜欢读书，但是病懒，大部分时间荒嬉掉了！所以实在没有读过多少书。年届而立，才知道发愤，已经晚了。几经丧乱，席不暇暖，像董仲舒三年不窥园，米尔顿五年隐于乡，那样有良好环境专心读书的故事，我只有艳羡。多少年来所读之书，随缘涉猎，未能专精，故无所成。然亦间有几部书对于我个人为学做人之道不无影响。究竟哪几部书影响较大，我没有思量过，直到八年前有一天邱秀文来访问我，她提出了这么一个问题，她问我所读之书有哪几部使我受益较大。我略为思索，举出七部书以对，略加解释，语焉不详。邱秀文记录得颇为翔实，亏她细心的连缀成篇，并以标题《梁实秋的读书乐》，后来收入她的一个小册《智者群像》，时报文化出版公司出版。最近联副推出一系列文章，都是有关书和读书的，编者要我也插上一脚，并且给我出了一个题目《影响我的几本书》。我当时觉得自己好像是一个考生，遇到考官出了一个我不久以前作过的题目，自以为驾轻就熟，写起来省事，于是色然而喜，欣然应命。题目像是旧的，文字却是新的。这便是我写这篇东西的由来。

　　第一部影响我的书是《水浒传》。我在十四岁进清华才开始读小说，偷偷的读，因为那时候小说被目为"闲书"，在学校里看小说是悬为厉禁的。但是我禁不住诱惑，偷闲在海甸一家小书铺买到一部《绿牡丹》，密密麻麻的小字光纸石印本，晚上钻在蚊帐里偷看，也许近视眼就是这样养成的。抛卷而眠，翌晨忘记藏起，查房的斋务员在枕下一摸，手到擒来。斋务主任陈筱田先生唤我前去应询，瞪着大眼厉声咤问："这是嘛？"（天津话"嘛"就是"什么"）随后把书往地上一丢，说："去吧！"算是从轻发落，没有处罚，可是我忘不了那被叱责的耻辱。我不怕，继续偷看小说，又看了《肉蒲团》《灯草和尚》《金瓶梅》等等。这几部小说，并不使我满足，我觉得内容庸俗、粗糙、下流。直到我读到《水浒传》才眼前一亮，觉得这是一部伟大的作品，不愧金圣叹称之为"第五才子书"，可以和《庄》《骚》《史记》、杜诗并列。我一读，再读，三读，不忍释手。曾试图默诵一百零八条好汉的姓名绰号，大致不差（并不是每一人物都栩栩如生，精彩的不过五分之一，有人说每一个人物都有特色，那是夸张）。也曾试图搜集香烟盒里（是大联珠还是前门？）一百零八条好汉的图片。这部小说实在令人着迷。

　　《水浒》作者施耐庵在元末以赐进士出身，生卒年月不详，一生经历我们也不得而知。这没有关系，我们要读的是书。有人说《水浒》作者是罗贯中，根本不是他，这也没有关系，我们要读的是书。《水浒》有七十回本，有一百回本，有一百十五回本，有一百二十回本，问题重重；整个故事是否早先有过演化的历史而逐渐形成的，也很难说；故事是北宋淮安大盗一伙人在山东寿张县梁山泊聚义的经过，有多大部分与历史符合有待考证。凡此种种都不是顶重要的事。《水浒传》的主题是"官逼民反，替天行道"。一个个好汉直接间接的吃了官的苦头，有苦无处诉，于是铤而走险，逼上梁山，不是贪图山上的大碗酒大块肉。官，本来是可敬的。奉公守法公忠体国的官，史不绝书。可是一朝权在手便把令来行的贪污枉法的官却也不在少数。人踏上仕途，很容易被污染，会变成为另外一种人。他说话的腔调会变，他脸上的筋肉会变，他走路的姿势会变，他的心的颜色有时候也会变。"尔俸尔禄，民脂民膏"，过骄奢的生活，成特殊阶级，也还罢了，若是为非作歹，鱼肉乡民，那罪过可大了。《水浒》写的是平民的一股怨气。不平则鸣，容易得到读者的同情，有人甚至不忍深责那些非法的杀人放火的勾当。有人以终身不入官府为荣，怨毒中人之深可想。

较近的人民叛乱事件，义和团之乱是令人难忘的。我生于庚子后二年，但是清廷的糊涂，八国联军之肆虐，从长辈口述得知梗概。义和团是由洋人教士勾结官府压迫人民所造成的，其意义和梁山泊起义不同，不过就其动机与行为而言，我怜其愚，我恨其妄，而又不能不寄予多少之同情。义和团不可以一个"匪"字而一笔抹煞。英国俗文学中之罗宾汉的故事，其劫强济贫目无官府的游侠作风之所以能赢得读者的赞赏，也是因为它能伸张一般人的不平之感。我读了《水浒》之后，我认识了人间的不平。

我对于《水浒》有一点极为不满。作者好像对于女性颇不同情。《水浒》里的故事对于所谓奸夫淫妇有极精彩的描写，而显然的对于女性特别残酷。这也许是我们传统的大男人主义，一向不把女人当人，即使当作人也是次等的人。女人有所谓贞操，而男人无。《水浒》为人抱不平，而没有为女人抱不平。这虽不足为《水浒》病，但是《水浒》对于欣赏其不平之鸣的读者在影响上不能不打一点折扣。

第二部书该数《胡适文存》。胡先生生在我们同一时代，长我十一岁，我们很容易忽略其伟大，其实他是我们这一代人在思想学术道德人品上最为杰出的一个。我读他的《文存》的时候，我尚在清华没有卒业。他影响我的地方有三：

一是他的明白清楚的白话文。明白清楚并不是散文艺术的极致，却是一切散文必须具备的起码条件。他的《文学改良刍议》，现在看起来似嫌过简，在当时是振聋发聩的巨著。他对白话文学史的看法，他对于文学（尤其是诗）的艺术的观念，现在看来都有问题。例如他直到晚年还坚持的说律诗是"下流"的东西，骈四俪六当然更不在他眼里。这是他的偏颇的见解。可是在五四前后，文章写得像他那样明白晓畅、不枝不蔓的能有几人？我早年写作，都是以他的文字作为模仿的榜样。不过我的文字比较杂乱，不及他的纯正。

二是他的思想方法。胡先生起初倡导杜威的实验主义，后来他就不弹此调。胡先生有一句话："不要被别人牵着鼻子走！"像是给人的当头棒喝。我从此不敢轻信人言。别人说的话，是者是之，非者非之，我心目中不存有偶像。胡先生曾为文批评时政，也曾为文对什么主义质疑，他的几位老朋友劝他不要发表，甚至要把已经发排的稿件擅自抽回，胡先生说："上帝尚且可以批评，什么人什么事不可批评？"他的这种批评态度是可佩服的。从大体上看，胡先生从不侈谈革命，他还是一个"儒雅为业"的人，不过他对于往昔之不合理的礼教是不惜加以批评的。曾有人家里办丧事，求胡先生"点主"，胡先生断然拒绝，并且请他阅看《胡适文存》里有关"点主"的一篇文章，其人读了之后翕然诚服。胡先生对于任何一件事都要寻根问底，不肯盲从。他常说他有考据癖，其实也就是独立思考的习惯。

三是他的认真严肃的态度。胡先生说他一生没写过一篇不用心写的文章，看他的文存就可以知道确是如此，无论多小的题目，甚至一封短札，他也是像狮子搏兔似的全力以赴。他在庐山偶然看到一个和尚的塔，他作了八千多字的考证。他对于《水经注》所下的功夫是惊人的。曾有人劝他移考证《水经注》的工夫去做更有意义的事，他说不，他说他这样做是为了要把研究学问的方法传给后人。我对于《水经注》没有兴趣，胡先生的著作我没有不曾读过的，唯《水经注》是例外。可是他治学为文之认真的态度，是我认为应该取法的。有一次他对几个朋友说，写信一定要注明年、月、日，以便查考。我们明知我们的函件将来没有人会来研究考证，何必多此一举？他说不，要养成这个习惯。我接受他的看法，年、月、日都随时注明。有人写信谨注月日而无年份，我看了便觉得缺憾。我译莎士比亚，大家知道，是由于胡先生的倡导。当初约定一年译两本，二十年完成，可是我拖了三十年。胡先生一直关注这件工作，有一次他由台湾飞到美国，他随身携带在飞机上阅读的书包括《亨利四世》下篇的译本。他对我说他要看看中译的莎士比亚能否令人看得下去。我告诉他，能否看得下去我不知道，不过我是认真翻译的，没有随意删略，没敢潦草。他说俟全集译完之日为我举行庆祝，可惜那时他已经不在了。

第三本书是白璧德的《卢梭与浪漫主义》。白璧德（Irving Babbitt）是哈佛大学教授，是一位与时代潮流不合的保守主义学者。我选过他的"英国十六世纪以后的文学批评"一课，觉得他很有见解，不但有我们前所未闻的见解，而且是和我自己的见解背道而驰。于是我对他发生了兴趣。我到书店把他的著作五种一古脑儿买回来读，其中最有代表性的是他的这一本《卢梭与浪漫主义》。他毕生致力于批判卢梭及其代表的浪漫主义，他针砭流行的偏颇的思想，总是归根到卢梭的自然主义。有一幅漫画讽刺他，画他匍匐地面揭开被单窥探床下有无卢梭藏在底下。白璧德的思想主张，我在《学衡》杂志所刊吴宓、梅光迪几位介绍文字中已略为知其一二，只是《学衡》固执的使用文言，对于一般受了五四洗礼的青年很难引起共鸣。我读了他的书，上了他的课，突然感到他的见解平正通达而且切中时弊。我平夙心中蕴结的一些浪漫情操几为之一扫而空。我开始省悟，五四以来的文艺思潮应该根据历史的透视而加以重估。我在学生时代写的第一篇批评文字《中国现代文学之浪漫的趋势》就是在这个时候写的。随后我写的《文学的纪律》《文人有行》，以至于较后对于辛克莱《拜金艺术》的评论，都可以说是受了白璧德的影响。

白璧德对东方思想颇有渊源，他通晓梵文经典及儒家与老庄的著作。《卢梭与浪漫主义》有一篇很精彩的附录论老庄的"原始主义"，他认为卢梭的浪漫主义颇有我国老庄的色彩。白璧德的基本思想是与古典的人文主义相呼应的新人文主义。他强调人生三境界，而人之所以为人在于他有内心的理性控制，不令感情横决。这就是他念念不忘的人性二元论。《中庸》所谓"天命之谓性，率性之谓道，修道之谓教"，孔子所说的"克己复礼"，正是白璧德所乐于引证的道理。他重视的不是 é lan vital（柏格森所谓的"创造力"）而是 é lan frein（克制力）。一个人的道德价值，不在于做了多少事，而是在于有多少事他没有做。白璧德并不说教，他没有教条，他只是坚持一个态度——健康与尊严的态度。我受他的影响很深，但是我不曾大规模的宣扬他的作品。我在新月书店曾经辑合《学衡》上的几篇文字为一小册印行，名为《白璧德与人文主义》，并没有受到人的注意。若干年后，宋淇先生为美国新闻处编译一本《美国文学批评》，其中有一篇是

《卢梭与浪漫主义》的一章，是我应邀翻译的，题目好像是《浪漫的道德》。三十年代左倾仁兄们鲁迅及其他谥我为"白璧德的门徒"，虽只是一顶帽子，实也当之有愧，因为白璧德的书并不容易读，他的理想很高也很难身体力行，称为门徒谈何容易！

第四本书是叔本华的《隽语与箴言》（*Maxims and Counsels*）。这位举世闻名的悲观哲学家，他的主要作品The *World as Will and Idea*我没有读过，可是这部零零碎碎的札记性质的书却给我莫大的影响。

叔本华的基本认识是：人生无所谓幸福，不痛苦便是幸福。痛苦是真实的，存在的，积极的；幸福则是消极的，并无实体的存在。没有痛苦的时候，那种消极的感受便是幸福。幸福是一种心理状态，而非实质的存在。基于此种认识，人生努力方向应该是尽量避免痛苦，而不是追求幸福，因为根本没有幸福那样的一个东西。能避免痛苦，幸福自然就来了。

我不觉得叔本华的看法是诡辩。不过避免痛苦不是一件简单的事，需要慎思明辨，更需要当机立断。

第五部书是斯陶达的《对文明的反叛》（Lothrop Stoddard：*The Revolt Against Civilization*）。这不是一部古典名著，但是影响了我的思想。民国十四年，潘光旦在纽约哥伦比亚大学念书，住在黎文斯通大厦，有一天我去看他，他顺手拿起这一本书，竭力推荐要我一读。光旦是优生学者，他不但赞成节育，而且赞成"普罗列塔利亚"少生孩子，优秀的知识分子多生孩子，只有这样做，民族的品质才有希望提高。一人一票的"德谟克拉西"是不合理的，古希腊的"亚里士多克拉西"较近于理想。他推崇孔子，但不附和孟子的平民之说。他就是这样有坚定信念而非常固执的一位学者。他郑重推荐这一本书，我想必有道理，果然。

　　斯陶达的生平不详，我只知道他是美国人，一八八三年生，一九五〇年卒，《对文明的反叛》出版于一九二二年，此外还有《欧洲种族的实况》（一九二四年）、《欧洲与我们的钱》（一九三二年）及其他。这本《对文明的反叛》的大意是：私有财产为人类文明的基础。有了私有财产的制度，然后人类生活型态，包括家庭的、社会的、政治的、经济的各方面，才逐渐的发展而成为文明。马克思与恩格斯于一八四八年发表的一个小册子*Manifest der Kommunisten*，声言私有财产为一切罪恶的根源，要彻底的废除私有财产制度，言激而辩。斯陶达认为这是反叛文明，是对整个人类文明的打击。

　　文明发展到相当阶段会有不合理的现象，也可称之为病态。所以有心人就要想法改良补救，也有人就想象一个理想中的黄金时代，悬为希望中的目标。《礼记》《礼运》所谓的"大同"，虽然孔子说"大道之行也，与三代之英，丘未之逮也"，实则"大同"乃是理想世界，在尧舜时代未必实现过，就是禹、汤、文武周公的"小康之治"恐怕也是想当然耳。西洋哲学家如柏拉图，如斯多亚派创始者季诺（Zeno），如陶斯玛·摩尔及其他，都有理想世界的描写。耶稣基督也是常以慈善为教，要人共享财富。许多教派都不准僧侣自蓄财产。英国诗人柯律芝与骚赛（Colerdge and Southey）在一七九四年根据卢梭与高德文（Godwin）的理想居然想到美洲的宾夕凡尼亚去创立一个共产社区，虽然因为缺乏经费而未实现，其不满于旧社会的激情可以想见。不满于文明社会之现状，是相当普遍的心理。凡是有同情心和正义感的人，对于贫富悬殊壁垒分明的现象无不深恶痛绝。不过从事改善是一回事，推翻私有财产制度又是一回事。像一七九二年巴黎公社之引起恐怖统治，就是一个极不幸的例子。

至若以整个国家甚至以整个世界孤注一掷的做一个渺茫的理想的实验，那就太危险了。文明不是短期能累积起来的，却可毁灭于一旦。斯陶达心所谓危，所以写了这样的一本书。

第六部书是《六祖坛经》。我与佛教本来毫无瓜葛。抗战时在北碚缙云山上缙云古寺偶然看到太虚法师领导的汉藏理学院，一群和尚在翻译佛经，香烟缭绕，案积贝多树叶帖帖然，字斟句酌，庄严肃穆。佛经的翻译原来是这样谨慎而神圣的，令人肃然起敬。知客法舫，彼此通姓名后得知他是《新月》的读者，相谈甚欢，后来他送我一本他作的《金刚经讲话》，我读了也没有什么领悟。三十八年我在广州，中山大学外文系主任林文铮先生是一位狂热的密宗信徒，我从他那里借到《六祖坛经》，算是对于禅宗作了初步的接触，谈不上了解，更谈不到开悟。在丧乱中我开始思索生死这一大事因缘。在六榕寺瞻仰了六祖的塑像，对于这位不识字而能顿悟佛理高僧有无限的敬仰。

《六祖坛经》不是一人一时所作，不待考证就可以看得出来，可是禅宗大旨尽萃于是。禅宗主张不立文字，但阐明宗旨还是不能不借重文字。据我浅陋的了解，禅宗主张顿悟，说起来简单，实则甚为神秘。棒喝是接引的手段，公案是参究的把鼻。说穿了即是要人一下子打断理性的逻辑的思维，停止常识的想法，蓦然一惊之中灵光闪动，于是进入一种不思善不思恶无生无死不生不死的心理状态。在这状态之中得见自心自性，是之谓明心见性，是之谓言下顿悟。

有一次我在胡适之先生面前提起铃木大拙，胡先生正色曰："你不要相信他，那是骗人的！"我不作如是想。铃木不像是有意骗人，他可能确是相信禅宗顿悟的道理。胡先生研究禅宗历史十分渊博，但是他自己没有做修持的功夫，不曾深入禅宗的奥秘。事实上他无法打入禅宗的大门，因为禅宗大旨本非理性的文字所能解析说明，只能用简略的象征的文字来暗示。在另一方面，铃木也未便以胡先生为门外汉而加以轻蔑。因为一进入文字辩论的范围，便必须使用理性的逻辑的方式才足以服人。禅宗的境界用理性逻辑的文字怎样解释也说不明白，须要自身体验，如人饮水，冷暖自知。所以我看胡适、铃木之论战根本是不必要的，因为两个人不站在一个层次上。一个说有鬼，一个说没有鬼，能有结论么？

　　我个人平夙的思想方式近于胡先生类型，但是我也容忍不同的寻求真理的方法。《哈姆雷特》一幕二景，哈姆雷特见鬼之后对于来自威吞保的学者何瑞修说："宇宙间无奇不有，不是你的哲学全能梦想得到的。"我对于禅宗的奥秘亦作如是观。《六祖坛经》是我最初亲近的佛书，带给我不少喜悦，常引我作超然的遐思。

　　第七部书是卡赖尔的《英雄与英雄崇拜》（Carlyle：*On Heroes Heroworship and the Heroic in History*），原是一系列的演讲，刊于一八四一年。卡赖尔的文笔本来是汪洋恣肆，气势不凡，这部书因为原是讲稿，语气益发雄浑，滔滔不绝的有雷霆万钧之势。他所谓的英雄，不是专指掣旗斩将攻城略地的武术高超的战士而言，举凡卓越等伦的各方面的杰出人才，他都认为是英雄。神祇、先知、国王、哲学家、诗人、文人都可以称为英雄，如果他们能做人民的领袖、时代的前驱、思想的导师。卡赖尔对于人类文明的历史发展有一基本信念，他认为人类文明是极少数的领导人才所创造的。少数的杰出人才有所发明，于是大众跟进。没有睿智的领导人物，浑浑噩噩的大众就只好停留在浑浑噩噩的状态之中。证之于历史，确是如此。这种说法和孙中山先生所说"先知先觉，后知后觉，不知不觉"，若合符节。卡赖尔的说法，人称之为"伟人学说"（Great Man Theory）。他说政治的妙谛在于如何把有才智的人放在统治者的位置上去。他因此而大为称颂我们的科举取士的制度。不过他没注意到取士的标准大有问题，所取之士的品质也就大有问题。好人出头是他的理想，他们憧憬的是贤人政治，他怕听"拉平者"（Levellers）那一套议论，因为人有贤不肖，根本不平等。尽管尽力拉平世间的不平等的现象，领导人才与人民大众对于文明的贡献究竟不能等量齐观。

我接受卡赖尔的伟人学说，但是我同时强调伟人的品质。尤其是政治上的伟人责任重大，如果他的品质稍有问题，例如轻言改革，囿于私见，涉及贪婪，用人不公，立刻就会灾及大众，祸国殃民。所以我一面崇拜英雄，一面深厌独裁。我愿他泽及万民，不愿他成为偶像。卡赖尔不信时势造英雄，他相信英雄造时势。我想是英雄与时势交相影响。卡赖尔受德国菲士特（Fichte）的影响，以为一代英雄之出世涵有"神意"（divine idea），又受喀尔文（Calvin）一派清教思想的影响，以为上帝的意旨在指挥英雄人物。这种想法现已难以令人相信。

第八部书是玛克斯·奥瑞利斯（Marcus Aurelius Antoninus）的《沉思录》（Meditations），这是西洋斯托亚派哲学最后一部杰作，原文是希腊文，但是译本极多，单是英文译本自十七世纪起至今已有二百多种。在我国好像注意到这本书的人不多。我在一九五九年将此书译成中文，由协志出版公司印行。作者是一千八百多年前的罗马帝国的皇帝，以皇帝之尊而成为苦修的哲学家，并且给我们留下这样的一部书真是奇事。

斯托亚派哲学涉及三个部门：物理学、论理学、伦理学。

这一派的物理学，简言之，即是唯物主义加上泛神论，与柏拉图之以理性概念为唯一真实存在的看法正相反。斯托亚派认为只有物质的事物才是真实的存在，但是物质的宇宙之中偏存着一股精神力量，此力量以不同的形式出现，如人，如气，如精神，如灵魂，如理性，如主宰一切的原理，皆是。宇宙是神，人所崇奉的神祇只是神的显示。神话传说全是寓言。人的灵魂是从神那里放射出来的，早晚还要回到那里去。主宰一切的神圣原则即是使一切事物为了全体利益而合作。人的至善的理想即是有意识的为了共同利益而与天神合作。至于这一派的论理学则包括两部门，一是辩证法，一是修辞学，二者都是思考的工具，不太重要。玛克斯最感兴趣的是伦理学。按照这一派哲学，人生最高理想是按照宇宙自然之道理去生活。所谓"自然"不是任性放肆之意，而是上面说到的宇宙自然。人生除了美德无所谓善，除了罪行无所谓恶。美德有四：一为智慧，所以辨善恶；二为公道，以便应付一切悉合分际；三为勇敢，藉以终止痛苦；四为节制，不为物欲所役。人是宇宙的一部分，所以对宇宙整体负有义务，应随时不忘本分，致力于整体利益。有时自杀也是正当的，如果生存下去无法善尽做人的责任。

《沉思录》没有明显的提示一个哲学体系，作者写这本书是在做反省的功夫，流露出无比的热诚。我很向往他这样的近于宗教的哲学。他不信轮回不信往生，与佛说异，但是他对于生死这一大事因缘却同样的不住的叮咛开导。佛示寂前，门徒环立，请示以后当以谁为师，佛说："以戒为师。"戒为一切修行之本，无论根本五戒、沙弥十戒、比丘二百五十戒，以及菩萨十重四十八轻之性戒，其要义无非是克制。不能持戒，还说什么定慧？佛所斥为外道的种种苦行，也无非是戒的延伸与歪曲。斯托亚派的这部杰作坦示了一个修行人的内心了悟，有些地方不但可与佛说参证，也可以和我国传统的"天行健，君子以自强不息"以及"克己复礼"之说相印证。

英国十七世纪剧作家范伯鲁（Vanbrugh）的《旧病复发》（*Relapse*）里有一个愚蠢的花花大少浮平顿爵士（Lord Foppington），他说了一句有趣的话："读书乃是以别人脑筋制造出的东西以自娱。我以为有风度有身份的人可以凭自己头脑流露出来的东西而自得其乐。"书是精神食粮。食粮不一定要自己生产，自己生产的不一定会比别人生产的好。而食粮还是我们必不可或缺的。书像是一股洪流，是多年来多少聪明才智的人点点滴滴的汇集而成，很难得有人能毫无凭藉的立地涌现出一部书。读书如交友，也靠缘分，吾人有缘接触的书各有不同。我读书不多，有缘接触了几部难忘的书，有如良师益友，获益匪浅，略如上述。

## 《大成》十年

　　《大成》问世，倏已十年，一晃儿！

　　办杂志不易，主办者需要身体健壮，犹如唱戏，无论生末净旦丑，练靶子是基本功夫。好多办杂志的人，起初是人办杂志，后来是杂志办人，拖拖拉拉，难以为继，主要原因之一是主办者精神不足，体力不济。苇窗先生本是上海名医，深谙养生之道。《神仙传》谓"草木诸药，能治百病，补虚驻颜。"苇窗已逾耳顺之年，驻颜有术，望之如四十许。他办《大成》是独挑大梁，没有班底。有时不需约稿而稿自来，但是他要搜求图片，以增加兴趣，亦大费周章。发稿付排，一校再校，出版发行，奔走投邮，全都是独力承当，不假外助。他经常来往于港台之间，酬酢无虚夕，而犹有余力，硬挺《大成》十年，不为名利，乐此不疲，非得天独厚者孰能办此！

　　我看《大成》，是每期必看，而且是一口气读完，从封面到封底，除了一两篇不合我兴趣者外，只字不漏。因此时常耽误我的睡眠。能诱使我牺牲睡眠的刊物不多，《大成》其一也。苇窗曾对我说："你的胃口这样好，我供应不及。杂志一月一本，你一夕就看完了！"英语谓书刊之畅销曰如卖热饼，刊物引人入胜，亦犹如饼之宜于趁热吃耳。

《大成》内容以艺文书画以及掌故轶闻为主。书画欣赏乃高尚之享受，名家真迹难得遍览，于影印中窥得一二，慰情聊胜于无。《大成》刊出的国画以大千居士的作品为最多，也最精彩。记得有一幅猫蝶图，是大千居士母氏手绘，久已流落在外，而苇窗居然于茫茫人海之中穷搜秘讨，万里追踪，几经折冲，终使此画归于大千居士之手，所谓神通广大，艺林之佳话。余凤爱猫，故于此画特感兴趣，曾有缘目睹真迹，爱玩不忍释手。此画细腻淡雅，充分画出猫儿一副懒洋洋的娇态，真乃神品。此画空白甚多，有人作长文题识，而且墨色浓浊，窃谓与画本身不称。题字墨色以淡为宜，庶不伤及画之气氛。此虽小事，尚未见前人道及。以质苇窗，似亦谓然。

《大成》文字泰半是轶闻掌故，但与街谈巷语，道听途说，所谓小说者流，大异其趣。"小说九百，本自虞初"，虽然派别很多，无非是搜神志怪，琐语丛谈。《大成》文字则率为一些秘闻，乃第一手之资料，或当事人之自白，或有关历史，或涉及人物，元元本本，娓娓动人。有几篇文字给我印象较深，例如有关蒋梦麟婚变之胡适的一封信，曲阜孔氏家族的沧桑，徐悲鸿与黄氏昆仲之友谊，等等。好文字皆是人的至性流露，所以感人，绝不是尖酸刻薄的揭人隐私，也不是肤泛庸俗的见闻报道。画家薛慧山先生的几篇游记，记录海外风光，兼及艺事珍闻，文章雅洁，不同凡响。先生不谙外语（国语亦不流利），而挟其画艺经常不断的只身作万里游，异人也。

《大成》谈论戏剧的文字特多，因为苇窗先生是戏迷，他不来台北则已，来必看戏，好戏不可不看，戏码软一点也比不看强，不但自己非戏不乐，而且还时常呼朋引类订下一排座位请客，不但在前台击节叫好，而且有时要到后台周旋一番。因此我也有幸叨陪到戏园走动过几次，看朱陆豪的武戏是我们共同的一大享受。我也喜欢戏，但距离戏迷的程度尚远，只是小时候赶上听许多名角的好戏。黄钟大吕的老乡亲，扮相媚而武艺强的九阵风，一张驴脸而嗓音清脆如鹤鸣九皋的德珺如，"三斩一探碰碑滚蛋"的刘鸿声，短小精悍而口音微怯的开口跳张黑，喉咙沙哑而韵味十足的聋云甫，武戏文唱而一举手一投足无不中节的杨小楼，调门高而鼻音爽的铜锤花脸裘桂仙，一时多少名角，给我留下长久不磨的印象。我偶然对苇窗先生谈到往日听戏的乐趣，虽是班门弄斧，犹不免色舞眉飞。我对于旧戏的艺术，所知有限，读到《大成》有关梨园掌故的文章多篇，内行人说内行话，增加我知识不少。梨园的故事多，科班的纪律严，读之令人想起从前戏剧的盛况。

有些篇相声也是我所爱看的，也许是我从小北平长大的缘故。相声，必须用北平土话，为的是通俗。说相声的必须面色凝重，好整以暇，挖苦人而不伤人，因为讽刺的对象是人的通病，不是个人。其目的是博大众一笑。说相声的能沉得住气，慢条斯理，到了紧要关头，一语破的，满座哄堂，内行人称之为"皮儿薄"。老舍能说好几套相声，承他告诉过我一些相声的诀窍。老的相声都是经过千锤百炼的成品，像旧戏一样，听多少遍不腻。但是我们没有理由不编新的相声。老的相声只好求之于唱片录音带，《大成》的几篇相声我读了也非常过瘾。

佛家以十表示圆满无尽，《演密钞》："十数表圆，以彰无尽。"《大成》十年，过去圆满，前途无量，谨以此为祝。

# 一 百 洋 客

　　胡光麃先生的《影响中国现代化的一百洋客》出版了，传记文学出版社印行，是一本四百多页的大书。胡先生在十五年前出版了一本《波逐六十年》，行销两万余册，内容写他一生在工商界的经历，非常有趣。现在这本"一百洋客"则是写他曾经接触过或具有认识的一百个外国人，这一百位洋客都是参与过中国现代化的洋人。

　　黄头发蓝眼珠的洋人，我们从前看不惯，一概称之为洋鬼子。鸦片战争前后的许多洋人，那种横行霸道目中无人的行径，却也是三分像人七分像鬼的形象。我们现在眼睛雪亮，洋人之中谁是友谁是敌，一目了然。一律称之为洋客，只是表示主人对客人的起码的礼貌而已。胡先生所举一百洋客（实际上是一百零八位，一百举其成数），其中也有些位对我们并无益处，反有害处，然而其为具有影响力则无二致。

　　例如：最早到华的文职洋客巴夏礼（Sir Harry Smith Parkes，1828—1885），他是"炮艇政策"的拥护者。于南京条约之后制造广州入城事件，藉口辱及英旗，怂使英舰炮轰，占领广州，盘据三载，掳去叶名琛，折磨至死。再则乘胜北上，英法联军闯入大沽，迫立《天津条约》，英人大摇大摆入京。随后就是英法联军之役，火烧圆明园，巴夏礼因功作了英国驻华的公使。这个人是典型的欺侮中国的洋客（页二一一至二一七），值得我们现在重新认识他一下。

再如：袁世凯洪宪称帝，虽是短短的八十几天的丑剧，但是其后遗症不小。袁氏培养的北洋军阀，扰攘为乱，祸害国家好几十年。有一位洋客古德诺（Goodnow，1859—1939）以政治顾问的资格在我们国内发生过巨大影响。他写了一篇中国民主政治为时尚早的文章，他的大意是说，民主政治岂可一蹴而就，即如美国经过多少年后才立了民主政治，以中国今日情形而论，还是宜于君主立宪，若行民主立宪为时尚早。话不是完全没有道理，也不是出于恶意，但是被筹安会的杨度等人引为西方学者赞助帝制的证据了。胡光麃先生为古德诺洗刷，以为他是被利用被误解了。他可能是冤枉的，不过在那个时候说那样的话最低限度是不智的。

鲍罗廷（Borodin，1884—1952）则是包藏祸心罪大恶极的一个人物，他的名义是广州国民政府的首席顾问，"据当时的一位政要说，他那时的权位，有如一位相当于苏俄在中华民国的殖民地总督"（页一三二）。胡光麃先生屡述他在中国四年间的活动，并且揭穿他的谬说而作诛心之论，今日我们读之深幸他计未得逞。这个人回国之后也没有好下场，一九四九年被捕，一九五二年死于狱中。

日本的田中义一（1863—1929）是侵略中国的设计人。一九二七年七月之"田中奏折"是日本侵略中国的蓝图。田中如何在日本能够崛起，集藩阀、军阀、财阀、政党，及少壮军人之势力于一身，组阁而白兼外长，请看胡先生的书（页二三七至

二四四）。日本军阀侵略中国，田中是始作俑者，这种政策给我
国带来灾害至今未已。此外对华经济侵略的关键人物大仓喜八郎
（1837—1928），是我们一般不大知道的，胡先生却认识他（页
五八至六十），有精彩的叙述。

积极有助于我国现代化的洋客可真不少。最早的几位首推美
国人蒲安臣（Burlingame，1820—1870），以驻华公使的身份自
告奋勇代任钦差出使各国，不辱使命而且是一位恂恂君子，推崇
我为礼仪之邦。以客卿而不辞劳苦，鞠躬尽瘁，在洋客中洵为最
值得我们感念的一位。其次如美国人卫廉士（Williams，1812—
1884）以传教士而转任外交官，来华先后四十三年，居留北京
十七年，著有《中国总论》一书，被人称为亲华派巨擘，提倡
兴学，促办实业，有足多者。再其次是英国人威妥玛（Wade，
1818—1895），被英人目为亲华分子，条陈维新，比康梁还早
三十年。所创中文人名地名以罗马字母译为英文的“威解音译
法”（Wade and Giles System of Transliteration），通用至今。对
于中西文化之交流厥功甚伟。还有一位杰出的洋客爱尔兰人赫德
（Hart，1835—1911），来华最早服务最久，一八六三年任职我
国总税务司，终身以之。邮政制度也是他订立的，至今为人称
颂。此外在军备、外交，以及文化方面他都有卓越的贡献。上海
的赫德路就是纪念他的。至于几位在军事方面为我们服务过的外
国将领，以戈登将军（Gordon，1833—1885）为首要，他协助清
廷平定太平天国，战果辉煌，上海也有一条马路纪念他。就整个
国家利害言，这些将领是否有利于我，尚难论断，不过他们的船
坚炮利，惊醒了老大帝国迷梦，对于我们确是一大刺激。

胡先生谈到八位西化教育的先进，自丁韪良（Wartin，
1827—1916）任教同文馆起，以至来华讲学的杜威（Dowey，

1859—1952）。其中有创办东吴大学的林乐知（Allen，1836—1907），任教北洋大学的丁家立（Tenney，1857—1930），长圣约翰大学四十年的卜舫济（Pott，1864—1947），创办金陵大学的福开森（Ferguson，1866—1949）等。杜威在清华作过一系列讲演，即《实验主义》，笔者曾列席听讲，当时年幼无知，听了不甚了了，反觉昏昏欲睡，看了胡适所写《实验主义》小册，才略知梗概。据我看杜威如果在中国有影响力，乃是透过胡适的发扬。罗素的口才较胜，对中国哲学了解亦较深。

本书最精彩的一部分是页五五至二〇四，包括九位财经工商的前茅，十位政法财经的顾问，十一位政军经教的益友，因为大部分是作者所稔识或有过接触，例如：他曾受过大仓喜八郎在帝国饭店的邀宴，小摩根韬于我抗战期间对我所作之支援曾经采纳作者建议始底于成（页六七），小洛克菲勒捐建的协和医学院其中外董事几全为作者师友旧识，沙诺夫（Sarnoff）在中国无线电事业和胡氏天津无线电业公司之牵连，作者在唐山与开滦矿务局的英人那森（Nathan）之往来，作者与青年会创立者穆德（Mott）的关系，作者与美国商务参赞安诺德（Arnold）之密切合作，热爱中国的洋商佛勒（Fowler）抗战时一变而为美方经济作战局局长时与作者之交往，抗战时作者与加拿大的奥德仑将军（Odium）与美国的沙利文将军（Sullivan）之友谊……这一部分包含许多一般人不易知晓的内幕新闻。

胡光麃先生虽然是工商巨子，对文教方面的事情也了解很深，他介绍七位华风西渐的哲人：第一个是理雅格（Leaqe，1815—1897），他是苏格兰人，来华传教，译过十三经及老庄、离骚，深切了解中国文化。第二个是法国人柏希和（Belliot，1878—1945），以劫去敦煌文件而驰名于世的汉学家。第三个是瑞典的高本汉（Karlgren，1889—1978），对中国音韵学，在语言学方面有重大贡献。第四位是美国人佛里尔（Freer，1856—1919），收藏瓷器字画之富世罕其匹。第五位是美国人葛思德（Gest，1864—1948），收藏中国图书七万五千余册，后成为普林斯顿大学的东方图书馆，庋藏增至二十九万册，胡适先生担任过馆长两年。第六位是英国的李约瑟（Needham，1900—），以《中国之科学与文明》巨著（已成六册）而震惊了中外学人。第七位是荷兰的高罗佩（Gulik，1910—1967），他是博学多才酷爱中国的名士，笔者曾于宴后听过他弹奏古琴《高山流水》一曲，看他又粗又壮的手指在琴弦上往复挑拨，当时张充和女士和我在一旁忍俊不住，但是不能不服他。综上七位洋客，都是弘扬中国文化的高手，但是也无形中唤起了我们的自尊心。一个民族不知崇敬自己的传统文化，还谈什么现代化！作者说得好："人有人格，国有国格。"我们拥有几千年的文化，维系至今于不坠，所以我们才有资格，才有脸面，才有希望，求其现代化。自己若不尊重自己的国格，有什么东西值得我们求其现代化呢？

胡先生今年八十六岁，过去活跃于工商各界，所以他有资格奋其纵横之笔，写他所知道的洋人，读之令人心胸开阔。他还有一本书，写现代化过程中之我国人士四百人，请拭目以俟。

# 白猫王子五岁

　　五年前的一个夜晚，菁清从门外檐下抱进一只小白猫，时蒙雨凄其，春寒尚厉。猫进到屋里，仓皇四顾，我们先飨以一盘牛奶，他舔而食之。我们揩干了他身上的雨水，他便呼呼的倒头大睡。此后他渐渐肥胖起来，菁清又不时把他刷洗得白白净净，戏称之为白猫王子。

　　他究竟生在哪一天，没人知道，我们姑且以他来我家的那一天定为他的生日（三月三十日），今天他五岁整，普通猫的寿命据说是十五六岁，人的寿命则七十就是古稀之年了，现在大概平均七十。所以猫的一岁在比例上可折合人的五岁。白猫王子五岁相当于人的二十五岁，正是青春旺盛的时候。

　　凡是我们所喜欢的对象，我们总会觉得他美。白猫王子并不一定是怎样的美风姿，可是他眉清目秀，蓝眼睛，红鼻头，须眉修长，而又有一副楚楚可怜的样子。腰臀一部分特别硕大，和头部不成比例，腹部垂腴，走起来摇摇摆摆，有人认为其状不雅，我们不以为嫌。去年七月二十日报载："二十四日在美国佛罗里达州巴马布耳所举行的一九八一年'全美迷人小猫竞赛'中，一只名叫邦妮贝尔的小猫得了首奖。可是它虽然顶着后冠，却不见得很高兴。"高兴不是猫，是猫的主人。我们不会教白猫王子参加任何竞赛，他已经有了王子的封号，还急着需要什么皇冠？他就是我们的邦妮贝尔。

刘克庄有一首《诘猫诗》，有句云：

**饭有溪鱼眠有毯，忍教鼠啮案头书？**

我们从来没有要求过猫做什么事。他吃的不只是溪鱼，睡的也不只是毛毯，我们的住处没有鼠，他无用武之地，顶多偶然见了蟑螂而惊叫追逐，菁清说这是他对我们的服务。我们吃饭的时候他常蹲在餐桌上，虎视眈眈，但是他不伸爪，顶多走近盘边闻闻。喂他几块鱼虾鸡鸭之类，他浅尝辄止。他从不偷嘴。他吃饱了，抹抹脸就睡，弯着腰睡，趴着睡，仰着睡，有时候爬到我们床上枕着我们的臂腿睡。他有二十六七磅重，压得人腿脚酸麻。我们外出，先把他安顿好，鱼一体，水一盂，有时候给他盖一床被，或是搭一个篷。等我们回来，门锁一响，他已窜到门口相迎。这样，他便已给了我们很大的满足。

"花如解语还多事，石不能言最可人。"猫相当的解语，我们喊他一声："猫咪！""胖胖！"他就喵的一声。我耳聋，听不见他那细声细气的一声喵，但是我看见他一张嘴，腹部一起落，知道他是回答我们的招呼。他不会说话，但是菁清好像略通猫语，她能辨出猫的几种不同的鸣声。例如：他饿了，他要人给他开门，他要人给他打扫卫生设备，他因寂寞而感到烦躁，都有不同的声音发出来。无论有什么体己话，说给他听，或是被他听见，他能珍藏秘密不泄露出去。不过若是以恶声叱责他，他是有反应的，他不回嘴，他转过身去趴下，作无奈状。

有人不喜欢猫，我的一位朋友远道来访，先打电话来说：

"听说府上有猫,请先把他藏起来,我怕猫。"真的,有人一见了猫就会昏倒。有人见了老鼠也会昏倒,何况猫?据《民生报》四月二十三日一篇文章报道,法国国王亨利三世一见到猫就会昏倒。法国国王查理九世时的大诗人龙沙有这样的诗句:

> 当今世上
> 谁也没我那么厌恶猫
> 我厌恶猫的眼睛、脑袋,还有凝视的模样
> 一看见猫,我掉头就跑

人之好恶本不相同。我不否认猫有一些短处,诸如倔强、自尊、自私、缺乏忠诚等等。不过,猫,和人一样,总不免有一点脾气,一点自私,不必计较了。家里有装潢、有陈设、有家具、有花草,再有一只与虎同科的小动物点缀其间来接受你的爱抚,不是很好么?

菁清对于苦难中小动物的怜悯心是无止境的,同时又觉得白猫王子太孤单,于是去年又抱进来一个小黑猫。这个"黑猫公主"性格不同,活泼善斗,体态轻盈,白须黄眼,像是评剧中的"开口跳"。两只猫在一起就要斗,追逐无已时。不得已我们把黑猫关在笼子里,或是关在一间屋里,实行黑白隔离政策。可是黑猫隔着笼子还要伸出爪子撩惹白猫,白猫也常从门缝去逗黑猫。相见争如不见,无情还似有情。我想有一天我们会逐渐解除这个隔离政策的。

白猫倏已五岁,我们缘分不浅,同时我亦不免兴起春光易老之感。多少诗人词人唤取春留驻,而春不肯留!我们只好"片时欢乐且相亲",愿我的猫长久享受他的鱼餐锦被,吃饱了就睡,睡足了就吃。

# 回忆抗战时期

　　民国二十六年七月二十八日，日寇攻占北平。数日后北大同事张忠绂先生匆匆来告："有熟人在侦缉队里，据称你我二人均在黑名单中。走为上策。"遂约定翌日早班火车上见面，并通知了叶公超先生同行。公超提议在火车上不可交谈，佯为不识。在车上我和忠绂坐在一起，公超则远远的坐在一隅，真个的若不相识。在车上不期而遇的还有樊逵羽先生、胡适之太太和另外几位北大同事。火车早晨开行，平常三小时左右可到天津，这一天兵车拥挤，傍晚天黑才到天津老站。大家都又饿又累。杂在人群中步行到最近的帝国饭店，暂时安歇一夜，第二天大家各奔前程。我们是第一批从北平逃出来的学界中人。

　　我从帝国饭店搬到皇宫饭店，随后搬到友人罗努生、王右家的寓所。努生有一幅详细的大地图，他用大头针和纸片制作好多面小旗，白的代表日寇，红的代表我军。我们每天晚上一面听无线电广播，一面按照当时战况将红旗白旗插在地图上面。令人丧气的是津浦线上白旗咄咄逼人，红旗步步后退。我们紧张极了，干着急。

　　每天下午努生和我到义租界益世报馆，努生是《益世报》

总编辑，每天要去照料，事实上报馆的一切都由总经理生宝堂先生负责。平津陷落以后报馆只是暂时维持出版，随时有被查禁之虞，因为我们过去一向主张抗日。到报馆去要经过一座桥，桥上有日寇哨检查行人，但不扣查私人汽车。有一天上午生宝堂先生坐车过桥去上班，被日兵拦截，押往日军司令部，司机逃回报馆报告，报馆当即以电话通知努生勿再冒险过桥，报馆业务暂时停顿。生宝堂夫人是法籍，由法人出面营救亦无下文。从此生宝堂先生即不知下落。不知下落便是被害的意思。抗战期间多少爱国志士惨遭敌手而没没无闻未得表彰，在我的朋友中生宝堂先生是第一个被害的。

情势日急，努生、右家和我当即商定，右家留津暂待，努生和我立即绕道青岛到济南遄赴南京向政府报到，我们愿意共赴国难。离开北平的时候我是写下遗嘱才走的，因为我不知道我此后命运如何。我将尽我一份力量为国家做一点事。

到了南京我很失望，因为经过几次轰炸，各方面的情形很乱。有人告诉我们到中研院的一个招待所去，可以会到我们想见的人。努生和我去到那里，屋里挤满了人，忽警报之声大作，大家面面相觑，要躲也无处躲，我记得傅孟真先生独自搬了一把椅子放在楼梯底下，面色凝重的坐那里。在南京周旋了两天，教育部发给我二百圆另岳阳丸头等船票一张，教我急速离开南京，在长沙待命。于是我和努生分手，到长沙待命去了。

说起岳阳丸，原是日本的商船之一，航行于长江一带。汉奸黄秋岳（行政院参事）走漏消息，日本船舰逃出了江阴要塞，岳阳丸是极少数没能逃出的商轮之一，被我扣留。下关难民拥挤万状，好不容易我挤上了船，船上居然还有熟人，杨金甫、俞珊、叶公超、张彭春等，而且船上居然每日开出三餐"大菜"。国难日殷，再看着船上满坑满谷的难民，如何能够下咽。

三天后，舟泊岳阳城下。想起杜工部的诗句："留滞才难尽，艰危气益增，图南未可料，变化有鲲鹏。"乱世羁旅，千古同嗟。抵长沙后，公超与我下榻青年会。我偷闲到湘潭访友，信宿而返。时樊逵羽先生也到了长沙，在韭菜园赁屋为北大办事处，我与公超遂迁入其中。长沙待命日久，无事可做，北大同人亦渐多南下。我与樊先生先后相继北上，盖受同人之托前去接眷。我不幸搭乘顺天轮，到威海卫附近船上发现霍乱，遂在大沽口外被禁二十一天之后方得上岸。

二十七年七月，国民参政会在汉口成立。我被推选为参政员，于是搭船到香港飞到汉口。从此我加入参政会连续四届，直到胜利后参政会结束为止。参政会是战时全国团结一致对外的象征，并无实权。其成员包括各方面的人，毛泽东、周恩来、林祖涵、董必武、邓颖超、秦邦宪、陈绍禹等人也在内。我在参政会里只作了一件比较有意义的事，那便是二十九年一月我奉派参加华北慰劳视察团，由重庆出发，而成都，而凤翔，而西安，而洛阳，而郑州，而襄樊，而宜昌，遵水路返重庆，历时两个月，访问了七个集团军司令部。时值寒冬，交通不便，柴油破车随时抛锚。原定行程中有延安一站。我们到达西安后，毛泽东电参政会，谓慰劳团中有余家菊、梁实秋二人，本处不表欢迎，余家菊为国家主义派，梁实秋则拥汪主和与本党参政员发生激烈冲突，如必欲前来，当飨以高粱酒玉米面。参政会接获此电，当即通知我们取消延安之行。汪之叛国出走，事出突然，出走之前并无主和之说，更没有任何人拥汪之可能。但是我因此而没有去瞻仰延安的机会，当时倒是觉得很可惜的。延安去不成，我们拟赴太原一行，阎锡山先生复电谓道路遥远，且沿途不靖，坚决请辞，我们也只好遵命。我们临时决定，团员六人分为两组，一组留在洛阳，一组渡黄河深入中条山。我自告奋勇渡河，上山下山骑马四天，亲身体验了最前线将士抗战之艰苦。

我对抗战没有贡献，抗战反倒增长了我的经验和见识。我看到了敌人的残酷，士兵的辛劳，同时也看到了平民尤其是华北乡下的平民的贫困与愚暗。至于将来抗战结束之后会发生什么样的局面，没有人不抱隐忧的。

我在汉口的时候，张道藩先生（时任教育部次长）对我说，政府不久就要迁到重庆，参政会除了开会没有多少事做，他要我参加教育部的"中小学教科用书编辑委员会"。委员会分四组：总务、中小学教科书、青年读物、民众读物，以中小学教科书为最繁重。道藩先生要我担任教科书组主任，其任务是编印一套教科书，包括国文、史、地、公民四科，供应战时后方急需。因为前后方交通梗塞，后方急需适合抗战情势的教科用书，非立即赶编不可。我以缺乏经验未敢应命，道藩亦颇体谅，他说已聘李清悚先生为副主任，李先生为南京中学校长，不但有行政经验，而且学识丰富，可资臂助。我以既到后方，理宜积极参加与抗战有关之工作，故亦未固辞。委员会设在重庆两路口附近山坡上，方在开办，李先生独任艰巨，我仅每周上班一天，后因疏散到北碚，我亦随同前去，就每天上班工作了。事实上，工作全赖清悚先生一人擘画，我在学习，中小学教科书的编辑很需要技巧，不是任何学者都可以率尔操觚的。因为编教科书，一方面需要学识，一方面也要通教育心理，在编排取舍之间才能合用。越是低级的教科书，越难编写。

教科书组前后罗致的人才，国文国语方面有朱锦江、徐文珊、崔纫秋，公民方面有夏贯中、徐悫、汪经宪，史地方面有蒋子奇、汪绍修、聂家裕、徐世璜、桑继芬等数十位。有专门绘图的人员配合工作。全套好几十本书分批克期完稿付印校对然后供应后方各地学校使用，工作人员紧张无比，幸而大致说来未辱使命。首功应属李清悚先生。时间匆促，间或偶有小疵，我记得某君在参政会小组会议中大放厥词，认为这套教科书误人子弟，举一个宋朝皇帝的名字有误为例。我当即挺身辩护，事后查明原稿不错，仅是手民之误，校对疏忽而已。抗战期间我有机会参加了这一项工作，私心窃慰，因为这是特为抗战时期需要而作的。在抗战之前数年，国防会议曾拨款由王世杰先生负责主编一套中学教科书，国文由杨振声、沈从文二先生主编，历史由吴晗先生主编，公民由陈之迈先生主编，仅完成一部分，交教育部酌量采用。国文历史部分稿件，我曾与清悚先生共同看过，金以为非常高明，但不适于抗战时期，决定建议不予采用，而重新编写，对于此事甚感遗憾。清悚对于吴晗先生之历史尤为倾服，因为其中甚多创见，可供教师参考。陈之迈先生之公民则未曾拜读。

委员会后来与设在白沙之国立编译馆合并，我因事忙辞去教科书组主任。这时候抗战已渐近胜利。有一天王云五先生约我到重庆白象街商务印书馆晤谈，我应邀往。云五先生的办公室只是小屋一间，四壁萧然，一桌二椅两张帆布床。一张是他自己睡觉用的，另一张是他的儿子王学哲先生的。抗战时期办公处所差不多都是这样简陋，而云五先生尤其是书生本色，我甚为钦佩。他邀我为商务印书馆主编一套中小学教科书。他说他看了我主编的教科书，他认为我有了必要的经验，据他揣想，胜利之后一定有新的局面展开，中小学教科书大概可以开放民营，所以他要事先准备一套稿件，随时付印应市。他很爽快，言明报酬若干，两年完成。我们没有任何手续，一言为定。我于是又开始约集友人编纂再一套教科书。这一套书与抗战无关，较少限制，进行十分顺利，如期完成。不料抗战胜利之后，大局陡变，教科书仍由政府办理。我主编的一大箱书稿只好束之高阁了。

抗战八年，我主编了两套中小学教科书，其中辛苦一言难尽。兹举一例。小学国语之国定本，是由崔纫秋女士执笔的，她比我年长，曾任山东模范国小教师数十年。国语第一册第一课是"来，来，来上学"。有人批评，这几个字笔画太多，不便初学。这批评也有理，我们只好虚心检讨。等我为商务印书馆主编教科书的时候，我就邀请一位批评我相当严厉的朋友来执笔，这位朋友是著名的文学家，没想到一个月后把预支稿酬退回，据说第一册第一课实在编不出来。于是我又请李长之先生编写，几经磋商。第一册第一课定为"去，去，去上学"，是否稍有进步，我也不知道。正说明编教科书实在不易，不亲自尝试不知其难。

国立编译馆迁到北碚与教科用书编委会合并，由教育部部长自兼馆长，原馆长陈可忠先生改为副馆长。合并后的组织是：总务组、人文组、自然组、社会组、教科书组、教育组，另设大学用书编委会、翻译委员会，全部人员及眷属约三百人。我任社会组主任兼翻译委员会主任。这两部分的职务也不轻。

社会组主管的是编写民众读物及剧本的编作。所谓民众读物就是通俗的小册子，包括鼓词、歌谣、相声、小说之类，以宣扬中国文化及鼓励爱国打击日寇为主旨。在这方面，我们完成了二百多种，大量印发各地民众教育机构。不知道这算不算"抗战文艺"，大概宣传价值大于文艺价值，现在事过境迁，没有人再肯过问这种作品了。主持民众读物计划的是王向辰先生，笔名老向，河北保定人，在定县平教会做过事，深知民间疾苦，笔下也好。在一起编写民众读物的有萧柏青、席征庸、王愚、解方等几位先生。在戏剧方面，除了阎金锷写了一本《中国戏剧史》之外，我们的主要工作是修订评剧剧本，把不合理的情节及字句大加修订，而不害于原剧的趣味与结构，这工作看似容易，实则牵涉很多，大费手脚。参加此项工作的有姜作栋、林柏年、陈长年、匡直、吴伯威、张景苍等几位。共完成了七十余种，由正中出版者计四十四种，名为《修订评剧选》。我们也注意到场面，所以有"锣鼓经"之制作，请了专家师傅于大家下班之后敲敲打打起来，一面用较进步的方法作成纪录。大家学习的兴致很高，事后也有了实验的机会。

编译馆为了劳军演了两次戏，一是话剧陈绵译的法国名剧《天网》，演出于露天的北碚民众会场，由国立剧专毕业的张石流先生导演，演员包括王向辰、萧柏青、沈蔚德、龚业雅和我。演出效果自觉不佳，可是观众踊跃。又一次是评剧，我们有现成的场面，只外约了一位打鼓佬。行头难得，在后方只有王泊生先生山东实验剧院有完整的衣箱，时王先生不在北碚，我出面向王夫人吴瑞燕女士商借，这衣箱从不外借的，吴瑞燕女士竟一口答应，无条件的借给我们了。演戏两出，一是《九更天》，陈长年主演，他是剧校出身，功夫扎实。一是《刺虎》，由姜作栋演一只虎，他的脸谱得自钱金福亲授，气势非凡，特烦国立礼乐馆的张充和女士演费贞娥，唱作俱佳，两位表演大为成功。两剧之间由老舍和我表演了两段相声，也引起观众的欣赏。这些活动勉强算是与抗战有关。

翻译委员会虽然人手有限，也做了一点事。一项繁重的工作是英译《资治通鉴》。和人文组主任郑鹤声先生往复商酌，想译一部中国历史，不知译哪一部好，最后决定译这编年体的《资治通鉴》。由杨宪益、戴乃迭夫妇二人负责翻译。杨先生是牛津留学生，戴女士是著名汉学家之女，二人合作，相得益彰。戴不需上班，在家工作。这在编译馆是唯一例外的安排。《资治通鉴》难译的地方很多，例如历代官职的名称就不易作恰当的翻译。工作缓缓进行，到抗战胜利完成三分之一弱，以后是否继续，就不得而知了。此外如李味农先生译毛姆孙的《罗马史》，孙培良先生译亚里士多德的《诗学》，王思曾先生译萨克莱的《纽康氏家传》，都是有分量的工作，虽与抗战无关，却是古典名著。

讲到抗战时期的生活，除了贪官奸商之外，没有不贫苦的，尤以薪水阶级的公教人员为然。有人感慨的说："一个人在抗战时期不能发财，便一辈子不能发财了。"在物质缺乏通货膨胀之际，发财易如反掌。有人囤积螺丝钉，有人囤积颜料，都发了财。跑国际路线带些洋货也发了财。就是公教人员没有办法，中等阶级所受打击最大。

各公共机构都奉命设立消费合作社。编译馆同人公推我为理事会主席，龚业雅为经理，舒傅俪、朱心泉、何万全为办事员。我们五个人通力合作，抱定涓滴归公的宗旨为三百左右社员谋取福利。我们的业务繁杂，主要工作之一是办理政府颁发的配给物资。米最重要，每口每月二斗。米由船运到北碚江边，要我们自己去领取运到馆址分发，其间颇有耗损。运到之后，一袋袋的米堆在场上成一丘，由请来的一位师傅高高的蹲坐在丘巅之上，以他的特殊技巧为大家分米。尽管他的技术再高，分配下来总还差一点，后来者就要向隅。为避免这现象，我决定每人于应领之分取出一小碗，以备不足。有时因为分配完毕之后又多出一些，我便把剩余部分卖掉，以所得之钱分给大家。如此大家都没有异议。每次看到大家领米，有持洗脸盆的，有拿铁桶的，有用枕头套的。分别负米而去，景象非常热闹。为五斗米折腰，不得不尔。米多稗及碎石，也未便深责了。

油也是配给的。人只有在缺油的时候才知道油的重要。我小时候，听说乡下人吃"钱儿油"，以木签穿钱孔，伸入油钵中提取油，以为是笑话。现在才知道油是不容耗费的物资。领油的人自备容器，大小形状各异，挹注之间偶有出入势所难免，以致引起纷争，我们绝对容忍只求息事宁人。油不仅供食用，点灯也要用它。灯草油灯是我小时最普通的照明用具，如今乃又见之。两根灯草，一灯如豆，只有在读书写作或打麻将的时候才肯加上几根灯草。

重庆有物资局，供应平价物品，局长先是何浩若先生，后为熊祖同先生，都是我的同学。最重要的物品之一是布匹。公教人员入川，没有多少行装，几年下来最先磨破的是西装裤，臀部打的补丁到处可见。后方最普通的衣料是芝麻呢，乃粗糙的黑白点的布料。我们从物资局大量购入布匹，以及牙刷、毛巾、肥皂之类的日用品，运到之日我书写物品价单，门前若市。对我们中国人，糖不是必需品，何况四川也产糖，只是运输不便。我们派专人到内江大量采购，搭小船运来，大为人所艳羡。

合作社不以牟利为目的，可是年终还有红利可分。平夙收支分明，但是月底盘货清账，有时常有亏空，账目难以平衡。算盘打到深夜，无法结账，我乃在账簿上大书"本月亏空若干元"，作为了结。这是不合法的，但是合作事业管理局派员前来查账，竟以此为"不做假账"之明证，特予褒扬，列为办理最优。我们办合作社，都没有任何报酬，唯一安慰是得到了社员的绝对信任。

"前方吃紧，后方紧吃"，事诚有之。但这是以某些特殊阶级为限，一般公教人员和老百姓在物资缺乏物价高涨的压力之下，糊口不易，遑言紧吃？后方的生活清苦是普遍的事实，私下里嗟叹当然不免，公开的怨怼则绝对没有。

遇到敌机空袭采取避难措施，一般人称之为"跑警报"。

北碚不是重要的地方，但是经过好几次空袭。第一次空袭出于意外，机枪扫射伤了正在体育场上忙碌的郝更生先生。那时我正在新村的一小楼上瞭望。数着敌机编队共有几架，猛听得咝咝的几声划空而下，紧接着就是嘭嘭的几声响，原来是几颗燃烧弹落下了，没有造成什么损失，我在楼前还拾得几块炸弹残片。又有一次轰炸北碚对岸黄桷树的复旦大学，当时何浩若先生正和复旦文学院长孙寒冰先生在室内下象棋，一声爆炸，何浩若钻到桌下，孙寒冰往屋外跑，才出门就被一块飞起的巨石砸死！经过几次轰炸，大家渐有经验，同时防空洞的挖掘也到处进行。编译馆有两个防空洞，可容数百人。紧急警报一响，大家陆续入洞，有人带着小竹凳，有人携着水瓶，有人提着饭盒，有些人手里还少不得一把芭蕉叶。有人入洞前先要果腹，也有人入洞前必须如厕。如果敌机分批来袭，形成疲劳轰炸，情况便很严重。初记不得是哪一年，大概是二十八九年吧，五月三日重庆在轰炸中死伤了一些人，翌日我乘船去探望住在戴家巷二号的一位好友。到达重庆之后，我先在临江门夫子庙一带巡视，看见街上有一列盖着草席的死尸，每人两只光脚都露在外面。在戴家巷二号坐了不久，警报又呜呜响，我们没有躲避，在客厅里坐以待弹。果然一声巨响屋角塌了下来，尘埃弥漫，我们不约而同的钻在一张大硬木桌底下。随后看见火光四起，乃相偕逃出门外，只见街上人潮汹涌，宪兵大声吼叫："到江边去，到江边去！"我们不由自主的随着人潮前进，天已黑了下来，只有火光照耀，下陡坡看不见台阶，只好大家手牵着手摸索下坡，汗如雨下，狼狈之极。摸索到了海棠溪沙洲之上，时已午夜，山城高耸一片火海。竹筑的房屋烧得噼噼啪啪响，有如爆竹。希腊《荷马史诗》描写脱爱城破时的景象不知是不是这个样子。看着火势渐杀，才相率爬坡回去。戴家巷二号无恙，我在临江门中国旅行社招待所保留的一间房子则已门窗洞开全被消防水浸。这便是有名的五四大轰炸。

经此一炸，大家才认真空防。我既已疏散到北碚，没事便不再到重庆。重庆有一个大隧道，可容一两千人避难。有一次敌机肆虐，日夜不停，警宪为维持秩序在洞口大门上锁。里面人多，时间一久，氧气渐不敷用，起先是油灯一个个的熄灭，随后有人不支，最后大家鼓噪，群起外涌，自相践踏，出路壅塞，活活窒息而死者千人左右。警报解除后，有人在某部大楼上俯瞰，见有大车数十辆装运光溜溜的尸体像死鱼一样。这一惨案责任好像未加深究，市长记大过一次。

对于"抗战文艺"，我愧无贡献，我既不会写，也不需要我写。就是与抗战无关的文学作品，我也没有什么成绩可言。本来我在致力于莎士比亚的翻译，一年译两出，入川后没有任何参考书籍可得，仅完成《亨利四世》上篇一种。从广告上看到《亨利四世》下篇之新集注本出版，我千方百计的恳求有机会出国的至亲好友给我购买一册，他们各自带回不少洋货分赠给我，但是不及买书一事。抗战时期想要一本书，其难如此！在偶然的情形之下，我译了《咆哮山庄》小说一册，又译了伊利奥特的一个中篇《吉尔菲先生的情史》。此外便是给刘英士先生主编的《星期评论》写了一些短文，以后辑成《雅舍小品》。抗战八年之中我究竟做了些什么事？就记忆所及，略如本文所述。惭愧惭愧。

# 白猫王子六岁

今年三月三十日是白猫王子六岁生日。要是小孩子，六岁该上学了。有人说猫的年龄，一年相当于人的五年，那么他今年该是三十而立了。

菁清和我，分工合作，把他养得这么大，真不容易。我负责买鱼，不时的从市场背回十斤八斤重的鱼，储在冰柜里；然后是每日煮鱼，要少吃多餐，要每餐温热合度，有时候一汤一鱼，有时候一汤两鱼，鲜鱼之外加罐头鱼；煮鱼之后要除刺，这是遵兽医辜泰堂先生之嘱！小刺若是鲠在猫喉咙里开刀很麻烦。除了鱼之外还要找地方拔些青草给他吃，"人无横财不富，马无野草不肥"，猫儿亦然。菁清负责猫的清洁，包括擦粉洗毛，剪指甲，掏耳朵，最重要的是随时打扫他的粪便，这份工作不轻。六年下来，猫长得肥肥胖胖，大腹便便，走路摇摇晃晃，蹲坐的时候昂然不动，有客见之叹曰："简直像是一位董事长！"

猫和人一样，有个性。白猫王子不是属于"招之即来，挥之即去"的那个类型。他好像有他的尊严。有时候我喊他过来，他看我一眼，等我喊过三数声之后才肯慢慢的踱过来，并不一跃而登膝头，而是卧在我身旁伸手可抚摩到的地方。如果再加催促，他也有时移动身体更靠近我。大多时他是不理会我的呼唤的。他卧如弓，坐如钟，自得其乐，旁若无人。至少是和人保持距离。

他也有时自动来就我，那是他饿了。他似乎知道我耳聋，听不见它的"咪噢"叫，就用他的头在我腿上摩擦。接连摩擦之下，我就要给他开饭。如果我睡着了，他会跳上床来拱我三下。猫有吃相，从不吃得杯盘狼藉，总是顺着一边吃去，每餐必定剩下一小撮，过一阵再来吃干净。每日不止三餐，餐后必定举行那有名的"猫儿洗脸"，洗脸未完毕，他不会走开，可是洗完之后他便要呼呼大睡了。这一睡可能四五小时甚至七八九个小时，并不一定只是"打个盹儿"（cat nap）。我看他睡得那么安详舒适的样子，从不忍得惊动他。吃了睡，睡了吃，这生活岂不单调？可是我想起王阳明《答人问道》诗："饥来吃饭倦来眠，唯此修行玄又玄。说与世人浑不信，偏向身外觅神仙"，猫儿似乎修行得相当到家了。几个人能像猫似的心无牵挂，吃时吃，睡时睡，而无闲事挂心头？

猫对我的需求有限，不过要食有鱼而已。英国十八世纪的约翰孙博士，家里除了供养几位寒士一位盲人之外还有一只他所宠爱的猫，他不时的到街上买牡蛎喂他。看着猫（或其他动物）吃他所爱吃的东西，是一乐也，并不希冀报酬。犬守门，鸡司晨，猫能干什么？捕鼠么？我家里没有鼠，猫有时跳到我的书桌上，在我的稿纸上趴着睡着了，或是蹲在桌灯下面藉着灯泡散发的热气而呼噜呼噜的假寐，这时节我没有误会，我不认为他是有意的来破我寂寥。是他寂寞，要我来陪他，不是看我寂寞而他来陪我。

猫儿寿命有限，老人余日无多。"片时欢乐且相亲。"今逢其六岁生日，不可不纪。

## 赛珍珠与徐志摩

联副发表有关赛珍珠与徐志摩一篇文字之后，很多人问我究竟有没有那样的一回事。兹简答如后。

男女相悦，发展到某一程度，双方约定珍藏秘密不使人知，这是很可能的事。双方现已作古，更是死无对证。如今有人揭发出来，而所根据的不外是传说、臆测，和小说中人物之可能的影射，则吾人殊难断定其事之有无，最好是暂且存疑。

赛珍珠比徐志摩大四岁。她的丈夫勃克先生是农学家。南京的金陵大学是教会学校，其农学院是很有名的，勃克夫妇都在那里教书，赛珍珠教英文，并且在国立东南大学外文系兼课。民国十五年秋我应聘到东大授课，当时的外文系主任是张欣海先生，也是和我同时到校的，每于教员休息室闲坐等待摇铃上课时，辄见赛珍珠施施然来。她担任的课程是一年级英文。她和我们点点头，打个招呼，就在一边坐下，并不和我们谈话，而我们的热闹的闲谈也因为她的进来而中断。有一回我记得她离去时，张欣海把烟斗从嘴边拿下来，对着我和韩湘玫似笑非笑的指着她说："That woman..."这是很不客气的一种称呼。究竟"这个女人"有什么足以令人对她失敬的地方，我不知道。我觉得她应该是一位好的教师。听说她的婚姻不大美满，和她丈夫不大和谐。她于一八九二年生，当时她大概是三十六岁的样子。我的印象，她是典型的美国中年妇人，肥壮结实，露在外面的一段胳臂相当粗圆，面团团而端庄。很多人对于赛珍珠这个名字不大能欣赏，就纯粹中国人的品味来说，未免有些俗气。赛字也许是她的本姓Sydenstricker的部分译音，那么也就怪不得她有这样不很雅的名字了。

　　徐志摩是一个风流潇洒的人物，他比我大七八岁。我初次见到他是通过同学梁思成的介绍以清华文学社名义请他到清华演讲，这是民国十一年秋的事。他的讲演《艺术与人生》虽不成功，他的丰采却是很能令人倾倒。梁思成这时候正追求林徽音小姐，林长民的女儿，美貌颀颀，才情出众，二人每周要约的地点是北海公园内的松坡图书馆。徐志摩在欧洲和林徽音早已交往，有相当深厚的友谊。据梁思成告诉我，徐志摩时常至松坡图书馆去做不受欢迎的第三者。松坡图书馆星期日照例不开放，梁因特殊关系自备钥匙可以自由出入。梁不耐受到骚扰，遂于门上张一纸条，大书："Lovers want to be left alone."（"情人不愿受干扰。"）志摩只得怏怏而去，从此退出竞逐。

　　第二次见到志摩是在民国十五年夏他在北海公园董事会举行订婚宴，对方是陆小曼女士。此后我在上海遂和志摩经常有见面的机会，说不上有深交，并非到了无事不谈的程度，当然他是否对赛珍珠有过一段情不会对我讲，可是我也没有从别人口里听说过有这样的一回事。男女之私，保密不是一件容易事，尤其是爱到向对方倾诉"我只爱你一个人"的地步，这种情感不容易完全封锁在心里，可是在志摩的诗和散文里找不到任何隐约其词的暗示。同时，社会上爱谈别人隐私的人，比比皆是，像志摩这样交游广阔的风云人物，如何能够塞住悠悠之口而不被人广为传播？尤其是现下研究志摩的人很多，何待外国人来揭发其事？

如今既被外国人揭发，我猜想也许是赛珍珠生前对其国人某某有意无意的透露了一点风声，并经人渲染，乃成为这样的一段艳闻。是不是她一方面的单恋呢？我不敢说。

赛珍珠初无籍籍名，一九三八年获诺贝尔奖，世俗之人开始注意其生平。其实这段疑案，如果属实或者纯属子虚，对于双方当事者之令名均无影响，只为好事者添一点谈话资料而已。所以在目前情形下，据我看，宁可疑其无，不必信其有。

## 散文的朗诵

我们中国文字，因为是单音，有一种特别优异的功能，几个字适当的连缀起来，可以获致巧妙的声韵音节的效果。单就这一点而论，西方文字，无论是讲究音量的或重音的，都不能和我们的文字比。

《诗·关雎》序："吟咏性情。"疏："动声曰吟，长言曰咏。"诗不仅供阅读，还要发出声音来吟，而且要拉长了声音来咏，这样才能陶冶性情。吟咏也是朗诵。

诗歌朗诵有不可言传的妙趣。好多年前我到美国科罗拉多去念书，当地有一位热爱中国的老太太，招待我们几个中国学生先到她的家里落脚。晚饭过后闲坐聊天，老太太开口了："我好久没有听到中国人念诗了，我真喜欢听那种抑扬顿挫的声调。今晚你们哪一位读一首诗给我听。"她不懂中国语文，可是她很诚恳，情不可却，大家推我表演。我一时无奈，吟了贺知章的《回乡偶书》："少小离家老大回，乡音无改鬓毛衰。儿童相见不相识，笑问客从何处来。"她听了微笑摇头说："不对，不对，这不是中国式的吟诗。"我当时就明白了，她是要我摇头晃脑，拉长了某几个字和尾音，时而"龙吟方泽，虎啸山丘"，时而"余音绕梁，不绝如缕"，总之是靠音声的高下急徐表达出一种意境。我于是按照我们传统的吟诗的方式，并且稍微加以夸大，把这首诗再度朗诵了一遍。老太太鼓掌不已，心领神会，好像得到很大满足的样子。我问她要不要我解释一下诗中的涵意，她说："没关系，解释一下也好，不过我欣赏的是其中音乐一部分。"

英文诗的朗诵，情形不同。一九二五年我在波士顿听过一次美国诗人佛洛斯特朗诵他自己的诗。入场券五元。会场可容三二百人，听众只有三二十人，多半是上了年纪的人。冷冷清清的气氛中，佛洛斯特在台上出现了。他生于一八七五年，这时候该是五十左右，但是头上一团蓬松的头发已经斑白了。他穿着礼服，向众一鞠躬，举起他的诗集开始朗诵。他的声音是沙哑的，声调是平平的，和平常说话的腔调没有两样，时而慢吞吞的，时而较为急促，但总是不离正常的语调。他读了六七首最传诵一时的诗篇，包括《赤杨》《雪夜林边小驻》《补墙》等。观众也有人提出一两首要他朗诵，他也照办。历时一小时余。我想其他当代诗人，即使不同作风的如林德赛，如桑德堡，若是朗诵他们的诗篇，情形大概也差不太多。至少我知道，莎士比亚的戏剧在台上演出时，即使是诗意很浓的独白，读起来还是和平常说话一般，并不像我们的文明戏或后来初期话剧演员之怪声怪气。

以上谈的是诗的朗诵。散文也可以朗诵么？为什么不？事实上我们的散文一直是被朗诵着的。记得小时候，老师教我们读《古文观止》，选中一篇古文之后并不立刻开讲，而是先行朗诵一遍。我的中学老师当中有两位特别长于此道，一位是徐镜澄先生，一位是陈敬侯先生，前者江北人，后者天津人，前者朗诵咬牙切齿，声震屋瓦，后者朗诵轻描淡写，如行云流水。但是两位都能朗诵出文章的韵味。我们细心聆听，在理解文章的内容之前，已经相当的体会到文章美妙。老师讲解之后，立即要我们朗诵，于是全班高唱，如鼎沸，如蛙鸣，如鸟喧，如蝉噪。下课后我们还要在自修时低声诵读若干遍，因为下次上课还要默写。

大概文章不经朗诵，难以牢记在心。像贾谊的《过秦论》，从一开端"秦孝公……有席卷天下，包举宇内，囊括四海之意，并吞八荒之心"起，波澜壮阔的推论下去，直到最后"一夫作难而七庙堕，身死人手为天下笑者何也？仁义不施而攻守之势异也"。真是痛快淋漓，大气磅礴，小时候背诵，到老不忘。而且古今至文，熟读之后，我们作文虽不必套用它的笔调，其起承转合的章法，掇词摘藻的功夫，是永远值得我们参考的。

诗讲究平仄，到了沈约写《四声谱》的时候而格外明朗起来。文学和音乐本来有密切关系，诗经很大部分是被诸管弦的，乐府更不必说。诗而讲究四声八病，那就是表示诗与音乐要渐渐分家了，诗要在文字本身上寻求音乐之美，而文字之音乐成分不外音韵与四声。散文不押韵，但是平仄还是不能完全不顾的，虽然没有一定的律则可循。精致的散文永远是读起来铿锵有致。赋，介于诗与散文之间的一个型类，是我们中国文学所特有的一项成就。晋孙绰作《天台山赋》，很是得意，对他的朋友说："卿试掷地，当作金石声。"这个比喻很妙。文字而可以作金石声，其精美挺拔可以想见。我很喜欢研读庾子山的《哀江南赋》，每朗诵到"孙策以天下为三分，众才一旅，项羽用江东之子弟，人唯八千，遂乃分裂山河，宰割天下，岂有百万义师，一朝卷甲，芟夷斩伐，如草木焉"，不禁为其激昂慷慨之文笔，引发无穷之感叹。"词虽骈偶，而格取浑成"，不仅是后来的"骈四俪六，锦心绣口"。

古文八大家，没有一篇精心结构不是可以琅琅上口的。大抵好的文章，必定简练，字斟句酌！期于至当。《朱子语类》提起的欧阳修《醉翁亭记》就是一例。他说："顷有人买得他醉翁亭稿，初说滁州四面有山，凡数十字，末后改定，只曰'环滁皆山也'，五字而已。"这五个字朗诵起来多么响亮简洁！《朱子语类》又说："向尝闻东坡作韩文公庙碑，一日，思得颇久，忽得两句云：'匹夫而为百世师，一言而为天下法。'遂埽将去。"这两句确是笔力万钧，诵将下去，有奔涛澎湃之势。散文不要排偶，然有时也自然的有骈俪的句子，不必有一定的格律，然有时也自然有平仄的谐调和声韵的配合。使用文字到了纯熟的化境，诗与散文很难清楚的划分界限。我们朗诵古文有时也就和朗诵诗歌的腔调颇为近似。

白话文可以朗诵么？这是个问题。

很多人一直相信，白话文就是"以手写我口"，口里怎么说，笔下就怎么写。很多人也确实这样做，写出的文字和口说的话并无二致，避免用典，少用成语，不求排偶，不顾平仄，清清楚楚，明明白白。当然，说话也是颇有艺术的，有人说话有条有理，用字准确，也有人说话杂乱无章，滥用字词。所以白话文也有不同的成色，或简洁明了，或冗劣啰嗦。不过其为白话文则一，其特点是尽量明白清楚的表达作者的情思。白话散文既然是这样的明白清楚，一泄无遗，还有加以朗诵的必要么？听人朗诵韩愈的《祭十二郎文》，几曾听过人朗诵朱自清的《背影》？

但是古文散文既可朗诵，白话文似也无妨朗诵。且举《水浒传》第二十二回武松打虎一段：

武松提了哨棒，大著步自过景阳冈来，约行了四五里路，来到冈子下，……放翻身体，却待要睡，只见发起一阵狂风。那一阵风过去了，只听得乱树背后扑地一声响，跳出一只吊睛白额大虫来。……那大虫又饥又渴，把两只爪在地下略按一按，和身往上一扑，从半空里撺将下来。武松被那一惊，酒都做冷汗出了。说时迟，那时快，武松见大虫扑来，只一闪，闪在大虫背后。那大虫背后看人最难，便把前爪搭在地下，把腰胯一掀，掀将起来。武松只一闪，闪在一边。大虫见掀他不着，吼一声，却似半天里起个霹雳，震得那山冈也动，把铁棒也似的虎尾倒竖起来，只一剪，武松却又闪在一边。

　　这一段十分精彩，大家都读过，但是有谁朗诵过么？我相信，若是朗诵，其趣味当不在听山东大汉说"快书"之下。精致的小说文字，都可以朗诵。我们民间的说书，就很近于朗诵，不过不是很忠于原文。英国的狄更斯的小说很受大众欢迎，他不止一次远赴美洲旅游朗诵他的小说中之精彩的片段，风靡一时。他的朗诵，相当的戏剧化，也有人对他作不利的批评。

　　自从新文学运动以来，我们的散文一部分可以说是一枝独秀，因为白话文运动本来是以散文为主。三十多年来，散文作者辈出，或善描述，或长抒情，或精讽刺，据我看往往高出所谓"三十年代"的诸家之上。这是因为现代作者，对于当年所谓"文学革命"的浪潮已经渐少热心，转而对文学传统有较多的认识，于是散文艺术更上层楼，趋于成熟的阶段。究竟成熟到了什么程度也很难说。联副主编痖弦先生提议举办一次散文朗诵，实在是很有意义的一项活动，因为经过一番公开朗诵，不但可使我们领略许多作者的散文之不同的趣味，而且也许可以略观我们的现代散文是否可以上承文言文的传统，进而发展到一个辉煌灿烂的境界。

# 剽　窃

顾亭林《日知录》卷二十有这样一段：

> 凡述古人之言，必当引其立言之人。古人又述古人之言，则两引之。不可袭以为己说也。诗曰："自古在昔，先民有作。"程正叔传易，未济三阳皆失位，而曰："斯义也，闻之成都隐者。"是则时人之言，亦不敢没其人。君子之谦也。然后可与进于学。

他的意思是说：引述古人的言论，要说明那古人是谁。如果古人又引述另一古人的言论，两个古人的姓名都要说明。不可以把古人的议论当作是自己的。《诗经·商颂·那》说："从前古时候，已经有人这样作过。"程正叔（颐）作《易传》，讲到"未济三阳皆失位"，特别声明这个说法是从成都一位隐者听来的。可见纵非古人，而是时人，也不可埋没他。这是君子谦逊的态度。能做到这个地步，然后才可讲到做学问。

这一段文章标题是《述古》，但未限于古，对时人也一样的提到了。他警诫初学的人，为文不可剽窃，他人之美，不可据为己有。并且说这是为学的初步。可谓语重心长。

作硕士论文或博士论文的人，一定受过指导教授的谆谆叮嘱，选题要慎重，要小题大作，搜集资料要巨细靡遗，对于前人的有关著作要尽量研读，引用前人的言论要照录原文，加上引号，在脚注里注明出处，包括版本、年月、页数。按照这些指导原则写出来的论文，大概都有相当的分量。这样的论文，从表面上看，几乎每页都有相当多的脚注，密密麻麻的排在页底，这就说明了作者下过不少功夫，看过不少书，而且老老实实的引证别人的文字而未据为己有。这种论文，本来无需什么重大的发明创见，只要作者充分表现了他的勤恳治学的态度，也就可以及格了。这种态度，英文叫做intellectual honesty（学术上的诚实），不止硕士博士论文需要诚实，一切学术性文字都必须具备这种美德。

有人以为这种严谨诚实的作风是西方人治学的态度，这就不大合于事实。上引顾亭林《日知录》的一段文字，即足以证明我们中国学者早已注意到这个问题。

剽窃者存有一种侥幸的心理，以为古今中外的图书浩如烟海，偶然偷鸡摸狗，未必就会东窗事发。一般人怕管闲事，纵有发现也不一定会挺身检举。举例来说，从前大陆上出版的图书，此间不易见到。但是偶然也有一些渗漏进来。剽窃者得之如获至宝，放心大胆的抄袭，大段大段的整页整页的一字不易的照抄不误。也有较为狡黠者，利用改头换面移花接木的手法，加以粉饰。但是起先不易得的图书，现在有不少大量翻印流通了，有心人在对比之下就不难发现其中的雷同之处。穿窬扒窃之事，未必都能破案，可是一旦被人逮住，就斯文扫地无可辩解。这种事不值得做。

著书立说，古人看作一件大事，名之为立言，为太上三不朽之一。后来时势不同，煮字疗饥之说不能不为大家所接受。迫至晚近，从事写作的人常自贬为"爬格子的动物"了。但是不管古今有多少变化，有一条铁则当为大家所共守：不可剽窃。

# 鸦　片

　　罂粟是我们早就有的，见《本草》："阿芙蓉，一名阿片，俗作鸦片，是罂粟花之津液也。"罂粟花十分美丽，花很大，有红、白、粉红等色，四瓣或多瓣，花茎有茸毛，叶有锯齿。花苞下垂，花开时则仰举，俛仰多姿，艳冠群芳。其果实内有种子如粟粒，故名。果实未成熟时，划割之则流出白浆如乳汁，煎熬成黑色粘膏，名曰芙蓉膏，即鸦片。可供药用，有止痛安眠之效。在美国，有些家庭院内花圃中偶亦可见罂粟花丛粲然触目。我每驻足赏玩不忍离去。不意如此艳丽之花竟含有如此之剧毒，为害人群如此之深远。

　　英国人运印度鸦片到广州，始自清初，至道光时而输入大增，终于酿成鸦片战争。战争结束后虽然鸦片依然倾销不已，但是清廷于同光年间亦纵容我内地栽种鸦片。英国输入者谓之洋药，本土生产者谓之土药。而土药之中，以产于云南者为最优，称之为云土，其品质远在北方销行之陕甘土之上，通常压缩成长方形块状，以纸包之，每块约重一斤。

　　英国人服鸦片者，例如著名文学家陶玛斯·逖昆西，著有《食鸦片者之忏悔》，他不是吸鸦片烟，是吞服鸦片酊。酊是

tincture的译音，凡药物溶于酒精或其他液体者皆谓之酊。鸦片酊名为Laudanum，食用之法系以数滴鸦片酊滴入水内而吞服之。济慈作《夜莺歌》，所谓"emptied some dull opiate to the drains"，也就是说举杯喝干鸦片酊不留一点渣。这种仰着脖子吞饮的服法当然收镇定之效，也许更有急效，但是未能充分发挥鸦片之徐徐麻醉的愉快的效果。吸鸦片是我们中国人的发明，除了止痛镇定之外还附带着有一套令人心荡神怡的轻松享受。

从前北平（不知别处是否也是如此）缙绅之家没有不备鸦片待客的，客来即延之上炕（或后炕）或短榻，相对横陈，吞烟吐雾一番。全套烟具颇不简单。主要是烟枪，长短粗细各有不同。虽是竹子一根，装饰花样甚多。烟枪的嘴可以是翡翠的，可以是白玉的，可以是玛瑙的。烟枪上可以包上一层镂刻的银花，也有细针密缝加上一个布套的。通常有一个或大或小的烟盘子，黑漆螺钿，光彩夺目，至少有两根烟枪放在盘里。此外就是烟斗了。烟斗形状不一，方的圆的扁的尖的都有，平常陈列在一个硬木架上，像兔儿爷摊子似的列为三层，至少有一二十个。烟斗安在烟枪上要垫一小块蘸湿了的珠罗纱，用力一拧便可牢不透气。再就是烟灯，通常是麻油棉捻，配以或大或小或高或矮的玻璃灯罩。细高的灯罩，吸起来格外响。烟签子，烟罐子，烟灰盒子，清理烟斗的曲钩，通烟枪的通条，还有一把小铜扇子似的用以滚制烟泡的家伙——通通放在烟盘子里。这些物事要揩得锃光大亮，所以往往须有专人料理其事。

由烟土制成烟膏，手续很繁，而且需要在家里自己炮制才有味道。大小红泥火炉摆成阵式，用上好缸炭燃起熊熊烈火，大小红铜锅都是揩得光可鉴人。不能用铁锅，一定要用红铜锅。锅里加水，投入烟土猛煮。煮到相当时候，要随煮随搅，用木质长柄铲来搅。煮成浓汁，倒在一个覆有两整张金高纸的竹笊篱上，那张金高纸要先烤得焦黄，浓汁倒上去才会慢慢的渗漏在下面的瓷钵里。这是第一货。还要再加水煮第二货。煮好也是如法渗漏在第二只瓷钵里。这煮好的鸦片汁，倒在锅里再度熬煮，不停的搅和，直到浓汁越来越浓，变成了膏状，比川贝枇杷膏还要再浓一些，便可以倒在罐里储藏，或是放烟盘子里备用了。这最后一道手续叫做"收膏"。收膏的时候人不能离开锅，火候要拿得稳，要恰到好处，太老太嫩均无是处。煮烟的时候不要忘记加一撮烟灰，然后熬出来的膏才有强烈的刺激力。那用过的金高纸不可丢弃，因为把纸熬煮一下还多少可以得到一点浆汁。抽鸦片的人珍视鸦片，一点也不肯糟踏。

　　吸抽鸦片又另是一套功夫。一定要躺着抽，短榻不够深，脚底下垫一个凳子，这是标准姿势。先取烟签子在手，一根两根都成，一手一根也行，用签子挑取烟膏，就灯上烧之，烟遇热嘶嘶冒泡，变黄褐色，急入烟缸再裹烟膏，再烧之，如是三数次则烟泡形成，有如小小的蜂巢，在小铜扇上往复滚压使之光平坚固，俟冷却可贮存于玻璃罐内，或趁热安在烟斗口上立即吸食。吸鸦片时，以口就枪嘴，用口吸，其声呼呼轰轰，善吸者能吸出节奏，烟自口入，自鼻孔出，其中一部分当然要在肺里走了一遭。吸时一手持枪，一手持签，斗塞则以签刺之，使之通畅无阻。善吸者不需用签，一口气把一个烟泡完全吸进斗去。一个泡不足，再来一个，视瘾之大小而定。有人连吸三五个面不改色。

　　吸过烟后不立即起身，一定要躺片刻，闭上眼睛一声不响，这时节会觉得飘飘摇摇，昏昏沉沉，如腾云驾雾，要羽化而登仙。一股麻醉的感觉贯彻了四肢五脏，好像是打通了任督二脉，浑身通泰。然后渐渐醒转过来，伸伸腿挺挺腰，顺手拿起宜兴壶就着嘴喝两口酽茶。微觉胸口有点发热，不妨吃些水果。然后就可以点起一支香烟或雪茄，和朋友高谈阔论了。说也奇怪，香烟雪茄另是一种刺激，和鸦片是两码子事，不冲突。

吸食鸦片的效果不仅是胃痛腹泻之类的毛病立刻停止，它还能麻醉人的头脑使人忘忧。什么烦恼苦难尴尬羞辱的事情，在鸦片的毒雾熏蒸之下都到九霄云外去了。就是这股令人浑然忘忧，种种痛疼爽然若失的力量，诱使人沉湎在鸦片里面而难以自拔。

抽鸦片的人懒，本来不懒的也会变成懒，懒到自己煮烟烧烟都不肯做。舅爷、姨太太、婢女，甚至于娈僮，都是身边伺候鸦片的理想人物。一人抽烟要连累好几个人成为废物。曾见巨贾，店铺奥处辟有精舍，二三娈僮，粉黛妖娇，专为客人奉烟，诗人某，初涉此地，乐不可支，叹为人间仙境，又视为中国文化之最高成就！

凡是毒物，先是令人兴奋，最后陷于麻醉。故在某一阶段必觉意志高扬，潜能毕现。所以伶界人物率皆患有此项嗜好，临上场前过足烟瘾，则精神抖擞。旧式文人亦有染此癖好者，夜深秉笔，非此不能文思泉涌。但是吸烟一旦成瘾，难以摆脱，而且意志消沉，不思振作。有些富贵人家，故意诱使子弟吸烟，令株守家园，不至在外拈花惹草。殊不知家赀不足恃，家道可能中落，纨绔子弟会变成乞儿。我记得一位富家子，烟瘾很深，家败后无以为生，一日来到一位友家门前，鸠形鹄面，衣衫蓝缕，涕泣哀求乞讨鸦片少许。告以家中早无此物，他仍哀求不已，他说："求您给我咔嚓咔嚓。"所谓咔嚓是指用曲钩清洁烟斗，将其中之烟渣掏取出来。此种烟渣，名为烟灰，不但在煮烟土时为必需之物，如取少许用水服下，也立能止瘾。可怜烟灰尚未取来，他已瘾发倒地口吐白沫，如患羊痫。我知道许多小康之家，只因鸦片为祟，把家产整个荡尽。抗战胜利之初，北平烟土价格是一两土抵一两黄金。多少瘾君子不惜典当衣物、家具，拆天棚卖木料，只为了填那烟斗上的无底深渊。最后的结局是家败人亡男盗女娼！贫苦的人民也多不能免于此厄。我参观过一个烟窟，陋巷中重重小门，曲径通幽，忽然进入一间大室。沿墙一排排的短榻，室内烟雾蒙蒙，隐隐约约的看见短榻上各有一具烟灯，微光荧荧，有如鬼火，再细看每个榻上躺着一个人，三分像人七分像鬼，个个瘦得皮包骨，都在"短笛无腔信口吹"。米尔顿《失乐园》卷一所描写的地狱：

> 环顾四周，好可怕的一个地窟
>
> 像是一个大烘炉；但是那火
>
> 没有光，只是一片可辨的黑暗，
>
> 刚好可以令人看出种种的惨象，
>
> 好一个悲惨阴森的地方，
>
> 没有和平与安息，没有人人享有的
>
> 希望，只有无穷的煎熬苦痛
>
> 不住的袭来，一片火海，
>
> 永不熄灭的硫磺火在燃烧。

　　只有人间地狱的鸦片烟窟差可和这个想象中的地狱相比拟！

　　鸦片烟是充满了诱惑的。如果是精品，单是那股气味就令人难以抵御。一家煮烟三家香。熬烟膏的时候，一缕异香会荡漾过墙，会令邻人大叫："好香好香啊！"酒后吸之可以解醒，劳累之后吸之可以解乏，寂寞时吸之可以解闷，身体无论哪一部分不舒适，吸之可以觉得飘飘然不药而愈。唯因其如此，过去不知有

多少人堕入其陷阱。戒烟很难，硬断（英文所谓cold turkey），
那份罪不好受。只有坚强的意志，逐渐减少吸食的分量，才可以
脱离苦海。

　　大部分年轻人不知道鸦片如何为害，常有人问起我到底鸦片
如何抽法。我略知一二，在此一起作答如上述。

## 忆 青 岛

　　"上有天堂，下有苏杭。"天堂我尚未去过。《启示录》所描写的"从天上上帝那里降下来的圣城耶路撒冷，那城充满着上帝的荣光，闪烁像碧玉宝石，光洁像水晶"，城墙是碧玉造的，城门是珍珠造的，街道是纯金的。珠光宝气，未能免俗。真不想去。新的耶路撒冷是这样的，天堂本身如何，可想而知。至于苏杭，余生也晚，没赶上当年的旖旎风光。我知道苏州有一个顽石点头的地方，有亭台楼阁之胜，网师渔隐，拙政灌园，均足令人向往。可是想到一条河里同时有人淘米洗锅刷马桶，不禁胆寒。杭州是白傅留诗苏公判牍的地方，荷花十里，桂子三秋，曾经一度被人当作汴州。如今只见红男绿女游人如织，谁有心情看浓妆淡抹的山色空蒙。所以苏杭对我也没有多少号召力。

　　我曾梦想，如果有朝一日，可以安然退休，总要找一个比较舒适安逸的地点去居住。我不是不知道随遇而安的道理。

　　　　树下一卷诗，
　　　　一壶酒，一条面包——
　　　　荒漠中还有你在我身边歌唱——

### 啊，荒漠也就是天堂！

　　这只是说说罢了。荒漠不可能长久的变成天堂。我不存幻想，只想寻找一个比较能长久的居之安的所在。我是北平人，从不以北平为理想的地方。北平从繁华而破落，从高雅而庸俗、而恶劣，几经沧桑，早已无复旧观。我虽然足迹不广，但北自辽东，南至百粤，也走过了十几省，窃以为真正令人流连不忍去的地方应推青岛。

　　青岛位于东海之滨，在胶州湾之入口处，背山面海，形势天成。光绪二十三年（一八九七年）德国强租胶州湾，辟青岛为市场，大事建设。直到如今，青岛的外貌仍有德国人的痕迹。例如房屋建筑，屋顶一律使用红瓦片，山坡起伏绿树葱茏之间，红绿掩映，饶有情趣。民国三年青岛又被日本夺占，民国十一年才得收回。迩后虽然被几个军阀盘据，表面上没有遭到什么破坏。当初建设的根底牢固，就是要糟踏一时也糟踏不了。青岛的整齐清洁的市容一直维持了下来。我想在全国各都市里，青岛是最干净的一个。"无风三尺土，有雨一街泥"的北平不能比。

　　青岛的天气属于大陆气候，但是有海湾的潮流调剂，四季的变化相当温和。称得上是"春有百花秋有月，夏有凉风冬有雪"的好地方。冬天也有过雪，但是很少见，屋里面无需升火不会结冰。夏天的凉风习习，秋季的天高气爽，都是令人喜的，而春季的百花齐放，更是美不胜收。樱花我并不喜欢，虽然第一公园里整条街的两边都是樱花树，繁花如簇，一片花海，游人摩肩接踵，蜜蜂嗡嗡之声震耳，可是花没有香气，没有姿态。樱花是日本的国花，日本和我们有血海深仇，花树无辜，但是我不能不连带着对它有几分憎恶！我喜欢的公园里培养的那一大片娇艳欲滴的西府海棠。杜甫诗里没有提起过它，历代诗人词人歌咏赞叹它的不在少数。上清宫的牡丹高与檐齐，别处没有见过，山野有此丽质，没有人嫌它有富贵气。

推开北窗，有一层层的青山在望。不远的一个小丘有一座楼阁矗立，像堡垒似的，有俯瞰全市傲视群山之势，人称总督府，是从前德国总督的官邸，平民是不敢近的，青岛收回之后作为冠盖往来的饮宴之地，平民还是不能进去的（听说后来有时候也偶尔开放）。里面是什么样子我不知道，也不想知道。还有人说里面闹鬼。反正这座建筑物，尽管相当雄伟，不给人以愉快的印象，因为它带给我们耻辱的回忆。

其实青岛本身没有高山峻岭，邻近的劳山，亦作崂山，又称牢山，却是峣峥巉崄，为海滨一大名胜。读《聊斋志异·劳山道士》，早已心向往之，以为至少那是一些奇人异士栖息之所。由青岛驱车至九水，就是山麓，清流汩汩，到此尘虑全消。舍车扶策步行上山，仰视峰嶝，但见参嵯翳日，大块的青石陡峭如削，绝似山水画中之大斧劈的皴法，而且牛山濯濯，没有什么迎客松五老松之类的点缀，所以显得十分荒野。有人说这样的名山而没有古迹岂不可惜，我说请看随便哪一块巍巍的巨岩不是大自然千百万年锤炼而成，怎能说没有古迹？几小时的登陟，到了黑龙潭观瀑亭，已经疲不能兴。其他胜境如清风岭碧落岩，则只好留俟异日。游山逛水，非徒乘兴，也须有济胜之具才成。

青岛之美不在山而在水。汇泉的海滩宽广而水浅，坡度缓，作为浴场据说是东亚第一。每当夏季，游客蜂拥而至，一个个一双双的玉体横陈，在阳光下干晒，晒得两面焦，扑通一声下水，冲凉了再晒。其中有佳丽，也有老丑。玩得最尽兴的莫过于夫妻俩带着小儿女阖第光临。小孩子携带着小铲子小耙子小水桶，在沙滩上玩沙土，好像没个够。在这万头攒动的沙滩上玩腻了，缓步踱到水族馆，水族固有可观，更妙的是下面岩石缝里有潮水冲积的小水坑，其中小动物很多。如寄生蟹，英文叫hermit crab，顶着螺蛳壳乱跑，煞是好玩。又如小型水母，像一把伞似的一张一阖，全身透明。孩子们利用他们的小工具可以罗掘一小桶，带回家去倒在玻璃缸里玩，比大人玩热带鱼还兴致高。如果还有余勇可贾，不妨到栈桥上走一遭。桥尽头处有一个八角亭，额曰回澜阁。在那里观壮阔之波澜，当大王之雄风，也是一大快事。

汇泉在冬天是被遗弃的，却也别有风致。在一个隆冬里，我有一回偕友在汇泉闲步，在沙滩上走着走着累了，便倒在沙上晒太阳，和风吹着我们的脸。整个沙滩属于我们，没有旁人，最后来了一个老人向我们兜售他举着的冰糖葫芦。我们在近处一家餐厅用膳，还喝了两杯古拉索（柑香酒）。尽一日欢，永不能忘。

汇泉冬夜涨潮时，潮水冲上沙滩又急遽的消退，轰隆呜咽，往复不已。我有一个朋友赁居汇泉尽头，出户不数步就是沙滩，夜闻涛声不能入眠，匆匆移去。我想他也许没有想到，那就是观音说教的海潮音，乃觌面失之。

说来惭愧，"饮食之人"无论到了什么地方总是不能忘情口腹之欲。青岛好吃的东西很多。牛肉最好，销行国内外。德国人佛劳塞尔在中山路开一餐馆，所制牛排我认为是国内第一。厚厚大大的一块牛排，煎得外焦里嫩，切开之后里面微有血丝。牛排上面覆以一枚嫩嫩的荷包蛋，外加几根炸番薯。这样的一份牛排，要两元钱，佐以生啤酒一大杯，依稀可以领略樊哙饮酒切肉之豪兴。内行人说，食牛肉要在星期三四，因为周末屠宰，牛肉筋脉尚生硬，冷藏数日则软硬恰到好处。佛劳塞尔店主善饮，我在一餐之间看他在酒桶之前走来走去，每经酒桶即取饮一杯，不

下七八杯之数，无怪他大腹便便，如酒桶然。这是五十年前旧
话，如今这个餐馆原址闻已变成邮局，佛劳塞尔如果尚在人间当
在百龄以上。

青岛的海鲜也很齐备。像蚶、蛤、牡蛎、虾、蟹以及各种
鱼类应有尽有。西施舌不但味鲜，名字也起得妙，不过一定要不
惜工本，除去不大雅观的部分，专取其洁白细嫩的一块小肉，加
以烹制，才无负于其美名，否则就近于唐突西施了。以清汤氽煮
为上，不宜油煎爆炒。顺兴楼最善烹制此味，远在闽浙一带的
餐馆以上。我曾在大雅沟菜市场以六元市得鲥鱼一尾，长二尺半
有余，小口细鳞，似才出水不久，归而斩成几段，阖家饱食数
餐，其味之腴美，从未曾有。菜蔬方面隽品亦多。蒲菜是自古以
来的美味，诗经所说"其蔌维何，维笋及蒲"，蒲的嫩芽极细致
清脆。青岛的蒲菜好像特别粗壮，以做羹汤最为爽口。再就是附
近潍县的大葱，粗壮如甘蔗，细嫩多汁。一日，有客从远道来，
止于寒舍，唯索烙饼大葱，他非所欲。乃如命以大葱进，切成段
段，如甘蔗状，堆满大大一盘。客食之尽，谓乃生平未有之满
足。青岛一带的白菜远销上海，短粗肥壮而质地细嫩。一般人称
之为山东白菜。古人所称道的"春韭秋菘"，菘就是这大白菜。
白菜各地皆有，种类不一，以山东白菜为最佳。

青岛不产水果，但是山东半岛许多名产以青岛为集散地。
例如莱阳梨，此梨产在莱阳的五龙河畔，因沙地肥沃，故品质特
佳。外表不好看，皮又粗糙，但其细嫩酥脆甜而多浆，绝无渣
滓，美得令人难以相信，大的每个重十台两以上。再如肥城桃，
皮破则汁流，真正是所谓水蜜桃，海内无其匹，吃一个抵得半
饱。今之人多喜怀乡，动辄曰吾乡之梨如何，吾乡之桃如何，其
夸张心理可以理解。但如食之以莱阳梨、肥城桃，两相比较，恐

将哑然失笑。他如烟台之香蕉苹果玫瑰葡萄，也是青岛市面上常见的上品。

一般山东人的特性是外表倔强豪迈，内心敦厚温和。宦场中人，大部分肉食者鄙，各地皆然，固无足论。观风问俗，宜对庶民着眼。青岛民风淳厚，每于细民中见之。我初到青岛，看到人力车夫从不计较车资，乘客下车一律付与一角，路程远则付二角，无争论者。这是全国所没有的现象。有人说这是德国人留下的无形的制度，无论如何这种作风能维持很久便是难能可贵。青岛市面上绝少讨价还价的恶习。虽然小事一端，代表意义很大。无怪乎有人感叹，齐鲁本是圣人之邦，青岛焉能不绍其余绪？

我家里请了一位厨司老张，他是一位异人。他的手艺不错，蒸馒头，烧牛尾，都很擅长。每晚膳事完毕，沐浴更衣外出，夜深始返。我看他面色苍白消瘦，疑其吸毒涉赌。我每日给他菜钱二元，有时候他只飨我以白菜、豆腐之类，勉强可以果腹而已。我问他何以至此，他惨笑不答。过几天忽然大鱼大肉罗列满桌，俨若筵席，我又问其所以，他仍微笑不语。我懂了，一定是昨晚赌场大赢。几番钉问之后，他最后迸出这样的一句："这就是一点良心！"

我赁屋于鱼山路七号，房主王君乃铁路局职员，以其薄薪多年积蓄成此小筑。我于租满前三个月退租离去，仍依约付足全年租赁，王君坚不肯收，争执不已，声达户外。有人叹曰："此君子国也。"

我在青岛居住四年，往事如烟。如今隔了半个世纪，人事全非，山川有异。悬想可以久居之地，乃成为缥缈之乡！噫！

## 语言、文字、文学

　　人类先有语言，后有文字。有些民族，有语言，根本没有文字。也有些民族，借用外来的文字而加以变动。语言文字，繁简不同，无所谓优劣，各自适应其需要而已。凡是合乎需要的语文都是好的，等到不能适合需要时，它自然会变。语言文字随时在变。

　　七八十年前，美国西部牛仔日常使用的单字尚不过二百八十多个。够用了，他们没有觉得有什么不好。大概文明进化到了相当程度，语文就会丰富起来，文学于焉产生。精炼优美的语文是文学的工具，离开语文便没有文学之可言。而文学的面貌与内涵也大受语文的限制，有什么样的语文就有什么样的文学。

　　我们中国文字起源甚早。许慎《说文序》从庖牺作卦神农结绳说起，那未免太渺茫了，就是所谓黄帝之史仓颉造字之说，也是无法实证的事。《易·系辞》："上古结绳而治，后世圣人易之以书契。"书契就是文字，也只是含混的说后世圣人创造了文字。不过"周礼八岁入小学，保氏教国子，先以六书"，这几句话似是事实。所谓"六书"是根据既有文字分析其原理而得的结论，不是什么人以"六书"为原则而创作文字。我们的文字是经长久时间集无数人的智力而成的，不是几个人在短期间所制造的。

　　我们中国地方大而交通不便，所以自古以来各地有各地的方言，"言语异声，文字异形"。秦始皇统一天下，"车同轨，书同文字"，方言仍然存在。但是由于文字之定于一，而且以后变化并不太大太急，遂能维系中国文化绵延数千年之久，并且使得广大民众能互通声息，形成一个精神上统一的局面。直到如今，有几省的方言很难令人通晓，但是文字则是全国通行无碍。

　　古代的方言，想来我们现在必很难懂，但是古代文字我们并不觉得全不可懂。即以"诘屈聱牙"的《尚书》而论，文辞古奥，固无论矣，其中却有不少部分是可以一目了然的，尤其是其中有很多成语，直到现在还是活生生的在我们口头上说，在笔下写。例如：

| | |
|---|---|
| 如丧考妣（《舜典》） | 暴殄天物（《武成》） |
| 野无遗贤（《大禹谟》） | 有守有为（《洪范》） |
| 无稽之言（同上） | 作威作福（同上） |
| 无远弗届（同上） | 玩物丧志（《旅獒》） |
| 满招损，谦受益（同上） | 功亏一篑（同上） |
| 兢兢业业（《皋陶谟》） | 多才多艺（《金胜》） |
| 民为邦本（《五子之歌》） | 杀人越货（《康诰》） |
| 洞若观火（《盘庚》） | 令出必行（《周官》） |
| 有条不紊（同上） | 心劳日拙（同上） |
| 如火燎原，不可向迩（同上） | 孜孜不息（《君陈》） |
| 有备无患（同上） | 有容乃大（同上） |
| 人为万物之灵（《泰誓》） | 发号施令（《囧命》） |

像这样精致的成语还可以举出不少。其他经书里面也有很

多至今为人习用的成语，较后的《论语》《孟子》以及诸子百家之书，其中偶然也有些难以解释的章句，大体上都可以令我们看懂。汉魏六朝的文学以赋俪为主，似是与语言脱节，但也并非全部如此，许多作品还是文情并茂一直为人所传诵的，从贾谊《过秦论》，司马迁《报任安书》，到王羲之《兰亭集序》，陶渊明《归去来辞》《桃花源记》，今日读之并无文字上的困难。唐宋以后的所谓古文，更是合乎时代要求明白易晓的文体。总而言之，中国文字没有死，时时老化，时时革新，但是基本的字形、字义、语法、文法，都没有改变多少。晚近的白话文学运动是划时代的大事，在文学发展上是顺理成章的向前一大步迈进，这是无人可以否认的，但是白话文学仍是通过文字才得表现，文学作品无法越过文字的媒介而直接的和语言接触。现代的白话文实际上是较浅近的文言文，较合逻辑的浅近文言文。

　　死文字不是没有。拉丁文就是死文字的一种。我曾在学校读过半年《西塞罗》，我了解什么才是死文字。教我们读《西塞罗》的教授在班上对我们说，他自己可以读拉丁文作品，也可以写一点拉丁文，但是不能以拉丁语交谈。一位毕生研究拉丁文的教授尚且如此，这就可以说明拉丁文是死文字。我们中国文字，所谓文言文，虽然有时候和语言有了差别，文绉绉的，甚而至于堆砌典故令人莫测高深，大致讲来和语言距离不太远。出口成章的人，谈唾珠玑的人，还可以令人欣赏。我记得有一次遇见一位犹裔美国人，他精通中文，在和我共同走进一个门口的时候，他对我弯腰鞠躬伸手作势，连声的说："吾子先行！"他说话全用文言。

　　文学作品无不崇简练。简练乃一切古典艺术之美的极则。任何人说话不可能字斟句酌，不可能十分简练。"吉人之辞寡，躁人之辞多"（《易·系辞》）。人品不同，情见乎辞。是故语言也有层次，或清雅，或庸俗，或冷隽锋利，或蕴藉风流。《世说新语》文章隽美，众所爱读，须知汉魏东晋之人并非个个都是如此风流。一部《世说新语》，实乃从三百年间选出六百二十六人，"十步芳草，掇其芬芳"，所记嘉言逸事当然出色。而临川王之文笔简练，别具炉锤，亦当然不同凡响。所以后之仿作，如刘肃之《唐世说》、何良俊之《语林》、李绍文之《皇明世说》、王丹麓之《今世说》、李邺嗣之《续世说》，虽有可观；不无逊色。语言轶事，无非文学资料，而敷衍成篇，端视作者剪裁。

方言白话，任何人没有理由加以鄙夷。有时候伧父走卒的语言，活泼有力，乃在缙绅大夫的谈吐之上，文学作者且不惜直接引用，以增加其情趣。近代小说每多对话，其间如不引用俗语，反觉缺少写实风味。粗俗的人必须说粗俗的话，文雅的人必须说文雅的话，这样才能充分表现出人物的真实面貌。此事不需举例，古今中外的小说皆然。但是俗语的使用也应有个限制，主要的是以对话范围以内为限。如果整部小说或小说中大部分文字皆出之于方言俗语，其效力怕要打很大折扣。"言之不文，行之不远。"

我们中国文字有一些不容忽视的特点。一个特点是对仗，再一个是平仄。因为字是单音的，所以容易成对，也自然有平仄可分。从前小学生读书作文先从对对子入手。山高对日小，水落对石出，春花对秋月，凤舞对龙飞……几乎无事不可成对。这种训练可以引发儿童的联想，及其驾驭文字的能力。由短语的对仗，进而为语句的骈偶，乃是中国文字的特色。这种对仗，并不全是人为的，其中有很大一部分是我们的民族天性，我们喜欢成双做对，在建筑上，在室内装饰上，在庭园布置上，事事都讲究对称。刘勰《文心雕龙·丽辞》有这样的两段：

造化赋形，支体必双，神理为用，事不孤立。夫心生文辞，运裁百虑，高下相须，自然成对。唐虞之世，辞未及文，而皋陶赞云："罪疑唯轻，功疑唯重。"益陈谟云："满招损，谦受益。"岂营丽辞，率然对尔。《易》之《文》《系》，圣人之妙思也。序《乾》四德，则句句相衔；龙虎类感，则字字相俪；乾坤易简，则宛转相承；日月往来，则隔行悬合：虽句字或殊，而偶意一也。

至于诗人偶章，大夫联辞，奇偶适变，不劳经营。自扬、马、张、蔡，崇盛丽辞，如宋画吴冶，刻形镂法，丽句与深采并流，偶意共逸韵俱发。至魏晋群才，析句弥密，联字合趣，剖毫析厘。然契机者入巧，浮假者无功。

彦和以后，称颂骈俪者代有其人。清阮元作《文言说》，他认为"协音成韵，修辞用偶"，方得谓之"文"，否则只是"言"。他举孔子作《易·系辞》"文言"为例，"不但多用韵，抑且多用偶"，尊为"千古文章之祖"，表示骈俪为文章之正宗，而指宋唐八大家以至清之桐城派的散体"古文"为非是。平心而论，骈俪在原则上是健全的，而且是我国语文自然形成之现象，殊无加以排斥的理由。不过作品一律四六有时亦无必要，勉强凑和，反形其丑。所以刘彦和说："契机者入巧，浮假者无功。"四六文写得好固然不易，白话文写得好也很难，都是看作者的手段。

律诗也是谨守骈俪原则及平仄声调的诗体。颔联颈联通常是对仗的，不对仗的是变体（如所谓"蜂腰"之类）。八句诗以中间两联为中坚，所以必须对仗，方显得充实稳重。由于对仗，不免用典。用典如果恰当，亦正无妨。用典则可以极少数的字道出很丰富的意义，不失为最经济的修辞方法之一。不过，动人之词句，多由直寻，并不靠撷拾典故饾饤成篇。看杜工部的律诗，就很少用典，其佳作几乎无一不是直搋胸臆，意义鲜明。七律中像《蜀相》《客至》《野望》《闻官军收河南河北》《登楼》《宿府》《登高》诸首，都是痛快淋漓，不为格律所拘。旧诗，尤其是律诗，晚近已少作家，这是因为近代社会变化，作者功力不济之故，律诗的体裁本身并不尸其咎。不要说律诗，就是能制对联的现在亦不多觏。记得前几年有刊物征求春联，应征者不乏其人，其中且有不少知名之士，许多都是对仗不工，而且全不顾及平仄。傅斯年先生望重士林，他说过一句话："上穷碧落下黄泉，动手动脚找东西。"形容学者之勤于搜讨资料，话是不错的，很多人常引用，但是就文字而论却不像是一副对联。"上穷碧落下黄泉"是《长恨歌》里的句子。"碧落"乃道家语，"黄泉"见《左传》，都可以说是典故，也就是"升天入地"的意思。这且不说，下句则全然不顾对仗与平仄。一九六二年，胡适之先生去南港看傅斯年图书馆，李济之先生希望胡先生给这个图书馆写一个匾额，一副对联，胡先生说："如果要一副对联的话，还是用傅孟真的'上穷碧落下黄泉，动手动脚找东西'那副对子吧！"（见胡先生晚年《谈知录》，页二九六）胡先生认为这是一副"对联"，这是一副"对子"！

用白话用北平方言写小说的老舍先生，虽然自称为"歌德派"而终死于非命，在文学方面他有两项主张却是不错，胡絜青在《老舍诗选》序里说："从事文艺的人都要学一点诗词歌赋，他认为大有好处。……外文和诗词对搞文学的人来说是至关重要的必修课。起码，前者对科学地掌握文法大有帮助，后者对推敲用词大有好处。这一洋一中都是基本功。"这几句话是他亲自从写作中体验得来。学外文可以帮助我们清理思路，因为外文有一套文法正好可以补我们中国文字过分含蓄朦胧的毛病。诗词歌赋是我们文学传统最优秀的成果，从诗词歌赋当中我们可以体会出我国文字之妙。

工欲善其事，必先利其器。语文便是文学的工具。从事文学工作的人，如何能不从磨练他的语文工具开始？

# 山

最近有幸，连读两本出色的新诗。一是夏菁的《山》，一是楚戈的《散步的山峦》。两位都是爱山的诗人。诗人哪有不爱山的？可是这两位诗人对于山有不寻常的体会、了解与感情。使我这久居城市樊笼的人，读了为之神往。

夏菁是森林学家，游遍天下，到处造林。他为了职业关系，也非经常上山不可。我曾陪他游过阿里山，在传说闹鬼的宾馆里住了一晚，杀鸡煮酒，看树面山（当然没有遇见鬼，不过夜月皎洁，玻璃窗上不住的有剥啄声，造成近似《咆哮山庄》的气氛，实乃一只巨大的扑蛾在扑通着想要进屋取暖）。夏菁是极好的游伴，他不对我讲解森林学，我们只是看树看山，有说有笑，不及其他。他在后记里说："我的工作和生活离不开山，而爬山最能表达一种追求的恒心及热诚。然而，山是寂寞的象征，诗是寂寞的，我是寂寞的。"

> 有一些空虚
> 就想到山，或是什么不如意。
> 山，你的名字是寂寞，

我在寂寞时念你。

普通人在寂寞时想找伴侣，寻热闹。夏菁寂寞时想山。山最和他谈得来。其中有一点泛神论的味道，把山当作是有生命的东西。山不仅是一大堆、高高一大堆的石头，要不然怎能"相对两不厌"呢？在山里他执行他的业务，显然的他更大的享受是进入"与自然同化"的境界。

山，凝重而多姿，可是它心里藏着一团火。夏菁和山太亲密了，他也沾染上青山一般的妩媚。他的诗，虽然不像喜马拉雅山，不像落矶山那样的岑崟参差，但是每一首都自有丘壑，而且蕴藉多情。格律谨严，文字洗练，据我看像是有英国诗人郝斯曼的风味，也有人说像佛劳斯特。有一首《每到二月十四日》，我读了好多遍，韵味无穷。


每到二月十四，
我就想到情人市，
想到相如的私奔，
范仑铁诺的献花人。
每到二月十四，
想到献一首歌词。


那首短短的歌词，
十多年还没写完：
还没想好意思，
更没有谱上曲子。
我总觉得惭愧不安，

每到二月十四。


每到二月十四，

我心里澎湃不停，

要等我情如止水，

也许会把它完成。


原注："情人市（Loveland）在科罗拉多北部，每逢二月十四日装饰得非常动人。"我在科罗拉多州住过一年，没听说北部有情人市，那是六十多年前的事了（一九六〇年时人口尚不及万）。不过没关系，光是这个地方就够引起人的遐思。凡是有情的人，哪个没有情人？情人远在天边，或是已经隔世，都是令人怅惘的事。二月十四是情人节，想到情人市与情人节，难怪诗人心中澎湃。

　　楚戈是豪放的浪漫诗人。《散步的山峦》有诗有书有画，集三绝于一卷。楚戈的位于双溪村绝顶的"延宕斋"，我不曾造访过，想来必是一个十分幽雅穷居独游的所在，在那里


可以看到

山外还有

山山山山

山外之山不是只露一个山峰

而是朝夕变换

呈现各种不同的姿容

谁知望之俨然的

山也是如此多情

谢灵运《山居赋》序："古巢居穴处者曰岩栖，栋宇居山者曰山居……山居良有异乎市廛，抱疾就闲，顺从性情。"楚戈并不闲，故宫博物院钻研二十年，写出又厚又重的一大本《中国古物》，我参观他的画展时承他送我一本，我拿不动，他抱书送我到家，我很感动。如今他搜集旧作，自称是"古物出土"，有诗有画，时常是运行书之笔，写篆书之体，其恣肆不下于郑板桥。

　　山峦可以散步吗？出语惊人。有人以为"有点不通"，楚戈的解释是："我以为山会行走……我并不把山看成一堆死岩。"禅家形容人之开悟的三阶段：初看山是山、水是水，继而山不是山、水不是水，终乃山还是山、水还是水。是超凡入圣、超圣入凡的意思。看楚戈所写《山的变奏》，就知道他懂得禅。他不仅对山有所悟，他半生坎坷，尝尽人生滋味，所谓有"烦恼即菩提"，对人生的真谛他也看破了。我读他的诗，有一种说不出的震撼。

　　夏菁和楚戈的诗，风味迥异，而有一点相同：他们都使用能令人看得懂的文字。他们偶然也用典，但是没有故弄玄虚的所谓象征。我想新诗若要有开展，应该循着这一条路走。

# 白猫王子七岁

　　白猫王子大概是已到中年。人到中年发福，脖梗子后面往往隆起几条肉，形成几道沟，尤其是那些饱食终日的高官巨贾。白猫的脖子上也隐隐然有了两三道肉沟的痕迹。他腹上的长毛脱落了，原以为是季节性的，秋后会复生，谁知道寒来暑往又过了一年，腹上仍是光秃秃的，只有一层茸毛。他的眉头深锁，上面有直竖的皱纹三数条，抹也抹不平，难道是有什么心事不成？

　　他比从前懒了。从前一根绳子，一个线团，可以逗他狼奔豕突，可以引他鼠步蛇行，可以诱他翻斤斗竖蜻蜓，玩好大半天，直到他疲劳而后止。抛一个乒乓球给他，他会抱着球翻滚，他会和你对打一阵，非球滚到沙发底下去不肯罢休。菁清还喜欢和他玩捕风捉影的游戏，她拿起一个衣架之类的东西，在灯光下摇晃，墙上便显出一个活动的影子，这时候白猫便窜向墙边，跳起好几尺高，去捕捉那个影子。

　　如今情况不同了。绳子线团不复引起他的兴趣。乒乓球还是喜欢，但是要他跑几步路去捡球，他就觉得犯不着，必须把球送到他的跟前，他才肯举爪一击，就好像打高尔夫的大人先生们之必须携带球童或是乘坐小型机车才肯于一切安排妥贴之后挥棒一击。捕风捉影的事他再不屑为。《山海经》："夸父不量力，欲追日影。"白猫未必比夸父聪明，其实是他懒。

哪有猫儿不爱腥的？锅里的鱼刚煮熟，揭开锅盖，鱼香四溢，白猫会从楼上直奔而来，但是他蹲在一旁，并不流涎三尺，也不凑上前来做出迫不及待的样子。他静静的等着我摘刺去骨，一汤一鱼，不冷不热，送到他的嘴边，然后他慢条斯理的进餐。他有吃相，他从盘中近处吃起，徐徐蚕食，他不挑挑拣拣。他吃完鱼，喝汤；喝完汤，洗脸；洗完脸，倒头大睡。他只要吃鱼，沙丁鱼、鲢鱼，天天吃也不腻。有时候胃口不好也流露一些"日食万钱无下箸处"的神情，闻一闻就望望然去之，这时候对付他的方法就是饿他一天。菁清不忍，往往给他开个罐头番茄汁鲣鱼之类，让他换换口味。

白猫王子不是可以呼之即来挥之即去的。他高兴的时候偎在人的身边卧着，接受人的抚摩，他不高兴的时候任你千呼万唤他也相应不理。你把他抱过来，他也会纵身而去。菁清说他骄傲，我想至少是倔强。猫的性格，各有不同。有人说猫性狡诈，我没有发现白猫有这样的短处。唐朝武后朝中有一个权臣小人李义府（《唐书》列传第三十二），"貌状温柔，与人语必嬉怡微笑，而褊忌阴贼。既处权要，欲人附己，微忤意者，辄加倾陷。故时人言义府笑中有刀。又以其柔而害物，亦谓之李猫"。李猫这个绰号似乎不洽。白猫王子柔则有之，但丝毫没有害物的意思。他根本不笑，自然不会笑中有刀，他的掌中藏着利爪，那是他自卫的武器。他时常伸出利爪在沙发上抓挠，把沙发抓得稀烂，我们应该在沙发上钉一块皮子什么的，让他抓。

猫愿有固定的酣睡静卧的所在，有时候他喜欢居高临下的地方，能爬多高就爬多高；有时候又喜欢窝藏在什么旮旯儿里，令人找都找不到。他喜欢孤独，能不打扰他最好不要打扰他，让他享受那份孤独。有时候他又好像不甘寂寞，我正在伏案爬格，他会飕的一下子窜上书桌，不偏不倚的趴在我的稿纸上，我只好暂停工作。我随后想到两全的办法，在书桌上给他设备一份铺垫，他居然了解我的用意。从此我可以一面拍抚着他，一面写我的稿。我知道，他不是有意来陪伴我，他是要我陪伴他。有时候我一站起身，走到书架去取书，他立刻就从桌上跳下占据我的座椅，安然睡去。他可以在我椅上睡六七个小时，我由他高卧。

猫最需要的伴侣是猫。黑猫公主的性格很泼辣刁钻，所以一向不是关在楼上寝室便是关在笼子里，黑白隔离。后来渐渐弛禁，两个猫也可以放在一起了，追逐翻滚一阵之后也能并排而卧相安无事。小花进门之后，我们怕他和白猫不能相容，也隔离了很久，现在这两只猫也能在一起共存，不争座位，不抢饭碗。

三月三十日是白猫王子七岁的生日，菁清给他预备了一份礼物——市场买菜用的车子，打算在天气晴朗惠风和畅的时候把他放在车里推着他在街上走走。这样，他总算是于"食有鱼"之外还"出有车"了。

# 百 草 山

　　《百草山》是我小时最爱看的戏之一。因为这是一出武戏，打斗火炽，场面热闹。当年最负盛名的武旦九阵风（阎岚亭）饰演此剧之王大娘，我曾观赏多次，印象深刻。那时候的九阵风大约四十岁左右，但是他的扮相奇佳，他并不美姿容，可是眉宇间自有一股媚态，嗓音也好，略带沙哑，而有韵味。他的踩跷的功夫也深，打出手递家伙更是他的绝技。就因为贪迷九阵风，我小时买了不少小型的枪刀棍棒之类，在家中院里私自练习起来。练靶子谈何容易，当时只是童年游戏而已。和我一同玩耍的是我的先兄。偶然一次，他掷过双枪，我一脚踢回去，他伸手接住，我们当时那分高兴直不可以言语形容。这是七十多年前的事了。

　　乙丑元宵才过，沈苇窗先生来，邀我和菁清去看戏。戏院封箱过后开台，例演吉祥大戏，情不可却。百草山为仙禽栖息之寺，附近有妖作怪，幻化人形，即王大娘，观音大士遣土地捉妖未果，乃派仙禽降之，故剧名又为《百鸟朝凤》，与当晚大轴《甘露寺》之又名《龙凤呈祥》，同为取其吉利之意。隔七十余年再观《百草山》，也算是重温旧梦。

　　《百草山》的主角是王大娘，但是仙禽中之孔宣也是旗鼓相当的角色。扮孔宣的是朱陆豪，扮王大娘的是朱胜丽。朱陆豪为近年来武生行中之最杰出者，他的动作干净利落，中规中矩，而且劲道十足，英气逼人。听说他最近演戏腰部受伤，看他这次的《百草山》的演出，想已康复。武戏中激烈打斗，难免受伤。尤其是有些动作过于危险，两年前朱陆豪演《金钱豹》，表演"摔殼子"，从三张桌叠起的高处翻跃而下，我就表示那是不需要的冒险动作。武戏中的打斗应该是点到为止，有象征意味就行。从前北平舞台上开始有以真刀真枪上场者，识者辄嗤之为海派。武旦朱胜丽的王大娘，身手不凡，好几手递家伙，准确无疵，功夫到家。钱陆正的土地，嗓音洪亮，口齿也清楚，是好搭配。

就剧情而论，《百草山》不单纯，实际上是两部分的拼凑。前一部分是锯大缸，土地爷变做箍漏锅的，挑着担子满街跑，吆喝着"锯盆儿，锯碗儿锯大缸"，一来就来到了王家庄。他边走边唱，由唢呐伴奏，唱一句就由唢呐帮腔一声，大有民间歌谣意味。唢呐本是西域军中之乐，在我国北方民间流行甚广，其音粗糙尖锐，有其特殊情调。后一部分是降妖，一场大武戏。翻斤斗的表演，这一晚很出色，人多场面大，花样不少。"斤头虫"不再像是从前光脊梁上场，应该算是一大进步。两部分凑在一起，虽然不合剧情单一的原则，但仍有其故事的贯穿，不足为病。

苇窗先生为资深戏迷，这一晚我听到他三次大声叫好。叫好是我国旧戏院的习惯，观众得到感受上的满足，情不自禁的喊出一声："好！"通常是一群观众同时轰然一声的大叫；与英语所谓"彩声震塌了房子"正是同一情趣。在台湾近来很少保持叫好的人。苇窗先生第一声叫好是在朱陆豪露相的一刻，从前名伶一挑帘露面，观众即报以一声好，是为"碰头好"，表示期待已久忽然得见时的快乐心情。朱陆豪的风度赢得了他的一声好。第二声叫好是朱陆豪和朱胜丽鏖战之后，随着紧密的锣鼓点儿准确的戛然而止在台前挺身露相的那一刻。第三声好是《甘露寺》乔玄唱完"将计就计结鸾俦"那一段的时候送给周正荣老板的。周老板的唱工当今独步。菁清告诉我，苇窗自己票过《甘露寺》，苇窗先生补上一句"不止一次"。

西方剧院观众，喝彩鼓掌是在剧终之后，我们旧剧观众从前是在剧中各精彩段落后随时叫好。不该叫好的时候不可以叫好，更不可以怪声叫好，除非那是叫倒好。谭富英出科不久，在吉祥茶园贴《四郎探母》，唱到"站立宫门叫小番"，一时嗓子不听使唤，一声嘎调没有嘎上去，登时一片倒好，情形很尴尬。第二天仍贴《四郎探母》，一声嘎调唱得格外响亮，算是找补回去昨一天的面子。据说在不该叫好的时候叫好，尤其是怪声叫好，那后果是严重的，学员会亲自前去请教，如果他说不出令人满意的道理，可能挨一顿揍。

雅　舍　散　文　·　二　集

# 日　记

日记有两种。

一种是专为自己看的。每日三省吾身，太麻烦，晚上睡前抽空反省一次就足够了，想想自己这一天做了些什么事，不必等到清夜再来扪心。如果有一善可举，即不妨泚笔记在日记之上，如果自己有一些什么失检之处，不管是大德逾闲或小德出入，甚至是绝对不可告人之事，亦不妨坦白自承。这比天主教堂的"告解"还方便，比法律上的"自承犯罪"还更可取。就一般人而论，人对自己总喜欢隐恶扬善，不大肯揭自己的疮疤，但是也有人喜欢透露自己的一些以肉麻为有趣的丑事，非暴露一下心不得安。最安全的办法是写在日记上。有人怕日记被人偷看，把日记珍藏起来，锁在抽屉里。世界上就有一种人偏爱偷看人家的日记。有一种日记本别出心裁，上下封面可以勾连起来上锁。其实这也是自欺欺人之事，设有人连日记本带锁一起挟以俱去，又当如何？天下没有秘密可以珍藏，白纸黑字，大概早晚总有被人查觉的可能。所以凡是为自己看的日记，而真能吐露心声，坦露原形者并不多见。

另一种日记是专为写给别人看的。这种日记写得工整，态度不免矜持，偶然也记私人琐事，也写读书心得，大体上却是作时事的记录，成为社会史的一个局部的缩影。写这种日记的人须有丰富的生活、广阔的交游，才能有值得一记的资料登上日记。我认识一位海外学人，他的日记放在案头供人阅览，打开一看好多页都近于空白，只写着"午后饮咖啡一杯"，像是在写流水账，而又出纳甚吝。我又有一位同事，年纪不老小，酷嗜象棋，能不用棋盘和高手过招，如有得意之局必定在晚上"复盘"登记在十行纸簿的日记上，什么"马二进三"、"车一进五"的写得整整齐齐，置在案头供人阅览。同嗜的人并不多，有兴趣看而又能看得懂的人更少，只要肯表示一下惊讶赞叹之意，日记的主人便心满意足了。至于处心积虑的逐日写日记，准备藏之名山传诸后世，那就算是一种著述了。

　　以我所知的几部著名的中外日记，英国十七世纪的皮泊斯（Pepys）的日记为最有趣的之一。他两度为英国的海军大臣，乃政坛显要，被誉为英国海军之父，但是使他在历史上成大名的却是他的一部日记。他从一六六〇年一月一日起，到一六六九年五月三十一日止，这九年多的时期内他每日必写从无间断，写的是当时的大事如查尔斯二世如何自法归来实行复辟、疫疬流行的惨状、伦敦的大火、对荷兰的战争等等。对于戏剧及其他娱乐节目也不放过。最令人惊异的是他写他自己的行为，如何殴打他的妻子，勾引他的女仆，如何在外拈花惹草、一夜风流，如何在他妻子为他理发时发现了二十只虱子，如何教堂讲道时盯着眼睛看女人，如何与人幽会一再被妻子捉到而悔过讨饶……都有生动的记述。这九年多的日记累积有三千零十二页之多，分装为六大册。内中许多事情不便公开，又有些私事怕家人偷看，他采用"古希腊罗马速记术"。死后捐赠给他的母校剑桥的图书馆，在那里庋藏了一百多年，蛛网尘封，无人过问，最后才被人发现予以翻译付梓。

与皮泊斯同时也以一部日记而闻名的是约翰·哀芙林（John Evelyn）。他也是宫廷人物，但未任高职。他的日记从一六四一年起，当时他二十一岁，直到一七〇六年死前二十四天止，可以说是他的毕生行谊的记录。他是知识分子，所记内容当然有异于皮泊斯的。

我们中国文人也有不少写日记而成绩可观的，但是大部分近似读书札记，较少叙事抒情，文学史一向不把日记作者列为值得一提的人物。例如李慈铭的《越缦堂日记》六十四册，自咸丰三年至光绪十五年凡三十六年，几乎逐日有记，很少间断，洋洋大观，很值得一读，但我相信肯看的人不多。

胡适先生有一部日记，从他在北大执教时起一直到他晚年，其规模之大内容之富可能是超过以往任何作者。我在上海无意中看到过他的一部分日记，用毛笔写在新月稿纸上，相当工整，其最大特色为对于时事（包括社会新闻）特为注意，经常剪贴报纸，也许是因此之故他的日记不久就哀然成帙。他的私人生活也记得很细，甚至和友人饮宴同席的人名都记载下来。他说："我这部日记是我留给我两个儿子的唯一的一部遗产。"因为他知道这部日记牵涉到的人太多，只有在他去世若干年后才好发表。隔好多年有一次我问他："先生的日记是否一直继续在写？"他说："到美国后，纸笔都没有以前那样方便，改用黑水笔和洋纸本子了，可是没有间断，不过没有从前那样详尽了。"他的日记何时才能印行，不得而知，我只盼望有朝一日可以问世，最好是完整的照像制版不加删改，不易一字。

抗战八年，我想必有不少人亲身经历过一些可歌可泣之事。

可惜的是，很少有资格的人留下一部完整的日记。《传记文学》刊载的何成濬先生的《战时日记》是很难得的一部价值甚高的作品，内容详尽而且文字也很简练。所记载的是他个人接触到的一些军政情况与人物，当然未能涵盖其他社会与文化方面的动态。假如有文人或学者在八年抗战中留有完整的日记，我相信其可读性必定很高。日记只要忠实、细致就好，扭扭捏捏的文艺腔是绝对不需要的。人称抗战时期是一个"大时代"，其实没有一个时代不大，不过比较的有些时代好像是特别热闹而已。承平时期也未尝没有可记之事。写日记不难，难在持之以恒。

# 正　　朔

　　正是一年之始，朔是一月之始。所谓正朔就是一年的正月初一。可是我们古代夏商周三代的历法不同，夏历以孟春月（冬至后二月）为正，平旦（天明）为朔；殷历以季冬月（冬至后一月）为正，鸡鸣为朔；周历以仲冬月（包括冬至之月）为正，夜半为朔。自汉武帝直到如今皆用夏历，即今之所谓阴历农历。

　　在历史上每逢改朝换代，皇帝建国号，颁正朔，遣使通告诸侯，今天下咸知，有相当隆重的典体，是一件大事。奉正朔就是表示遵用正式公布的历法，承认自己与朝廷的关系。

　　我在小学读书的时候，读到郑成功据台湾反抗清朝，奉明正朔，不大明白奉明正朔有什么意义。稍为长大一些才懂，郑成功是不承认清朝政权，所以使用正朔来表示他忠于那不绝如缕的明室，孤臣孽子之心跃然可见。国亡之后，原有的正朔也就断了。

　　我生在前清光绪年间，早已没有郑成功那样奉明正朔的机会，可是到了辛亥革命成功，改用阳历；以中华民国元年一月一日为正朔，七十五年来我就不再用阴历了。自从民元以来，国内战乱频仍，政权迁变，但是国号没变，年号没变。国旗经过几度变换，清朝的龙旗，民国的五色旗，再变为青天白日旗。民元以来，正朔未变，以迄于今。我们现在台湾，用中华民国的年号，是否有一点近似郑成功之奉明正朔？我每次写中华民国年月日的时候，心里就感觉到一阵震撼。

清朝遗老（以及遗少）之中颇有人眷恋旧朝，不肯使用中华民国年号，代之以夏历的干支。例如郑孝胥等等便是。他们写诗撰文在记时的时候都避免民国年号，那分愚忠实在可哂。（按古代干支仅用以记日，纪年之用较为后起。司马温公就不用干支，而用岁阳岁阴，例如太岁在甲曰阏逢……是为岁阳，太岁在子曰困敦……是为岁阴。这种岁阳岁阴的写法，如今很少人懂，只有好古之士偶尔用以自娱。）

书画题识习惯上总是写干支，所以到了民国以后也大多是不写民国某某年的字样。这倒不是奉不奉民国正朔的问题，而是奉行传统的习惯。书画用纸，愈老愈妙，用墨也是愈老愈佳，用笔着色也是愈苍老愈有韵致。画上题几句诗，如果要记岁时而写上中华民国年月日，就觉得趣味不大调和。溥心畬先生诗书画三绝，可以说是我们中国文人画的最后一个重镇，他是清道光帝的曾孙，生于光绪年间，驰誉于民元以后，他并不以胜朝贵胄自居，所作书画不记年则已，纪年则用干支。例如"日月潭教师会馆碑"乃一大手笔，写作俱极佳妙，题识则曰"岁在壬寅春正月谷旦"，碑碣款式，固宜如此，吾无间然。

近人多喜用基督纪元。虽然耶稣究竟生于何年并无定论，其现行历法事实上已为许多国家所共认，沿用至今，有人称之为西元或公元纪年，此一纪年法有其优点，把两千年来的历史一气贯穿，给吾人一个简明而容易计算的印象。例如：杜甫生于唐睿宗先天元年，卒于代宗大历五年，他究竟活了多少年，距今约多少年，我们一时无法说得出来。若注明西元，则是生于七一二年，卒于七七〇年，五十九岁，距今约一千二百年了。所以在我们惯用的历代纪年之后加注公元纪年，不失为一个好的办法。

但是生为中国人在本乡本土而不奉本国的正朔，总觉不妥。有人写信给我，信末注明一九八六年月日，我看了就有异样的感觉。如果信是从国外寄来，其人久居异邦，使用公元纪年成了习惯，我不怪他。如果他虽然人在国外，而记载岁时仍用国历，岂不更多一层不忘故国的情愫？

最可怪者是有些日记本子，印得相当讲究，有阳历也附有阴历；一天一页，甚为合用，但是书脊金字大书"一九八X年日历记事本"，以西历纪年为主，以国家年号为辅，轻重之间似乎失常。

上文发表后，收到张仲琳先生函及附件，指出溥心畲在他的《学历自述》中有"宣统四年，辛亥，逊位诏下"字样，认为"可怪"。张先生说："在'宣统四年'下，竟加'辛亥'二字，是什么用意？如果宣统四年，该是'壬子'。为什么故弄玄虚？是不是不承认中华民国的纪元？清朝'逊位诏书'是宣统三年十二月二十五日颁布的。"

张先生的指证是对的。"宣统四年"是错误的，而且也是"可怪"，并且不可谅。兹将张先生的意见附录于此，以志吾文之疏。

实秋　一九八六年七月三十日

## 白猫王子八岁

　　有人问我："先生每逢你的白猫王子生日必写小文纪念，你生活中一定还有其他更可纪念的日子，为什么不写文纪念？"我生活中当然有其他值得纪念的日子，可歌的或是可泣的，但是各有其一定的纪念方式，不必全部形诸文字腾诸报章。白猫王子不识字，不解语，我写了什么东西它也不知道。平素我给它的不过是一钵鱼，一盂水，到它生日这一天仍是一盂水一条鱼，没有什么两样，难道还要送它一束鲜花或一张贺卡？我为文纪念不过是略抒自己的情怀，兼供爱猫的读者赏阅而已。

　　白猫今天八岁了，相当于我们的不惑之年。所谓不惑，是指不为邪说异端所惑。猫懂得什么是邪说异端？它要的是食有鱼，饮有水，舔舔爪子洗洗脸，然后曲肱而枕，酣然而眠。如果"饥来吃饭倦来眠"便是修行的三昧，白猫王子的生活好像是已近于道。有一位朋友来，看到猫的锦衾鱼餐，曰："此乃猫之天堂！"可惜这仅是猫的天堂，更可惜这仅是一只猫的天堂，尤可惜的是这也未必就是它的天堂。

　　我最引以为憾的是：猫进我家门不久，我们就把它送进兽医院施行手术，使之不能生育。虫以鸣秋，鸟以鸣春，唯独猫到了季节，窜房越脊，鬼哭狼号，那叫声实在难听，而且不安于室，走失堪虞，所以我们未能免俗，实行了预防的措施，十分抱歉，事前未能征得同意。

猫和其他动物一样，需要伴侣。狮虎均属猫科。我曾以为狮虎都是独来独往，有异于狐群狗党。后来才知道事实不然，狮虎也还是时常成群结队的出现于长林丰草之间。猫也是如此，它高傲孤独，但是也颇有时候需要伴侣（最好是同类异性）。我们先后收养了黑猫公主和小花，但是白猫王子好像是"无友不如己者"，仍然是落落寡合。它们从不争食，许是因为从不饥饿的缘故，更从不偷食，因为没有偷的必要。偶尔也翻滚在地上打作一团，不是真打，可能是游戏性质。可喜的是白猫王子并不恃强凌弱，而常以大事小。

猫究竟有多么聪明？通多少人性？一九八五年十二月份美国麦考尔杂志上有一篇文字，说猫至少模仿人类的能力很强：

一、有一只猫想听音乐就会开收音机。

二、有一只猫想吃东西就会按电动开罐头机的把柄。

三、有一只猫会开电灯。

四、有一只猫会用抽水马桶。

五、有一只猫会听电话，对着听筒咪咪叫。

六、有一只猫病了不肯吃药，主人向它解释几乎声泪俱下，然后它就乖乖的舔药片，终于嚼而食之。

所说的可能全是真的。相形之下，白猫王子显着低能多了。它没有这么大的本领。我们也没有给过它适当的训练。猫就是猫，何需要它真个像人？

　　昔人有云，鸡有五德。不知猫有几德。以我这八年来的观察，猫爱清洁，好像比其他小动物更能洁身自爱。每天菁清给它扑粉沐浴，它安然就范。猫很有礼貌，至少在吃东西的时候顺着盘子的一边吃起，并不挑三拣四，杯盘狼藉，饭后立刻洗脸。客人来，它最多在它腿上磨蹭几下，随即翘着尾巴走开。我有时不适，起床较晚，它会上楼到我床上舔我，但是它知道探病的规矩，不久留，拍它几下，它就走了。有时我和菁清外出赴宴，把它安置在一个它喜欢踞卧的地方，告诉它"你看家，不许动"，两三小时后我们回来，它仍在原处，不负所嘱。也许每一只猫都是如此，但是如果你拥有一只你所宠爱的猫，你就会觉得满足，为它再多费心机照护也是甘愿的。

　　猫捕鼠，有人说是天性使然。其实猫对一切动的事物都感兴趣。一只橡皮做的老鼠，放在那里，它视若无睹，不大理会。若是电动的玩具老鼠开动起来，它便会扑将上去。家里没有老鼠，偶然有只蟑螂，它常像狮子搏兔一般的去对付。窗外有鸟过，室内蚊蚋飞，它会悚然以惊。不过近来它偏好静，时常露出万事不关心的样子。也许它经验多了，觉得一动不如一静，像捕风捉影一类的事早已不屑为之。《鹤林玉露》："东坡云：'养猫以捕鼠，不可以无鼠而养不捕之猫。'"这句话不大像是东坡说的。豁达如东坡，焉能不知养猫之趣而斤斤计较其功利？

　　有一天我抚摩着猫对菁清说："你看，我们的猫的毛不像过去那样的美泽，秀长，洁白了。身上的皮肉也不像过去那样的坚韧，厚实了。是不是进入中年垂垂老矣？"菁清急急举手指按在唇上，作嘘声，示意我不要再说下去。人恒喜言寿而讳闻老，实在是矛盾。也许猫也是不欲人在它面前直说它已渐有龙钟之象。我立即住声，只听得猫喉咙里呼噜呼噜的在响。

——一九八六年三月三十日

# 胡　须

俗语："嘴上没毛，办事不牢。"意思是说，有一把年纪的人比较的见多识广，而且瞻前顾后做起事来四平八稳，不像年轻小伙子那样的毛躁，那样的不牢靠。嘴上没毛也就是年纪太轻少不更事的意思。

现在看来，嘴上没毛似乎不一定与年龄有关。大家可曾注意，如今好多的政坛显要、社会中坚，无分中外，老远的看来几乎都是面白无须的样子。像诸葛亮的三绺髯、关公的五绺髯，只有在舞台上见之。他们不全是因为脸皮太厚而胡须长不出来，而是胡须刚刚长出来就被刮剃了去。所以嘴上嘴下，青皮一块，于右老张大千之长髯飘拂是例外。世上有几个于右老张大千？反观年轻一代，则往往有些人年纪轻轻的，于思于思，一反常态。他们或是唇上留一撮小髭，或是两鬓各蓄一条鬓脚，或是额下垂着几根疏疏落落的狗蝇胡子，戏台上的老生称须生，如今不少的小生也是须生了。

人年纪越大，胡须也长得越硬越粗越黑越快。有人常怪女人每天在她们的头发上耗费太多的时间精神，殊不知绝大多数的男人在他们的胡须上也有不少的麻烦。女人的头发要洗、要作、要烫、要染，现在有些男人的头发也要玩这一套，而且于此之外还每天牢不可破的要刮胡子。一天不刮就毛毵毵的刺弄得慌，用手摸上去像是板刷，万一触到别人的细嫩的皮肤上会令人大叫起来。所以有人早晚各刮一次，不厌其烦。更有人痛恨自己的胡子过于茂盛，刮不胜刮，于是不仅剪草，还要除根，随身携带镜子镊子，把刮后的胡须根株一个个的钳拔出来，这种拔毛连茹的作法滋味如何，只有本人知道。听说从前青衣花旦，以及其他的职业上有此必要的人，才采用此种彻底根除的手段。不过我也曾亲见所谓斯文中人也有公然当众对镜拔须的。拔过之后，常有血痕殷然。

其实，俗语说："八十留胡子，大主意自己拿"。不到八十岁要留胡子，也没有人管得着。髭胡也未必就有碍观瞻。《左传·昭公二十六年》："有君子，白皙鬒须眉。"胡须眉毛又黑又稠的陈武子还被称为"君子"，可见一嘴胡子正有助于威仪三千。庄子列御寇，"髯"列为"八极"之一，算是形体上优异过人之处。关公为美髯公，无人不知。唐文皇"虬须壮冠，人号髭圣"（见《清异录》）。风流潇洒如苏东坡也有"髯苏"之称。历史上有名的大胡子不胜列举，而且是被人夸赞，没有揶揄之意。自古以胡须稠秀为男性美的特征。稠是相当茂密，秀是相当疏朗。相法上所谓"根根见底"，就是浓疏合度的意思。喜剧演员贾波林，若是嘴上没有那一撮胡子，恐怕要减少很大一部分的滑稽相和愁苦相。那一撮胡子，在希特拉嘴上像糊上了一块膏药，真是恶人恶相，讨人嫌。长胡子要保持清洁，不能让它擀成毡，不能拖泥带水，更不能窝藏虱子，虱子纵然"屡游相须，曾蒙御览"，仍然是邋遢。

写《乌托邦》的英国作家陶玛斯·摩尔，在上断头台的时候，对行刑者说："我的胡子没有犯罪，请勿切断我的胡子。"于是撵起他的一把大胡子，延颈受戮。这是标准的"断头台上的幽默"。我们至少可以想象到他对他的胡子是多么关心。

佛家对于胡子则有时视为相当神圣。《法苑珠林》有这样一段记载：

佛告阿难："汝取我髭，合六十二茎，我欲造塔。"阿难取付世尊。佛告诸罗刹："我施汝二茎，当造七宝函及造旃檀塔，盛髭供养，可高四十由旬，余六十髭亦随造函塔，可高三丈。"又告诸罗刹："守护，勿使外道、恶人、魔鬼、毒龙，妄毁此塔。此塔为汝命根，汝必护塔。……"

按说万法皆空，不得以肉体见如来，为什么把一茎髭看得这般重要，我参不透。事实上高四十由旬的旃檀塔，谁也没有见过。

我们旧剧班中的行头里有所谓"髯口"一项，包括三髯、五髯、三涛髯、夹嘴髯、红虬髯、丑三髯、吊搭髯等等，花样繁多，不及备载。而且这些髯口不仅是妆点门面，还可以加以运用，如捋髯、拱髯、推髯、搂髯、端髯、甩髯、喷髯、抖髯、轮髯等等，形成所谓"髯舞"。俗语形容愤怒之状为"吹胡子瞪眼"，在舞台上真有那样的表现。

# 盆　景

　　我小时候，看见我父亲书桌上添了一个盆景，我非常喜爱。是一盆文竹，栽在一个细高的方形白瓷盆里，似竹非竹，细叶嫩枝，而不失其挺然高举之致。凡物小巧则可爱。修篁成林，蔽不见天，固然幽雅宜人，而盆盎之间绿竹猗猗，则亦未尝不惹人怜。文竹属百合科，当时在北方尚不多见。

　　我父亲为了培护他这个盆景，费了大事。先是给它配上一个不大不小的硬木架子，安置在临窗的书桌右角，高高的傲视着居中的砚田。按时浇水，自不待言，苦的是它需阳光照晒，晨间阳光晒进窗来，便要移盆就光，让它享受那片刻的煦暖。若是搬到院里，时间过久则又不胜骄阳的肆虐。每隔一两年要翻换肥土，以利新根。败枝枯叶亦须修剪，听人指点，用笔管戳土成穴，灌以稀释的芝麻酱汤，则新芽苗发，其势甚猛。有一年果然抽芽窜长，长至数尺而意犹未尽，乃用细绳吊系之，使缘窗匐行，如茑萝然。

　　此一盆景陪伴先君二三十年，依然无恙。后来移我书斋之内，仍能保持常态，在我凭几写作之时，为我增加情趣不少。嗣抗战军兴，家中乏人照料，冬日书斋无火，文竹终于僵冻而死。

丧乱之中，人亦难保，遑论盆景！然我心中至今戚戚。

这一盆文竹乃购自日商。日本人好像很精于此道。所制盆栽，率皆枝条掩映，俯仰多姿。尤其是盆栽的松柏之属，能将纹理盘错的千寻之树，缩收于不盈咫尺的缶盆之间，可谓巧夺天工。其实盆栽之术，源自我国，日人善于模仿，巧于推销，百年来盆栽遂亦为西方人士所嗜爱。Bonsai 一语实乃中文盆栽二字之音译。

据说盆景始于汉唐，盛于两宋。明朝吴县人王鏊作《姑苏志》有云："虎丘人善于盆中植奇花异卉，盘松古梅，置之几案，清雅可爱，谓之盆景。"是姑苏不仅擅园林之美，且以盆景之制作驰誉于一时。刘銮《五石瓠》："今人以盆盎间树石为玩，长者屈而短之，大者削而约之，或肤寸而结果实，或咫尺而蓄虫鱼，概称盆景，元人谓之些子景。""些子"大概是元人语，细小之意。

我多年来漂泊四方，所见盆景亦夥，南北各地无处无之，而技艺之精则均与时俱进。见有松柏盆景，或根株暴露，作龙爪攫拿之状，名曰"露根"。或斜出倒挂于盆口之外，挺秀多姿，俨然如黄山之"蒲团""黑虎"，名曰"悬崖"。或一株直立，或左右并生，无不于刚劲挺拔之中展露搔首弄姿之态。甚至有在浅钵之中植以枫林者，一二十株枫树集成丛林之状，居然叶红似火，一片霜林气象。种种盆景，无奇不有，纳须弥于芥子，取法乎自然。作为案头清供，诚为无上妙品。近年有人以盆景为专业，有时且公开展览，琳琅满目，洋洋大观。盆景之培养，需要经年累月，悉心经营，有时甚至经数十年之辛苦调护方能有成。或谓有历千百年之盆景古木，价值连城，是则殆不可考，非我所知。

　　盆景之妙虽尚自然，然其制作全赖人工。就艺术观点而言，艺术本为模仿自然。例如图画中之山水，尺幅而有千里之势。杜甫望岳，层云荡胸，飞鸟入目，也是穷目之所极而收之于笔下。盆景似亦若是，唯表现之方法不同。黄山之松，何以有那样的虬蟠之态？那并不是自然的生态。山势确荦，峭崖多隙，松生其间，又复终年的烟霞翳薄，凤雨飕飕，当然枝柯虬曲，甚至倒悬，欲直而不可行。原非自然生态之松，乃成为自然景色之一部。画家喜其奇，走笔写松遂常作龙蟠虬曲之势。制盆景者师其意，纳小松于盆中，培以最少量之肥土，使之滋长而不过盛，芟之剪之，使其根部坐大，又用铅铁丝缚绕其枝干，使之弯曲作态而无法伸展自如。

　　艺术与自然本是相对的名词。凡是艺术皆是人为的。西谚有云："Ars est celare artem."（"真艺术不露人为的痕迹。"）犹如吾人所谓"无斧凿痕"。我看过一些盆景，铅铁丝尚未除去，好像是五花大绑，即或已经解除，树皮上也难免皮开肉绽的疤痕。这样艺术的制作，对于植物近似戕害生机的桎梏。我常在欣赏盆景的时候，联想到在游艺场中看到的一个患佝偻症的人，穿戴齐整的出现在观众面前，博大家一笑。又联想到从前妇女的缠足，缠得趾骨弯折，以成为三寸金莲，作摇曳婀娜之态！

　　我读龚定庵《病梅馆记》，深有所感。他以为一盆盆的梅花都是匠人折磨成的病梅，用人工方法造成的那副弯曲佝偻之状乃是病态，于是他解其束缚，脱其桎梏，任其无拘无束的自然生长，名其斋为病梅馆。龚氏此文，常在我心中出现，令我憬然有悟，知万物皆宜顺其自然。盆景，是艺术，而非自然。我于欣赏之余，真想效龚氏之所为，去其盆盘，移之于大地，解其缠缚，任其自然生长。

# 父母的爱

　　父母的爱是天地间最伟大的爱。一个孩子，自从呱呱坠地，父母就开始爱他，鞠之育之，不辞劬劳。稍长，令之就学，督之课之，唯恐不逮。及其成人，男有室，女有归，虽云大事已毕，父母之爱固未尝稍杀。父母的爱没有终期，而且无时或弛。父母的爱也没有差别，看着自己的孩子牙牙学语，无论是伶牙利齿或笨嘴糊腮，都觉得可爱。眉清目秀的可爱，浓眉大眼的也可爱，天真活泼的可爱，调皮捣蛋的也可爱，聪颖的可爱，笨拙的也可爱，像阶前的芝兰玉树固然可爱，癞痢头儿子也未尝不可爱，只要是自己生的。甚至于孩子长大之后，陂行荡检，贻父母忧，父母除了骂他恨他之外还是对他保留一份相当的爱。

　　父母的爱是天生的，是自然的，如天降甘霖，霈然而莫之能御，是无条件的施与而不望报。父母子女之间的这一笔账是无从算起的。父母的鞠育之恩，子女想报也报不完，正如《诗经·蓼莪》所说："父兮生我，母兮鞠我。拊我畜我，长我育我，顾我复我，出入腹我。欲报之德，昊天罔极。"父母之恩像天一般高一般大，如何能报得了？何况岁月不待人，父母也不能长在，像陆放翁的诗句"早岁已兴风木叹，余生永废蓼莪篇"正是人生长恨，千古同嗟！

古圣先贤，无不劝孝。其实孝也是人性的一部分，也是自然的，否则劝亦无大效。父母子女间的相互的情爱都是天生的。不但人类如此，一切有情莫不皆然。我不大敢信禽兽之中会有枭獍。

父母爱子女，子女不久长大也要变成为父母，也要爱其子女。所以父母之爱像是连锁一般，代代相续，传继不绝。《易》云："天地之大德曰生。"维护人类生命之最大的、最原始的、最美妙的、最神秘的力量莫过于父母的爱。让我们来赞颂父母的爱！

## 漫 谈 翻 译

　　翻译可以说不是一门学问，也不是一种艺术，只是一种服务。从前外国人来到中国观光，不通中国语，常雇用一名略通洋径滨英语的人权充舌人，俗称之为马路翻译。做马路翻译也不容易，除了会说几句似通非通的句法不完整的蹩脚英语之外，还要略通洋人心理，拣一些洋人感兴趣的事物译给他听。为了赚几个钱糊口，在马路上奔波。这也算是一种服务。

　　较高级的舌人，亦即古时所谓的通译官，"能达异方之志，象胥之官也"。南方曰象，北方曰译。象胥即是司译事的官吏。如今我们也还有翻译官，政府招待外国贵宾的时候，居间总有一位翻译官。外国人讲演，有时候也有人担任翻译。这种口头翻译殊非易事，尤其是事前若未看过底稿，更难达成准确迅速的通译的任务，必其人头脑非常灵活，两种语文都有把握才成。

　　学术著作与文艺作品的翻译属于另一阶层，做此种翻译，无须跑马路，无须立即达成任务，可以从容推敲。虽然也是服务，但是很不轻松。有些作品在文字方面并不容易了解，或是文字古老，或是典故太多，或是涉及方言，或是意义晦涩，都足以使译者绕室彷徨，搔首踟蹰。译者不一定有学问，但是要了解原著的一字一句，不能不在落笔之前多多少少做一点探讨的功夫。有时候遇到版本问题，发现异文异义，需要细心校勘，当机立断。所以译者不是学者，而有时被情势所迫，不得不接近于学者治学态度的边缘。否则便不是良好的服务。凡是艺术皆贵创造，翻译不是创造。翻译是把别人的东西，咀嚼过后，以另一种文字再度发表出来，也可说是改头换面的复制品。然而在复制过程之中，译者也需善于运用相当优美的文字来表达原著的内容与精神，这就也像是创造了，虽然是依据别人的创造作为固定的创造素材。所以说翻译不是艺术而也饶有一些艺术的风味。

在文化演进中，翻译是一项重要的工作。因为翻译帮助弘扬本国的文化，扩展思想的范围，同时引进外国的思潮和外国的文艺，刺激本国的作家学者。我们中国古时有一伟大的翻译运动——佛经的翻译，其规模之大无与伦比。由于一些西域的高僧东来传教，兼作翻译，如汉明帝时之竺法兰在洛阳白马寺与迦叶摩腾合译《四十二章经》，又自译《佛本生经》第五部十三卷，是为翻译之始。西晋竺法护译经一百七十五部，三百五十四卷，多为大乘佛典。而后秦的鸠摩罗什，南北朝之真谛，与唐之玄奘合称为中国佛教之三大翻译家，以玄奘之功绩最为艰苦卓绝。玄奘发愿学佛，间关万里，归国后译出经论七十五部，一千三百三十五卷，译笔谨严，蔚为大观。佛经翻译不仅弘扬了佛法，对一般知识文艺阶层亦发生很大影响。其所以发生这样效果，固由于译者之宗教的热诚，政府之奖掖辅助亦为主要因素。佛经的翻译一向被视为神圣的事业。每译一经，有人主译，有人襄助。直到晚近，仍带有浓厚庄严的宗教色彩。抗战时期，我曾游四川北碚缙云山，山上有缙云寺，寺中有太虚法师主持之汉藏理学院，殿堂内有钟磬声，僧众跪蒲团上，红衣黄衣喇嘛三数辈穿梭其间，烛光荧然。余甚异之，询诸知客僧法舫，始知众僧正在开始翻译工作，从藏文佛典译为汉文。那种虔诚慎重的态度实在令人敬佩。因思唐人所撰《一切经音义》所表现对于佛经译事之认真的态度，也是不可及的。

　　晚清西学东渐，翻译乃成为波澜壮阔的一个运动。当时翻译名家以严几道与林琴南为巨擘。严几道译《天演论》《原富》《群学肄言》《法意》《穆勒名学》等书共九种，虽然对于国家社会的进步究有多少具体贡献很难论定，对当时知识分子的影响是不容否认的（胡适先生就是引"适者生存"之意而命名的）。他又提出了"信、达、雅"的翻译标准，直到如今还有不少人奉为圭臬。可惜的是，他用文言翻译，而又力求精简，不类翻译，反似大作其古文，例如"大宇之内，质力相推，非质无以见力，非力无以呈质"，以这样的句子来说明"天演"，文字非不简洁，声调非不铿锵，但是要一般读者通晓其义恐非易事。西洋社会科学的名著，大多本非简明易晓之作，句法细腻，子句特多，译为中文，很费心思，如果再要加上古文格调，难上加难。严氏从事翻译，选材甚精，大部分皆西洋之近代名著，译事进行亦极严肃，但是严氏译作如今恐怕只好束之高阁，供少数学者偶尔作为研究参考之用。林琴南的贡献是在小说翻译方面。所译欧美小说达一百七十余种之多。以数量言，无有出其右者。他的最大短处是他自己不谙外文，全凭舌人口述随意笔写，所谓"耳受手追，声已笔止"。这样的译法，如何能铢两悉称的表达原作的面貌与精神？再则他自己不懂外国文学，所译小说常为二三流以下之作品，殊少翻译之价值。他的文言文，固是不错，鼓起国人对小说之兴趣，其功亦不在小。

　　白话文运动勃发以后，翻译亦颇盛行。唯嫌凌乱，殊少有计划的翻译，亦少态度谨严的翻译。许多俄、法文等欧洲小说是从英、日文转译的。翻译本来对于原著多少有稀释作用，把原文的意义和风味冲淡不少，如今再从日文英文转译，其结果如何不难想象。作为苏俄共党宣传工具者，如鲁迅先生所编译之《文艺政策》等一系列的"硬译"，更无论矣。

四十几年来值得一提的翻译工作的努力应该是胡适先生领导的"翻译委员会"，隶属于"中华文化基金董事会"。有胡先生的领导，有基金会的后盾。所以这个委员会做了一些工作，所译作品偏重哲学与文学，例如倍根的《新工具》、哈代小说全集、莎士比亚全集、希腊戏剧等凡数十种。惜自抗战军兴，其事中辍。

"国立编译馆"，顾名思义，应该兼顾编与译，但事实上所谓编，目前仅是编教科用书，所谓译则自始即是于编译科学名词外偶有点缀。既无专人司其事，亦无专款可拨用。徒负虚名，未彰实绩。抗战期间，编译馆设"翻译委员会"，然亦仅七八人常工作于其间，如毛姆森之《罗马史》、亚里士多德之《诗学》、萨克莱之《纽康氏家传》等之英译中，及《资治通鉴》之中译英。《资治通鉴》之英译为一伟大计划，缘大规模的中国历史（编年体）尚无英译本，此编之译实乃空前巨作。由杨宪益先生及其夫人戴乃迭（英籍）主其事，夫妇合作，相得益彰，胜利时已完成约三分之一，此后不知是否赓续进行。唯知杨宪益夫妇在大陆仍在作翻译工作，曾有友人得其所译之《儒林外史》见贻。编译馆来台复员后，人手不足，经费短绌，除作若干宣传性之翻译以外，贡献不多。偶然获得资助，则临时筹划译事。我记得曾有一次得到联合国文教组织一笔捐助，指明翻译古典作品，咨询于余，乃代为筹划译书四五种，记得其中有吴奚真译的普鲁塔克的《希腊罗马名人传》，此书是根据英国名家诺尔兹的英译本，此英译本对英国十六世纪文学发生巨大影响，在英国文学史上占重要地位，吴奚真先生译笔老练，惜仅成二卷，中华书局印行，未能终篇。近年来有齐邦媛女士主持的英译《中国现代文学选》二卷，亦一大贡献。

翻译，若认真做，是苦事。逐字逐句，矻矻穷年，其中无急功近利之可图，但是苦中亦有乐。翻译不同创作，一篇创作完成有如自己生育一个孩子，而翻译作品虽然不是自己亲生，至少也像是收养很久的一个孩子，有如亲生的一般，会视如己出。翻译又像是进入一座名园，饱览其中的奇花异木，亭榭楼阁，循着路线周游一遭而出，耳目一新，心情怡然。总之，一篇译作杀青，使译者有成就感，得到满足。

翻译，可以说是舞文弄墨的勾当。不舞弄，如何选出恰当的文字来配合原著？有时候，恰当的文字得来全不费工夫，俨如天造地设，这时节恍如他乡遇故人，有说不出的快感。例如：莎士比亚剧中有"a pissing while"一语（见《二绅士》四幕二景二十一行），我顿时想起我们北方粗俗的一句话"撒泡尿的工夫"，形容为时之短。又例如：莎士比亚的一句话："You three-inch fool."（见《驯悍妇》四幕一景二十七行）正好译成我们《水浒传》里的"三寸丁"。诸如此类的例子还有许多，但是可遇不可求的。

翻译是为了人看的，但也是为己。昔人有言，阅书不如背诵书，背诵书不如抄书。把书抄写一遍，费时费力，但于抄写过程之中仔细品味书的内容，最能体会其中的意义。我们如今可以再补一句，抄书不如译书。把书译一遍费时费力更多，然而在一字不苟的字斟句酌之余必能比较的更深入了解作者之所用心。一个人译一本书，想必是十分喜爱那一本书，花时间精力去译它，是值得的。译成一部书，获益最多的，不是读者，是译者。

人人都知道翻译重要，很少人肯致力于翻译事业的奖助。文学艺术都有公私的奖，不包括翻译在内。好像翻译不是在文艺范围以内。学术资格的审查也不收翻译作品，不论其翻译具有何等分量。好像翻译也不在学术领域之内。其实翻译也有轻重优劣之分，和研究创作一样未可一概而论。近年的翻译颇有杰出之作，例如林文月教授所译之《源氏物语》，其所表现的功力及文字上的造诣，实早已超过一般的创作与某些博士论文。潜心翻译的人，并不介意奖励之有无。如有机关团体肯于奖助，翻译事业会更蓬勃。

翻译没有什么一定的方法可说，译者凭藉他的语文修养，斟酌字句，使原著以他认为最好的方式在另一种文字中出现而已。戏法人人会变，巧妙各有不同。

什么才是好的翻译？有人说，翻译作品而能让人读起来不像是翻译，才是好的翻译。这是外行的说法，至少是夸张语。翻译就是翻译，怎能不像翻译？犹之乎牛肉就是牛肉，怎能嚼起来不像牛肉而像豆腐？牛肉有老有嫩，绝不会像豆腐。

意大利有一句俗话："翻译像是一个女人——貌美则不忠贞，忠贞则其貌不美。"这句话简直是污辱女性。美而不贞者固曾有之，貌美而又忠贞者则如恒河沙数。译者为了忠于原文，行文不免受到限制，因而减少了流畅，这是毋庸讳言的事。不过所谓忠，不是生吞活剥的逐字直译之谓，那种译法乃是"硬译"、"死译"。意译直译均有分际，不能引为拙劣的翻译的藉口。鸠摩罗什译的《金刚经》和玄奘译的《金刚经》，一为直译，一为意译，二者并存，各有千秋。

译品之优劣有时与原著之难易有关。辜鸿铭先生为一代翻译大师，其所译之英国文学作品以《疯汉骑马歌》及《古舟子咏》二诗最为脍炙人口，确实是既忠实又流利。但是我们要注意，这两首诗都是歌谣体的叙事诗，虽然里面也有抒情的成分。其文字则极浅显易晓，其章节的形式与节奏则极简单。以辜氏中英文字造诣之深，译此简明之作，当然游刃有余。设使转而翻译米尔顿之《失乐园》，其得失如何恐怕很难预测了。

关于翻译我还有几点拙见：

一、无论是机关主持的，或私人进行的翻译，对于原著的选择宜加审慎，愚以为有学术性者，有永久价值者，为第一优先。有时代需要者，当然亦不可尽废。唯尝见一些优秀的翻译人才做一些时髦应世的翻译，实乃时间精力的浪费。西方所谓畅销书，能禁得时间淘汰者为数不多，即以使世俗震惊的诺贝尔文学奖而言，得奖的作品有很多是实至名归，但亦有浪得虚名不孚众望者，全部予以翻译，似不值得。

二、译者不宜为讨好读者而力求提高文字之可读性，甚至对于原著不惜加以割裂。好多年前，我曾受委托审查一部名家的译稿——吉朋的《罗马衰亡史》。这是一部大书，为史学文学的杰作。翻阅了几页，深喜其译笔之流畅，迨与原文对照乃大吃一惊。原文之细密描写部分大量的被删割了，于其删割之处巧为搭截，天衣无缝。译者没有权力做这样的事。又曾读过另一位译者所译十六世纪英国戏剧数部，显然的他对于十六世纪英文了解不深。英文字常有一字数义，例如flag译为"旗"，似是不误，殊不知此字另有一义为"菖蒲"。这种疏误犹可原谅，其大量的删节原作，重辄一二百行则是大胆不负责任的行为，徒以其文字浅显为一些人所赞许。

　　三、中西文法不同，文句之结构自异。西文多子句，形容词的子句，副词的子句，所在多是，若一律照样翻译成中文，则累赘不堪，形成为人诟病的欧化文。我想译为中文不妨以原文的句为单位，细心体会其意义，加以咀嚼消化，然后以中文的固有方式表达出来。直译、意译之益或可兼而有之。西文句通常有主词，中文句常无主词，此又一不同之例。被动语态，中文里也宜比较少用。

　　四、翻译人才需要培养，应由大学国文英语学系及研究所担任重要角色。不要开翻译课，不要开训练班，因为翻译人才不能速成，没有方法可教，抑且没有人能教。在可能范围之内，师生都该投入这一行业。重要的是改正以往的观念，莫再把翻译一概摒斥在学术研究与文艺活动之外。对于翻译的要求可以严格，但不宜轻视。

# 珠 履 三 千

《史记》："春申君客三千余人，其上客皆蹑珠履。"鞋上缀几颗珍珠，并不一定雅观，只是形容康门食客之骄奢而已。究竟三千余人并非个个都蹑珠履，仅限于上客才有此殊荣，然而亦足以夸耀一时，骇人听闻。

至若一个人而拥有名鞋三千双，宁非咄咄怪事？

菲律宾前第一夫人伊美黛偕乃夫仓皇离开马拉坎南宫的时候，虽然辎重财宝填满了两架飞机，有许多东西仍然不能不忍痛割舍了，其中的一项是她的三千双鞋。

一九八六年三月二十四日的《新闻周刊》这样的报道：

三千双鞋，八吋半的尺码。五架柜没使用过的意大利古奇牌手提包，附带着价格标签尚未除去。五百条乳罩，大部分是黑色的，还有一大箱的腰带，腰围四十到四十二吋不等。大瓶香水，若干罐狄欧牌皱纹霜，一个可以走进人的保险箱里面，乱放着好几十个空首饰匣。上个星期马可仕夫妇的宫殿开放给人游览，外国人和本国人看了第一夫人留下的东西，无不为之傻眼。一位美国访客，众议员斯提芬·索拉兹，说："这是我从未见过的骄奢淫侠之最恶劣的一例。若把玛利·安朵奈和她相比，真是小巫见大巫。"

　　过了不久，四月十四日的《新闻周刊》又有报道，是马可仕先生的怨诉：

　　马可仕先生接受ABC美国广播公司记者访问时，抱怨一切对他私人事务的探索，坚称在国际公法之下"一个国家的前任元首具有某种免于被人追究的权利，以保护其尊严"。记者科排尔却不顾他的尊严，问他伊美黛为什么有三千双鞋。"唉，她是弄到了各种各样的鞋，"他承认。"她大概是每天要换两双鞋。"他解释说，伊美黛存有这许多鞋，"是预备穿二十年的"。马可仕驳斥了有关伊美黛过分奢侈的故事。"出国购物的故事是捏造的，"他说，"全是谎言。"马可仕声称，他的家财的数量也被形容得过分。"目前我们很穷，"他抱怨，"我们没有钱可以动用。"这位前总统，他没有钱付医药费和食物费，因为"一切银行存款皆被冻结了"。
　　不解释还好，越描越黑。

　　鞋三千，不是一个小数目，普通的一个鞋店未必能有宽绰的空间展示或存储那么多的货品。伊美黛的鞋，据《新闻周刊》所附图片，是贮放在有玻璃拉门的鞋柜里面，一目了然，可以伸手取放。图片仅显示了一只半鞋柜的部分情形，据推测一只鞋柜分五格，每格置十双鞋于前排，又十双于后排，是每只鞋柜存放鞋一百双。须有三十只鞋柜才能放得下三千双鞋！至少须有三五十坪的空间才能放得下三十只鞋柜！我们普通人家能有三五十坪居住空间，便算是相当优裕，然而仅足这位第一夫人放置她的鞋！然而马可仕先生不承认其夫人是过分奢侈。

晋人阮孚有怪癖，常自吹火蜡屐，自言自语的叹道："未知一生当着几量屐。"他是有感于人生苦短，不知一辈子能穿几双鞋。他大概万想不到后世有人藏有三千双鞋准备二十年穿。我相信伊美黛一定也有鞋癖，她不会把二十年所有生活必需品都逐项储积起来，她只是收藏了三千双鞋而已。例如她的乳罩就只有五百条。她的鞋都是很考究的舶来品，细看那图片即可见一斑，也许是购自巴黎，也许是购自意大利。买鞋不能派人代办，非自己挑选试穿不可，所以这位第一夫人不能不经常出国旅游大事采购。然而马可仕先生说出国大事采购的故事是捏造的，完全是谎言！

人至贵显，便容易作威作福，忘其所以。不过像伊美黛那样的大手笔，历史上还是少见的。我猜想，她可能是心理上有毛病，可能是患了一种精神病，即所谓"购买狂"（Onioma-nia）染上这种病的人，看见东西就要买，直到囊中金尽而后已。设若赀财来源没有限制，有全体民脂民膏做后盾，则其购买量亦必大得惊人。三千双鞋的由来，也许就是为了满足她一时的欲望。说什么一天换两双，供二十年用，瞎扯！

讲到这三千双鞋，不禁想起《书经》上的一句话："天非虐，唯民自速辜。"天不虐待人，是人自己造孽！

# 与莎翁绝交之后

　　我于一九六七、六八年译完《莎士比亚全集》，先后出版，共四十册，当时吐了一口大气，真是如释重负。这个重负压在我肩上历三十年之久。其间由于客观环境以及自身的疏懒，有许多许多空档交了白卷，但是三十年间这个负担对我的压力则未曾一日或减。一旦甩掉了包袱，当时心情之愉快可想。一时忘形，私下里自言自语的说："莎士比亚先生，我从此将要和你绝交了！""绝交"一语也许下得太重了一些。时间相差四百多年，空间相距十万八千里，彼此风马牛不相及，往日无冤，近日无仇，是我自动的找上他的门来，不自量力，硬要把他的全集译成中文，幸喜没有版权问题，所以也未征求他的同意。翻译过程之中，我也得到不少乐趣，即使译笔拙劣，或恐有误解原文之处，他也默不作声。所以我对莎翁只有感谢抱歉，怎好说出"绝交"二字？何况我根本不敢谬托知己？不过我确实也有抱怨，怨他的写作数量实在太多，精彩的作品固然层出不绝，早年的作品（尤其是与人合作的那一部分），并不怎样令人击赏。而译者没有权利挑肥拣瘦任意割裂，必须一视同仁的依样葫芦。因此之故，为了他，我的三十年光阴就在埋头苦干中度过去了。我这一生还有别的事情要做，还有别的东西要写，不能不冷落他一下，也许就真的从此断绝关系。久已想写一篇《与莎士比亚绝交书》，详述我心中的感触。病懒，一直没有秉笔。

我没有到过欧洲，不曾参观过莎氏故乡。不是没有前去游览的机会，只因时局的关系一再的未能如愿。尝引英文亚瑟·魏莱的话为我自己解嘲。魏莱译了不少的中国诗，但是他毕生不曾一履中土。有人问他为何不命驾东游，他回答说："我认识的中国人都是唐宋诗人，早已作古，我去看谁？"可是朋友们都为我抱屈，几乎一致的认为我没有不去瞻仰莎氏故乡的理由。

朋友中到过斯特拉福镇的亨烈街莎氏出生地的人，于欣赏那座于一八五七年大事整修过的木造房屋之际，遥想一五六四年四月（大概是二十三日）梨花苹果花正在盛开，诗人莎士比亚诞生了。他们也登时想起了我，他们临去时总要买一些导游小册及图片之类的纪念品给我。他们到了少特莱镇访问莎氏夫人安·哈塔威的农舍，看到满园的花树姹紫嫣红开遍，看到起居室内那一具粗木制的鸳鸯椅，他们不禁想到莎氏当年和哈塔威小姐坐在一起喁喁谈情说爱的情况，他们就说："梁某某真应该来看看。"

有一位访问了莎氏"新居"，那是莎氏于一五九七年花了六十镑买到的寓所，比出生地旧居漂亮多了，为那时候当地第二幢豪华房屋。可惜屋前一棵大桑树据说是莎翁手植，于一七五八年被砍伐掉了。我的朋友买了一个小小的木雕莎翁半身像送我。据说就是用那棵大桑树的木料雕成的，是真是假无从对证。

又有一位凭吊莎翁墓于圣三一教堂，看到墙上有莎翁的半身石像，是涂了颜色的（古罗马石像很多是涂颜色的），像下面便是莎翁墓，一块不大起眼的石碣平铺在地面上，上面没有死者的生卒年月，只有四行并不怎样高明的诗，然而一代大诗人就是长眠于此。这位朋友悲哀不忍去，最后买了一张由教堂司事签名证明的墓碣拓片送我。这样的拓片我已积有两张。

此外诸如阿汶河上的风景，莎翁母亲家的寓所，莎氏纪念堂、剧院，伦敦南岸当年的几个剧院的遗址所在，对我都不是陌生的。虽然我未亲临其地，但是在我心目中都有明显的印象，因为承朋友们的好意，这些年来时常的供应我有关莎氏的资料。甚至有些不相识的人，自称"读者"（大概是指中译本的读者吧？）也从海外寄我图片，例如从丹麦寄来的爱尔新诺古堡图片（《哈姆雷特》一剧的背景）。又有人自意大利寄来的罗密欧、朱丽叶谈情的那个阳台的图片。这些大大小小的颁赠都有助于我的见闻，使我无须亲自跋涉，省却不少草鞋钱。

自从决计与莎翁绝交，对上述种种的纪念品就不复感觉兴趣，只好束之高阁。甚至我长期订阅的《莎士比亚季刊》也停止续订了，《莎士比亚年刊》我也不复阅读。每年戏剧季节，英国、加拿大和美国的某些都市都有莎剧上演，宣传品不断寄来，我只能略为翻阅而已。未尝不想去看，但已无余勇可贾。不过已有三十年的纠葛，要说一刀两断也不是容易事。何况有些朋友不大了然我的心情，偶尔仍以有关莎氏的问题询及刍荛，我也不能不重拾旧好再与周旋。例如"倍根学说"，那是老掉牙的问题，固然不值一提，但是也有较新、较为具体的一些研究，未便一笔抹煞。例如一位美国学者霍夫曼从一九三六年起就在心中萌长一项猜疑，以为莎士比亚乃一位演员而已，其作品则恐怕是出于玛娄之笔。他花了十八年的工夫"上穷碧落下黄泉"不断的奔走研究，他想在文字方面用简单统计方法企图证明莎氏与玛娄实为一人，但是种种内证均不足以服人。最后他想到非举有力的外证不可。他认定莎氏作品的原稿一定是藏在当时特务头子华兴安爵士的墓里，因为华兴安是玛娄的上司。于是奔走求情，上下关说，意欲打开坟墓一窥究竟。挖掘坟墓非同小可，他竟能层层打通，但终为当地牧师否决，功亏一篑。霍夫曼欲解之谜仍然是一个谜以至于今。有人问我对此事有何评论。我的看法是：莎氏作品与玛娄作品俱在，作风迥异，不可能是一个人。剧本在当时不是文学"作品"，不可能被人重视到拿去殉葬。霍夫曼枉费精神。

我所看见的最新的一篇莎氏研究论文是美国斯丹佛大学生物统计研究所一九八六年四月发表的一篇专门报告（列为第一百一十一号），题目是《莎氏是否写过新近发现的一首诗？》，作者是吉斯台德与艾夫龙。有人复印了一份给我，并且问我的意见。论文提要如下：

一九八五年十一月里牛津大学图书馆中发现了一首七节的诗，是前所未见的，被认为是莎士比亚作品。这首诗真是莎士比亚写的么？兹以艾夫龙与吉斯台德在一九七六年讨论过的"非参数的经验的贝叶斯模型"对此诗用字方式之一贯性与莎士比亚真实作品用字方式之一贯性作一比较研究。例如，此诗有九个单独不同的字，是在以前莎氏作品中从未出现过的，而按照贝叶斯模型预测，在这样短的一首诗里其期望值为六点九七。为了更加了解此一模式之限制，我们也考虑了章孙、玛娄、邓约翰的诗，以及四首确属莎氏作品的诗。总而言之，此诗相当合理的与莎氏以前的写作惯例相符合，故可据以相信此诗确为莎氏所写。

论者使用的统计方法精致而客观，可以说是很科学的。案：在莎氏研究中使用统计方法已有相当长久的历史。一七七八年马龙首先提出了"诗行测验法"（Verse test），重点在计算诗行用韵以及联行在全部作品中之比例，其目的在于确定莎氏作品之写作年代，亦即我们所谓的"系年"。此后莎氏全集之编纂者几无不采用"诗行测验法"。虽然各家测验的结果并不完全一致的精确，但统计方法之值得使用是不容置疑的。

此一论文之检讨的对象是此诗之字汇，其目的在于"辨伪"。作者计算莎氏全部作品共八十八万四千六百四十七个字，在这八十八万多字之中个别不同的字有三万一千五百三十四个。一九八五年十一月十四日美国学者泰勒在牛津图书馆发现的这首诗很短，共仅四百二十九个字，其中个别不同的字有二百五十八个。在这二百五十八个字当中，有九个字是莎氏作品中所未见过的新字，例如admiration一字在莎氏作品中出现过十四次，但是从未以复数形出现过，所以admirations算是一个新字。另有七个字出现过一次，五个出现过二次……该论文只考虑出现过九十九次或不及九十九次的字。根据这些统计数字，细加分析，因而得到此诗并非赝品的结论。

我最初读到这首新发现的诗，凭直觉的主观的品味，以其内容之浅陋，不似大诗人之手笔。继而比较莎氏早年所作之诗歌，尤其是《凤凰与斑鸠》《热烈的情人》《杂调情歌》等篇，我想此一新发现的诗也许可以归入"少作"之列。再者，诗与歌本来可以有别。歌侧重唱的效果，行要短，韵要繁，要有声调铿锵之致，凡是流行歌曲无不如是。如今有统计的证明其非伪，我们也可以承认这是莎氏早年所作的一首情歌吧。

莎翁全集卷帙浩繁，已经够我们研究的了，再加上一首歌，又有何妨？

# 二　手　烟

　　我是吸烟的世家子弟，经过三代的熏染，自然的成为此道老手。我抽雪茄，一天不超过一支，饭后偶一为之。我抽烟斗，一度终日斗不离手。但是我抽纸烟，则有三十年的历史，直到日尽一听，而意犹未足。牙齿熏黑了，指尖染黄了，不以为憾。

　　我认识一个人，抽烟的历史比我长，烟瘾比我大，为了省钱专抽什么蜜蜂牌公鸡牌的廉价烟。枕边长备香烟火柴，早晨醒来第一桩事就是躺着吸一根烟，然后再起床。而且常表演一手特技，猛吸一口烟，闭上嘴，硬把烟咽了下去。天长日久，他的肺烂了。那时候大家还不知道什么肺癌之说，或称之曰肺痈。后来他就在咳嗽之中大口大口的吐出一块块淤血烂肺而亡。我照常抽烟，不以为戒。

　　劝人戒烟的说法很多。"你若省下买烟的钱，十年二十年之后可用以购置一幢房子。"最好的回答是："阁下不抽烟，请问你的房子安在？"提起吸烟之害，话题就多了，诸如损食欲、污牙齿、引口臭……耳熟能详，谁不知道。人不可无嗜好，人各有所好，"我自调心，不干汝事。"于是我就我行我素继续不断的抽下去。吸烟是我生活中不可或少的一部分。

　　有一天，在学校的一个会议里，我嘴上叼着烟斗，摆头的电扇忽从背后吹来一阵风，把我烟斗里的半燃着的烟草吹得满天星斗，而且直吹到对面坐着的一位女士的身上，灰烬落在她的薄衫上面，幸而没把她的衣服烧出洞，也没有酿成火灾。她吓得惊叫，我只得连声道歉。事后我为了这件事苦闷了好几天。

　　自古志行高洁之士，我想，都是有所为有所不为，有适当的选择能力，有高度克己自制的功夫。我也是人，为什么要心甘情愿的受烟草里的尼古丁所挟持支配而不能自拔？我想从戒烟一件小事测验我自己究竟有没有一点点自制的能力。于是我把当时所有的烟斗、纸烟、雪茄一起抛弃，以示破釜沉舟之意。只有大大小小的烟灰缸没有丢。就这样"冷火鸡"方式使我脱离了烟籍。

　　最近看到《新闻周刊》（一九八六年七月二十八日）的一段纪事，我大为感动。美国第二大烟草制作商瑞诺兹公司的大股东之一瑞诺兹先生，三十一岁，以演员为业，两年前把烟戒掉，如今更进一步加入"美国肺脏学会"，参加这学会所发起的"反吸烟运动"作为发言人。瑞诺兹公司是他祖父所创立，营业鼎盛，祖孙三代吃着不尽，但是他毅然决定摆脱家族关系，解除了他的股权。虽然他自承其动机是由于他的父亲五十八岁死于肺气肿，他自爱爱人的勇气仍然是很难得的。有人讥笑他，说他是"咬了伸手喂他的人"。他回答说："那双喂过我的手，也杀死过数以百万计的人，且将继续杀死更多的数以百万计的人。"瑞诺兹先生可以说是"知耻近乎勇"。

　　由于报章宣传，我才知道二手烟之为害于人有甚于直接吸烟者。我回想起，从前吸鸦片的人家，常喜欢含一大口烟喷那蜷伏烟榻旁的哈巴狗。不久那哈巴狗也上了瘾，不按时喷它，它也会涕泗交流。如今美国有人提倡反吸烟运动，从拒绝吸二手烟做起，是很合理的。我国所受烟害已经创痛巨深，听说现在中小学学生吸烟的人数与日俱增，着实可怕。日前我在一家餐馆吃饭，邻桌的几位先生兴致甚豪，饮食之外猛吸纸烟，吞云吐雾，怡然自得。我心想，你愿吞云，尽可由你，你要吐雾，则连累他人，万使不得，我不能干涉他，我只能避席换座。

# 信 用 卡

二十年前，一位从来足未出国门一步的朋友，移民到了美国，数年后回国游玩，见了亲友就从怀中取出一叠信用卡，不下七八张之多，向大家炫示。或问此物作何用途，答曰："就凭这个东西，我身上不带一文钱，即可游遍天下。"话虽夸张，却也有几分近于实情。

信用卡就是商业机构发行的一种证明卡片，授权持有人凭卡到各特约商店用记账方式购买物品或服务。通常是按月结账，当然要加上一点服务费用。这样，买东西就很方便。一个主妇在超级市场买日用品，堆满一小车，到出口算账，出示信用卡，即可不必开支票，更无须付现，而且通常还可取得十元现钞作零用，一起算在账内。我的这位朋友买飞机票回国，也是使用信用卡。

用信用卡买东西等于是赊账，先享用后付钱。但是要负担服务费，等于付利息。而且有了信用卡，有些顾头不顾尾的人不免忘其所以的大事采购。等到月底结算，账单如雪片飞来，就发急得干瞪眼。"借钱如白捡，还钱认丧气。"把信用卡欠下的账还清，可能一个月的收入所剩无几。下个月手头空空，依然可以用信用卡度日。欠欠还还，还还欠欠，一年到头过着"虱多不痒，债多不愁"的日子。这就是一般美国人的生活方式。如今这个制度也传到我们国内，不过推行尚不甚广。

在美国几乎人人有信用卡，而且不止一张。如果一个人没有信用卡，有时候要遭遇困难。因为美国没有身份证，信用卡就可以证明身份。当初申请信用卡是经过一番相当严密查证手续的，有无职业、固定薪给若干、以及种种相关事项都要查得一清二楚。所以信用卡表示一个人的信用，也表示他有偿债的能力。一个人在美国非欠债不可，不欠债即无从表示其有偿债的能力。信用卡比身份证还有用。

这和我们的国情不大相合。我们传统的想法是在交易之际一手交钱一手交货，银货两讫，清清楚楚。许多饮食店都贴着一张字条："小本经营，概不赊欠。"遇到白吃客硬要挂账，可能引起一场殴斗。可是稍大一点的餐馆，也有所谓签账之说，单凭签个字就可抹抹嘴扬长而去，这些豪客大半都是有来历的人，不签字记账不足以显出威风。餐馆老板强作笑颜，心里不是滋味。

从前我们旧社会不是没有欠账的制度。例如在北平，从前户口没有大的流动，老的商店都拥有一批老主顾。到饭馆去吃饭，柜上打电话到酒庄："某某胡同的X二爷在我们这里，送两斤花雕来。"酒庄就知道X二爷平素爱喝的是多少钱一斤的酒，立刻就送了过去，钱记在X二爷的账上。欠账不是什么好事，唯独喝酒欠账，自古以来，就可以大言不惭的行之若素，杜工部不是说"酒债寻常行处有"，陆放翁不是也说"村酒可赊常痛饮"吗？

不要以为人穷志短才腆着脸去欠债。事实上越是长袖善舞的人越常欠债，而且债额大得惊人。俗语说"债台高筑"，形容人的负债之多。其实所谓"债台"并不是债务累积得像一座高台。"债台"乃是逃债之台。战国时，周赧王欠债甚多而无法清偿，而债主追索甚急，王乃逃往谌（00327）台以避债。谌台，亦作移台，古代宫中之别馆。《汉书》有云"逃责之台"，责即是债。古时就有逃债之说，不过只是躲在宫中别馆里而已，远不及我们现代人的逃债之高明，挟巨资远走高飞到海外作寓公！

由信用卡说到欠债，好像扯得太远了。其实是一桩事。不习惯举债的人，大概也不愿意使用信用卡。信用卡一旦遗失被窃或被仿造，还可能引起麻烦。

## 流行的谬论

有许多俚语俗谚，都是多少年下来的经验与智慧累积锻炼而成。简单的一句话，好像含着颠扑不破的真理。所以在言谈之间，常被摭引，有时候比古圣先贤的嘉言遗训还更亲切动人。由于时代变迁，曩（00329）昔的金言有些未必可以奉为圭臬，有些即使仍在流行，事实上也已近于谬论。如要举例，信手拈来就有下面几条：

### 一 树大自直

一个孩子，缺乏家教，或是父母溺爱，很易变成性情乖张，恣肆无礼，稍长也许还会沾染恶习，自甘堕落。常言道："三岁看小，七岁看老。"悲观的人就要认为这个孩子没有出息，长大了之后大概是败家子或社会上的蠹虫。有些人比较乐观（包括大多数父母在内），却另有想法："没关系，树大自直。""浪子回头千金不换"的故事不是常有所闻的吗？

树大会不会都能自直，我怀疑。山水画里的树很少是直的，多半是欹里歪斜的，甚或是悬空倒挂的。"抚孤松而盘桓"，那孤松不歪不斜便很难去抚。景山上的那棵歪脖树，是天造地设的投缳殉国的装备，至今也没有直起来。当然，山上的巨木神木都是直挺挺的矗立着的，一片片的杉木林全是栋梁之材，也没有一棵是弯曲的。这些树不是长大了才变直，是生来就是直的。堂前栽龙柏，若无木架扶持，早晚会东歪西倒。

浪子回头的事是有的，但是不多，所以一有这种事情发生便被人传诵，算是佳话。浪子而不回头者则滔滔皆是，没有人觉得值得齿及。没出息的孩子变成有出息，我们可举出许多例子，而没出息的孩子一直没出息到底则如恒河沙数。

树要修要剪，要扶要培。孩子也是一样。弯了的树不会自直，放纵坏了的孩子大概也不会自立。西谚有云："舍不得用板子，便会纵坏了孩子。"约翰孙博士不完全反对体罚，孩子的行为若是不正，在他身上肉厚的地方给几巴掌，他认为最是简捷了当的处理方法。

## 二　虱多不痒，债多不愁

晋王猛"扪虱而言，旁若无人"，固然是名士风流，无视权势。可是他的大布裈内长满了体虱（有无头虱、阴虱我们不知道），那分奇痒难熬，就是没有多少经验的人也会想象得出。嵇康与山巨源绝交，也自称"性复多虱，把搔无已"，作为是不堪"裹以章服揖拜上官"的理由之一。若说虱多不痒，天晓得！虱不生则已，生则繁殖甚速，孵化很快，虱愈多则愈痒，势必非"倩麻姑痒处搔"不可。

对许多人而言，借贷是寻常事。初次向人告贷，也许带有几分忸怩，手心朝上，"口将言而嗫嚅"。既贷到手，久不能偿，心头上不能不感到压力，不愁才怪！债愈多则压力愈大。债主逼上门来，无辞以对，处境尴尬，设若遇到索债暴徒，则不免当场出彩。也许有人要说，近有以债养债之说，多方接纳，广开债源，债额愈大，则借贷愈易，于是由小债而变成大债，挹彼注此，左右逢源，最后由大债而变成呆账，不了了之。殊不知这种缺德之事也不是人尽能为，必其人长袖善舞而且寡廉鲜耻，随时担着风险，若说他心里坦然，无忧无虑，恐亦不然。又有人说，逋不能偿，则走为上计。昔人有"债台高筑"之说，所谓债台即是逃债之台。如今时代进步，欲逃债可以远走高飞，到异乡作寓公，不必自己高筑债台，何愁之有？殊不知人非情急，谁也不愿效狗急之跳墙。身在外邦，也要藏藏躲躲，见不得人，我猜想他的那种生活也不是一个愁字了得。

有虱必痒，债多必愁。

## 三　老天爷饿不死瞎家雀儿

有人真相信"天地之大德曰生"，对于一切有情之伦挣扎于濒死边缘好像是视若无睹。人间有无法糊口者，有生而残障者，有遭逢饥馑、旱涝蝗灾，辗转沟壑者。他认为不必着慌，"船到桥头自然直"，冥冥之中似有主宰，到头来大家都有饭吃。即使是一只瞎家雀也不会活生生的饿死。

谁说的！我在寒冷的北方就不止一次看到家雀从檐角坠下，显然的是饥寒交迫而死，不过我没有去验它是否瞎的。我记得哈代有一首诗，题曰《提醒者》，大意是说他在耶诞前夕正在准备过一个快乐的夜晚，忽见窗外寒枝之上落着一只小鸟，冻得直哆嗦，饿得啄食一个硬干果，一下子堕下去像个雪球似的死了。他叹道，我难得刚要快活一阵，你竟来提醒我生活的艰难困苦！这是典型的悲观主义者哈代的一首小诗，他大概不知道我们的那句俗话"老天爷饿不死瞎家雀儿"。麻雀微细不足道，但是看看非洲在旱灾笼罩之下，多少人都成了饿殍，白骨黄沙，惨不忍睹，是人谋不臧，还是天降鞠凶？人在情急的时候，无不呼天抢地，天地会一伸援手吗？有些地方旱魃肆虐，忽然大雨滂沱，大家额手相庆，感谢上苍，没有想到雨水滋润了干土，蝗虫的卵得以在地下孵化，不久就构成了蝗灾。老天爷是何居心？

天生万物，相克相杀，没有地方讲理去，老天爷管不了许多。

## 四　好的开始便是成功的一半

这句话是从外语翻译过来的，很多人常把这句话挂在嘴边。未尝不是一句善颂善祷的话，当事人听了觉得很受用。但是再想一下，一个辉煌的开始便是百分之五十成功的保证，天下有这等便宜事？

《诗·大雅·荡》："靡不有初，鲜克有终。"是比较平实的说法。我们国人做事擅长的一手是"五分钟热气"，在开始时候激昂慷慨，铺张扬厉，好像是要雷厉风行，但是过不了多久，渐渐一切抛在脑后，虽然口里高唱"贯彻始终"，事实上常是有始无终。

参加赛跑的人，起步固然要紧，但最后胜利却系于临终的冲刺。最近看我们的一个球队参加国际比赛，开始有板有眼，好一阵子一直领先，但是后继无力，终落惨败，好的开始似乎无关最后的成败。

## 五　眼不见为净

老早有人劝我别吃烧饼，说烧饼里常夹有老鼠屎，我不信。后来我好奇，有一天掰开烧饼看看，赫然一粒老鼠屎在焉。"一粒老鼠屎搅乱一锅粥！"从此我有了戒心，不敢常吃烧饼。偶然吃一次，必先掰开仔细看看。

有人笑我过分小心。他的理论是：我们每天吃的东西种类繁多，焉能一一亲自检视，大致不差也就是了，眼不见为净。人的肉眼本来所见有限，好多有毒的或无害的微生物都不是肉眼所能窥察得到的。眼见的未必净，眼不见的也未必不净。他这种说法好有一比，现代司法观念之一是：凡嫌犯之未能证实其为有罪之前，一律假设其为无罪。食物未经化验其为不净，似乎也可以认为它是净的。这种说法很危险，如果轻信眼不见为净，很可能吃下某些东西而受害不浅，重则致命，轻则缠绵病榻伏枕呻吟。

科学方法建设在几项哲学假设上面，其中之一是假设物质乃普遍的一致。抽样检查之可靠性也是假设其全部品质都是一样的。我们除了信赖科学检验之外别无选择。俗语说："过水为净。"不失为可行，蔬菜水果之类多洗几遍即可减除其中残留的农药。不过食物不是都可以水洗的。

"眼不见为净"之说固不可盲从，所谓"没脏没净，吃了没病"之说简直是荒谬。

## 六　伸手不打笑脸人

笑脸是不常见的。常见的是面皮绷得紧紧的驴脸，可以刮下一层霜的冷脸，好像才吞了农药下去的苦脸，睡眠不足的或是劬劳瘠悴的病脸，再不就是满脸横肉的凶脸。所以我们偶然看见一张笑脸，不由得不心生喜悦。那笑脸也许不是生自内心而自然流露，也许是为了某种需要而强作笑颜。脸不必笑得像一朵花，只要面部肌肉稍为放松，嘴角稍为咧开一点，就会给人以相当的舒适感。我一向相信，笑脸是人际关系中可以通行无阻的安全证。

即使人在盛怒之中，摩拳擦掌，但是不会去打一个笑脸人，他下不去手。

最近看了报上一则新闻，开始觉得笑脸并不一定能保障一个人的安全。赔笑脸有时还是免不了挨嘴巴，事属常有，我所见的这条新闻却不寻常。有一位不务正业而专走邪道的青年，有一天踉跄的回家，狼狈的伏在案头，一言不发。老母见状，不禁莞尔。这一笑，不打紧，不知年轻人是误会为讥笑、讪笑，或是冷笑，他上去对准老母胸前就是一拳。老母应拳而倒，一命归西！微微一笑引起致命的一拳。以后下文如何，不得而知。

人到了要伸手打人的时候，笑脸不但不足以御强拳，而且可以招致杀身之祸。但愿这是一条孤证。

## 七　吃一行，恨一行

"三百六十行，行行出状元。"这是说职业不分上下，每一行范围之内一个人只要努力，不愁不能出人头地做到顶尖的位置。这也是劝勉人各就岗位奋斗向上，不要一味的"这山望着那山高"。究竟行还是有高低，犹山之有高低，状元与状元不同。西瓜大王不能与钢铁大王比，馄饨大王也不能和煤油大王比。

每一行都有它的艰难困苦，其发展的路常是坎坷多舛的。投身到任何一个行当，只好埋头苦干。有人只看见和尚吃馒头，没看见和尚受戒，遂生羡慕别人之心，以为自己这一行只有苦没有乐，不但自己唉声叹气，恨自己选错了行，还会谆谆告诫他的子弟千万别再做这一行。这叫做"吃一行恨一行"。

造出"吃一行恨一行"这句话的人，其用心可能是劝勉大家安分守己，但是这句话也道出了无数人的无可奈何的心情。其实干一行应该爱一行才对。因为没有一行没有乐趣，至少一件工作之完满的完成便是无上乐趣。很多知道敬业的人不但自己满足于他的行当，而且教导他的子弟步武他的踪迹，被人称为"克绍箕裘"，其间没有丝毫恨意。

## 八　子不嫌母丑，狗不嫌家贫

狗是很聪明的动物，但不太聪明。乞丐拄着一根杖，提着一个钵，沿门求乞，一条瘦狗寸步不离的跟随着他。得到一些残肴剩炙，人与狗分而食之。但是狗不会离开他，不会看到较好的去处便去趋就，所以说狗不算太聪明，虽然它有那么一份义气。

在儿女的眼光里，母亲应该是最美最可爱最可信赖最该受感激的一个人。人有丑的，母亲没有丑的。母亲可以老，但不会丑。从前有一首很流行的儿歌《乌鸦歌》，记得歌词是这样的：

> 乌鸦乌鸦对我叫，乌鸦真真孝。
>
> 乌鸦老了不能飞，对着小鸦啼。
>
> 小鸦朝朝打食归，打食归来先喂母。
>
> "母亲从前喂过我！"

这是藉乌鸦反哺来劝孝的歌，但是最后一句"母亲从前喂过我"实在非常动人，没有失去人性的人回想起"母亲从前喂过我"，再听了这句歌词，恐怕没有不心酸的。每个人大概都会为了他的母亲而感觉骄傲，谁会嫌他的母亲丑？

"狗不嫌家贫，子不嫌母丑。"话没有错。不过嫌贫爱富恐怕是人之常情，不嫌家贫这份美誉恐怕要让狗来独享下去。子嫌母丑的例子也不是没有。我就知道有两个例子，无独有偶。有两位受过所谓"高等教育"的人，家里延见宾客，照例有两位衣服破敝的老妇捧茶出来，主人不予介绍，客人也就安然受之，以为那个老妪必是佣妇。久之才从侧面打听出来那老妪乃主人之生母。主人嫌其老丑，有失体面，认为见不得人，使之奉茶，废物利用而已。

狗不嫌家贫，并未言过其实。子不嫌母丑，对越来越多的人有变为谬论的可能。

## 《织工马南传》的故事

我译《织工马南传》是在民国二十年八月间，当时我在新创办的国立青岛大学教书。我选这本小说作为英语系大一英文的读本，因为这部小说的文字雅洁，深浅合度，再则篇幅适中，正合一个学生的研读，而且故事有趣，感人至深。讲授完了这本书之后，也许是由于教学相长的缘故，我觉得我自己从这本书中获益很多。一时情不自禁，很快的就把它译了出来。

《织工马南传》（Silas Marner）的作者乔治·哀利奥特（George Eliot）是英国维多利亚时代三大小说家之一，另外两位是迭更斯与萨克莱。我国读者比较熟悉的是迭更斯，哀利奥特的作品则一直未见译本。

哀利奥特本名为Mary Ann（Mariana）Evens，乔治·哀利奥特是她的笔名。她生于一八一九年十一月二十日，在英国中部瓦利克县之阿伯利。父为隶属保守党之田产经纪人，家道小康。哀利奥特在学校时用功读书，而又稳重端庄，故有"小妈妈"之绰号。十六岁丧母，姊又出嫁，乃归家主持家事，但仍以余暇自修，最嗜研究语言文字，希腊文、拉丁文、法文、德文、意大利文、希伯来文，皆能通晓。

　　哀利奥特不仅有学者气质，且富怀疑精神。她虽为忠实耶教徒，但对耶教神学系统素抱怀疑态度。其父虔奉英国国教，有一次哀利奥特拒赴教堂礼拜，父女因此决裂，她悄然离家出走。两个月后，为孝心所迫，勉强回家，答应履行宗教仪式，但理智上之怀疑未曾消除。她一生笃信宗教，但无单纯信仰。一八四一年，随父移居文特立，邻居是著名的自由思想家查尔斯·布瑞，她受了他的影响而放弃基督教。一八四九年父亡，乃旅游欧陆，在日内瓦小住经年。此为哀利奥特生活之第一阶段，在她的文学生涯中算是准备期，她在冷静的观察人生的喜怒及乐。

　　哀利奥特回国后，结识了当时英国一般解放的思想家如密尔与斯宾塞等。一八五〇年她开始向《西敏寺评论》投稿，不久她和《西敏寺评论》的主编查普曼成为共同编辑。由查普曼之介绍，她认识了路易士（G.H.Lewis）。路易士是批评家，所著之《歌德传》最为有名，他还有《哲学史》之作，而且他在生物学方面之造诣也曾得达尔文的重视。哀利奥特初不喜路易士，嫌其轻佻，旋又发生好感，一八五四年终于和他同居，偕赴德国旅游。返国后两个人被社会所摈弃，因为路易士是有妇之夫，其妻有外遇，路易士知情默许，故失去提出离婚之权利，且彼时离婚尚须议会通过，其事亦不简单。二人始终维持同居关系，不过他们的结合是幸福的，尽管不免于物议。路易士鼓励她写小说，以后并且自甘于被她之文名所掩。这是哀利奥特生活之第二时期。

　　哀利奥特一直到三十六岁，没有起过要写小说的念头。经路易士的怂恿，其处女作《阿摩斯·巴顿》发表于一八五七年一月份之《勃拉克乌德杂志》，后又写《吉尔菲先生的情史》及《珍妮特的忏悔》两篇，合为《牧师生涯》，刊于一八五八年。哀利奥特的笔名便是于此时开始使用，因为以本名出现会引起不必要的议论，倒不是故弄玄虚，也不是怕女作家会受歧视。尝试成功之后，她继续写作，一八五九年，她四十岁，发表她第一部长篇小说，也是她的杰作《亚当·比德》。这部小说勃拉克乌得先生送给卡赖尔夫妇披阅，卡赖尔复信说：

"你送来的书是一本'人的书'（a human book），是一个活人从心里写出来的，不仅是从一个著作者的脑子里写出来的。"

卡赖尔夫人复信说：

"我读完这本书之后，我对全人类都表同情了。"

卡赖尔，甚至萨克莱都误认哀利奥特为一男人，只有迭更斯看出作者像是一个女性。哀利奥特的作风之雄浑而又细腻，可以想见。

继《亚当·比德》之后，她出版的小说有一八六○年之《河上磨坊》、一八六一年之《织工马南传》、一八六三年之《罗摩拉》、一八六六年之《费力克斯·霍尔特》、一八七二年之《米德玛赤》、一八七六年之《丹尼尔·德龙达》，成果丰硕。在此期间，路易士主持中馈，让她得以专心写作，情爱之笃，世罕其俦。

一八七八年路易士逝世，丧偶之痛对于哀利奥特打击极大，她自分不久亦将相随地下。但她不久邂逅美国的一位银行家约翰·克劳斯，比她年轻约二十岁，二人情投意合，于一八八○年结婚，相偕赴欧旅游。就在这年年底，偶患感冒，五日后这位一代作家竟溘然长逝，时十二月二十二日，结婚仅七个月。她的一生相当平凡，但是她的作品显示她不是一个平凡的人。

哀利奥特的小说不是供人消遣的。她所写小说中的人物大部都是平凡人物，但是她每有所作，必全力以赴，要在平凡人物中发掘人性，深深发掘、分析、体会。她的处女作《阿摩斯·巴顿》第五章有一段意味深长的话：

阿摩斯·巴顿牧师的悲惨命运我已述过，你可以看得出来，他不是一个理想的出众的人才。以这样一个不出色的人而要求你的同情，也许我是太冒昧了——此人没有英雄气概的美德，胸中亦无不可告人的罪恶；毫无神秘之可言，彰明较著的平庸；甚至不曾恋爱，不过好多年前曾经害过相思。我听见一位女读者好像是在说："一个绝对乏味的人物！"……

但是，女士，你的同胞大多数就是属于这种平庸的类型。上次人口调查中你的男性英国同胞，百分之八十是既不非常蠢笨，也不非常邪恶，也不非常聪明：他们的眼睛既不脉脉含情，亦不闪烁着潜在的机智；他们大概不曾有过千钧一发的惊险遭遇；他们头脑中一定没有天才，他们的感情不曾像火山似的爆发过。他们只是多少有点胡涂的人，说话多少有点语无伦次。可是这些平凡的人，其中很多人，是有良心的，感到一股浩然正气指使他们做痛苦而正直的事。他们有隐藏在心里的悲哀，也有神圣的愉快……

她在《亚当·比德》第十七章里也说她的写作目标是"诚实的表现平凡的事物"。她的《米德玛赤》弁首两行诗也说明了她一向的写作原则：

让天神歌咏天上的情爱，
我们是凡人，只好歌咏人类。

哀利奥特有所写作，是全副精力投注在内的。她写完《河上磨坊》之后，筋疲力竭，数星期后方才复元。她自己说："我开始写《罗摩拉》时还是一个少妇，写完时变成一个老太婆了。"她也曾说："我的书对于我都是十分严重的东西，都是从我一生中苦痛的纪律和难得的教训中得来的。""人生伟大事实在我心里挣扎，要藉我的口喊出声来"，但是"只能断断续续的说出来一点"。

《织工马南传》的故事很简单：

塞拉斯·马南是英国十九世纪初的一名织工，在十五年前被诬窃盗，含冤不白，不容于当地，来到拉维罗农村住在石坑旁边一间小屋里，以纺织自给。其唯一之慰藉为夜晚从地下取出其所蓄之金银，默默的抚玩以自娱。当地绅士卡斯之次子丹斯坦浪荡无行，知塞拉斯为守财奴，必有藏镪，一夕前去商借，适塞拉斯不在家中，他于地面砖下把钱偷去，从此杳无消息。绅士之长子高佛莱与南西·拉米特恋，但又与邻市一贫妇秘密结婚。这贫妇不甘受高佛莱之玩弄，于除夕抱着孩子企图闯入卡斯家中，不幸在途中死于大风雪中。孩子独自爬进塞拉斯的石屋，在熊熊炉火之前睡着了。丹斯坦偷钱之后不久，塞拉斯回家发现被窃，从此精神委靡。除夕日他发现一金发女孩睡在地上，喜出望外，以为失去的黄金又回来了，为她取名为哀皮。十六年后，塞拉斯门前石坑淘水，丹斯坦的尸首赫然发现，塞拉斯的二百七十七镑的金钱也分毫无缺。高佛莱此时已与南西结婚，受良心谴责，承认孩子是其骨肉。南西无所出，亦欲领回收养。乃厚贿塞拉斯，但他不为之动。哀皮亦不愿离开织工。

故事中人物有富家子弟、有勤苦劳工，但是小说的重点不在描写阶级的对立，而是在人性的发挥。小说的中心课题是：金钱重要，但不是顶重要，爱比金钱更重要。

　　一百二十多年前的英国小说，五十多年前的旧译，如今再出现于读者之前，仍然不失其意义，因为人性是普遍的永久的。

# 动 物 园

　　我爱逛动物园。从前北平西直门外有个三贝子花园，后来改建为万牲园，再后来为农业试验所。我小时候正赶上万牲园全盛时代。每逢春秋佳日父母辄带着我们几个孩子去逛一次。

　　万牲园门口站着两个巨人，职司剪票。他们究有多高，已不记得，不过从稚小的孩子眼里看来，仰而视之，高不可攀，低头看他的脚大得吓人！两个巨人一胖一瘦，都神情木然，好像是陷入了"小人国"，无可奈何的站在那里。万牲园的主事者找到这两个巨无霸把头关，也许是把他们当作珍禽异兽一般看待，供人观赏。至少我每次逛万牲园，最兴奋的第一桩事就是看那两位巨人。可惜没有三五年二人都先后谢世，后起无人，万牲园为之大为减色。

　　走进大门，有二入口，左为植物园，右为动物园。二园之间有路可通，游人先入动物园，然后循线入植物园，然后出口。中间还有一条沟渠一般的小河，可以行船，游人纳费登舟，可略享水上漂浮之趣。登船处有一小亭，额曰"松风水月"，未免小题大作。有河就不能没有桥，在畅观楼前面就起了一座相当高大的拱桥，俗所谓罗锅桥。桥本身不错，放在那里却有一些不伦不类。

植物园其实只是一个苗圃，既无古木参天，亦无丘陵起伏，一片平地，黄土成陇而已。但是也有两个建筑物。一个是畅观楼，据说是慈禧太后去颐和园时途经此地，特建此桥为息足之处。楼两层，洋式，内贮历朝西洋各国进贡的自鸣钟，满坑满谷，大大小小，形形色色，足有数百余具。当时海运初开，平民家中大抵都有自鸣钟，但是谁也没见过这样的场面，到此大开眼界。为什么这样多的自鸣钟集中陈列在此，我不知道。除了自鸣钟之外，还有两个不寻常的穿衣镜，一凹一凸，走近一照，不是把你照成面如削瓜，便是把你照成柿饼脸，所以这两个镜子号称为"一见哈哈笑"。孩子们无不嘻笑称奇。

另一建筑是豳风堂。是几间平房，但是堂庑宽敞，有棚可遮阳，茶座散落于其间。游客到此可以啜茗休息。堂名取得好，诗经豳风七月之篇，描述陇亩之间农家生活的况味。

植物园的风光不过如此，平凡无奇，但是，久居城市的人难得一嗅黄土泥的味道，难得一见果树成林的景象，到此顿觉精神一振。至于青年男女在这比较冷僻的地方携手同行，喁喁私语，当然更是觉得这是一个好去处了。

万牲园究竟是以动物园为主。这里的动物不多，可是披头散发的雄狮、斑斓吊睛的猛虎、笨拙庞大的犀牛、遍体条纹的斑马、浑身白斑的梅花鹿、甩着长鼻子龁着大牙的象、昂首阔步有翅而不能飞的鸵鸟、略具人形的狒狒、成群的抓耳挠腮的猕猴、蜿蜒腹行的巨蟒、藉刺防身的豪猪、时而摇头晃脑时而挺直人立的大黑狗熊，此外如大鹦鹉小金丝雀之类，也差不多应有尽有了。我难以忘怀的是在池塘柳荫之下并头而卧交颈而眠的那一对色彩鲜艳的鸳鸯，美极了。

　　动物关在笼里，一定很苦，就拿那黑熊来说，偌大的身躯长年的关在那方丈小笼之内，直如无期徒刑。虽然动物学家说，动物在心理上并不一定觉得它是被关在笼子里，而是人被关在笼子外，人不会来害它，它有安全感。我看也不一定安全，常有自恃为万物之灵的人，变着方法欺侮栅里的兽，例如把一根点燃了的纸烟递到象鼻的尖端，烫它一下。更有人拿石头掷击猴子，好像是到动物园来打猎似的！过不了多少年，园里的动物一个个的进了标本室，犹如人进了祠堂一般。是否都是"考终命"，谁知道？

　　动物一个个的老成凋谢，那些兽栅渐渐十室九空。显然的，动物园已难以维持下去。我记得我最后一次去是在我二十岁左右的时候，偕友进得大门干脆左转，照直踱入植物园，在苗圃里徜徉半天，那萧索败落的动物园我不忍再去一顾。童时向往的万牲园，盛况已成陈迹了。

　　自从我离开北平，数十年仆仆南北，尚未看到过一个像样的动物园。我们中国人对于此道好像不甚考究。据司马相如的《上林赋》：汉武帝增扩的上林苑周袤三百里，其中包括了一个专供天子畋猎的动物园，可以"生貔豹，搏豺狼，手熊罴，足壄羊，蒙鹖苏，绔白虎，被斑文……"真是说得天花乱坠，恐怕只是文人词客的彩笔夸张，未必属实。我看见过的现代民间豢养的动物，无非是在某些公园中偶然一见的一两只虎，市尘游戏场中之耍猴子耍狗熊的等等而已。直到我来到台湾，才得在台北圆山再度亲近一个动物园。

　　圆山动物园规模不算大，但是日本人经营的作风相当巧妙。岛国的人最擅长的是在咫尺之间造出那样多的曲折迂迴。圆山动物园应是典型的东洋庭园艺术的一例。小小的一个山丘，竟有如

许丘壑。最高处路旁有一茶肆，有高屋建瓴之势，凭窗远眺，于
阡陌梯田之中常见小火车一列冒着蒸气蜿蜒而过。夕阳反照，情
景相当幽绝。彼时我寓中山北路，得便常去一游。好多次看见成
群的村姑结伴而行，一个个的手举着高跟鞋跣足登陟山坡，蔚为
一景（如今皮鞋穿惯，不复见此奇景矣）。

　　有一次游园，正值园工手持活鸡伺蛇。游人蠢聚争睹此一
奇观。我亦不禁心动，攘臂而前，挤入人丛，但人墙无由冲破，
乃知难而退。退出后始发觉西装袋上所持之自来水笔已被人扒
去。对我而言，当时失掉一支笔，损失很重。笑话中"人多处不
可去"之阃训，不无道理。因此我想，我来动物园是来看动物，
不是来看人。要看人，大街小巷万头攒动，何必到这里来凑热
闹？从此动物园就少去。后来旁边又拓开了儿童乐园，我更加明
白这不是属于我的去处。但是我对于那些动物还是很关心的。听
说有些游客捉弄动物、虐待动物，我就非常愤懑，听说园中限于
经费，有时虎豹之类不能吃饱，我也难过，因为我们把兽关进园
内，它们就是我们的客，待客有待客之道，就如同我们家里养猫
养狗，能让它们饔飧不继吗？

　　圆山动物园就要迁移新址，动物将有宽敞的自然的生活空
间，我有五愿：

　　一愿它们顺利乔迁，

　　二愿它们此后快乐，

　　三愿园主园丁善待它们，

　　四愿游客不要虐待它们，

　　五愿大家不要污染环境。

　　我觉得动物园之迁移新地，近似整批囚犯的假释，又像是一
次大规模的放生。

好多年前，记得好像是《新月》杂志第四期，载有一篇《动物园中的人》，是英国小说家David Garnett作，徐志摩译。小说的大意是叙述一个人自愿进入动物园，住进一个铁栏，作为动物的一类，任人参观。他被接受了，栏上挂着一个牌子"Homo Sapiens（灵长类）人"。下面注一行小字："请游客不要惹恼他"。这只是小说的开端，志摩没有继续译下去。我劝他译完全篇，他口头答应但是没有做。虽是残篇译本，我们可以看出这部小说的构想不错。我至今忘不了这个残篇，就是因为我一直在想，想了几十年，想人类在动物界里究占什么样的地位。是万物之灵，灵在哪里？是动物中兽的一类，尚保有多少兽性？人性是什么？假如要我为那《动物园中的人》写一篇较详细说明书，我将如何写法？这一连串的问题我一直在想，但是参不透。

# 孔诞日与教师节

今天是孔诞日与教师节，两个好日子落到同一天，甚有意义。

其实孔子诞日究竟是哪一天，颇费推敲。据史书记载，孔子生于鲁襄公二十一年十一月庚子日，按照周历十一月算是正月，所以《史记》就把鲁襄公二十一年写作二十二年。十一月庚子日是八月二十七日，这是依阴历的说法。我国改用阳历后，却依旧以八月二十七日为孔子诞辰。按阳历推算，阴历八月二十七日应该是阳历九月二十八日，故从1952年起，乃改以每年阳历九月二十八日为孔子诞辰。

孔子德侔天地，万世师表，所以从四十一年起政府明定以孔子诞日为教师节。一面中枢祭孔，一面各地举行敬师的活动。可见孔子与教师的关系十分密切。

尊师重道是我国传统中很重要的一个项目。说得最透彻的我以为无过于《荀子·大略》篇的这几句话："国将兴，必贵师而重傅。贵师而重傅，则法度存。国将衰，必贱师而轻傅。贱师而轻傅，则人有快。人有快，则法度坏。"（"快"是恣肆的意思。）直把尊师当做国之兴衰的主要原因。所谓尊师并不

仅是对于教师个人表示敬意与慰劳，更重要的是对于教师所传的
道表示重视。道是什么？道就是我国文化的传统，包括学术道德
的全部。所以尊师重道四个字总是连起来说。因为重道，所以才
尊师。

　　不要以为师的责任在传道，师便是泥古而且保守。孔子曰：
"温故而知新，可以为师矣。"温故是熟习故旧的学问，知新是
研讨新的知识，亦即所谓博古通今。能温故知新才合于为师之
道。换言之，为师者本身须要不断的进修，随时充实自己，不但
充实本身的学问，而且"学不厌，诲不倦"的精神也可以为后生
小子的楷模。自从近代教育趋重专业分科，一般学子以及教师渐
有偏重新知疏于温故之势。王充《论衡》："温故知新，可以为
师，古今不知，称师如何？"温故知新，应该并重。用现代语来
说，我们需要专门知识，也要通才教育。博古通今的教师才能负
起承上启下的重担。

　　"经师易遇，人师难遭。"（语见《后汉书·灵帝纪上》）
所谓人师，乃德行才识并皆卓越，可以为人师表者，不仅专治一
经，不必在朝在位。《荀子·儒效》篇："近者歌讴而乐之，远
者竭蹶而趋之，四海之内若一家，通达之属莫不从服，夫是之谓
人师。"盖极形容德学俱隆之士之所以为大众所推崇。像这样的
人师之最高的表率当然是孔子。

　　孔子一生的遭遇并不顺利，虽然他不是没有学而优则仕的机
会。刘向《说苑·立节》篇有一段关于孔子的故事：

　　孔子见齐景公，景公致廪丘以为养，孔子辞不受，出为弟子
曰："吾闻君子当功以受禄。今说景公，景公未之行，而赐我廪
丘，其不知丘亦甚矣！"遂辞而行。

（廩丘，古邑名；致廩丘以为养，以其邑之收益为供养之资。）
《吕氏春秋》也有同样的记载，并附以评语："孔子布衣也，官
在鲁司寇，万乘难与比行，三王之佐不显焉，取舍不苟也夫！"
这就是孔子的人格，不为利诱。就孔子不见阳货一事而论，也可
看出他的操守。像他这样耿介的人，只好栖栖皇皇的周游列国之
后专心教诲他的生徒了。孔子弟子三千余人，真是桃李满天下，
虽然他周游的区域不广，大概不出今之河南山东两省，在当时能
拥有这样多的徒众，其声誉之隆可想而知。

设帐授徒是清苦的事，古今中外莫不皆然。子曰："士志于
道而耻恶衣恶食者，未足与议也。"所以他就夸奖子路："衣敝
缊袍，与衣狐貉者立而不耻者，其由也与？"孔子心目中的君子
是"食无求饱，居无求安"，"发愤忘食，乐以忘忧"。孔子安
贫乐道的作风，一直影响到如今许多人士。今之世有集体罢工要
求加薪者、有集会提议自行调整待遇者，尚少闻教师有争取更多
的束脩者。投身教师行列者，本应志不在此。

由于时代不同，今之师生关系和以往大有差异。孔子弟子
三千，真及门而比较长期受教身通六艺者不过七十余人。孔子为
人师大概有四十年的经验。如今我们的学校教师届退休年龄者有
几位说得出七十几个学生的姓名？如今学校与教师之间有聘约，
类似雇佣的关系，而学生近似顾客。学生人数众多，师生接触机
会很少。我国学生素无发问的习惯，教师上课几乎全是一人表演
性质。师生的关系渐渐其淡如水。

我想老师所能得到的真正的快乐，不是区区的一点奖金，也
不是一纸奖状或一块匾额，更不是一席饮宴，或是被邀游园，而
是看着一批批的青年学子健康的成长，而且其中很多能在学术事
功上卓然有成。

　　孔子是一个谦逊的人。他说："我非生而知之者；好古，敏以求之者也。"他不是天才，但是他肯用功。而且"知之为知之，不知为不知"，他有所谓"知识上的诚实"，尤足为人师法。在这孔诞与教师节的今天，为人师者于欣欣鼓舞之余，恐不免要追思孔子的风范，而益奋发砥砺，以期教学相长。

# 读 杜 记 疑

## 一　月是故乡明

### 杜甫《月夜忆舍弟》

戍鼓断人行，边秋一雁声。

露从今夜白，月是故乡明。

有弟皆分散，无家问死生。

寄书常不达，况乃未休兵。

诗作于乾元二年（公元七五九年），公四十八岁，客秦州。九月史思明陷东京。公十二月辗转入蜀至成都。兵慌马乱之中，月夜忆其一在许一在齐之二弟（据仇注）。骨肉情深，真挚动人。全诗不用典，语皆平易，不失为佳作。唯"月是故乡明"一语意义不甚明。

王嗣奭《杜臆》："对明月而忆弟，觉露增其白，但月不如故乡之明，忆在故乡兄弟无故也，盖情异而景为之变也。"以"月是故乡明"解作"月不如故乡之明"。今之媚外者，常被讽为具有"月亮是外国的圆"之感。"月是故乡明"正好一反其意。案：月只有一个，无中国外国之分，当然无从比较其圆与不圆。同样的，月只有一个，无故乡与异乡之别，怎可比较其明与不明？天朗气清，月色自明，云雾翳障，月色自暗。异乡之月不如故乡之明，犹谓外国的月亮比中国的圆，岂有此理？

宋郭知达《九家集注杜诗》："师云：'江淹《别赋》："隔千里兮共明月"。子美工于用字，析而倒言之，故其语势尤健。如"别来头并白，相见眼终青"之类是也。'"

清仇兆鳌《杜少陵集详注》，多采《杜臆》之说，而对此诗则有兼容郭注之意："'今夜白'，又逢白露节候也。'故乡明'，犹是故乡月色也。"又云："王彦辅曰：'子美善用故事及常语，多颠倒用之，语峻而体健，如'露从今夜白，月是故乡明'之类是也。'"说来说去，仍未解释清楚。施鸿保《读杜诗说》对仇注颇多纠举；然未及此诗。

愚以为"明月"二字拆开颠倒，是为凑合五言的句法及韵脚。诗人固有此特权。"月是故乡明"即是此明月，犹是故乡之明月。《杜臆》之说恐非。

## 二　"浮瓜"与"裂饼"

《信行远修水筒》有"浮瓜供老病，裂饼尝所爱"之句，引起争议。

信行是杜甫的隶人之一，隶人就是仆役。蜀中仆役多能耐劳，杜甫此诗意在称赞信行之勤于工作。时在大历元年（公元七六五年），公在夔州。

蜀地多山，除近江取江水外，多架设竹筒汲引山泉，如泉在远处则竹筒节节衔接日久易生损坏。远道修补水筒，其事颇为繁重。信行不辞劳苦在荒险崖谷之间冒暑往来四十里，整天未得吃饭，累得满脸通红。这样辛劳，厨房里才有水可用。杜甫不但欣赏其能，而且心存感激。于是俟他归来便和他剖瓜共赏，裂饼同尝。瓜本是为自己老病所需，隶人无福享受，饼也是自己所爱之物，隶人当然无分。如今答其辛劳，所以瓜与饼都拿出来犒赏他了。如此解释，似乎义才能通。信行工作一天，饥渴交加，日晡之时才回到家里，断无一见面就裂饼给他之理，一定是先飨之以瓜，解其燥渴。瓜饼二句连读，方有意义。而且和下面两句"于斯答恭谨，足以殊殿最"连读，文意才足。

郭知达《九家集注杜诗》注："晋何曾传：'蒸饼上不坼作十字不食。'"以"坼作十字"的典故解"裂"字，甚牵强。《杜臆》："谓此饼乃己寻常爱食者，乃裂而与之，词极明而注误。"所言是也。但未说明"裂饼"与"浮瓜"二句之关系。

施鸿保《读杜诗说》始有较完整之解释，其说曰："《信行远修水筒》云：'浮瓜供老病，裂饼尝所爱。'注引《杜臆》，言分尝所爱之饼；又引庐元昌说，'裂饼'用后周王罴裂饼缘字，旧注'何曾饼裂十字'，不合。今按二说，皆以'裂饼'是裂分饼与信行也。然方触热远归，何以不与瓜而与饼？饼亦绝非大，不能一人食者，何必不裂而与之？既但与饼而不与瓜，亦何必自言瓜供老病，诗意似皆不合。细玩二句，盖当串说，非与饼而不与瓜也。裂饼乃比喻，正用何曾作十字意，一瓜四分，与十字同，言瓜本留供己之老病，今因信行触热远归，如裂饼样，剖作四份，以一份与之；尝所爱，言其方渴，瓜正所爱，分与尝之也。"此说甚辩。"细玩二句，盖当串说"，与鄙意合，但谓"裂饼乃比喻"，根本否认裂饼之事，而且进一步承认"何曾作十字意"，"一瓜四分，与十字同"，似不无疑问。

案：何曾乃晋之重臣，以忠孝称，"然性奢豪，务在华侈，帷帐车服，穷极绮丽，厨膳滋味，过于王者。每燕见，不食太官所设。帝辄命取其食蒸饼上，不坼作十字不食。食日万钱，犹曰无下箸处……"（《晋书》卷三十三《何曾列传》）蒸饼如面酸适度，火候充足，则表面裂作十字形，故云。杜甫裂饼与信行，如何会想到周会？施鸿保以饼坼十字作为剖瓜为四，似附会。

愚以为二句固应连读，但瓜与饼仍为二事。先与瓜，再与饼，先解渴，再充饥，瓜与饼皆杜公自己备用喜爱之物。诗意甚显，而造句过简，且嫌含混，读者不必为杜公讳。

### 三　杜甫诸弟

仇注杜集弁首《杜氏世系》从当阳侯预起，一直叙到十五代嗣业，唯于十三代甫则于甫旁加注"甫弟颖、观、丰、占，未知行列，故不序"，是一憾事。

案：公之同时人如高适、严武等称公为"杜二"，可知公尚有一兄，公排行第二。公之作品从未提及其兄，名亦不传，但数及诸弟，可能其兄早故。颖、观、丰、占，行列如何，在公作品中似尚可略得消息。

大历元年，公在苏州，有诗"第五弟丰，独在江左，近三四载，寂无消息，觅使寄此二首"。《元日示宗武》又有"不见江东弟，高歌泪数行"之句。这位江东弟也就是第五弟丰。丰行五，剩下来的问题是颖、观、占。

公诗最早涉及诸弟者为"临邑舍弟书至，苦雨，黄河泛滥，堤防之患，簿领所忧，因寄此诗，用宽其意"。诗作于开元二十九年，公年三十，在东都。这位临邑舍弟是谁？仇注："颖为临邑主簿，操版筑，监督治河之事。"临邑县属齐州，近海。主簿，官名，相当于今之文书与总务。颖于小邑任卑职，而责任

重大，故臆测其年龄大概与公之年龄最为相近。广德二年公又有
《送舍弟颖赴齐州三首》，有"两弟亦山东"之句，仇注："两
弟谓丰与观。果如仇注此两弟乃颖之两弟，则颖当排行第三。已
知丰行五，剩下来的问题是四、六两弟观与占。"

广德元年，公年五十二，避乱于梓阆之间，有诗《舍弟占归
草堂检校聊示此诗》，有句"久客应吾道，相随独尔来"，可知
占随公入蜀。公诗有关观者较多，疑观行四而占行五，然此仅臆
测耳。

## 四　灯前细雨檐花落

《醉时歌》有"清夜沈沈劝春酤，灯前细雨檐花落"之句，
下句费解。

刘中和先生《杜诗研究》说："这一句有许多争执。有人
说：檐花落即是檐哗啦雨水流下之声；但既是'细雨'，自然不
会'哗啦'如瀑布。有人说是檐前的花朵落在地上，取佛经天
花乱坠的典故，以形容'春酤'中谈论的酣畅，此种说法不无道
理。又有人说应当是'檐前细雨灯花落'、以灯花落形容夜之
深，灯已油尽。这样解释，未免呆板枯燥。但也可能如把'枕石
漱流'改为'枕流漱石'的笔法。"中和先生历述前三种解释，
未下明确的判断。

《杜臆》的解释，中和先生未加引述。《杜臆》的解释是：
"檐水落而灯花映之如银花，余亲见之，始知其妙。今注者谓近
檐之花，有何意味？"仇注引《杜臆》而谓为"此另一说"。窃
谓此另一说较近情理。此句在字面上包括灯、雨、檐、花四事。
《杜臆》只承认灯、雨、檐实有其事，花则比喻词，以檐雨比落
花。人在灯前看檐雨滴下如落花，不独王嗣奭曾亲见之也。

仇注杜集，"灯"字下注"一作檐"，"檐"字下注"一作灯"，是杜集有一版本作"檐前细雨灯花落"。不仅是呆板，而且了无诗意。

杜诗常因练字而出语惊人，有时意义转晦，此乃一例。

## 五　槐叶冷淘

冷淘就是我们所谓的凉面一类的食品。《唐六典·光禄寺》："夏月加冷淘，粉粥。"潘荣陛《帝京岁时纪胜·夏至》："京师于是日家家俱食冷淘面，即俗说过面是也。"所谓"过面"，疑即是"过水面"之谓，以别于"热锅挑"。

唯冷淘似不限于凉面条。苏轼《过侯使君食槐叶冷淘》诗注："槐芽饼，即槐叶冷淘也。盖即槐叶汁溲面作饼。"是饼亦曰冷淘。盖凡槐叶汁和面而成的点心皆曰槐叶冷淘。

以槐叶汁和面作食，亦不限于冷淘。卢元昌《杜诗阐》："有槐芽温淘，有水花冷淘。"是淘之食法可温可冷。近人所食冷面，有时以菠菜汁和面，其状想亦和槐叶冷淘相差不远。且有以菠菜泥炒饭者，亦是同一道理，取其色绿，号称翡翠饭。

此诗在公集中非属上选。诗分两段，各十句。上段述冷淘制法，且称其佳美，有似食谱，平铺直叙，唯字句简练。下段发挥公之每饭不忘君之特点。虽是冷面之微，不忘献芹之意。又怕路远，无法送达。也许有人欣赏他的这种忠诚，不过若是完全删去这后半段，固亦无损于公之雅人深致。《杜臆》说："'一路远恐泥'浅俗。此下四句宜汰，径接'万里露寒殿'乃佳，隐然芹曝之思，说出便不妙。"其实最后两句亦宜一并汰去。说出便不妙，隐含亦不佳。

"路远思恐泥"一句颇为人诟病。《朱子语类》："文字好用经语，亦一病也。"　"致远恐泥"一语出自《论语·子张》：
"致远恐泥，是以君子不为也。"原意是说若往远处看，恐室碍
难行也。用经语并不一定是病，唯须用得恰当，而且不可多用。
《读杜诗说》："今按公诗常用'恐泥'字，此诗外，如《阻雨
不得归瀼西》云：'恐泥劳寸心'，《解忧》云：'致远宜恐
泥'，《三川观水涨》云：'恐泥窜皎龙'，皆晦涩不明。"岂
止晦涩？直是不可解，不知杜公何以偏爱此语。

# 与动物为友

　　我记得有人说过这样一句话："我越认识的人多，我越爱我的狗。"这句话未免玩世不恭，真的人不如狗么？

　　有时候，真的是人不如狗。今年三月二十八日报纸上刊载一条新闻，标题是《土狗小黑，情深意重》，内容大致如下："苗栗通宵有一位妇人病逝，她生前养的一条狗小黑，不但为她守灵九天，而且不吃任何食物，出殡那天还流着泪送女主人到墓地。"我看到这条新闻，我的泪也流下来了。想想看世上有多少忘恩负义的人！

　　养犬的故事，一向很多，至今不绝。猫不及狗之义，但也有感人的行径。我认识一个人，他家中养一只猫，因生活环境不许可，决计把它抛弃，开汽车送它到远远的山区，把它弃置在荒郊。想不到一个多星期后它回到了家门，污脏瘠瘦，奄奄一息。主人从此收容它，再也不肯抛弃它。猫知道恋家。"狗不嫌家贫"，猫也不嫌。

　　义犬灵猫的故事，足以感人，兼可风世。究竟是少有的事，所以成为新闻。我们爱好小动物，豢养猫狗之类视为宠物，动机是单纯的，既非为利，亦非图报。只是看着活生生的小动物，心里油然而生一股怜爱，所以就收养它，为它尽心尽力，耗时耗财，而无所惜。付出一片爱便是收获，便是满足。

爱是纯洁而天真的，小孩子最纯洁天真，所以小孩子最爱小动物。我小时候，祖父母养两只哈叭狗，名为"乌云儿"，因为是浑身黑色。长毛矮脚，大眼塌鼻，除了睡便是欢蹦乱跳，汪汪的叫。但是两条狗经常关在上房，小孩子不能随便进入上房，所以我难得有亲近乌云儿的机会，有机会看见它们时我必定抚摩它们，引以为荣。可怜狗寿不永，我年稍长，狗已老死。我家里还有一只猴子，经常有铁链系着，夜晚放进笼子，入冬引入厨房。我喂它花生，投以水果，我喜欢看它的那副急切满足的吃相。过了几年猴子也生病而亡。我怜悯它一生在缧绁之中没有行动的自由。

我长大之后，为了衣食奔走四方，自顾不暇，没有心情养小动物。直到我来到台湾之后生活才算安定，于是养鸡、养鱼、养鸟都一起来了。最近十年来开始养猫，都是菁清从户外抱进来的无主的小猫，先是白猫王子，随后是黑猫公主，最后是小花。若不是我叫停，可能还要继续增加猫口。这三只猫，个性不同，嗜好亦异。白猫厚重，小花粗野，黑猫刁钻。都爱吃沙丁，偶尔也爱吃烤鸭熏鸡，黑猫还要经常吃鸡肝。菁清一天至少要费三四小时给它们刷洗清洁，无怨言，无倦色。有人问我们："你们的猫如此的宠贵，是哪一国的名种？"我告诉他："和你我一样，都是土生土长的本国土种。"土种自有土种的尊严。

三只猫已经动支了菁清和我的供应能力到了极限，不可能再养狗或其他。因此，我在各处读到丘秀芷女士的文章，描写她养猫养狗养兔养鸟……的经验，我就非常钦佩她的爱心的广大，普及于那样多的小动物。最令我惊异的是她也养龟。她花二百元买一只龟，和猫狗一起养，到时候会应呼叫而出来吃饭，到时候会听见水声而出来洗澡，她称之为"灵龟"，谁曰不宜？后来那只龟失踪了，她为之怅惘不已。人与宠物，皆是夙缘。缘有尽时，可为奈何！

现在丘秀芷女士的文章四十二篇集结成书，书名《我的动物朋友》，都是叙说她对她的小动物的爱，其中也有些篇是我所未曾读过的。一个人怀有这样多的爱，其文字之婉约流利，自不待言。书成，属序于余。忝有同好，遂赘数言于此以为介。

一九八六年十月五日

# 记得当时年纪小

　　我十岁的时候进高小，北京朝阳门内南小街新鲜胡同京师公立第三小学校。越是小时候的事情，越是记得清楚。前几年一位无名氏先生寄我一张第三小学的大门口的照片，完全是七十多年前的样子，一点也没变。我看了之后，不知是欢喜还是惆怅，总之是别有一番滋味在心头。我猜想到这位无名氏先生是谁，因为他是我的第三小学的同学，虽然先后差了好几十年。我曾写过一篇小文《我在小学》，收在《秋室杂忆》里，提到教我唱歌的时老师。现在再谈谈我小时候唱歌的情形。

　　我的启蒙的第一首歌是《春之花》。调子我还记得，还能哼得上来，歌词却记不得了。头两句好像是："春光明媚好花开，如诗如画如锦绣。"唱歌是每周一小时，总在下午，摇铃前两名工友抬进教室一架小小的风琴。当时觉得风琴是很奇妙的东西，老师用两脚踏着两块板子，鼓动风箱，两手按键盘，其声呜呜然，成为各种调子。《春之花》的调子很简单，记得只有六句，重叠反复，其实只有三句，但是很好听。老师扯着沙哑的嗓音，先唱一遍，然后他唱一句，全班跟着唱一句，然后再全首唱一遍，全班跟着全首唱一遍。唱过三五遍，摇铃下课了，校工忙着把风琴抬出去。这风琴是一宝，各班共用，学生们不准碰一下的。

　　唱歌这一堂课最轻松，课前不要准备，扯着喉咙吼就行。老师也不点名，也不打分数考试。唱歌和手工一课都是我们最欢迎的，而且老师都很和蔼。

　　有一首歌，调子我也记得，歌词记得几句，是这样开始的：

> 亚人应种亚洲田，
>
> 黄种应享黄海权，
>
> 青年，青年，
>
> 切莫同种自相残，
>
> 坐教欧美着先鞭！
>
> 不怕死，不爱钱，丈夫决不受人怜。
>
> ……

　　这首歌声调比《春之花》雄壮，唱起来满有劲的，但是不大懂词的意义。是谁"同种相残"？这歌是日本人作的，还是中国人作的，用意何在？怎么又冒出"不怕死，不爱钱"的话？何谓"不受人怜"？老师不讲解，学生也不问，我一直糊涂至今。但是这首歌我忘不了。

　　还有所谓军歌，也是学生们喜欢学着唱的。当时有些军队驻扎在城里，东城根儿禄米仓就是一个兵营，一队队的兵常出来在大街小巷里快步慢步的走，一面走还一面唱。我是一放学就回家，不在街上打滚，所以很少遇到队伍唱歌，可是间接的也听熟了军歌的几个断片，如：

三国战将勇，

首推赵子龙，

长坂坡前逞英雄。

还有张翼德，

他奶奶的硬是凶，

哇啦哇啦吼两声，

吓退了百万兵。

……

　　歌词很粗浅，合于一般大兵的口味，也投小学生的喜爱，我常听同学们唱军歌，自己也不禁的有时哼两句。

　　我十四岁进清华中等科，一年级还有音乐，好像是一种课外活动。教师是一位美国人Miss Seeley，丰姿绰约，是清华园里出色的人物。她教我们唱歌，首先是唱校歌，校歌是英文字，也有中译，但是从来没有人用中文唱校歌。我不喜欢用英文唱校歌，所以至今我记不得怎样唱了。可是我小时嗓音好，调门高，经过测验就被选入幼年歌唱团，有一次还到城里青年会作过公开演奏会。同班的应尚能有音乐天才，唱低音，那天在青年会他涂黑了脸饰一黑人，载歌载舞，口里唱着：

It's nice to get up

Early in the morning,

But, it's nicer

To lie in bed.

　　满堂喝彩，掌声如雷，那盛况至今如在目前。我不久倒嗓喑哑不成声，遂对唱歌失去兴趣。有些同学喜欢星期日参加一些美国教师家里的查经班，于是Onward Christian soldiers, Marc-hing as to War……之类的歌声洋洋乎盈耳。《一百零一首名歌》在清华园里也不时的荡漾起来。这皆非我之所好。我乃渐渐的成为兰姆所谓"没有耳朵的人"。

抗战时期，我已近中年，中年人还唱什么歌？寓处附近有小学，小学生的歌声不时的传送过来，像《起来，不愿做奴隶的人们》那首进行曲，听的回数太多了，没人教也会唱。还有一首歌我常听小学生们唱，我的印象很深：

> "张老三，我问你：
> 你的家乡在哪里？"
> "我的家，在山西，
> 过河还有二十里。"
> "张老三，我问你：
> 种田还是做生意？"

这样的一问一答，张老三终于供出他是布商，而且囤积了不少布匹，盈得不少暴利，于是这首歌的最后几句是：

> 一大批，一大批，
> 囤积在家里。
> 你是坏东西，
> 你是该枪毙！

这首歌大概对于囤积居奇的奸商以及一般人士发生不小的

影响。

抗战期间也有与抗战无关的歌大为流行。例如《教我如何不想她》，虽说是模仿旧曲《四季相思》的意思，格调却是新的，抑扬顿挫，风靡一时。使我最难忘的是《记得当时年纪小》一首小歌，作者黄自是清华同学。我学唱这首歌是在一个温暖的季秋时节，在重庆南岸海棠山坡上，经朋友指点，反复唱了好几遍，事隔数十年，仍然萦绕在耳边。

上文发表后，引起几位读者兴趣，或来书指正，或予补充。

平群先生和刘清华先生分别告诉我《黄族应享黄海权》那首歌的全本是这样写的：

黄族应享黄海权，

亚人应种亚洲田。

青年，青年，

切莫同种自相残，

坐教欧美着先鞭。

不怕死，不爱钱，

丈夫决不受人怜。

纵洪水滔天，

只手挽狂澜，

方不负石盘铁砚，

后哲先贤！

我还是不大懂，教儿童唱这样的歌是什么意思。有一位来信说此歌是"九一八"以后日本人作的，我想恐怕不对，此歌流行甚早，"九一八"是二十多年后的事。不过我也疑心到此歌作者用心不善。

小民女士来信补充了《三国战将勇》那首军歌的好几句，但是全文她也记不得了。

我最大的错误是关于《张老三》那首歌。杨沄先生来信说，《张老三》是抗战名曲《河边对口唱》，全文如下：

〔对唱〕

张老三，我问你，你的家乡在哪里？

我的家，在山西，过河还有三百里。

我问你，在家里，种田还是做生意？

拿锄头，耕田地，种的高粱和玉米。

为什么，到此地，河边流浪受孤凄？

痛心事，莫提起，家破人亡无消息。

张老三，莫伤悲，我的命运不如你。

为什么，王老七，你的家乡在何地？

在东北，做生意，家乡八年无消息。

这该说，我和你，都是有家不能回。

〔合唱〕

仇和恨，在心里，奔腾如同黄河水！

黄河边，定主意，咱们一同打回去！

为国家，当兵去，太行山上打游击！

从今后，我和你，一同打回老家去！

据杨先生说这歌曲是《黄河大合唱》中的一段，乃光未然（即张光年）作词，冼星海作曲，于民国二十八年在延安完成，此曲在台湾为禁歌。显然的不是我文中所谓打击囤积的奸商的歌，我之所以有此错误，乃因这不是我童年唱过的歌，而是后来听孩子们常唱的，其歌唱的调子又好像和那打击奸商的歌有些相近，所以我就把两个歌联在一起了。

我的女儿文蔷来信告诉我，打击奸商的歌她是唱过的，其歌词大概是这样的：

你、你、你、你这个坏东西，

世面上日常用品不够用，

你一大批，一大批，囤积在家里！

只为你，发财肥自己，

别人的痛苦你全不理，

你这坏东西，你这坏东西，

真是该枪毙！

嗨！你这坏东西！

嗨！你真该枪毙！

一九八六年十二月八日补记

一九八七年四月四日《中华日报》副刊王令娴女士一篇文章也提到《你这个坏东西》这首歌，记得更完全，如下：

你、你、你、

你这个坏东西！

市面上日常用品不够用哟，

你一大批，一大批，

囤集在家里。

只管你发财，肥了自己，

别人的痛苦，你是全不理。

坏东西，坏东西，

囤集居奇，捣乱金融，破坏抗战，

都是你！

你的罪名和汉奸一样的。

别人在抗战里，

出钱又出力唷！

只有你，整天的在钱上打主意。

想一想，你自己，

是要钱做什么呢！

到头来你一个钱也带不进棺材里。

你这个坏东西，

真是该枪毙！

嘿，你这个坏东西，

嘿！真是该枪毙！

## 阿伯拉与哀绿绮思的情书

我译《阿伯拉与哀绿绮思的情书》（ *The Love Letters of Abelard and Heloise（371）* ）是在民国十七年夏天，那时候我在北平家里度暑假。原书（英译本）为英国出版的Temple Classics丛书之一，薄薄的一小册，是我的朋友翟菊农借给我看的。他说这本书有翻译的价值。我看了之后，大受感动，遂即着手翻译。年轻人做事有热情，有勇气，不一定有计划。看到自己喜欢的书，就想把它译出来，在译的过程中得到快乐，译完之后得到满足。北平的夏季很热，但是早晚凉。我有黎明即起的习惯，天大亮之后我就在走廊上藉着藤桌藤椅开始我的翻译，家人都还在黑甜乡，没人扰我，只有枝头小鸟吱吱叫，盆里荷花阵阵香。一天译几页，等到太阳晒满了半个院子我便停笔。一个月后，书译成了。

暑假过后我回到上海，《新月》月刊正需要稿件，我就把《情书》的第一函第二函发表在《新月》月刊第一卷第八号（民国十七年十月十日出版），并且在篇末打出一条广告：

这是八百年前的一段风流案，一个尼姑与一个和尚所写的一束情书。古今中外的情书，没有一部比这个更为沉痛、哀艳、凄惨、纯洁、高尚。这里面的美丽玄妙的词句，竟成后世情人们书信中的滥调，其影响之大可知。最可贵的是，这部情书里绝无半点轻狂，译者认为这是一部"超凡入圣"的杰作。

广告总不免多少有些夸张，不过这部情书确是一部使我低徊不忍释手的作品。这部书译出来得到许多许多同情的读者。不久这译本就印成了单行本，新月书店出版。广告中引用"一束情书"四个字是有意的，因为当时坊间正有一本名为《情书一束》者相当畅销，很多人都觉过于轻薄庸俗，所以我译的这部情书正好成一鲜明的对比。

其实，写情书是稀松平常的事。青年男女，坠入情网，谁没有写过情书？不过情书的成色不同。或措词文雅，风流蕴藉，或出语粗俗，有如薛蟠。法国的罗斯当《西哈诺》一剧，其中的俊美而无文的克利斯将，无论是写情书或说情话，都极笨拙可笑，只会不断重复的说："我爱你，我爱你，我爱你！""我爱你"一语并不坏，而且是不能轻易出诸口的，多少情人在心里燃烧很久很久才能进出这样的一句话，这一句话应该是有如火山之爆发，有如洪流之决口，下面还应有下文。如果只是重复着说"我爱你"，便很难打动洛克桑的芳心了。所以克利斯将不能不请诗人西哈诺为他捉刀，替他写情书，甚至在阳台下朦胧中替他诉衷情。情书人人会写，写得好的并不多见。

情书通常是在一对情人因种种关系不得把晤的时候，不得已才传书递简以纸笔代喉舌。有一对情侣在结成连理之前睽别数载远隔重洋，他们每天写情书，事实上成为亲密的日记，各自储藏在小箱内，视同拱璧。后来在丧乱中自行付诸一炬。为什么？

因为他们不愿公开给大众看。有些人千方百计的想偷看别人的情书，也许是由于好奇，也许是出于"闹新房"心理，也许是自己有一腔热情而苦于没有对象，于是借他人之酒杯浇自己之块垒。总之，情书不是供大众阅览的，而大家越是想看。

阿伯拉与哀绿绮思的情书是被公开了的，流行了八百多年，原文是拉丁文，译本不止一个。中古的欧洲，男女的关系不是开放的，一个僧人和一个修女互通情书简直是不可思议的事。中古教会对于男女之间的爱与性视为一种罪恶，要加以很多的限制（Rattrey Taylor有一本书Sex in History，有详细而有趣的叙述）。我们中国佛教也是视爱为一切烦恼之源，要修行先要斩断爱根。但是爱根岂是容易斩断的？人之大患在于有身。有了肉身自然就有情爱，就有肉欲。僧侣修女也是人，爱根亦难斩断。阿伯拉与哀绿绮思都不是等闲之辈，他们的几封情书流传下来，自然成为不朽的作品。

中古尚无印刷，书籍流传端赖手钞。钞本难免增衍删漏，以及其他的舛误。所以阿伯拉与哀绿绮思的几通情书是否保存了原貌，我们很难论定。至少那第一函不像是阿伯拉的手笔。很像是后来的好事者所撰作的，因为第一函概括的叙述二人相恋的经过以及悲剧的发生，似是有意给读者一个了解全部真相的说明。有这样一个说明当然很好，不过显然不是本来面貌。我读了这第一函就有一种感觉，觉得好像是《六祖坛经》的自序品第一，不必经过考证就可知道这是后人加上去的。

阿伯拉是何许人？

阿伯拉（Pierre Abelard）是中古法国哲学家，生于一〇七九年，卒于一一四二年，享年六十三岁。他写过一篇自传《我的灾难史》（Historia Calawitorium），述说他的一生经过甚详。他生于法国西北部南次附近之巴莱（Palais）。他的父亲拥有骑士爵位，但是他放弃了爵位继承权，不愿将来从事军旅生涯，而欲学习哲学，专攻逻辑。他有两个有名的师傅：一位是洛塞林（Roscelin of Compiegne（374）），是一位唯名论者，以为宇宙万物仅是虚名而已；另一位威廉（William of Champeaux），是一位柏拉图派实在论者，以为宇宙万物确实存在。阿伯拉自出机杼，独创新说，建立了一派"语文哲学"。他以为语言文字根本不足以证明宇宙万物之真理，宇宙万物乃是属于物理学的范畴。于是与二师发生激辩。

阿伯拉是属于逍遥学派的学者，在巴黎及其他各地学苑巡游演讲，阐述亚里士多德的逻辑。一一一三或一一一四年间他北至洛昂，在安塞姆（Anselm）门下研习神学，安塞姆乃当时圣经学者的领袖。可是不久他对安塞姆就感到强烈的不满，以为他所说的尽属空谈，遂即南返巴黎。他公开设帐教学，同时为巴黎大教堂一位教士富尔伯特（Canon Fulbert）的年轻侄女哀绿绮思作私人教师。不久，师生发生恋情，进而有了更亲密的关系，生了一个儿子。他们给他命名为阿斯楚拉伯（Astralabe）。随后他们就秘密举行婚礼。为躲避为叔父发觉而大发雷霆，哀绿绮思退隐在巴黎郊外之阿根特伊修道院。富尔伯特于阿伯拉不稍宽假，贿买凶手将阿伯拉实行阉割以为报复。阿伯拉受此奇耻大辱，入巴黎附近之圣丹尼斯寺院为僧，同时不甘坐视哀绿绮思落入他人之手，强使她在阿根特伊修道院舍身为尼。

阿伯拉在圣丹尼斯扩大其对神学之研究，并且不断的批评其同修的僧侣之生活方式。他精读圣经与教会神父之著作，引录其中的文句成集，好像基督教会的理论颇多矛盾之处。他乃编辑他所发现的资料为一集，题曰《是与否》（Sic et Non），写了

一篇序，以逻辑学家与语文学家的身份制订一些基本规则，根据
这些规则学者们可以解释若干显然矛盾的意义，并且也可以分辨
好多世纪以来使用的文字之不同的意义。他也写了他的《神学》
（Theologia）初稿，但于一一二一年苏瓦松会议中被斥为异端，
并遭焚毁处分。阿伯拉对于上帝以及三位一体的神秘性之辩证的
解释被认为是错误的，他一度被安置在圣美达寺院予以软禁。他
回到圣丹尼斯的时候，他又把他的"是与否"的方法施用在这寺
院保护神的课题上；他辩称驻高卢传道殉教的巴黎圣丹尼斯并不
是被圣保罗所改变信仰的那位雅典的丹尼斯（一称最高法官戴奥
尼索斯）。圣丹尼斯的僧众以为这对于传统的主张之批评乃是对
全国的污辱。为了避免被召至法国国王面前受讯，阿伯拉从寺院
逃走，寻求香槟的提欧拔特伯爵领邑的庇护。他在那里过孤寂隐
逸的生活，但是生徒追随不舍，强他恢复哲学讲授。他一面讲授
人间的学问，一面执行僧人的任务，颇为当时其他宗教人士所不
满，阿伯拉乃计议彻底逃离到基督教领域之外。一一二五年，他
被推举为遥远的布莱顿的圣吉尔达斯·德·鲁斯修道院院长，他
接受了。在那里他与当地人士的关系不久也恶化了，几度几乎有
了性命之忧，他回到法国。

　　这时节哀绿绮思主持一个新建立的女尼组织，名为"圣灵
会"（Paraclete）。阿伯拉成为这个新团体的寺长，他提供了一
套女尼的生活规律及其理由；他特别强调文艺研究的重要性。他
也提供了他自己编撰的圣歌集。在一一三〇年代初期他和哀绿绮
思把他们的情书和宗教性的信札编为一集。

　　一一三五年左右阿伯拉到巴黎郊外的圣任内微夫山去讲
学，同时在精力奋发声名大著之中从事写作。他修订了他的《神
学》，分析三位一体说信仰的来源，并且称赞古代异教哲学家们

之优点，以及他们之利用理性发现了许多基督教所启示的基本教义。他又写了一部书，名为《伦理学》（*Ethica*），又名《认识你自己》（*Scito te ipsum*），乃一短篇杰作，分析罪恶的观念，获到一彻底的结论：在上帝的眼里人的行为并不能使人成为较善或较恶，因为行为本身既非善亦非恶。在上帝心目中重要的是人的意念；罪恶不是做出来的什么事（根本不是nes物），实乃人心对明知是错误的事之许可。阿伯拉又写了一部《一哲学家，一犹太人，一基督徒之对话录》（*Diologus inter Phi-losophum, Judaium et Christianum*），一部《圣保罗致罗马人函之评论》（*Exposition in Epistolam ad Romanos*），缕述基督一生之意义，仅在于以身作则，诱导世人去爱。

在圣任内微夫山上，阿伯拉吸引来大批的生徒，其中很多位后来成为名人，例如英国的人文主义者骚兹伯来的约翰（John of Salisbury）。不过他也引起很多人甚深的敌意，因为他批评了其他的大师，而且他显然修改了基督教神学之传统的教义。在巴黎市内，有影响力的圣约克多寺院的院长对他的主张极不以为然，在其他地方，则有圣提爱利的威廉，本是阿伯拉仰慕者，现在争取到当时基督教区域中最有势力的人物克赖福的伯纳德的拥护。一一四〇年在桑斯召开的会议，阿伯拉受到严重的谴责，这项谴责不久为教宗英纳森二世所确认。他于是退隐于柏根底的克鲁内大寺院。在院长可敬的彼德疏通之下，他和克赖福的伯纳德言归于好，旋即从教学中退休出来。他如今老病交加，过清苦的僧人生活。他死于附近的圣玛塞尔小修道院，大概是在一一四四年。他的尸体最初是送到圣灵会，现在是和哀绿缔思并葬于巴黎之拉舍斯礼拜堂墓园中。据在他死后所撰的墓铭，阿伯拉被某些同时人物认为是自古以来最伟大的思想家与教师之一。

　　以上所述译自大英百科全书，虽然简略，可使我们约略了然于阿伯拉的生平。他是一个有独立思想的学者，一个诲人不倦的教师，而且是热情洋溢的人。

　　哀绿绮思是怎样的一个人呢？

　　可惜我们所知不多。她生于一一○一年，卒于一一六四年，享年六十三岁。据说是"not lowest in beauty, but in literary culture highest"（在美貌方面不算最差，但在文艺修养方面实在极高）。这涵义是说她虽非怎样出众的美女，却是旷世的才女。事实上哀绿绮思是才貌双全的。二人初遇时，哀绿绮思年方十九，正是豆蔻年华，而阿伯拉已是三十七岁，相差十八岁。但是年龄不能限制爱情的发生。师生相恋，不是一般人所能容忍的。但是相恋出于真情，名分不足以成为障碍。男女相悦，私下里生了一个儿子，与礼法是绝对的不合，但是并不违反人性，人情所不免。八百多年前的风流案，至今为人所艳称，两人合葬的墓地，至今为人所凭吊。主要的原故就是他们的情书真挚动人。

　　《情书》里警句很多，试摘数则如下。

　　"上天惩罚我，一方面即不准我满足我的欲望，一方面又使得我的有罪的欲望燃烧得狂炽。"性欲的强弱，人各不同。阿伯拉一见哀绿绮思，便"终日冥想，方寸素乱，感情猛烈得不容节制"。这时候阿伯拉已是三十七岁的人，学成名就，不是情窦初开的莽男子，他的感情已压抑了很久，一旦遇到适宜的对象，便一发而不可收拾。哲学不足以主宰情感。阿伯拉并不是早熟，他的一往情深是正常的。"爱情是不能隐匿的；一句话，一个神情，即使一刻的寂静，都足以表示爱情。"他们"两人私会，情意绵绵"。可以理解，值得同情。

　　"你敢说婚姻一定不是爱情的坟墓吗？"婚姻是爱情的坟

墓，这句话不知谁造出的一句俏皮话？须知以爱情为基础的婚姻，乃是人间无可比拟的幸福。从外表看，婚后的感情易趋于淡薄，实际上婚后的爱乃是另一种爱，洗去了浪漫的色彩，加深了伴合的享受，就如同花开之后结果一般的自然。婚姻是恋爱的完成，不是坟墓。婚姻通常有很长的一段时间，死而后已。

"假如人间世上真有所谓幸福，我敢信那必是两个自由恋爱的人的结合。"人间最大幸福是"如愿以偿"。《老残游记》第二十回最后两行是一副联语——"愿天下有情人，都成了眷属；是前生注定事，莫错过姻缘。"真是善颂善祷。两情相悦，以至成为眷属，便是幸福，而且是绝大多数的人所能得到的幸福。不一定才子佳人才是匹配良缘，世界上没有那么多的才子和佳人。也有以自由恋爱始而以仳离终的怨偶，那究竟是例外。如愿便是满足，满足即是幸福。

"尼庵啊！戒誓啊！我在你们的严厉的纪律之下还没有失掉我的人性！……我的心没有因为幽禁而变硬，我还是不能忘情。"忘情谈何容易，太上才能忘情。佛家所谓"再割尘劳之网！重离烦恼之家"正是同一道理。出家要有两层手续，剃度受戒是一层，究竟是形式，真能割断爱根，一心向上，那才是真正的出家。基督教有所谓"坚信礼"，也是给修道者一个机会，在一定期间内如不能坚持仍有退出还俗的选择。哀绿绮思最初身在修道院而心未忘情，表示她的信心未坚尚未达到较高的境界。

"从来没有爱过的人，我嫉妒他们的幸福。"这是在恋爱经验中遭受挫折打击的人之愤慨语。从来没爱过，当然就没有因爱而惹起的烦恼。我们宋朝词人晏殊所谓的"无情不似多情苦"，也正是同样的感喟。但是人根本有情，若是从未爱过，在人生经验上乃一大缺憾，未必是福。因吃东西而哽咽的人会羡慕从来不吃东西的人么?

　　"人生就是一个长久诱惑。"这是一位圣徒说过的话。"除了诱惑之外，我什么都能抵抗。"这是王尔德代表一切凡人所说的一句俏皮话。人生是一连串的不断的诱惑。诱惑大概是来自外界，其实也常起自内心。佛家所谓的"三毒"贪瞋痴，爱就是属于痴。爱根不除，便不能抵抗诱惑。阿伯拉要求哀绿绮思不要再爱他，要她全心全意的去爱上帝，要她截断爱根，不再回忆过去的人间的欢乐，作一个真的基督徒的忏悔的榜样——这才是超凡入圣，由人的境界升入宗教的境界。他们两个相互勉励，完成了他们的至高纯洁的志愿，然而在过程中也是十分凄惨的人间悲剧! 阿伯拉对哀绿绮思最后的嘱咐是："你已脱离尘世，哪里还有什么配使你留恋? 永远张望着上帝，你的残生已经献奉了他。"这样的打发一个人的残生，是悲剧，也是解脱。

　　我在《译后记》说George Moore有他的译本，我说错了。他没有译本，他的作品是一部小说。《情书》之较新的英译本是一九二五年的C.K.Scott Moncrieff的，和一九四七年的J.T.Muckle的。


　　李明辉先生读了上文之后写了一篇《共相》刊于《中国时报·人间》副刊，指出我有"错误的论述"，谨附于后以志吾过:

　　顷阅人间副刊十二月七日梁实秋先生《阿伯拉与哀绿绮思的情书》一文，发现其中有一段错误的论述。梁文中说："他（阿伯拉）有两个有名的师傅：一位是洛塞林，是一位唯名论者，以为宇宙万物仅是虚名而已；另一位威廉，是一位柏拉图派实在论者，以为宇宙万物确实存在。"梁先生说：他的叙述是译自《大英百科全书》。但这段论述却不合一般哲学史的理解。在哲学中，当我们把实在论当作唯名论的相反立场（而非当作观念论的相反立场）时，系牵涉到"共相"（universals）的实在性问题：实在论者承认共相（不是宇宙万物！）有其实在性，唯名论者则把共相视为由抽象作用产生的名目而已，其自身无实在性。这是两个语词在梁文中应有的涵意。据我查《大英百科全书》，梁先生应是把"共相"（universals）解为"宇宙万物"之意。

既然柏拉图承认共相的实在性，因此，说威廉是"一位柏拉图派实在论者"，这不算错：但这个"实在论"却不是梁先生所了解的"实在论"。梁先生的说法实足以引起误解。

此文作于一九八六年十一月二十二日。《阿伯拉与哀绿绮思的情书》译于一九二八年，同年由新月书店出版。一九八七年一月由九歌出版社重新出版。

## 华　清　池

　　读过白居易《长恨歌》的人，都知道我们有个华清池。"春寒赐浴华清池，温泉水滑洗凝脂……"纵不引发某些人想象中窥浴的念头，那旖旎的风光足够很多人向往的。其实这个地方是以温泉名，在陕西临潼城南骊山东北麓。"骊山晚照"号称"关中八景"之一。杨贵妃在她专用的"芙蓉汤"洗过澡，与我们没有多大关系。作为古迹看，倒是值得注意的。

　　秦始皇自阿房宫修筑四十多公里的"阁道"通往这个离宫，离宫就是行宫，名为骊山汤，汤就是温泉。一代暴君当然不能没有豪华享受。汉武帝也不多让，大事扩建，王维所谓"汉王离宫接露台，秦川一半夕阳开"，说的就是这个地方。唐太宗派画家阎立德设计改建为温泉宫，唐玄宗更扩建为华清宫。为了杨贵妃一浴而特别的名闻于后世。其实这个地方并无名山大川，谈不上什么美景，只是有一个很好的温泉，历代帝王不惜劳民伤财大事修建作为私人休沐的别墅罢了。其规划建筑较之有清一代的避暑山庄和颐和园，恐怕差得远。

　　民国二十九年元月，道出西安，顺便到临潼看华清池，哪里还有什么宫殿楼阁，满目是西北特有的黄尘滚滚，虽已经过近人的修葺，也只是几幢不中不西的小小楼房，几座平平常常的亭台木桥而已。我一看非常失望。几株大柳树，枯枝飘拂在寒风里，景况十分凄凉。至于那温泉，却还是滚烫的，澈清的。想想多少风流人物尽成尘土，一股温泉仍然汩汩不绝的长流，不胜感慨。什么莲花池芙蓉池，谁会感兴趣？有一个公开的民众可以享用的大浴池，竟是一个黑暗龌龊的大水坑，热气蒸腾，不值一顾。我对华清池的印象随着时光的流转也渐渐淡忘了。

不料今年三月底，报端出现《伊美黛的华清池》新闻一条，据云："菲律宾总统府马拉坎南宫，上个月公诸大众，争先恐后拥入宫里的菲国民众，惊异地发现他们的第一夫人，竟然拥有一座镶着黄金水龙头的特大浴池。曾经有人好奇得跳进澡盆戏水，感受贵妃般生活的乐趣。"又说："池边各项设备均为进口货。"附有彩色插图为证。暴发户的气味很浓，令人看了作三日呕。参观人中居然有人胃口那样好，肯跳进去戏水！华清池是我们几朝君王骄奢淫佚留下来的不朽的纪念物，一个国步维艰民生凋敝的国度也会有一个类似华清池的所在！

天下事往往无独有偶。一九八五年七月十七日巴黎《人民日报》海外版有《林彪行宫开放》一段新闻：

到杭州游览，乘车沿西湖往花港公园后边的山林深处驶去，可以到达一座掩映在万绿丛中的"宫殿"。这是林彪在杭州的行宫，即著名的"七〇四工程"。整个工程占地三百〇七亩，建筑面积二万八千平方米，耗资三千万元，用钢材三千吨、木材八千立方米、水泥一万八千吨。一号主楼外观为中西结合式样，建筑分地上地下两部分。地上部分有一个小剧场，一个舞厅，和数十个房间……地下部分，建筑面积为四千平方米，共有房间大小四十多间……这座行宫还没有竣工……"四人帮"，倒台后，这里成为浙江高级宾馆，完全对外开放。游人可买票进去参观，还可以到温水游泳池游泳……

不知这个游泳池比华清池如何？林彪何人，也有"行宫"？宫里也有温水游泳池？这段新闻注明是"摘自《成都晚报》"，想来不是捏造。水光潋滟山色空蒙之中平添这么一座行宫，是使湖光生色还是使山水蒙羞？

　　因华清池而说到今天类似华清池的构筑，又不禁想到范仲淹《岳阳楼记》所说"先天下之忧而忧，后天下之乐而乐"，古仁人并不多觏，求之今世，难矣哉！

# 新 年 乐 事

到处都是"新年快乐"的祝贺之声。"民犹是也，国犹是也"，乐从何来？我个人倒有几点乐事可纪。

热心的读者来函，谓我耳聋听不见电话铃声，现有救济之法，可在电话机上装置闪亮器，铃响则灯光闪烁。可惜他没有告诉我如何购置安装。访几家电器行，都说闻所未闻。托朋友打听，亦不得要领。事乃搁置。

阳历客岁末，女文蔷自国外来，我以此事告之。她略一踌躇，拾起电话耳机，和电信局服务部门通话。两三分钟内，问题解决。电信局早有此项为聋者服务的办法，当经约定于年假后一日派人前来施工。

因时值假日甫告届满，工人未果来。正惶惑间，翌日两位工人至，首先为爽约致歉。随即换机安灯，历一小时毕。当时不索费用谓将于收取电话费时一并计算，此后每月电话费加收二十五元而已。

我还有两具分机，亦欲有同样装置。承告须另行填表申请，准否不可知。我请其代为申请，二人初有难色，继而承允代办。翌日复来，为分机施工。旋又来职员两位监督复查，礼貌周到之至。电信局服务多端，此其一项而已。其服务便民之精神，至堪钦佩。

电话除闪亮器外，尚有声响扩大之装置，不但铃响之声加大，电话传音亦随同增高，其音量可以调整。每逢电话来，灯光闪闪，铃声大震，其势汹汹，我立刻去接，没有一次遗漏。不过拨错号码的很多，尤其是我早睡的习惯，一被枕边的铃声震醒，便久久不能入睡。有一利就有一弊，没得说。

"结庐在人境，而无车马喧。"是唯心论者的说法。我居陋巷，汽车的喇叭声日夜不绝，好像每个开车的人都是大官出巡，仪衔喝道，行人都须闪避。小贩的吆喝声近来不大听见，但是代之以扩音器，呱啦呱啦的声势更是惊人。即使是卖烤白薯的老乡，手摇旋转的竹器，卡拉卡拉的响声也是无远弗届的。有人羡慕我因聋而耳根清净，不受噪音干扰。这是误会。耳虽聋，还是听见一些。因思古人有所谓"瑱"，亦曰"充耳"，是挂在冠冕两旁之饰物，我想也未必就真能令人"充耳不闻"。可是到了新年，情形不同了。我们的都市礼制，不分什么住宅区商业区，即使是好多层的楼房，楼上住家，地面一层就是商店或小型修理工厂。我住的陋巷，在步行三五分钟路程以内就有餐馆近三十家，理发美容六七家。这些家商店新正开业都要大放鞭炮，以发利市。鞭要长，声要响，否则不够气派。炮声响时，不但人为之一惊，三只小猫也为之四窜。烟硝起处，有如地狱硫磺，赶关窗户都来不及。人人有放鞭炮的自由，没有人能享不受干扰的自由。今年的情形好像略有好转。阴历除夕爆竹疏疏落落，只有几声点缀，新正开市也只听到几挂鞭响。此外挨门逐户的舞狮讨赏，锣鼓喧天的局面，今年好像也匿迹销声了。也许是大家另有娱乐，不再做此无益之事。我在比较清静的情况中过了年，这也是我的新年乐事之一。

　　从前住家平房居多，有门楣门框，有油漆大门，一般中等人家以及普通商店过年时不免张贴春联以为点缀。如今房屋构造不同，春联似已无处可以张贴。春联例不署名，而且向来联语也很少新制。如今能操毛笔写字的人已逐渐减少，懂得平仄的人也不太多，新制联语求其不写别字，平仄调、对仗工，实在很难。倒是街头巷尾摆摊卖联的，沿用旧词，不失体例，可是他们的生意似不见佳。有些人家喜欢张挂"福"字"春"字斗方，而且是倒挂着，初创时是一噱头，大家沿用起来便觉庸俗可哂。散步街头，偶然看到"对我生财"、"大家恭喜"之类的红纸条子，一般的春联似乎少了。

　　过新年，家家户户都要办年货，做年菜，储备好几天的饮食所需。其实吃年菜，就是天天吃剩菜！大锅菜根本不怎样好吃。在农村社会或寒苦人家，过年宰一只猪或买半片猪，大打牙祭，犹有可说。如今情况不同，上上下下每天都好像是过年。冰箱可以储藏剩菜，微波炉也好温热剩菜，但是何必要吃剩菜？可是如果店铺过年不作生意，家家被迫不能不备年菜。今年超级市场都在年假中照常营业，我每天都可有新鲜菜蔬可吃，我觉得这也是最大的新年乐事之一。

　　年已过，乐未央，觉得社会有进步，爰笔纪之。

## 不要被人牵着鼻子走！
### ——怀念胡适之先生

　　二十五年前的二月二十四日下午，几位客人在舍下作方城戏。我不在局内。电话铃响，是一位朋友报告胡适之先生突然逝世的消息。牌局立即停止，大家聚在客厅，凄然无语，不欢而散。

　　《文星》要我写篇文章悼念胡先生，我一时写不出来，我初步的感想是：胡先生的逝世是我们国家无可弥补的损失。于是我写了以《但恨不见替人》为题的约一千字的短文。二十五年过去了，我仍然觉得没有人能代替他。难道真如赵瓯北所说"江山代有才人出，管领风骚数百年"，要等几百年么？

　　胡先生之不可及处在于他的品学俱隆。他与人为善，有教无类的精神是尽人皆知的。我在上海中国公学教书的时候，亲见他在校长办公室不时的被学生包围，大部分是托着墨海（砚池）拿着宣纸请求先生的墨宝。先生是来者不拒，谈笑风生，顾而乐之，但是也常累得满头大汗。一口气写二三十副对联是常事。先生自知并不以书法见长，他就是不肯拂青年之意。在北京大学的时候，他的宾客太多，无法应付，乃定于每星期六上午公开接见来宾。亲朋故旧，以及慕名来的，还有青年学子来执经问难的，把米粮库四号先生的寓所挤得爆满。先生周旋其间，手挥五弦，目送飞鸿。乐于与青年学子和一般人士接触的学者，以我所知，只有梁任公先生差可比拟，然尚不及胡先生之平易近人。胡先生胸襟开阔，而又爱才若渴，凡是未能亲炙而写信请教者，只要信有内容而又亲切通顺，先生必定作答，因此由书信交往而蒙先生奖掖者颇不乏人。

先生任驻美大使期间，各处奔走演讲从事宣传，收效甚宏，原有一笔特支费不须报销，但是先生于普通出差费用之外未曾动用特支分文，扫数归缴国库。外交圈内，以我所知，仅从前之罗文干部长有此高风亮节。盖先生平素自奉甚俭，办事认真，而利禄不足以动其心。犹忆在上海办《新月》时，先生常邀侪辈到家餐聚，桌上的食物是夫人亲制的一个大锅菜，一层鸡、一层肉、一层蛋饺、一层萝卜白菜，名为徽州的"一品锅"。热气腾腾，主客尽欢。胡先生始终不离其对乡土的爱好。在美国旅居时，有人从台湾到美国，胡先生烦他携带的东西是一套柳条编的大蒸笼。先生赞美西洋文明，但他自己过的是朴实简单的生活。俭以养廉，自然不失儒家风范。

中国公学有一年因办事人员措置乖方，致使全体人员薪给未能按时发放，群情愤激。胡先生时在北平，闻讯遄返，问明原委，明辨是非，绝不偏袒部属。处事公道而不瞻顾私情的精神使大家由衷翕服。像这一类的事迹，一定还多，和先生较多接触的人一定知道得比我多。

许多伟大人物常于琐事中显露出其不凡。胡先生曾对我们几个朋友说，他读陶渊明传，读到他给儿子的信"汝旦夕之费，自资为难，今遣此力，助汝薪水之劳，此亦人子也，可善遇之。"大为感动，从此先生对于仆役人等无不礼遇，待如友朋，从无疾言厉色。有一次我在北大下课，值先生于校门口，承嘱搭他的车送我回家。那一天正值雨后，一路上他频频注视前方，嘱咐司机："小心，慢行，前面路上有个水坑，不要溅水到行人身上……"，忙着做这样的叮咛，竟没得工夫和我说几句话。坐汽车的人居然顾到行人。据李济先生告诉我，有一回他和先生出游，倦归旅舍，先生未浴即睡，李先生问其故，先生说："今日过倦，浴罢刷洗澡盆，力有未胜。"李先生大惊，因为他从未听说过旅客要自刷澡盆。但是先生处处顾到别人，已成习惯，有如此者。

学贯中西，实非易事，而胡先生当之无愧。试看他在青年时期所写的《留学日记》，有几人能有他那样的好学深思？我个人在他那年龄，纵非醉生梦死，也是孤陋寡闻。先生尝自期许，"但开风气不为师"。白话文运动便数他贡献最大，除了极少数的若干人之外，全国早已风靡，无人不受其影响。

在学术思想方面，先生竭力提倡自由批评的风气。他曾说："上帝都可以批评，还有什么不可以批评的？"他有考证癖，凡事都要寻根问底。他介绍西方的某些哲学思想，但是"全盘西化"却不是他的主张。他反对某些所谓的礼教，但是他认识"儒"的意义，"打倒孔家店"的话不是他说的。有一年他到庐山看见一座和尚的塔，归来写了一篇六千字的文章作考据。常燕生先生讥讽他为玩物丧志，先生意颇不平，他说他是要教人一个寻证求真的方法。后来先生对《水经注》发生了兴趣，经年累月的做了深入而庞大的研究，我曾当面问他这是不是玩物丧志，先生依然正色的说："这是提示一个研究的方法。"现在他的《水经注》的研究已发表了，我不知道有多少学人从中学习到他的一套方法，不过我相信他对于研究学问的方法之热心倡导是不可及的。

　　先生自承没有从政的能力，也没有政治的野心，但对政治理论与实际民生饶有兴趣。他有批评的勇气，也有容忍的雅量。他在《新月》上发表一连串的文章，后来辑为小册，曰《人权论集》。当时有人讥为十八世纪思想。如今"人权"、"人权"之说叫得震天价响了。

　　我遍读先生书，觉得有一句一以贯之名言："不要被人牵着鼻子走！"

## "岂有文章惊海内"
### ——答丘彦明女士问

"岂有文章惊海内，漫劳车马驻江干"是杜工部的名句，也是他谦己之语。当时杜公四十九岁，自嗟老病。我今年逾八旬，引杜诗为题以自况，乃系实情，并非谦挢。丘彦明女士惠然来访，我如闻跫音。出示二十二问，直欲使我之鄙陋无所遁形。秉笔觑缕，不能成章，惭愧惭愧。


丘：梁教授，您曾经跟我提过，当您从美国留学返国时，令尊遗憾的说："若我们是富有人家，我一定让你关在家里再读十年书，然后再出去做事。"好像，北平有名的"厚德福饭庄"是您们家的产业之一。能否谈谈您的家世？

梁：我没有什么辉煌的"家世"可谈。

我的远祖在河北（直隶）沙河一带务农。我的祖父到了北京谋生，后来得到机会宦游广东，于是家道小康。返棹北归，路过杭州小住，因家父入学应考，遂落籍钱塘。从此我的籍贯一直是浙江钱塘。事实上我是前清光绪二十八年（民国前十年）夏历十二月八日生于北京。民国四年（一九一五年）我小学毕业，投考清华学校，清华是由各省摊派庚子赔款而设立的，所以学生由各省考送。为了籍贯的关系，我在直隶省京兆大兴县署（北京东城属大兴县）申请入籍，以便合法的就近在天津应考，从此我的籍贯就是北平了。我的母亲是杭州人。

老家在北京东城根老君堂。祖父自南方归来，才买下内务部街二十号的房子。那时不叫内务部街，叫勾栏胡同，不知道为什么取这样的一个地名（勾栏本是厅院的意思，元以后妓院亦称勾栏）。这是一幢不大不小的房子，有正院、前院、后院、左右跨院，共有房屋三十八间，算是北平的标准小康之家的住宅。"天棚鱼缸石榴树"都应有尽有了。我曾写了一篇《疲马恋旧秣，羁禽思故栖》，是怀念我的这个旧居之作。这篇文字被喜乐先生看见了，他也是老北京，很感兴趣，根据我的描写以及他对北平式房屋构造的认识，画了一幅我的旧居图送给我。他花了好多天的功夫，用了七十多小时，才完成这一幅他所最擅长的界画，和我所想念的旧居实际情形可以说是八九不离十，只是画得太漂亮了一些。现在的内务部街二十号不是这个样了。

大陆开放后，我的女儿文蔷曾到北平探亲，想要顺便巡视我的旧居，经过若干周折，获准前去一视。大门犹在，面貌全非。里面住了十九家，家家檐下堆煤举火为炊，成为颇有规模的"大杂院"。鱼缸仍在，石榴海棠丁香则俱已无存，唯后跨院屋中一个"隔扇心"还有我题的几个字。她匆匆的照了不少张相片，我看了觉得惨不忍睹。她带回了一样东西给我，我保存至今——从旧居院中一棵枣树上摘下来的一个枣子，还带着好几个叶子，长途携来仍是青绿，并未褪色，浸在水中数日之后才渐渐干萎。这个枣子现在虽然只是一个普通干皱的红枣的样子，却是我唯一的和我故居之物质上的联系。

我的家不是富有之家，只是略有恒产，衣食无缺。北平厚德福饭庄不是我家产业，在此不妨略加解释。我父亲是厚德福的老主顾，和厚德福的掌柜陈莲堂先生自然的有了友谊。陈莲堂开封人，不但手艺好，而且为人正直；只是旧式商人重于保守，不事扩张，厚德福乃长久局限在小巷中狭隘的局面。家父力劝扩展，莲堂先生心为之动，适城南游艺园方在筹设，家父代为奔走接洽，厚德福分号乃在游艺园中成立，生意鼎盛。从此家父借箸代筹，陆续在沈阳、哈尔滨、青岛、西安、上海、香港等地设立连锁分店，家父与我亦分别小量投资几处成为股东。经过两次动乱，一切经营尽付流水，这就是我家和厚德福关系之始末。

　　本来我家属于中产阶级，民元袁世凯嗾使曹锟部下兵变，大肆劫掠平津，我家亦遭荼毒，从此家道中落。我自留学归来，立即就职于国立东南大学，我父亲不胜感慨，他以为我该闭户读书，然后再出而问世。知子莫若父，知己也莫若自己。父母的训道与身教，使我知道勤俭二字为立身处世之道，终身不敢逾。

　　丘：您还说过小时候您很顽皮，惹了祸总是哥哥受罚，而您逃过了处罚，请说说您的童年。

　　梁：我的童年生活，只模糊的记得一些事。

　　北平有一童谣：

　　　　小小子儿，

　　　　坐门墩儿，

　　　　哭哭啼啼的想媳妇儿。

　　　　娶了媳妇儿干什么呀？

　　　　点灯，说话儿；

　　　　吹灯，作伴儿；

　　　　早晨起来梳小辫儿。

梳小辫儿是一天中第一件大事。我是在民国元年才把小辫儿剪了去。那时候我的辫子已有一尺多长，睡一夜觉，辫子往往就松散了，辫子不梳好是不准出屋门的。所以早起急于梳辫子，而母亲忙，匆匆的给我梳，梳得紧，揪得头皮痛。我非常厌恶这根猪尾巴。父亲读《扬州十日记》《大义觉迷录》之类的书，常把满军入关之后"留头不留发，留发不留头"的故事讲给我们听，我们对于辫子益发没有好感。革命后把辫子一刀两断，十分快意。那时候北平的新式理发馆只有东总布胡同西口路北一处，座椅两张。我第一次到那里剪发，连揪带剪，相当痛，而且头发渣顺着脖子掉下去。

民国以前，我的家是纯粹旧式的。孩子不是一家之主，是受气包儿。家规很严。门房、下房，根本不许涉足其间。爷爷奶奶住的上房，无事也不准进去，父亲的书房也是禁地，佛堂更不用说。所以孩子们活动的空间有限。室内游戏以在炕上攀登被窝垛为主，再不就是用窗帘布挂在几张桌前作成小屋状，钻进去坐着，彼此做客互访为乐。玩具是有的，不外乎从"打糖锣儿的"担子上买来的泥巴制的小蜡签儿之类，从隆福寺买来的小"空竹"算是上品了。

我记得儿时的服装，最简单不过。夏天似乎永远是竹布一身裤褂，白布是禁忌。冬天自然是大棉袄小棉袄，穿得滚圆臃肿。鞋子袜子都是自家做的，自古以来不就是以"青鞋布袜"作为高人雅士的标识么？我们在童时就有了那样的打扮。进了清华之后，才斗胆自主写信到天津邮购了一双白帆布鞋，才买了洋袜子穿。暑假把一双双的布袜子原样带回家，被母亲发现，才停止了布袜的供应。布鞋、毛窝，一直在脚上穿着，皮鞋是很久以后的事了。

小孩子哪有不馋的？早晨烧饼油条或是三角馒头，然后一顿面一顿饭，三餐无缺，要想吃零食不大容易。门口零食小贩是不许照顾的，有时候偷着吃"果子干""玻璃粉"或是买串糖葫芦，被发现便不免要挨骂。所以我出去到大鹁鸽市进陶氏学堂的时候，看见卖浆米藕的小贩，驻足而观，几乎馋死，豁出两天不吃烧饼油条，积了两个铜板才得买了一小碟吃。我的一个弟弟想吃肉，有一天情不自已的问出一句使母亲心酸的话："妈，小炸丸子卖多少钱一碟？"

革命以后，情况不同了。我的家庭也起了革命。我们可以穿白布衫裤，可以随时在院子里拍皮球、放风筝、耍金箍棒，可以逛隆福寺吃"驴打滚儿"、"爱窝窝"。父亲也带我们挤厂甸。

念字号儿，描红模子，读商务出版的"人手足刀尺，一人二手，开门见山，山高月小，水落石出……"这一套启蒙教育，都是在炕桌上，在母亲的苕帚疙瘩的威吓下顺利进行的。我们没受过体罚。我比较顽皮淘气，可是也没挨过打。我爱发问，我读过"一老人，入市中，买鱼两尾，步行回家"之后，曾经发问："为什么买鱼两尾就不许他回家？"

父亲给我们订了一份商务的《儿童画报》，卷末有一栏绘一空白轮廓，要小读者运用想象力在其中填画一件彩色的实物。寄了去如果中选有奖。我得了好几次奖，大概我是属于"小时了了"那一类型。上房后炕的炕案上有一箱装订成册的《吴友如画宝》，虽然说明文字未必能看得懂，画中大意往往能体会到一大部分，帮助我了解社会人生不浅。性的知识，我便是在八九岁时从吴友如几期画报中领悟到的。

这就是我童年生活的大概。

丘：能否谈谈您的求学经过？林徽音的丈夫——梁启超的

儿子梁思成，是您清华同学，好像同宿同寝室是不是？作家冰心和她的先生是您留学美国的同学。请您除了告诉我们求学经过之外，能不能告诉我们影响您最深的一些师长和同学，或是交往情形。

梁：我求学经过很顺利。在清华学校一住就是八年。进去的时候是十四岁的孩子，舍不得离开家，临去时母亲哭了，我也惨然。离开清华赴美留学的时候，我已是二十二岁的少年，舍不得离开我所爱的人和我所爱的国家，但还是踏上了征途。我的行李箱里装的是一部前四史（这是我父亲坚持要我带的，要我三年之内读毕，我交了白卷），两只珐琅花瓶一个珐琅香炉，及一些杂物，包括一面长达几近一丈的绸质大国旗（五色旗）。这国旗派上了用场，纽约留学生举行孙中山先生哀悼会时，主席罗隆基借用了我这面国旗悬在台上。在美国很难找到这样大的国旗。我在清华八年的生活，具见《清华八年》一文，收在《秋室杂忆》里。

你提起的梁思成、吴文藻（冰心的先生）是我同班的同学。我这一班起初约九十人，毕业时只剩约六七十人。梁思成不是我同寝室的，寝室每年一换，我最后一年同寝室的是顾毓琇、吴景超、王化成。吴文藻是我同班同学，他的夫人谢冰心是燕大毕业的，和我们同船去了美国，所以成了相识。

我这一班同学人数众多，至今我还忆得十之八九。例如：作过葡萄牙公使的王化成，出使土耳其、巴西的李迪俊，曾任主计长的吴大钧，改良稻种有成的李先闻，擅长声乐的应尚能，专攻电影的孙瑜，研究天文的张钰哲，精通语言学的李方桂，杰出的陆军将领孙立人，建筑学者的梁思成，社会学家的吴景超与吴文藻，兴办水泥事业的徐宗涷，电机学家的顾毓琇，路透社经理的赵敏恒等。

　　求学期间影响我最大的，首先是小学的教师周香如先生，他给我打下国文的基础，随后是清华的徐镜澄先生，他教我如何作文。哈佛大学的白璧德教授，使我从青春的浪漫转到严肃的古典，一部分由于他的学识精湛，一部分由于他精通梵典与儒家经籍，融合中西思潮而成为新人文主义，使我衷心赞仰。胡适之先生，长我十一岁，虽未及门，实同私淑，他提倡白话为文，倡导自由思想，对我有很大的启迪的作用。

　　同学之间，闻一多对我影响很大。他学美术，本来专攻西洋油画，后来他发现国人在油画方面无法与西人颉颃，乃抛弃画笔，钻研中国古典文学，早年作白话诗至是亦为之搁笔。他有文才，重情感，讲义气。在清华时，课余之暇，辄相与论文，我对文学的兴趣有很大部分是他激发出来的。抗战前数年，我常作政论刊于报端，一多曾认我为不务正业，甘与罗隆基为伍，迨抗战军兴，一多竟卷入政治漩涡，与罗隆基合流而终不免于意外之灾。他给我画过两张画，一张是水彩画《荷花池畔》，画的是清华园内的胜景，于我有纪念性。另一张是油画的我的半身像，当时他正醉心于印象派的理论，不但把我画成粗眉大眼，而且把我的怒发画成为绿色，活像夜叉。这两张画可惜都失落了。他给我刻过一个闲章——"谈言微中"——白文，也不见了。他的第一部诗集《红烛》是由我交给郭沫若转给泰东出版的。

　　另一位同学影响我甚巨的是潘光旦。他比我高一级，但是在纽约往还了足足一年。他和吴文藻合住哥伦比亚大学黎文斯通大厦里的一间宿舍，我常去找他聊天。他学的是优生学，以改良人种为第一要义。遗传最重要，他举出我国的大书法家以及著名的伶人，大抵是历代相传的世家，其关键在于婚姻的选择。因此他最钦佩丹麦，管制婚姻最为彻底，让优秀的人多生子女，让庸劣的大众少生子女，种族才得健全。这样的想法，和我正在倾倒于卡赖尔的英雄崇拜的倾向正相符合。我对于所谓"普罗"的看法似乎找到了理论的根据。光旦对于中国的学问也有根柢。他说"民为贵"的思想创自孟子，孔子不曾说过这样的话，孔子的理想是贵族政治。他又指出，海外华侨是我们的优秀分子，逃难出关的山东老乡也是优秀分子，历史上南渡的客家也是优秀分子，因为他们有魄力远走高飞开拓新局。他对于谱牒之学深感兴趣。我听他的议论久了，不自觉的深受他的影响，反映在我的文学观上。

丘：能否谈谈《新月》以及《新月》的一批朋友？至今《新月》已归入为现代中国文学史研究的一部分，如今回顾，您觉得《新月》在现代文学史上的意义和功过如何？

梁：《新月》月刊创于民国十七年（一九二八年）三月十日，维持到二十二年（一九三三年）六月，共出版了四十三期，时间不算长也不算短。最初的发起人应是徐志摩。民国十六七年，国内战乱频仍，各地不少人士聚集在上海租界。胡适、徐志摩、丁西林等来自北平，余上沅和我来自南京，潘光旦、刘英士、饶子离等原在上海。这些人聚在一起，经志摩的热心奔走，遂组成了《新月》。我们这一群人都不是属于"资产阶级"的人，当时由大家认股，大股一百元，小股五十元，凑足近五千元，"新月书店"就在望平街开张了，后来迁至四马路。我是属于较为贫穷的一类，只认股五十元。我们从来没开过股东会，月刊的编辑出版事实上是由志摩主其事，精神上大家都默认胡适之先生为领导人。有人说我们是"新月派"，其实我们并无组织规程，亦无活动计划，更无所谓会员会籍，只是一小群穷"教书匠"业余之暇编印一个刊物而已。我们没有政治色彩，我们都是强烈的个人自由主义者。

《新月》全部四十三期现有翻印本行世，在海外流行的版本是完整的，在台湾流行的则有部分删节，现闻亦已绝版。想查看这些历史陈迹的人，在图书馆里应该可以不难找到。我曾于一个时期主编过《新月》，也曾有一段时间同时兼任书店的经理，讲到"《新月》在历史上的意义和功过"，似应由别人客观估计，我不便置喙，不过我自己回顾既往，觉得《新月》所做的事可得而言者约有下列数端：

第一是思想自由的提倡。胡适先生的几篇涉及政治思想的文章以及像《名教》那样的作品，都是树立了自由批评的典范。《人权论集》内各篇文字是先生在《新月》发表过的。我记得胡先生有一篇颇触时忌，业已在发排中，胡先生的老友中国公学校董丁燮（403）音先生闻讯跑到我家坚持要撤出手稿，我坚持不允，我告以除了胡先生本人以外，没有人有权力扼杀此文的发表。当然丁先生也是好意，不过我们看法不同。结果是这一期的《新月》被禁，只能在上海租界流通（租界之存在是我们国家的耻辱，在租界里享受言论自由其事亦至可悲）。

就文艺而论，《新月》走的是正常的文艺发展的道路，对于当时所谓的"革命文学"、"普罗文学"的运动都不能苟同。主要的原因是那些运动不是真正在文艺范围以内的活动，乃是以文艺为政治工具的一种办法。利用文艺为工具也未尝不可，不过不能认为那就是文艺的唯一的正当用途，更不能喧宾夺主的排斥正常文艺的作用。不要误信什么"为人生而艺术"、"为艺术而艺术"的两分法，这是晚近的人硬制造出的一种衡量的标准。所谓"为艺术而艺术"原是指十九世纪末的颓废派的主张而言；所谓"为人生而艺术"则文学史上根本没有这么一个说法。凡是文学都与人生有关，没有人生还谈什么文学？不过人生范围很广，除了政治经济等要素之外还有别的美好的境界。《新月》没有偏执，没有"为艺术而艺术"的倾向，同时也不赞同以文学为政治宣传工具的说法。

　　谈文学，一切主义俱属空谈。重要的是作品。《新月》刊载的作品，没有震世骇俗的新鲜花样。散文以明白清楚为基本要求，进而求其雅健丰赡，但不主所谓欧化；诗则在继续摸索，企求形式的建立。论者常谓《新月》的新诗代表一派或一阶段。当然，像"我不要儿子，儿子自己来了"，或"早起第一件大事是如厕"那样的白话诗早已过去，不过新诗的形势依然尚未形成，直到如今依然没有建立。徐志摩、闻一多的诗，据我看，那种模式尚不能算是成功，可是如今有些作品模仿西洋诗尤其所谓"现代诗"，则颇令人难以捉摸了。依我的愚见，新诗必须与旧诗搭上线才能有发展。

　　《新月》的人物现已凋零几尽，胡适先生逝世已二十五年，徐志摩逝世已五十二年，闻一多逝世已四十一年。像这三位，以及其他诸人，在我的眼光里都是一时胜流，而今成了历史人物。

　　丘：您编过《新月》月刊，也主编过重庆《中央日报》副刊。一个文艺杂志，一个是报纸副刊，您的编辑方针及内容走向有什么分别？而与今日的文学杂志与报纸副刊比较，能不能叙述一下您的经验与感触？

　　梁：我有过一点编辑经验。我编过《清华周刊》《大江季刊》，上海《时事新报》的《青光》、天津《益世报》的《星期小品》、北平的《自由评论》、北平《世界日报》的《文艺副刊》、重庆《中央日报》副刊，以及《新月》月刊。都不甚长久，无善可述。从前的编辑大概都是唱独脚戏，稿件收集好便交给印刷的领班，顶多口头交代几句，或是画一个简单的版面图，有时候连校对都不必管、校样也无须看。如今时代进步，有些报纸副刊编辑部动辄有十人八人分工合作，情况完全不同了。

但有一事我想历来编辑莫不引以为苦，好稿不易得。何为好稿，固由编者主观衡量，然亦自有能邀公认的标准在。在数量上，稿件似不虞缺乏，在品质上，能膺上选者不多，于是主编的人有时就需要"拉稿"。拉稿比拉夫难，其中甘苦，当过编辑的人都知道的。

比拉稿更苦的是把拉来的稿再退去。我有一次主编一个学术刊物，我有向同僚们请求写稿的业务。有一位凤来脾气大，动不动就大发雷霆，平日大家都远避之，没想到他居然写了一篇稿来，从任何一方面讲也不能用。我窘，但是我有了决定。约他来面谈，径告所以，当面璧还其大作。我准备面临一个火爆的场面。不料他一言未发，铁青了面孔，拿起稿件掉头而去，走到门口转身说了一句："谢谢指教！"至今我觉得歉然，但对他颇有敬意。

丘：您曾花了三十年时间翻译《莎士比亚全集》四十册。您究竟从何时开始翻译工作？一开始翻译工作就是译莎氏作品？您觉得翻译最重要的注意点是什么？您译莎氏作品有没有遇到困难？如何解决？是什么力量支持您持之以恒的译毕莎氏作品？

梁：又是莎士比亚！我已声明和他绝交了。

我花了三十年的工夫译他，是断断续续的，中间隔了两场丧乱，东奔西走，席不暇暖。到了台湾之后，生活比较安定，才得努力进行以竟全功。在翻译莎氏之前我已经译了几本书，像最近重印的《阿伯拉与哀绿绮思的情书》《潘彼得》《织工马南传》

皆是。还有一本《西塞罗文录》是从拉丁文翻译的。这时期我翻译没有标准和计划。只是拣自己喜欢的东西译。幸而胡适之先生提议翻译莎氏全集，使我有了翻译的方向，又偶因当初计议合力翻译的徐志摩、闻一多、叶公超、陈西滢四位临阵退出，遂使全集翻译的工作落在我一人头上。

　　我翻译中首要注意之事是忠于原文，虽不能逐字翻译，至少尽可能逐句翻译，绝不删略原文如某些时人之所为。同时还尽可能保留莎氏的标点。莎氏标点法自成体系，为了适应舞台对话之需要，略异于普通标点法。这一点我不知道读者们体会到没有。开始翻译时，我想不加注解而能使读者明了译文。译了几本之后胡适先生要求我加注解，我就补加了。所以最初译的四五本注解较少，以后越加越多，前后并不一致。译本加注并非难事，莎剧原文的版本很多都是有注解的，注得很详尽，像《新集注本》尤其丰富。有许多注解都是关涉到原文之版本考证，并不一定有助于读者对于译本的了解。所以我加注解是有选择的，并不以多取胜。但是已有人指我的译本是学院式的了。

　　翻译过程中当然遭遇困难不少。在国内参考资料难求。困居四川的时候，听说《新集注本》的《亨利四世》下篇出版，我急于取得一读，适有两位亲友先后获得到美国去的机会，我乃千请求万嘱咐的托他代购此书，想不到二公归来送给我好多好多洋货，而无一语道及买书之事，使我嗒然若失！来到台湾之后，美国新闻处图书馆主任某女士服务态度绝佳，曾问我有何可以效劳之处，我说我要书，她大喜，她说这正是她的职责。于是我开了一个书单，都是近年美国出版有关莎氏的著作，莎氏研究中心早已由英国转到美国了。等了一阵之后，她面告我："很对不起，您的书单被驳了，因为莎士比亚是英国人，希望你另提一个有关美国作家的书单。"我倒抽一口凉气,美国政府人员的知识、风度,原来如此!从此我不再求人帮助我寻求参考资料。我靠我自己。

译事中的困难真是一言难尽。要译,先要懂原文。莎氏的文字是十六世纪的,不是现代的英文,这就要随时提高警觉,否则就要坠入陷阱,译得似是而非。有人说:"最好的翻译就是读起来不像翻译。"这是外行话,翻译,怎能读起来不像翻译?试看唐朝几位大师翻译的佛经,像不像是翻译?我知道,莎氏戏剧是为在台上演出而编写的,其文字是雅俗共赏的,时而雅驯,时而粗野,译成中文也需要适如其分。而中英文差别如此之大,句法字法常常迥不相同,如何才能译得近于铢两悉称,只好说是"戏法人人会变"了。

莎氏剧中多双关语,是属文字游戏,没有多少意义,而当时莎氏观众偏爱此道。这在翻译上也是一个难题,偶然可以勉强用中文表达,但绝大多数只能在注解中加以说明。莎氏观众也颇欣赏猥亵语,我们中国剧院观众也有同好,本来"性"是人人都感兴味的事。我遇到这种地方,照直翻译,我要保持莎氏原貌。

莎氏作品卷帙浩繁,给人困惑,且三十七部戏并非全是杰作,译者须有耐性。我之所以能竟全功,盖得三个力量的支持:第一是胡适之先生的倡导。他说俟全部译完他将为我举行盛大酒会以为庆祝。可惜的是译未完而先生遽归道山。第二是我父亲的期许。抗战胜利后我回北平,有一天父亲挂着拐杖走到我的书房,问我莎剧译成多少,我很惭愧这八年中缴了白卷,父亲勉励我说:"无论如何要译完它。"我闻命,不敢忘。最后但非最小的支持来自我的故妻程季淑,若非她四十多年和我安贫守素,我不可能顺利完成此一工作。

我自己是个疏懒的人，嬉戏浪费的时间太多。我一直想译伊利奥特的小说全集，未能如愿，至今引以为憾。

丘：您曾说翻译最难是诗，其次是散文，再者是小说，而后是戏剧，请详述之。

梁：翻译不是容易事，因为两种文字（尤其是像中文与西文这样不同的文字）文法不同，句法不同，字法不同，而要译得既不失原意，又能琅琅上口，岂不是很难？

译诗最难。因为诗的文字最精练，经过千锤百炼，几度推敲，要确切，要典雅，又要含蓄，又要有韵致，又要有节奏，又要有形式，条件实在太多。美国现代诗人保罗·安格耳先生（聂华苓的先生）有一次对我说："翻译诗而要保存原诗的韵脚，乃人类自杀原因之一。"盖极形容译者之困窘。然这只是就韵脚一端而言。像米尔顿的《失乐园》，原是无韵诗的体裁，他是故意避去韵语体裁而不用的，因为长篇史诗不宜于用韵脚。而无韵诗这个体裁之成立则正是源于《荷马史诗》之英译。米尔顿的史诗虽无韵而很难译。傅东华先生译的半部《失乐园》，舍无韵体而不用，偏偏用近似鼓词的体裁，真是自讨苦吃！而且也失掉了原诗的风味。诗之难译的程度视原诗本身的成色而定。像《古舟子咏》（应作《老水手之歌》）《疯汉骑马歌》之类属于歌谣体，文字本来浅显通俗，译起来当然得心应手，一如辜鸿铭之所表现。可惜辜先生没有译些比较更严谨而艰深的英文诗作。

中国诗之译成英文者亦不在少，阿瑟魏莱先生是其中翘楚。他的译品，无论是七言、五言、古诗、近体，一律是英文散文，虽然分行写，仍然是散文，不能保持原文的形式，至于能保持几分原诗的韵味，就更难说。如能大致不失原意就算是相当成功。魏莱的译作如此，其他译家亦无不皆然。中诗译英文，比英诗译中文，更难。

　　翻译散文应该是较易，但亦不能一概而论。米尔顿的散文，我曾试译，一看那些纠缠的长句，就望而生畏。就是号称"亲切"的兰姆《伊利亚随笔》，那份引经据典如数家珍的文笔，也颇令人难于应付。和诗一样，散文也有不同的成色。至于像鲁迅先生所倡导的"硬译"，生吞活剥的把西文的句法硬变成中文，其事不难，但是译出来不是中文了，谁看得懂？

　　译小说戏剧，问题较少。因为小说本是为大众看的，文字当然比较通俗易解，戏剧是为在台上演出，听众杂遝，戏词全为对话，自然要明白清楚。不过要译得精致，也大费周章。

　　丘：您还说过，翻译书名是最头痛的事，为什么？

　　梁：译书名，须先读其书，然后才能知道书名的意义，否则望文生义，可能导致极大的错误。例如一部小说，以其中的一个人名作为书名，这原是常有的事，如果译者不察，硬把人名当做了普通名词，岂非笑话？

　　莎士比亚的《朱利阿斯·西撒》，译音便是，不知从何时起有人译为《凯撒大帝》。在英美舞台上，在课室里，从来没有人把"西撒"读作"凯撒"的。在历史上，也从来没有人称西撒为"大帝"的。这样的译法，以讹传讹，流传至今。英诗人科律芝的名诗Ancient Mariner经辜鸿铭先生译为《古舟子咏》，迄无人提出异议，殊不知ancient一字本有二义，一为古，一为老。mariner一字本是海上水手之义，不是一叶扁舟上划桨摇橹的船夫。我以为译作《老水手之歌》较洽。不过我也承认，"古舟子咏"四字比较雅些。

　　翻译中令人头痛的事不仅是书名。英文中的brother, sister, cousin, uncle等字涵义不一，译来颇费斟酌。我就犯过错误，误把拜伦乱伦通奸的同父异母之姊当做其妹，经人指点改正。莎氏历史剧中王室人物关系错综，非勤查谱系即难免有误。翻译一道，谈何容易！

丘：您曾告诉我，您有一个习惯，读书就是读第一流的书。所以英文您选择了莎士比亚，中文您选择了杜诗。您有一本仇兆鳌的《杜诗详注》跟了您五十年，都翻烂了。而当年您也曾花了两年多时间在北平收集了六十多种版本的杜诗，后来在"文化大革命"时全消灭了。为什么如此偏爱杜诗？能否谈一谈？

梁：我想大家都会同意，喝茶要喝好茶，饮酒要饮好酒，为什么读书不读第一流的作品呢？我不喜凑热闹赶时髦，对所谓畅销书或什么世界性的文艺奖不太感兴趣。其中固多佳构，有时亦不免败笔。西洋批评家"试金石学说"还是可行的，以五十年为期，经过五十年时间淘汰而仍不失其阅读价值者斯为佳作。文学史上有好作品被埋没，经过若干年始被发现的例子，究竟是少数，绝大多数作品都被时间淘汰掉了。"非秦汉以上书不敢读"未免陈义过高，读长久被公认为第一流的作品，总是最稳当的事。

我译莎翁剧，不是由于我的选择，是由于胡适之先生的倡导正合于我读第一流书的主张，我才接受了这个挑战。至于研读杜甫则是我自己的选择。

最初我看到闻一多写的《杜甫传》（发表于《新月》，未完），后又看到他写的《杜少陵诗会笺》（发表于武汉大学《文史季刊》），我对杜诗乃发生了兴趣。我心想杜甫号称"诗圣"，"屈指诗人，工部全美，笔追清风，心夺造化。"（韩愈语）我们喜欢诗的人若是不对工部加以钻研，岂非探龙颔而遗骊珠？所以我早就萌生读杜的心愿。真正开始是在抗战胜利之后。

民国二十五年（一九三六年）五月二十五日游北平东安市场，在书摊廉价购得仇兆鳌著《杜少陵集详注》，是商务国学基本丛书本，虽然纸张粗劣校雠未精，较早先之木刻远逊，但有标点，取携便利，随我身边已有五十年。

我收集杜诗版本并不算多，在北平收集旧书相当方便，琉璃厂和隆福寺街的旧书铺老板对目录学是很精的，知我好杜诗，便不断的将书送来。同时我购到洪煨莲教授主编的《杜诗引得》（哈佛燕京学社出版），内有长序一篇，按图索骥给我帮助不少。但限于赀力，不能从心所欲。犹忆海王村有一书肆，我偶然看到一部麻沙本杜诗，索价并不甚昂，但非穷书生所能措置，往复摩挲不能释手。店主允减价出售，我仍无能为力，最后应店主之请作一跋文粘于卷末，聊志因缘。闻北京大学的徐祖正教授搜求杜诗资料达二三百种，戎马倥偬，未暇拜观，至今引以为憾。

杜诗一千三百四十九首，我圈点了一遍。其中难解之处不少。历代注解，率多在"无一字无来历"说法影响之下，致力于说明某字某词见于何书，对于诗句之意义常不措意。仇注、钱注、朱注、九家注、千家注，莫不皆然。我认为这是一大缺点。中国字词只有这么多，诗人使用字词与古人雷同，未必即是依傍古人。纵然是依傍古人，庸又何伤？指出其雷同之处，又有何益。我读杜诗，初步重在理解。曾写《读杜记疑》一文（见《梁实秋札记》），后又加若干条，提出难解之处就正于方家。此后仍将继续发表我的疑点。

丘：您的《十三经注疏》是在厕所里读的，而《资治通鉴》您全加了圈点批注。能否谈谈您的读书方法，供年轻的朋友参考？

梁：初到台湾，旧书不易得，向友人借到一部石印《十三经注疏》，置于厕内，虽云不敬，但逐日流览，稍得大意，亦获益不浅。厥后对于经书始知仔细阅读。在厕内看书，在枕上看书，是我的毛病，积习难除，不足为训。

　　读经是一件很重要的事。凡属知识分子，无论专研哪一门学问，必须对经书有相当认识，因为这是中国文化传统之最基本的部分。五四以后，有些人蔑视经书，亦有些人提倡复古，主张读经，皆非事理之平。十三经是儒家的经典，自汉代始，包括《诗》《书》《易》《礼》《春秋》（是为五经），唐代以《周礼》《礼记》《仪礼》《春秋》三传，与《诗》《书》《易》合称为九经，唐刻石经加入《孝经》《尔雅》《论语》，宋代又加入《孟子》，是为十三经。所谓经，只是一套古书，并不是什么圣人垂教立言的经典。章学诚说"六经皆史"，不失为一个通达的看法。经不可不读，但是我们要抱着批评的态度去读。

　　很多人对着经书望而生畏，不是震于其文字之艰深，便是苦闲暇去阅读。《朱子语类》有云："凡人谓以多事废读书，或曰气质不如人者，皆是不责志已而。若有志时，那问他事多？那问他气质不美？"人不读书，只是懒而已矣。人而懒，则不可救药。若说古书难读，是亦不然。佶屈聱牙莫过于《尚书》，《尚书》的注解历代不绝，如今更有今注今译的本子，大致均可通晓。皓首穷经，非一般人之所能，略通经书大意则并非难事。

　　除经以外，史亦不可不读。人皆以前四史为最重要，据我看前四史的文章好，"世家""列传"部分的文章最好。以言史，恐怕还是读通史较有益。编年体的《资治通鉴》是比较好的一部史书，我曾圈点了一遍。此外子书亦不可不读，尤其是《老子》《庄子》道家一派，因为道家思想支配我们的民族性的养成，其影响力之大似不在儒家思想之下。佛教经典也不可不加涉猎，因为那是外来而加以中国化的一派哲学思想之依据，也是形成我们民族性的要素之一。一个道地的中国人大概就是儒道释三教合流的产品。

讲到读书方法，我没有什么心得。只觉得读书要早，切莫拖延。不凑热闹，不赶时髦，不浪费宝贵光阴。旧时读古书用圈点法，是鞭策自己用功。不失为一种方法。

丘：您经过五四时代，那是个中西文化冲突影响后来中国新文学发展的时代。您自己是读古书成长，后来到国外受西方思潮影响，回国来看到新文学白话文的发展至今天的变化。对于古文、白话文的阅读与运用，能否提出您的意见？

梁：我不是"读古书成长"的。我是读教科书成长的，到了三十岁左右之后才发奋读古书，下手太晚，根基不固，现在最多也只落得一知半解的地步。

中国语文是几千年来一脉相传的。随时有变化，有时且有很大的变化，但是万变不离其宗，中国字总是中国字，中国文总是中国文。除非废掉汉字，改用拼音，中国文字总会保持其基本的形式。白话文运动的兴起是很自然的，其来源有自，至五四而始蓬勃，其主旨是正确的，其作用在于拉近语言与文字之距离。

白话文是一笼统名词，其中也有类别、等级、成色之分。最普通的白话文就是"口里怎么说，笔下就怎么写"的那种文字，一般报纸上的报道文章这样写，就是文学作品中也有不少是很近于"语体"的，尤其是小说，尤其是方言小说。这种白话文，读起来省力，有时候也别有风味，但是一般而论不够精致，不够雅健，有时候嫌太罗嗦。这种文字，其弊在于有白话而无文。现在似乎有不少人已有了解，白话归白话，文归文，要写精致一点的"白话文"须要借鉴"文言文"，从中学习中国文字之传统的技巧。如果一个人不能写出相当通顺的文言文，他大概也不会写出好的白话文。

文白夹杂，很多人引以为病。其实这是自然发展。白话文运动初期，排斥文言文，以为文言是死文字，视用典为游戏，这种热狂是可以理解的，现在热狂消歇，文言文的好处又渐为人所赏识。文言文的词藻用典未尝不可融化在白话文里。我们谈话本来也应该求其文雅简练，何况写成为文字？所以我看文白夹杂不足为病，只要不是饾饤成篇故炫渊博。

中文而欧化，是值得研讨的问题。鲁迅的文字就时常有生硬欧化的痕迹，例如"我决心和猫们为敌""狗们在大道上配合""上海有各国的人们""这些眼睛们"，其中的"们"字表示复数，但在中文里实无此必要。西文句中多子句，形容词子句或副词子句等，按照中文文法，子句并不明显的标示，若是按照西文的文法而亦标明其为子句，或是将子句纳入主句之中，则冗长累赘，往往不能令人卒读。不高明的翻译（如硬译）助长这种欧化的趋势。新字或新词有时有使用的必要，但是也要审慎。太俚俗的固不足取。浮滥的新名词往往徒乱人意。常见有些文字，满纸"架构""取向""层次""认同""落实""回馈"……我感觉不像是纯正的中文，像是翻译。

丘：作为一位散文家，散文得益于什么？在写散文中您的乐趣是什么？劝人把散文写好，应注意些什么？

梁：我在学校读英文的修辞学，老师教我如何作文。有了题目，想想说什么，分成几个段落，每一节须有一个主题句，据以作成一个大纲，然后开始写。这方法虽稍嫌呆板，然于整理思路控制格局确有效益。无论是议论文、叙事文、描写文、抒情文，照这方法去写，必定大致不差。这方法可以应用于中文的写作。

我以后作文，虽未必墨守这个成规，但从不率尔操觚。昔人所谓"腹稿"，事实上还是先有一番精思。

苏东坡有几句话，颇为大家所艳称。他说："（作文）如行云流水，初无定质，但常行于所当行，常止于不可不止，文理自然，姿态横生。"才人高致，非常人所能企及。徐志摩为文，尝自谓"如跑野马"，属于"下笔不能自休"一类，虽然才情横溢，究非文章正格。

我在学校上国文课，老师教我们读古文，大部分选自《古文观止》《古文释义》，讲解之后要我们背诵默写。这教学法好像很笨，但无形中使我们认识了中文文法的要义，体会了摭词练句的奥妙。他也偶然选一篇报纸上的社论要我们看，告诉我们白话文也有高明之作。有一阵子每个星期或每两星期，我们要缴一篇作文，有一位老师改国文卷的方式最特别，他很少改笔，他大幅度的删削，大涂大抹，把千把字的文章缩成百把字的短文，他说这叫做"割爱"。我悟出了一点道理，作文要少说废话。短的文章未必好，坏的文章一定长。

丘：在所有文学创作的文类之中，为什么您选择了散文这个文类？能不能谈谈您对年轻一代散文作家作品的看法？

梁：我写散文，不是有意选择。我最初尝试的创作是新诗，年轻人情感炽盛，所谓多愁善感是人所难免的。写诗是最顺理成章的抒情方式。那时正值白话诗盛行，白话就可以成诗，方便不过。写一首白话情诗，寄给意中人，是无与伦比的心理满足。但是读了一些中外的诗篇之后，渐渐觉得诗不能专靠一股情感，还要有思想、有意境、有技巧。诗有别才，勉强不得。于是我到了适当的时候就不再写诗，不写诗就只好写散文，别无选择。

小说与戏剧皆吾所好，二者均需要一种"构造美"

（architectonic beauty）我自己知道，如果有所创作，我或可努力试作点的深入，或线的延长，但是缺乏立体建筑的力量，因此对此二类型未敢轻易尝试。因此我只好写散文，虽然写好散文亦非易事。我写了几十年，仍然难得写好。

年轻一代散文作家辈出，有些位特别杰出，或叙事状物逸趣横生，或写身边琐事温馨细腻，或委婉多讽谈言微中，或清新隽永娓娓动人，或剖析哲理发人深省，或语涉玄妙富有禅机……各极其妍，不胜列举。总之，现在年轻一代，比起上一代，或更上一代，都有进步。

丘：您花了七年的时间写作《英国文学史》。为什么选择写作《英国文学史》？在写前您做些什么样的准备？写作中遇到过困难吗？如何解决？

梁：我六十五岁时依法退休，结束我四十年教书的生涯，回顾过去实在没有成绩可说，只有一些笔记讲稿乱七八糟一大堆，都是有关英国文学方面的。有心加以整理，一时腾不出工夫，因为我正忙着译莎士比亚。全集译完出版，了却一桩大事，立即着手整理旧稿，决计编写一部《英国文学史》，作为我四十年教书的纪念，并未存心"嘉惠后学"。编写中遭鼓盆之痛，所受打击甚大，工作为之暂停。寻思解忧之道莫善于努力工作，乃集中力量于此书之编写，前后耗时七载有余，卒于一九七九年完成，一九八五年出版。迟迟出版的原因是篇幅太多（文学史一千九百二十九页，文学选二千六百二十三页，共四千五百五十二页），不易觅得适当的出版者，最后得林挺生先生之助交由协志工业丛书出版公司出版。

写作中的困难不一而足。英国文学史虽然只有八九百年，但内容十分丰富，通常分为三大段：古英文时期，中古英文时期，近代英文时期。这是以文字性质来区分的。我对古英文所知甚少，不能不藉助于现代英文的翻译，因此古英文时期的文学在我编的文学史里所占篇幅很少。多少年来我怀着一个希望，盼能鸠合一班同事分别担任一个时代的文学之研究并讲授，进一步合力编写一部英国文学史，但是均未成功。我独力担任此一工作，实非得已。

史以人物为主，人以作品为主。而引录作品不能占据篇幅过多以致妨碍正文，故决定另编一部《英国文学选》作为姊妹篇，供读者参考。长篇巨制无法容纳，有些篇章且难于多译，更有许多作品应译而未译，实为缺憾。

文学史写到十九世纪末，文学选离适可而止的地步尚远，然而 我已精疲力竭。

丘：您为远东图书公司编了一本英汉字典，直到现在学生们仍使用。当时为什么会编这样一本字典？能否谈谈编英汉字典的甘苦？

梁：编字典是苦事，其中也有乐趣，但不多，代价太大。是真正的"稻粱谋"，英文所谓grub street。有一些事，有能的人不肯做，无能的人做不好。编字典大概属于此类。从一九四九年起，到如今近四十年，我一直摆脱不了字典的纠缠。有人说，这是"燃烧自己，照亮他人"的工作，究竟真能照亮了多少人我不知道（字典销行的数量是商业的机密），自己却是烧得焦头烂额了。时间耗去太多，目力受损不少。

开始编字典是于一九四九年给世界书局的《四用字典》做一补编。是我从来没尝试过的工作，还觉得满新鲜有趣的，一切摸索着进行，因为要求的范围不大，半年就竣事了，参加工作者连我一共三人。稿子交出之后，就像卖出去的货物，至今尚未见到增补的《四用字典》是什么样子。

一九五三年夏远东图书公司邀约编一中学适用的英汉字典，这是我正式主编一部字典的开始。连我自己在内一共五人通力合作，于十个月内完成。虽内容甚简，仅收单字一万有奇，但是从中获得经验。厥后不断从事扩充，《最新实用英汉字典》由收字四万左右，增至八万，再增至十六万余，一九七一年完稿，一九七五年出版，我艰苦的主编工作至此告一段落。主编的责任包括策划，邀聘合作人员，逐月开会检讨，汇集参考资料，审阅初稿增改内容，最后校阅全部清样。清样有两千四百多页，全是密密麻麻的小字。

主编字典的人好像还要负责"售后服务"责任。读者在字典里找不到他所要找的字，要来信质问、批评、建议。任何字典都不能包罗万象巨细靡遗。但是凡有指教，能接受者无不接受，而且专函奉复。一般的字典广告喜欢夸大其词，动辄曰收入新字最多。吸收新字固然要紧，然而谈何容易。理想中的出版业者应该有个健全的编辑部，如果出版字典，便该有人专门经常负责收集资料，资料是要从各种出版物中觅取的，不是临时现抓的。我们的出版业者现在似尚不足以语此。出版事业是文化事业，现在似嫌商业性质太浓而文化气味太薄。字典的出版家注意的是销路，编辑人追求者是内容的不断精进，其间有一点距离。

我主编了英汉辞典之后，又编有《汉英辞典》及《英文成语辞典》，由于体力的关系此后不能继续在这方面努力了。

丘：您年轻时可以一次吃十二个馒头，或是一次三大碗炸酱面。您写了本《雅舍谈吃》，近年您因为糖尿，吃受了限制，能否谈谈您心中"吃的文化"？

梁：在清华高等科四年级时，上第四堂课便常饿得腹内雷鸣，要用双手按着胃部以免扰人。一下课奔到饭厅，曾经一口气吃十二个馒头，很松软的馒头。好羡慕长颈鹿，食物慢慢的从颈部咽下去一定很舒服。如今休提当年勇，廉颇不复能健饭矣。

填饱肚子是一件事，品味又是一件事。有钱，有闲，固然讲究吃，各地方的平民父老也尽多知味的人。我们中国幅员大，各地口味不同，此中国烹饪之所以为伟大。现在大陆上吃的文化已经沦亡，在台湾亦几近于澌尽。我常涉足的餐馆，几乎都是一窝蜂的加味精，加糖，加太白粉。够标准的醋溜鱼、回锅肉、辣子鸡，好像已成广陵散。想吃像样的包子都不容易如愿。有人在包子馅内加咸鸭蛋黄，加辣椒！烹饪之术讲究师傅，一个师傅门下的徒弟多人，不见得个个都能得到衣钵真传，要看各人的天分。烹饪可以出新招，不可出怪招。

我觉得我们该有一个像法国的《米舍兰向导》那样客观批评的刊物，也许可以多少挽救我们日趋衰微的吃的文化。

丘：中国文人除了授业解惑，著书立说之外，在生活上常以书法、书画来消遣。您年轻时画过梅，后来也一直写书法，另外您也听戏，也下围棋。能否谈谈您为什么画梅，后来又不画了？在围棋中您又有什么心得？写书法有什么诀窍？又能否说说您看戏听戏的经验？

梁：书法，年轻时临过两年碑帖，此后一直未下功夫，如何能写得好？作为一个中国文人，应该能用毛笔写字。我写稿用墨水笔"原子笔"，只有在应邀挥毫时才搬出文房四宝，所以我的字无足观。连横平竖直都没有做到还说什么书法？

画，从小喜欢涂两笔，芥子园画谱是我的启蒙师，珂罗版印的金冬心画梅小册引导我发生了圈圈点点画墨梅的兴致，但是依猫画虎，自己没有创作力。及长，也就把画事搁下了。至于如今再也提不起画笔来。

听戏，这是北京长大的孩子最普通的嗜好。我赶上了评剧盛期的末尾，听过孙菊仙、陈德霖、杨小楼、刘鸿声、德珺如、龚云甫、裘桂仙，以及梅兰芳等名角，谭鑫培只听过一次，当时年太小，没有印象。我记得小时候跟父亲在致美斋厚德福吃午饭，由小伙计到三庆、文明、同乐去占座位，两点以后再去听戏，饭馆随后就送来水果点心茶食之类，开怀大吃。可是戏院环境我不喜欢，又挤又脏又乱。自从进了清华远在郊外，遂与听戏几乎绝缘。评剧的妙处在于唱与做，尤其在唱，所以说听戏，海派才说看戏。有什么样的观众才能有什么样的戏。现在观众变了，懂戏的人少了，爱听戏的人也少了，评剧焉得不式微？我在台湾很少听戏，先是听过几次顾正秋的戏，后又看了朱陆豪的武戏，都得到很大的快乐。

围棋，我也喜欢。此事有赖天才，且宜从小下手。我自知无此才能，故亦不深嗜，但对于名家棋赛的消息仍感兴趣。

丘：您的夫人韩菁清女士喜欢养猫。您为了猫喜食鲜鱼，每日为猫到市场买鲜鱼。晚上猫枕着您的腿睡着了，您腿麻也不忍心移动一下。能否谈谈您对宠物是持什么样的感情？

梁：我家的白猫王子今年九岁了，它老早在我心目中是我家中的一员，不仅是宠物。资深的宠物到时候自然会升等。我如今不仅喜爱它，还尊重它。它要卧在哪里，就由它卧在哪里。不勉强它过来偎偎抱抱。我尊重它的行动自由。有时候它窜上书桌，不偏不倚的趴在我的稿纸上，呼呼大睡，我也由它，我趁此休息也好。冬夜它喜欢钻进我的被窝，先是蜷伏脚下，继而渐渐上窜，终乃和我共枕而眠。

你若问我为什么爱猫，我也说不出道理。大抵娇小玲珑的动物都可爱。猫若是大得像一只老虎，我就不想摸它。猫一身的温柔滑润的毛，或长或短，摸上去非常舒服。有人养天竺鼠，有人养小乌龟，各有所好。

　　本来由我给猫买鱼，后来菁清看我不胜负荷，这份差事由她揽过去了。给三只猫刷洗清洁喂药都是菁清的事，她甘之如饴，若没有她独任艰巨，我不可能养猫。

　　丘：好了，最后我们想请教，您对已过去的八十五年有无遗憾，现在您最希望的事是什么？

　　梁：人生焉得没有遗憾的事？按照"不如意事常八九"的说法，遗憾的事情可就多了。我不那样悲观。

　　我认为遗憾的事大概不出几类：

　　应该读的书没有读，应该做的事没有做，岁月空度，悔已无及。

　　有机会可以更加亲近的大德彦俊，失之交臂，转瞬间已作古人。

　　三、对我有恩有情有助的人，我未能尽力报答，深觉有愧于心。

　　四、可以有幸去游的名山大川而未游，年事蹉跎，已无济胜之资。

　　五、陆放翁"但悲不见九州同"，我亦有同感。

　　如今我最希望的事只有一件：国泰民安，家人团聚。

　　*本文发表于一九八七年五月一日中国台北《联合文学》第三十一期。

## 白猫王子九岁

　　有人问我为什么喜爱猫，我一时答不上来。我们喜爱一件事物，往往不是先有一套理由，然后去爱，即使不是没有理由，也往往是不自觉其理由之所在。不过经人问起，就不免要想出一些理由来支持自己的行为。总不能以"本能"二字来推托得一干二净。

　　我是爱猫，凡是小动物大抵都可爱。小就可爱。小鸟依人，自然楚楚可怜，"一飞冲天鸣则惊人"的大鸟，令人欣赏，并不可爱。赢得无数儿童喜爱的大象林旺，恐怕谁也不想领它回家朝夕与共。小也有小的限度，如果一个小得像赵飞燕之能作掌上飞，那个掌恐怕也不是寻常的掌。不过一般而论，娇小玲珑总胜似高头大马。猫，体态轻盈，不大不小，不像一只白象，也不像一只老鼠，它可以和人共处一室之内，它可以睡在椅上，趴在桌上，偎在人的怀里，枕在人的腿上。你可以抱它，摸它、搔它、拍它；它不咬人，也不叫唤，只是喉咙里呜噜呜噜的作响。叫春的声音是不太好听，究竟是有季节性的，并不一年到头随时随刻的"关关雎鸠"。猫有一身温柔泽润的毛，像是不分寒暑永远披在身上的一件皮袍，摸上去又软又滑，就像摸什么人身上穿的一件貂裘似的。

　　白猫王子初来我家，身不盈尺，栗栗危惧，趴在沙发底下不敢出来，如今长得大腹便便，夷然自若，周旋于宾客之间。时间过得真快，猫犹如此，人何以堪？它现在是有一点老态。据我看，它的健身运动除了睡醒弓身作骆驼状之外就是认定沙发的几个角柱狠命的抓挠，磨它的爪子，日久天长把沙发套抓得稀巴烂，把里面的沙发面也抓得稀巴烂，露出了里面装的败絮之类。不捉老鼠，磨爪做啥？也许这就是它的运动。有的人家知道猫的本性难移，索兴在它磨砺以须的地方挂上一块皮子。我家没有此装饰，由它去抓。猫一生能抓破几套沙发？

　　日本人好像很爱猫，去年一部电影《子猫物语》掀起一阵爱猫风潮之后，银座一家百货公司举行"世界猫展"。不消说，埃及猫、南美猫、波斯猫、日本猫全登场了。最有趣的是，不知是过度的自尊感还是自卑感在作祟，硬把日本猫推为第一，并且名之为"日本第一"。我看它的那副尊容，长毛大眼，短腿小耳，怕不是什么纯种。不过我也承认那只猫确是很好看。白猫王子不以色事人，我也不会要它抛头露面的参加展览。它只是一只道道地地的台湾土猫。老早有人批评，说它头太小，体太大，不成比例。我也承认它没有什么三围可夸。它没有波斯猫的毛长，也没有泰猫的毛细。但是它伴我这样久，我爱它，虽世界第一的名猫不易也。

　　今天是白猫王子九岁生日，循例为文祝它长寿。

　　　　　　　　　　　　　　　　　　一九八七年三月三十日

# 大 学 校 长

　　三月十六日美国的《新闻周刊》关于英国牛津大学校长的报道，很有趣。其说如下：

　　牛津大学校长是终身职，没有薪给。他也不须要做多少事，只要偶然披戴起中古留传下来的方帽长袍，用拉丁文发表一篇演说。任何人想谋求这个职位，不必做竞选那一套把戏。前首相马克米伦担任这校长职达二十六年之久，去年十二月以九十二岁高龄逝世，他曾回忆说："当年没有选举演说，没有竞选运动，没有讲演，没有电视。"但是这职位有特殊的声望，因为它已有七百多年的历史。因此目前有三位英国政坛知名之士都想在本星期内选举中做马克米伦的继任者，英国报界竞相报道。

　　校长是经由选举而产生的，不是官派的。凡是牛津大学出身拥有硕士学位者都有投票选举权，大约为数四万，实际参加选举的恐不过十分之一。候选者本人虽不竞选，其支持者则有代为奔走之事。现在校长出缺，有意继任者三人，而且带有政治意味，可视为现任首相柴契尔夫人声望之测量器。一位候选人是她的劲敌，前首相希兹，乃保守党中之自由派，柴契尔于一九七五年夺去其保守党领袖之位置。另一位候选人詹金斯乃社会主义者之中间派，过去工党政府中担任过阁员，曾协助建立社会民主党。和这二位齐头并进竞取此职者是布雷克爵士，著名的牛津历史学者，和保守党有密切的政治联系，被人视为'柴契尔的人'。

唐金斯一派人士称他为"妇女界候选人"。他的拥护者包括郎福德夫人及其女佛雷塞，母女均为英国著名作家。布雷克的一位支持者斥私财三千元作为致函各处牛津人劝导投票的邮资。有人说："大学校长的位置不该作为失意政客的慰劳品。"

牛津大学第一位校长格罗塞台斯特于一二二四年当选，厥后有一大串著名人士继其职位，他们看了目前状况恐怕不免一惊。他们当中包括克伦威尔，威灵吞公爵，维多利亚女王之夫阿尔伯特亲王等。圣约翰斯提瓦斯，英国作家与政治家，是希兹最有力支持者之一，他说这番大学校长之争不仅是个人资望之考验。目前英国大学面临政府补助锐减之际，牛津大学需要一位能设法抵抗吝啬政府的人物，"这次选举不会是英国的古怪习俗之又一次表演，"圣约翰斯提瓦斯说，"将是委任一位在国内外享有声望且能保卫牛津剑桥一类伟大大学的人物。"牛津的下一位校长恐将有点事情要做了。

以上是《新闻周刊》伦敦的两位访员的报道。选举结果如何，尚不知悉。

我们看了以上报道有何感想？

牛津大学是英国最古老的大学，创于一一六八年，由三十四个学院五个私人办的讲堂组成。每个学院独立自主，早期以神学与人文学科著名，自从罗杰·培格加入，自然科学也受重视。目前学生在万人以上。我们中国现在尚无这样规模宏大历史悠久的大学。

大学校长不由官方委派，而由校友中有硕士学位者选举，由我们现在看来应该算是件新鲜事。大学校长而没有薪给且为终身职，更是一件新鲜事。牛津大学校长虽不必做什么事，偶然用拉丁文发表一篇演说，其事亦颇不简单。现在有几个人能说拉丁话？听众中有几个人能听得懂？大学校长所以肯做这样的事，恐怕其用意不外是维持传统。凡是传统，如果没有衍生出什么害处，都不妨维持。学校而能培养出一个传统，是很不容易的，要推翻一个传统往往易如反掌。

一位理想的大学校长应该具备什么条件，我想大家心里有数，虽不必尽同，可能大致不差。不必年高，但是一定要德劭。要学有专长，但是也要见多识广，气度恢宏。要精明强干，同时也要礼贤下士。要能广筹经费，也要取之有道……这样说下去，我们心目中一位理想的大学校长简直就是曾涤生所谓"有民胞物与之量，有内圣外王之业"的"天地之完人"。完人到哪里去找？

## 六 朝 如 梦
### ——记六十年前的南京

> 江雨霏霏江草齐，六朝如梦鸟空啼。
>
> 无情最是台城柳，依旧烟笼十里堤。

这是唐末五代前蜀诗人韦庄的一首七言绝句《金陵图》，咏的是一幅图画，有怀古感慨之意。金陵自古帝王洲，明成祖迁都北京，金陵始有南京之名。龙蟠虎踞，再加上六朝金粉，俨然江南文化重镇，历来文人雅士常有吟咏描述的篇章。韦庄的这一首是最著名的之一。

民国十五年秋，我在南京有半年的勾留，赁屋于东南大学大门对面的蓁巷。从海外归来，初到南京，好像有忽然置身于中古时代之感。以面积论，南京比北京大。从下关进入市内，唯一的交通工具是破旧的敞篷马车，路旁大部分是田畴草牧。南京的饮水要由挑夫或水车从下关取江水运到市内，江水是黄泥浆，家家都要备大水缸，用明矾澄清之后才能饮用。南京有电灯厂，电力不足，灯泡无光，只露丝丝红线，街灯形同虚设，人人预备手电筒。至于厕所，则厕列蹲坑，不备长筹，室有马桶，绝无香枣。每年至少产卵三次，每次至少产卵二百的臭虫，温热带地区无处无之，而"南京虫"之名独为天下所熟知，好像冤枉，不过亲自领教之后亦知其非浪得虚名。

因韦庄诗说起台城，我就先从台城说起。台城离我的学校和住处很近。一日午后课毕，偕友步行趋往。所谓台城，本是台省与宫殿所在之地的总称，其故址在鸡鸣山南乾河沿北。今习称鸡鸣寺北与明城墙相接的一段为台城遗址，实乃附会。但是台城太有名了，相传梁武帝萧衍于侯景之乱饿死于此。也有人说梁武帝并非饿死，实因老病于战乱之中死去。所有这些历史上的事实，后人不暇深考，鸡鸣寺附近那一段城墙大家认为是台城，我们也就无妨从众了。那一段城墙有个颇为宽大而苔藓丛生的墁砖的斜坡，循坡而上，即至墙头。这地方的景观甚为开廓，王勃《梓州福会寺碑》所谓"右萦层雉，左控崇峦"庶几近之。不过到处都是败壁摧垣，有一片萧索寂寥之感。我去的那一天，正值初秋，清风飒至，振衣当之，殊觉快意。想起台城在六朝的故事，由梁武帝想到陈后主，也不知那景阳井（即胭脂井）究竟在什么地方，只觉得一幕幕的历史悲剧曾在这一带扮演过，不禁兴起阵阵怀古的哀愁。这时节夕阳西下，猛听得远远传来军中喇叭的声音，益发凄凉，为之愀然，遂偕友携手踉跄而下。以后我们还去过许多次，凄迷的淑景至今不能忘。

南京有两个湖，一大一小。大的是玄武湖，小的是莫愁湖。玄武湖在南京城东北，周长约十五公里，面积约四平方公里半，其中有几个岛屿。本是历朝操练水兵和帝王游宴之所，后来废湖为田，又曾几度疏浚为湖，直到清末辟为公园，习称后湖。其间古迹不少，如东晋郭璞的坟墓等。萧统编《昭明文选》也是在这个地方。我曾去过后湖两次，匆匆不及深入观赏，只见到处是席棚茶座，扰攘不堪。莫愁湖小得多，在水西门外，周长仅约三点五公里。相传南齐时代,洛阳女子莫愁远嫁到此地的卢姓人家,夫君远征,抑郁寡欢,湖因此得名。此说似不可信,因六朝时此地尚属大江的区域,莫愁湖之名始见于北宋乐史《太平环宇记》。湖虽小,但有一段不平凡的历史。传说明太祖朱洪武曾在这湖上和徐达下过一局棋,赌注就是莫愁湖,徐达赢了,莫愁湖就成了他的别墅。后来好事者在此建了一座楼,名"胜棋楼"。大门口还有一副对联:

粉黛江山留得半湖烟雨

王侯事业都如一局棋枰

倒也稳妥贴切,可惜那局棋谱没有留下,无由窥测徐达的黑子棋怎样在白子中间摆出了"万岁"二字。我去游赏过一次,湖山仍旧,只是枯荷败柳,一片荒凉。

莫愁湖一度号称"金陵第一名胜",而我最欣赏的地方却是清凉山下的扫叶楼。扫叶楼是明末清初高人画士龚贤(半千)的隐居之地,在水西门外,毗近莫愁湖。驱车至清凉寺,拾级而升,数转即可登楼上。半千是昆山人,流寓金陵,结庐于清凉山下,葺"半亩园",筑"扫叶楼",莳花种竹,远离尘嚣,以卖书鬻画自给。从游者甚众,编《芥子园画传》之王概即出其门下。我游扫叶楼,偕往者胡梦华卢冀野,二君皆已下世。犹忆在扫叶楼上瀹茗清谈,偷闲半日。俯视半亩园,局面甚小,而趣味不俗。明末清初,江南固多隐逸,"金陵八家"以半千为首。其画"用笔厚重,用墨丰秾",与时下泼墨之风迥异。半千不独以书画胜,人品之高尤足令人起敬。壁间中央供扫叶僧画像一帧,惜余当时未加详察,今已不复记忆是半千自画像的原本,抑是后人摹拟之作。对半千其人，我至今怀有敬意，因而对扫叶楼印象亦特别深刻。

明初宫殿建筑几已完全毁于兵燹，唯孝陵木构殿堂之石基尚在，石碑翁仲以及神兽雕刻大体完好，具见其规模之宏大。陵前殿址有屋数楹，想系后人所筑，游客至此可以少憩。壁间悬朱元璋画像，不知何人手笔，獐头鼠目，长长的下巴，如猪拱嘴，望之不似人君。也有人说此像相当逼真，帝王之相固当有异常流。我对朱元璋个人的印象相当复杂，以一个平民出身的人而能克敌制胜位至九五，当然颇不简单，但其为人之猜忌残酷，亦历来所少有。他入葬孝陵，殉葬者有十余人，极人间之惨事。明清两代荒谬绝伦之文字狱，朱元璋实开其端。我凭吊其陵寝，很难对他下一单纯之论断，从陵门到孝陵殿基址，有一拱形墓门隧道直抵墓门，据专家言乃一伟大的建筑设计。

从明陵折返，途经一小博物馆，内中陈列若干古物之中有一块高与人齐的石头，上面血渍殷然，据云是方孝孺洒的血。我看了大为震撼。方孝孺一代大儒，因拒为明燕王棣篡位草诏而被判大逆，诛九族，方曰"诛十族亦无所惧"，于是于九族之外加上门生一族，八百七十余人死之！这是历史上专制帝王最不人道的暴行！这也是重气节的读书人为了正义而付出的最大的代价。我在小学读历史，老师讲述过诛十族的故事，即不胜其愤慨，如今看到这血渍石，焉得不为这惨痛的往事而神伤？

到了南京而不去秦淮河一游，好像是说不过去。东南大学外文系教授李辉光、畜牧系的教授罗清生，经常和我在一起游宴。有一天我提议去看看这"烟笼寒水月笼沙"的胜景，二公无兴趣，强而后可。在华灯初上的时候，我们到了河畔。哇！窄窄的一条小河，好像是一汪子死水，上面还泛着一些浮沤，两岸全是破敝的民房，河上泊着几只褪色的游艇。我们既来则安，勉强的冲着一只游艇走去，只见船舱中走出一位衣履不整的老妪，带着一位浓妆艳抹俗不可耐的村姑出来迎客。我们不知所措，狼狈而逃，恐怕真是赢得李太白诗中所谓"两岸拍手笑"了。未来之前不是没有心理准备。明知这条传说中"祖龙"开凿的河渠，两岸有过多少风流韵事，都早已成为陈迹，不复存在，但是万没想到会堕落荒废到如此的地步。只能败人意，扫人兴，怎能勾起人一丝半点的思古之幽情？朱自清写过一篇《桨声灯影里的秦淮河》，为人传诵，他认为当时的秦淮河上的船依然"雅丽过于他处而又有奇异的吸引力"，我不能不惊服佩弦先生的胃口之强了。

金陵号称有四十八景，可观之地当然不止上述几处，我课余得闲游览所及如是而已。友辈往还，亦多乐事。张欣海、余上沅、陈登恪和我，当时均无室家，如无其他应酬，每日晚餐辄相聚于成贤街一小餐馆。南京烹调并不独树一帜，江南风味，各地相差不多。我们每餐都很丰盛，月底结账，四人分摊，每人摊派三十余元，约合一般教授月薪六分之一。有一天，李辉光告我，北门桥有一西餐馆供应鹿肉，唯须预订，俟猎户上山有获，即通知赴宴。我为好奇，应允参加一份。不久，果然接到通知，欣然往。座客六七人。鹿唯两只腿可食。虽非珍馐，究属难得一尝的野味。其实以鹿肉供食，在我国古时是寻常事。《礼记·内则》："春宜羔豚……夏宜腒鱐……秋宜犊麛……冬宜鲜羽……"麛，同麑，小鹿也。又提到鹿脯、麋脯、麇（437）脯之类。可见食鹿肉并不希奇。

罗清生最善拇战，豁拳赌酒，多半胜券在握。我曾请教其术，据告并无秘诀，唯须默察对方出拳之路数，如能看出其中变化之格式，自然易于猜中，同时自己之路数亦宜多所变化，务使对方莫测高深。因思孙子兵法谋攻篇所谓"知彼知己，百战不殆"，大概即是这个道理。我聆教之后，数十年间以酒会友拳战南北几乎无往不利。

图书馆主任洪范五先生亦我酒友之一，拇战时声调高亢，有如铜锤花脸。其寝室内经常备有一整脸盆之茶叶蛋，微火慢煨，蛋香满室。不独先生有此偏嗜，客来必定食蛋一枚。每蛋均写有号码，以志炖煮之先后。来客无不称美，主人引以为乐。

民国十六年春，革命军北伐，直薄南京，北军溃败，学校停课改组，我未获续聘，因而结束我在南京半载之盘桓。六十年前之南京，其风景人物，已经如梦，至若怀想六朝时代之金陵，真是梦中之梦了。

骂人的艺术

# 序

　　民国十六年五月一日至八月九日上海《时事新报》的《青光》一栏，是由我编辑的。在这三个多月的期间，我在《青光》上写了不少的短篇文字，本来这些不曾用心写的东西，不值得再来印行。但是我想：一个凤性严重的人忽然发疯一般作了三个月不严重的文字，在我自己是一件可纪念的事；同时还有远道的朋友因为买不到《时事新报》，看不见我的文字，我很想给他们看看。所以我决计把些庞杂的短文聚集起来，删去了一大半，把比较通顺的留在这里。

　　这集里面没有"文学"，没有"艺术"，也没有"同情"，也没有"爱"，更没有"美"。里面有的，只是"闲话""絮语""怨怒""讥讽""丑陋"和各式各样的"笑声"。我恐怕读者寻不到他所要寻的东西，所以预先声明在此，免得误购后悔。

秋郎

八月二十四日上海

# 骂人的艺术

古今中外没有一个不骂人的人。骂人就是有道德观念的意思，因为在骂人的时候，至少在骂人者自己总觉得那人有该骂的地方。何者该骂，何者不该骂，这个抉择的标准，是极道德的。所以根本不骂人，大可不必。骂人是一种发泄感情的方法，尤其是那一种怨怒的感情。想骂人的时候而不骂，时常在身体上弄出毛病，所以想骂人时，骂骂何妨？

但是，骂人是一种高深的学问，不是人人都可以随便试的。有因为骂人挨嘴巴的，有因为骂人吃官司的，有因为骂人反被人骂的，这都是不会骂人的原故。今以研究所得，公诸同好，或可为骂人时之一助乎？

## 一　知己知彼

骂人是和动手打架一样的，你如其敢打人一拳，你先要自己忖度一下，你吃得起别人的一拳否。这叫作知己知彼。骂人也是一样。譬如你骂他是"屈死"，你先要反省，自己和"屈死"有无分别。你骂别人荒唐，你自己想想曾否吃喝嫖赌。否则别人回敬你一二句，你就受不了。所以别人若有某种短处，而足下也正有同病，那么你在骂他的时候，只得割爱。

## 二　无骂不如己者

要骂人须要挑比你大一点的人物，比你漂亮一点的，或者比你坏得万倍而比你得势的人物。总之，你要骂人，那人无论在好的一方面或坏的一方面都要能胜过你，你才不吃亏。你骂大人物，就怕他不理你，他一回骂，你就算骂着了。因为身份相同的人才肯对骂。在坏的一方面胜过你的，你骂他就如教训一般，他即便回骂，一般人仍然不会理会他的。假如你骂一个无关痛痒的人，你越骂他他越得意，时常可以把一个无名小卒骂出名了，你看冤与不冤？

## 三　适可而止

骂大人物骂到他回骂的时候，便不可再骂；再骂则一般人对你必无同情，以为你是无理取闹。骂小人物骂到他不能回骂的时候，便不可再骂，再骂下去一般人对你也必无同情，以为你是欺负弱者。

## 四　旁敲侧击

他偷东西，你骂他是贼；他抢东西，你骂他是盗，这是笨伯。骂人必须先明虚实掩映之法，须要烘托旁衬，旁敲侧击，于紧要处只要一语便得，所谓杀人于咽喉处着刀。越要骂他你越要原谅他，即便说些恭维话亦不为过，这样骂法才能显得你所骂的句句是真实确凿，让旁人看起来也可见得你的度量。

## 五　态度镇静

骂人最忌浮躁。一语不合，面红筋跳，暴躁如雷，此灌夫骂座，泼妇骂街之术，不足以言骂人。善骂者必须态度镇静，行若无事。普通一般骂人，谁的声音高便算谁占理，谁的来势猛便算谁骂赢，唯真善骂人者，乃能避其锋而击其懈。你等他骂得疲倦的时候，你只消轻轻的回敬他一句，让他再狂吼一阵。在他暴躁不堪的时候，你不妨对他冷笑几声，包管你不费气力，把他气得死去活来，骂得他针针见血。

## 六　　出言典雅

骂人要骂得微妙含蓄，你骂他一句要使他不甚觉得是骂，等到想过一遍才慢慢觉悟这句话不是好话，让他笑着的面孔由白而红，由红而紫，由紫而灰，这才是骂人的上乘。欲达到此种目的，深刻之用意固不可少，而典雅之言词则尤为重要。言词典雅则可使听者不致刺耳。如要骂人骂得典雅，则首先要在骂时万万别提起女子身上的某一部分，万万不要涉入生理学的范围。骂人一骂到生理学范围以内，底下再有什么话都不好说了。譬如你骂某甲，千万别提起他的令堂令妹。因为那样一来，便无是非可言，并且你自己也不免有令堂令妹，他若回敬起来，岂非势均力敌，半斤八两？再者骂人的时候最好不要加入以种种难堪的名词，称呼起来总要客气，即使他是极卑鄙的小人，你也不妨称他先生，越客气，越骂得有力量。骂的时节最好引用他自己的词句，这不但可以使得他难堪，还可以减轻他对你的骂的力量。俗话少用，因为俗话一览无遗，不若典雅古文曲折含蓄。

## 七　　以退为进

两人对骂，而自己亦有理屈之处，则于开骂伊始，特宜注意，最好是毅然将自己理屈之处完全承认下来，即使道歉认错均不妨事。先把自己理屈之处轻轻遮掩过去，然后你再重整旗鼓，着着逼人，方可无后顾之忧。即使自己没有理屈的地方，也绝不可自行夸张，务必要谦逊不遑，把自己的位置降到一个不可再降的位置，然后骂起人来，自有一种公正光明的态度。否则你骂他一两句，他便以你个人的事反唇相讥，一场对骂，会变成两人私下口角，是非曲直，无从判断。所以骂人者自己要低声下气，此所谓以退为进。

## 八　预设埋伏

你把这句话骂过去，你便要想想看，他将用什么话骂回来。有眼光的骂人者，便处处留神，或是先将他要骂你的话替他说出来，或是预先安设埋伏，令他骂回来的话失去效力。他骂你的话，你替他说出来，这便等于缴了他的械一般。预安设埋伏，便是在要攻击你的地方，你先轻轻的安下话根，然后他骂过来就等于枪弹打在沙包上，不能中伤。

## 九　小题大做

如对手方有该骂之处，而题目甚小，不值一骂，或你所知不多，不足一骂，那时节你便可用小题大做的方法，来扩大目标。先用诚恳而怀疑的态度引申对方的意思，由不紧要之点引到大题目上去，处处用严谨的逻辑逼他说出不逻辑的话来，或是逼他说出合于逻辑而不合乎理的话来，然后你再大举骂他，骂到体无完肤为止，而原来惹动你骂的小题目，轻轻一提便了。

## 十　远交近攻

一个时候，只能骂一个人，或一种人，或一派人。决不宜多树敌。所以骂人的时候，万勿连累旁人，即使必须牵涉多人，你也要表示好意，否则回骂之声纷至沓来，使你无从应付。

　　骂人的艺术，一时所能想起的有上面十条，信手拈来，并无条理。我做此文的用意，是助人骂人，同时也是想把骂人的技术揭破一点，供爱骂人者参考。挨骂的人看看，骂人的心理原来是这样的，也算是揭破一张黑幕给你瞧瞧！

## 生病与吃药

不幸生而为人，于是便难免要生病。所以人生的几大关键——生、老、病、死，病也要算其中之一。一般受资本家压迫的人，往往感觉到生病之不应该，以为病是应该生在有钱人的身上。其实病之于人，大公无私，初无取舍，张三的臀部可以生疮，李四的嘴边也许就同时长疔，谁也说不定。不过这吃药的问题，倒不是人人能谈得到的。你说，我病了应该吃药，请你借我几个钱买药，你就许摇头。所以说，病是人人可生，而药非人人得吃也。

听说药有中西之分。听说又有所谓医院者，病人进去之后，有时候也可以治好病。然而医院的资本听说非常之大，所以住医院要比住旅馆还贵一点儿。又尝听说，这个病人死后的开销，有时候就算在那一个人活着时候的账上。……这都是道听途说，我生性不好冒险，所以也不知是真是假。

没吃过猪肉的人也许见过猪走；我没住过医院，然亦深知住医院必须喝药水矣。这就是与我们中医异趣了。我们中医大概都秉性忠厚一些，绝不肯打下一针去就让你死去活来，他会今天给你两钱甘草，明天开上三分麦冬，如若你要受罪，他能让你慢慢的受，给你留出从容预备后事的工夫，这便是中医的慈善处。中医之所以历数千年而弗替者，其在是乎？

生病吃药，好像是天经地义矣，其实病的好与不好，不必在药之吃与不吃。但是做医生的人，纵或不盼望你常生病，至少也要希望你病了之后去求他开个方子。开了方子之后，你当然不免要到药店买药。做药房生意的人，是最慈悲不过的，时常替病人想省钱的方法。例如鱼肝油是补养的，而你新从乡下来不曾知道，或者就许到一位德医先生处去领教。德医给你试了体温，仔细研究，曰："可以吃鱼肝油矣！"你除了买鱼肝油之外，还要孝敬德医几块。卖药的人，看了这种情形，心中大是不忍，觉得病人药是要买的，而医则大可不必去看。于是他们便借重所谓报纸者，登他一段广告，告诉你什么什么丸包治百病，什么什么机百病包治，什么什么膏能让你不生毛的地方生毛，什么什么水能让你长毛的地方不长毛。只要你留心看报，按图索骥，任凭你生什么希奇古怪的病，报上就有什么希奇古怪的药。你买一回药，若不见效，那是因为药性温和了一点，再买点试试看，总有你不幸而占勿药的一天。住在上海的人可别生病。不是为别的，是因为上海的医生太多，并且个个都好，有新从德国得博士的赵医士，有久留东洋的钱医士，有在某某学校卒业几乎和到过德国一样的孙医士，还有那诸医束手我能医的李医士，良医遍天下，你将何去何从呢？假如你不肯有所偏倚，你只得在这无数良医的门前犹豫徘徊逡巡，就在犹豫徘徊之间，你的病也许就发生变动了。

所以，我的主张是：（一）最好不是人；（二）次好是是人而不生病；（三）再次好是不在上海生病；（四）再次好是在上海生病而不吃药；（五）再次好是在上海生病吃药而不就医；（六）再次好只有希望在下世。我的上面这六个主意，能倒按着次序完全做到！

## 花钱与受气

一个人就不应该有钱，有了钱就不应该花；如其你既有钱，而又要花，那么你就要受气。这是天演公理，不足为奇。

从前我没出息的时候，喜欢自己上街买东西。这已经很是不知自量了，还要捡门面大一点的店铺去买东西。铺户的门面一大，窗户上的玻璃也大，铺子里面服务的先生们的脾气，也跟着就大。我走进这种店铺里面，看看什么都是大的，心里便觉战栗，好像自己显得十分渺小了。处在这种环境压迫之下，往往忘了自己是买什么东西来的。后来脸皮居然练厚了一点，到大商店里去我居然还能站得稳，虽然心里面有时还不能不跳。何是叫我向柜台里的先生张口买东西，仍然诚惶诚恐。第一，我总觉得我要买的东西太少，恐怕不足以上渎清听，本想买二两瓜子，时常就临机应变，看看柜台里先生的脸色不对，马上就改作半斤，紧张的局势赖此可以稍微缓和一点。东西的好坏，是否合意，我从来不挑剔，因为我是来求人赏点东西，怎敢挑三换四的招人讨嫌！假如店里的先生忙，我等一些是不妨事的，今天买不到，明天再来，横竖店铺一时关闭不了。假如为忙着买东西把店伙累坏了呢，人家也是爹娘养的，怎肯与我干休？所以我到大商店去买东西，因为我措词失体礼貌欠周以致使商店伙计生气，那是有的，大的乱子可没有闹过。

后来我的脑筋成熟了一些，思想也聪明了一些，有时候便到小铺子去买东西，然而也不容易。小店铺的伙计倒是肯谦恭下士，我们站在他们面前，有时也敢于抬起头来。可是他们喜欢跟你从容论价。"脸皮欠厚"的人时常就在他们的一阵笑声里吓得跑了。我要买一张桌子，并且在说话的声音里表示出诚恳的意思，他说要五十块钱，我不敢回半句话。不成，非还价不能走出来。我仗着胆子说给十块。好，你听罢，他嘴里念念有辞，他鼻里哼哼有声，你再瞧他那副尊容，满脸会罩着一层黑雾，这全是我那十块钱招出来的。假如我的气血足，一时能敢得住，只消迈出大门一步，他会把你请回去，说："卖给你喽！"于是乎，你的钱也花了，气也受了，而桌子也买了。

此外如车站邮局银行等等公众的地方，也正是我们年青人练习涵养的地方。你看那铁槛杆里的那一张脸，你要是抱着小孩子，最好离远一些，留神吓坏了孩子。我每次走到铁槛窗口，虽然总是送钱去，总觉得我好像是向他们要借债似的。每一次做完交易，铁槛里面的脸是灰的，铁槛外面的脸是红的！铁槛外面的唾沫往里面溅，铁槛里面的冷气往外面喷！

受气不必花钱，花钱则一定要受气。

## 蚊子与苍蝇

　　我家里人口众多。除了我和我的太太，还有一个娘姨以外，有几千百头的苍蝇，有几千百头的蚊子。苍蝇蚊子和我们很亲近，苍蝇和我们亲近的时候在早晨，蚊子和我们亲近的时候在夜里。所以我们可以很从容的和他们周旋。一缕阳光从窗子射到我的太太的脸上，随后就有一只苍蝇不远千里而来，绕床三匝，不晓得在何处栖止才好。我蜷卧床头，静以待变。只见这只苍蝇飞去飞来，嗡嗡有声，不偏不倚的正正落在我的太太的鼻尖上。太太的上嘴唇翕动了一下，我揣测她的意思，大概是表示她的鼻尖是有感觉的。那只苍蝇也有本领，真禁得起震动，抖抖翅膀，仍然高踞在鼻尖上。假使苍蝇能老老实实在鼻尖上占一席地，我的太太夙来是很有度量的，未曾不可以和他相安无事。无奈那只苍蝇，动手动脚的东搔西挠。太太着实不耐烦，只能伸出手来，加以驱除。太太的鼻尖，像有吸力一般，苍蝇飞起来绕了几个圈子，仍然归到原处。如是者数次。假使苍蝇肯换一个地方，太太或者也可以相当的容忍。她忍不住了，把头钻到被里去。苍蝇甚觉没趣，搭讪着又来和我亲近。

　　物以类聚，一点也不错。苍蝇的合群心恐怕要在我们中国人以上。记得小时候唱过一首《苍蝇歌》，内中的警句是："一个苍蝇嘤嘤嘤嘤，两个苍蝇嗡嗡嗡嗡，一群苍蝇轰轰轰！"苍蝇的音乐，的确是由清悠以渐至于雄壮。当其嘤嘤的时候，我便从梦中醒来，侧耳而听，等到嗡嗡的时候，我便翻过身去，想在较远的地方去听，到了轰轰的时候，我便兴奋得由床上跳起来了。音乐感人之深，不亦伟哉！

过了一天非人的生活了，到了夜晚想做一件人做的事，睡觉。但是，不忙睡，宝贝的蚊子来了。蚊子由来访以至于兴辞，双方的工作不外下列几种：（一）蚊子奏细乐；（二）我挥手致敬；（三）乐止；（四）休息片刻；（五）是我不当心，皮肤碰了蚊子的嘴，奇痛；（六）蚊子奏乐；（七）我挥手送客；（八）我痒；（九）我抓；（十）我还痒；（十一）我还抓；（十二）出血；（十三）我睡着了。睡着以后，双方仍然工作，但稍简单一些，前四段工作一概豁免。清晨醒来，察视一夜工作的痕迹，常常发现腿部作玉蜀黍状，一粒一粒的凸起来。有时候面部略微改变一点形状，例如嘴唇加厚，鼻梁增高。有时工作过度，面部一块白一块红的，作豆沙粽子状。据脑筋灵敏的人说，若作一床帐子，则蚊子与苍蝇自然可以不作入幕之宾，有用的精神也可以不用在与蚊蝇亲近了。但我已和太太商量就绪，在下月发薪以前，无论如何，我们仍然要保持大国民的态度，对蚊蝇决不排斥。

## 老憨看跳舞

听说世界上有跳舞这么一回事。我不但没跳过，看还不曾看过。人家说我是老憨，我也不觉得十分冤枉。

有一天晚上八爷实在看不下去了。他说："你看看跳舞去罢，你不敢去，我领你去。"

我同八爷二人浩浩荡荡的从北四川路往南走。我心里又惊又喜，惊的是破题儿第一遭不知怎样办法，喜的是见见世面，也不枉到上海了一场。

行行重行行，到了一个不三不四的去处，招牌上写着"Mascot Cafe"据说这是一个带跳舞的咖啡店。招牌上是洋字，我心里就先着慌。我望望八爷，八爷望望我。他说："进去吧。"我说："进去啵！"

"这道儿真黑！"

"可不是吗，八爷，这道儿是真真黑！"

街上没有一盏灯，天上没有一颗星。

弯弯曲曲的走进去了。八爷想在我后面走，但是我也不想在他前面走。结果是，两人并着肩走。然而我心里还是慌。

走进一个酒排间，所谓"Bar"者，有两个白衣白裙的侍者向我狞笑，作吃人状。我心想，这大概是凶多吉少了。八爷不语，我只见他的牙齿咬紧了嘴唇，两手握着拳头。

又一转弯，又一拐角，又向右数步，又向左一转，嗳哟天啊！我已走到了那间挤满了人的、堆满了肉的跳舞厅。东是一块肉，西也是一块肉，这里是一根擦粉的胳臂，那里是一条擦粉的大腿！还有一张一张的血渍的似的嘴，一股一股醉熏死人的奇香奇臭。还有宰猪似的琴声歌声。我敬告不敏，我已昏了！

伸手摸了一下，八爷还在我的身旁，稍微放心一些，我定了一定神，举目四望，迷迷糊糊的看出些人形了，似乎是全是外国人。并且男的都是洋兵。

我顿然觉察，只我们两个是中国人。想到此地，打了一冷战，再举目看时，只见有几十百条视线全集中在我们两个身上，觉得这些视线刺得有点痛起来！

"我们走罢！"

"走罢！"

我们像被猎人追着似的走了出来，三步并两步的走出街上。"这就叫跳舞吗？"我喘着问。

八爷说："哪里，我们去太早了，他们还没跳呢！"我说："够了够了。今天领教不少，真正的跳舞，等到我修养几天以后再说罢。"我回家去了，做了一夜的噩梦，梦见的只是嘴、胳臂、大腿，等等。

## 雅 人 雅 事

　　顶高顶白的一垛山墙，太没有意思，太不雅观，我们最好在上面题一首诗。在山清水秀的风景所在，题诗在壁上尤其是一件不可少的举动。然而这一件雅事只能在我们雅人最多的中国举行。谓余不信，请你环游全球的风景所在，然后再回到我们中国来，较比较比看，什么地方壁上题的诗多。

　　我说壁上题诗，是雅人雅事。第一题诗非要诗人不可，这一来我们中国人就占便宜，随便张三李四都可以做两首诗。用心一点的，作出诗来有时平仄还可以调。上海街旁告地状的朋友，那一位不是诗中圣手？他们能够把衷肠积愫千言万语，都编成七个字一句，七个字一句的，不多不少，整整齐齐，这就不容易。他们既能告地状，便可以告墙状。我们中国诗人之多，似乎也就不难于想象了。

　　第二，题诗要求其历久不灭。于是在工具上不能不讲求，我们中国的笔墨是再好不过。外国人里也有一两个平仄尚调的诗人，但是一管自来水笔何能在墙上题诗，诗兴来时只得嘴里哼哼两声了事，所以题壁的雅事不能不让我们中国人独步了。还有，题诗要题在高不可攀、深不可探的地方，才能历久不灭。寺殿上的匾额，我们若能爬上去题上一首五言绝句，别人一定不易拂拭磨灭，说不定这首诗就许传了。山谷间的摩崖，谁也不去损伤他，也是最妙的地方。所以题诗要题得满坑满谷，愈奇特的地方愈妙。然而这攀高寻幽的举动，又非雅人不办。

壁上题诗的雅人，最要紧的是胆大。诗的好坏没有大关系，只要能把墙壁上空白的地方补满，便算功德。据说有一位刻薄的人，游某名胜，看看墙上题诗甚多，皆不称意，于是也援笔立题一绝曰："放屁在高墙，如何墙不倒？细看那边时，原来抵住了！"这位先生一定是缺乏鉴赏文学的力量，才做此怪论。题诗雅人，大可不必理他。

天性不近乎诗的人，想来也不少，但是中国的墙壁的空白还有不少，为雅观起见，非要涂满不可的。很多读书识字的人早就有鉴于此，所以往往不题诗而题尊姓大名，并纪来游之年月日。我们游赏名胜的时候，藉此可以知道时贤足迹所之，或者也可以增加这名胜地方的历史价值，也未可知。所以壁上题名，间接着也是保存名胜的一点意思。

雅人雅事，不止一端，壁上题诗名，还是一件小事。

## 纪诗人西湖养病

有一位诗人，姑隐其姓氏，当今文坛知名之士也。前几天饭后咳嗽，居然呕出一口痰来，而痰里隐隐约约的有类似血丝的附带的东西，并且这种东西竟有七八条之多。诗人大恐，马上作出一首诗来：

> 这景象是多么古怪多么惨！
> 这到底，到底是怎么一回事！

吟声未罢，打了一个寒战，揽镜自照，脸色发白。于是一则以喜，一则以惧。友朋闻说，争来问询，议论纷纷，莫衷一是，"曷不食鱼肝油乎？""曷妨试试自来血乎？"有某君者，爱才心切，力劝赴杭一游，以为消遣，谆谆劝驾，声泪俱下，诗人不得已，遂成行焉。

诗人到杭，寓湖滨旅馆，诗兴大发，饮食俱进。不数日，病有起色，吐痰渐成清一色，不复有红色之点缀，然病体犹虚，每餐只能啖饭五六碗耳。

有一天，天气清和，诗人摇摆而出，曰："咦！我要到湖边走走。"诗人蓬其首，垢其面，宽衣博带，行动生风。俯仰之间，口占一首：

> 啊！水这样的绿，山这样的青！
> 这样的一个诗人生这样的病！

似乎短一点。然而诗人倦了，额际有一股热气冉冉上升，两颗汗珠徐徐下流。诗人长太息曰："我要买一把扇子。"

行行重行行，到了一家扇庄，柜台上聚着许多大腹贾，选购纨扇，叫嚣不已。诗人曰："此俗人也，不可与同群。"不顾而去。又到了一家，有赤背者一，立于肆首。诗人疾驰而过，愤甚。

最后，到了一家小扇庄。肆主乃一妙龄女郎也，诗人莞尔而笑曰："得其所哉！得其所哉！"游目四视，乐不可支。忙里偷闲，选购扇子一把，价绝昂，较普通之价加倍，而诗人购扇，固不在扇，更不在扇之价也。

翌日，挈友游湖，至龙井，见有售司提克者，诗人曰："此物甚雅，可入诗。"遂购一柄。又有售顽石者，诗人曰："此物甚雅，可入诗。"遂购一块。于是一杖一石一诗人，日暮而返。

以手探囊，羞涩殊甚。急搭四等车返沪，囊中尚余大洋一角，铜币十余枚。诗人病已霍然愈矣。

# 好容易过了端午节

好容易过了端午节！我昨天一天以内，因为受了精神上压迫，头部和背部流出来的汗，聚在一起，恐怕要在一加仑以上。为什么要在端午节那天出这些汗呢？这就一言难尽了，容我分作许多言来说罢。

过端午节，吃粽子，喝雄黄酒，悬菖蒲，这些事都很足以令人乐观，做起来也无须出汗。但是除此以外，还有一件极重大的事，先生小姐们，这件事在你们也许不大理会，但是在我就是一件性命交关的事，这件事便是还账！柴，米，两项大宗的账，不能不还的。但是店铺也真太不原谅人，还账只准用钱还，而我所缺乏的只是钱。

一清早，叩门声甚急。我战战兢兢的开了门，只见一位着短衣的人，手里拿着一张纸条，问我："这里是姓王吗？"我登时面无人色，吞吞吐吐的从喉咙深处哼出一声："是的！"我伸手把纸条接过来，心里想着也不必看了，一定是来要钱的。我懒洋洋的走上楼，像是小孩子上学似的，一步一步的挨着走，心里真有一点悲哀。前天到当铺里当得五块钱，这一笔账还可以付，第二笔便无法付了。我把钱拿在手里，低头一看账单，咦！哪里是一张账单，上面分明写着："王兄：兹送上枇杷一筐，诸希哂纳是幸。弟李思缘拜。"原来李先生送节礼来了。我笑了。

"喂,你把那筐枇杷拿进来罢……这是给你的酒力钱……回去谢谢李先生啊!……"

那个人笑嘻嘻的,我也笑嘻嘻的。那个人看了我一眼,我可是没有敢望他。他走了。我也上了楼,把那五块宝贝钱重新收起,把一颗枇杷塞进口内。

搭!搭!搭!又有人叫门了。我自己明白,这一回恐怕逃不过去。我怕吓破了胆子,力求我的太太下楼去开门,她倒胆大,把门开了,只见挤进了半个戴绿帽穿绿衣的人。因为我的太太只开了半尺来宽的门缝,所以只挤进了半个人,还有半个在门外。"你有什么事?"

那半个人说:"我来拜节。"

一角钱从我的太太的衣袋里走了出去,那半个人从大门缝退了出去。

平平安安的又过了半点钟。忽的又有人叫门了!大门开处,只见又有半个戴绿帽穿绿衣的人挤了进来。他说他也是来拜节的。我心里猜想,一定是方才没有挤进来的那半个人。经我严重质问之后,才知道他是送快信的,与方才来的那半个人不是一回事。于是乎我又付了一角钱的拜节账。

我的太太曰:"讨账的虽尚未来,而拜节的则纷至不已,呜呼,此地岂可久居?"

我曰:"然则走乎?"

我们走了。走到一个顶远的地方,走出了许多的时候,天黑了,我们回来,娘姨表示热烈的欢迎,她说:"啊哟哟!柴店和米店的伙计自从你们走后就来了,守候了一天,饿不过才走的……"

我就这样的战胜了端午节。

# 是 热 了！

　　我疑心我是得了什么病，身体里面的水分不从平常的途径发泄，而在周身皮肤的孔里不住的分泌。并且我不知是因为什么不喜欢在太阳光下走路，而喜欢在荫凉的地方坐着。我的家人告诉我，这是因为天热的缘故。后来我看见我家养的那条大黄狗，伸出半尺来长的红舌头，呼呼的喘，我这才有一点疑心，大概是热了。

　　但是真理就怕研究。一研究，真理就出来。我当细心研究矣，知道现今天气热，确是真的。并且证据很多，除了黄狗伸舌以外，还有许多旁的证明。

　　有一天我在晚上去看朋友，方要踏进弄堂口，似乎觉得鞋底与一块肉质的东西接触了。我当时心想，在这种时候在这种地方，除了野狗以外，或者没有别的肉质的东西。然而我竟错了。那一块肉忽然发出一种声音，我敢起誓，决不是犬吠，并且我听上去有点耳熟。细一辨察，啊哟！真罪过，这块肉原来是和你和我一样的一个活人。既是活人，为什么铺块凉席，睡在弄堂口呢？这很简单，是热了！

　　我走到朋友家门口，敲了几下门，从门缝里漏出一声隐隐约约的"啥人？"紧接着又是好几嗓子的严厉的质问。我赶紧声明，一不是抢匪，二不是讨债，三不是收捐，那扇门才呀的一声开了半扇，我斜着肚子挤进去了。谈话不久，忽然间听见百货公司有人大声宣布，约请什么什么老板唱卖马的二段！我知道我这位朋友是不谙乐理的，为什么忽然发奋？再说这声音之大，迥非凡响，芳邻似乎也决不至于把留声机搬到他家里来唱。我的朋友说："李先生府上又放焰口了！"

我知道所谓放焰口者，大概就是留声机的"卖马"。我说："声音为何这样大？"

他说："在晒台上唱呢，这焰口真不小，前后左右二三十家的邻居全都算是预约了死后的超度。"

我问："为什么在晒台上唱？"

他说："是热了！"

随后又听到清脆可听的洗牌声，就好像是他们正在改葬祖坟，收拾残碎骨头的声音。

我的朋友说："晒台上又打起牌来了！"

我说："是热了！"

我谈完了话，马上兴辞。我的朋友送我到门口，我仔细的用慧眼观察，发现我的朋友并未穿起长衫。送客（尤其是在礼教之邦送客）为什么不穿长衫？我想：是热了！

有以上这些证据，我暂时相信，大概是热了。

# 戒　烟

　　戒烟的念头，起过好几次。第一次想戒烟，是在西历一千九百二十三年十一月三十日下午五点多钟，那时候衣袋里只剩两只角子，一块面包要一角三分，实际上我只有七分钱的盈余。要买整盒的香烟，无论什么牌子的，都很为难。当时我便下了一个绝大的决心，在我的寝室里行宣誓礼，拿出烟盒里最后一支香烟，折为两段，誓曰："电灯在上，地板在下，我如再开烟禁，有如此烟！"

　　当晚口里便觉得油腻腻的难过，翻来覆去的睡不着觉。第二天清早起来，摸摸衣袋，还是那两只角子，不见多也不见少。我便打开衣橱，把我的几套破衣裳烂裤子捣翻出来，每一个口袋里伸手摸一次，探囊取物，居然凑集起来，摸出了两块多钱。可见我平常积蓄有素，此刻便可措置裕如。这两块多钱怎样用呢？除了吃一顿饱饭以外，我还买了一盒三角钱十枝的"沙乐美"。（记者注，"沙乐美"是一种麝香熏过的香烟名。）我便算是把烟禁开了。开禁的理由是："昨晚之戒烟，是因受经济的压迫，不是本愿，当然可以原谅。"于是乎第一次戒烟失败。

　　一年过去了。屋角堆着的空烟盒子，堆到了三四尺高。一天清早，忽然发愿清理，统计之下，这一堆烟盒代表我已吸的烟约有一百三四十元之谱。未免心里有点感慨，想起往常用钱，真好像是一块钱一块钱的挂在肋骨上似的，轻易不肯忍痛摘用。如今吸烟就费如许金钱，真对不起将来的子孙。于是又下决心，实行戒烟，每月积下十元，作为储蓄。这戒烟的时期延长到半个多月。有一天，坐火车，车里面除了几位女太太几个小孩子一只小吧儿狗以外，几乎个个人抽烟，由雪茄以至关东，烟气冲天。这时候，我若不吸烟，可有什么旁的办法？凡事有经有权，我于是乎从权，开禁吸烟。我又于是乎一吸而不可复禁，饭后若不吸烟，喉咙里就好像有一只小手乱抓似的。没法子，第二次戒烟又失败了。

　　男大当娶，女大当嫁，我侥幸已经到了"大"的时期，而并且也居然娶了。闺房之内，约法二章，一不吸烟二不饮酒。闺令森严，无从反抗。于是我又决计戒烟。但是怎样对朋友说呢？这是一个问题。

　　"老王，你还吸烟否？"

　　我说："戒烟了。"

　　"为什么又戒了？"

　　我说："这两天喉咙痛。"

　　过几天我到朋友家去，桌上香烟火柴都是现成的，我便顺手吸一支。久之，朋友都看出我在外面吸烟，在家就戒烟，议论纷纷。纸里包不住火，我索性宣布了。我当众声明，我现在已然娶了太太，因为要维持应享的娶后的利益起见，决计戒烟，但是为保持我娶前的既得权起见，决计不立刻完全戒烟。枕上会议，议决：实行戒烟，但分两个步骤，第一步是从不买烟入手，第二步才是不吸烟。我如今已经娶了三年，还在第一期戒烟状态之中。若有人把烟送上门来，我当然却之不恭，受之却也无愧。若叫我自己出钱买烟，则戒烟条例具在，碍难实行。所以现在我家里，为款待来宾起见，谨备火柴，纸烟则由来宾自备了。我这一次戒烟，第一步总算成功了。但是吸烟的朋友们，鉴于我目前的成功和往昔的失败，都希望我快开烟禁！

# 小　声　些!

　　我觉得我们中国人的喉咙之大，在全世界，可称首屈一指。无论是开会发言、客座谈话、商店交易，或其他公众的地方，说话的声音时常是尖而且锐，声量是洪而且宽，耳膜脆弱一点的人，往往觉得支持不住。我们的华侨在外国，谈起话来，时常被外国人称做"吵闹的勾当"（Noisy business），我以为是良有以也。

　　在你好梦正浓的时候，府上后门便发一声长吼，接着便是竹帚和木桶的声音。那一声长吼是从人喉咙里发出来的，然而这喉咙就不小，在外国就是做一个竞争选举时的演说员，也绰绰有余。

　　挑着担子的小贩，走进弄堂，扯开嗓子连叫带唱的喊一顿，我时常想象着他的面红筋突的样子。假如弄里有出天花的老太太，经他这一喊，就许一惊而绝。

　　坐在影戏院里，似乎大家都可以免开尊口了，然而也不尽然，你背后就许有两位太太叽叽咕咕的谈论影片里的悲欢离合，你越不爱听，她的声音越高。在火车里，在轮船里，听听那滔滔不断的谈话的声音，真足以令人后悔生了两只耳朵。

　　喉咙稍微大一点，不算丑事，且正可以表示我们的一点国民性——豪爽、直率、堂皇。不过有时为耳部卫生起见，希望这一点国民性不必十分的表现出来。朋友们，小声些！

# 时 间 观 念

凡是大国的国民，做起事来，总要带些雍容闲适的态度，尤其是我们中国人，据说已经有了好几千年的历史，所以对于时间观念，不必一定要怎样十分的准确。

张先生今天晚上六点请你吃饭，他的意思是说，你八点再去，并不算迟。头脑稍微简单一些的，就许误会，误会张先生所谓六点即是六点。你也许自己估量着寿命有限，把时间看得认真一点，但是你不可不替别人打算，张先生也许还有两圈麻雀没有打完，李大人也许是正在衙门抽烟，王小姐也许还没倒干那瓶香水。你糊里糊涂的准时报到，那叫作热心过度。

自己把时间观念看得认真，这是傻瓜；希望别人心里也存有时间观念，那是双料傻瓜。所以向店铺购东西，你总不可希望限期交货，至少要预料出几桩意外的事，例如店铺老板忽然气绝，或是店伙突然中风，诸如此类的意外，都足以使他拖期。而这种意外的事，你一定要放在意中。

无论什么事，都要慢慢的做。与人要约，延误一小时两小时，一天两天，都是小意思。我们五千年来的历史就是这样过来的！

# 看　相

　　听说一个人的尊容，和他的一生休戚有很密切的关系。例如耳目口鼻，方向若是稍微挪动一点，就许在一生的过去或未来，发生很大的变动。所以你别瞧那一班满肚子海参鱼翅，坐着汽车兜圈子的人，他们必是有点来历，说不定是因为哪一根骨头长得得法。穷困潦倒的人，少去看相，你若是遇到什么张铁嘴李铁腮的，他三言两语的把你的尊容褒贬一顿，你就许对不住你生身的父母。

　　然而看相的人，名叫铁嘴的还是不够多。你明明是一个不能寿终正寝的地痞流氓，他会恭维你，说你将走红运，在武汉可以发一注横财。你明明是一个乳臭未退的小孩子，他会奉承你，说你是群众革命的领袖，可以东做委员，西做委员。你明明是一位小姐，他会说你是明星。你明明是一位诚实人，他会说你必定是在上海生长大的。你纵然不相信你的尊容会这样的好法，但是你听在耳里舒服。人人喜欢耳里舒服，于是乎看相的人便遍地皆是。

　　现在研究相术的人比从前进步，只消看看他们的广告，也讲究挂起"留学"的招牌。更有所谓洋相士，什么手相家海伦巴勃，一齐到上海来了，其实这也难怪。我觉得我们中国人的尊容，近年来变得很厉害，恐怕几年后，一定要至少留学过的相术家，才能看懂我们中国人的脸。

# 忙什么?

在文明的城市里，你若是能从马路这边平平安安的跨到路那边，在中间不发生命案，你至少可以说是有一技之长了。因为稍微浑厚一点的人，在车龙马水的街道上，东张西望，不是车碰了你，就是你碰了车。车碰了你，那还好办，即是碰死了也只是照例罚车夫几个钱；若是你碰了车，这一笔损失你就许赔一辈子也赔不清。所以在下初来上海时，看见汽车之多，就深深的感到一种乡下人之悲哀，虽然我很明白上海还不是最文明的城市。

从汽车夫的眼睛看来，在街道上行走的芸芸众生是很有碍交通的。汽车夫所以要快驶的原故，也不难索解，因为有时候坐在车厢里的不完全是我们中国人，更有时简直不是我们中国人。所以汽车疾驶是由于必要，而这种必要是在打倒帝国主义的走狗以前永远存在的。现在若有汽车和行人冲撞，我不怪汽车开的太快，我只怪行人躲得太慢。

听说在很文明的纽约城，警察常张贴布告，警告开汽车的人说"忙什么？你只是想赶到自己的殡前去！"上海的警察应该换个口吻说："忙什么？你只是想送别人的殡！"

# 小 报

上海小报之多，已经使得很多的先生们感而且叹了。我常觉得看小报就和娶姨太太差不多，不娶最好，娶了也怪有趣的，即是多娶几个也无关宏旨。我们平常看大报，像是和太太谈天，她老是板着脸，不是告诉你家里钱不够用，就是告诉你家里弟兄吵架，使你听得腻而且烦。偏是翻开小报看看，她会嬉皮笑脸的逗着你玩。

姨太太逗着你玩，使你笑眯眯的开心，我羡慕你；姨太太举止稍微不规矩一些，出言稍微欠庄重一点，我原谅她。但是一位姨太太若像现今上海的一般小报似的，开口"曲线美"，闭口"青筋美"，千方百计的引诱你到她身上去消遣，不消几天，能使你神志委靡、肌骨消瘦。对于这样的姨太太，我便时常露出一种不很恭敬的态度。

天下可供消遣的事物，不止一端；但是真正能使雅俗共赏，并且使凡是动物都能发生兴趣，这种的消遣法也就不多。上海的一般小报，大部分从事于"性"的运动，把"曲线美""青筋美"挂在嘴边上，戴在头顶上，在青天白日之下在青年男女的眼前摇晃，我认为这种行为非深通兽性心理者不办。

"上海小报太多了！"大家都这样嚷嚷。我觉得上海小报之病，不在多，而在于其太专门。

# 剪　发

　　女子剪发，小事一端，与国家大计不生影响，与社会道德更无关系。但是近来剪发问题，甚嚣尘上，有褚玉璞那样糊里糊涂的禁止，于是就有上海人士这样如醉如狂的提倡。

　　女子剪发之风，在美国听说很盛，不剪发的女子简直是凤毛麟角。在最热狂的那几年，剪发就像是传染病似的，今天玛丽剪发了，明天海伦剪发了，后天玛丽的母亲剪发，大后天海伦的祖母也剪发了！最时髦的样式就是光溜溜的往后一梳，在美国叫做"Boyish Bob"，在我们中国叫做……不讲了，不甚雅听。

　　据剪过发的人说，剪去之后，实在方便，省了梳头麻烦。但是你要天天擦司丹康，过几天还要到大马路"Record"梳妆店去坐坐，那么，所方便者也就很有限了。

　　讲到美观一节，与剪发一事，很少关系，因为那是先天的事，在后天很难补救的。不过有一点，我倒相信，剪发后显着年纪轻了好些，虽然年近三十，依然可以天真烂漫的活着。但是，等到你年逾半百儿孙绕膝的时候，你想做出一点老成的样子，那就为难了！

# 让　座

　　男女向例是不平等的，电车里只有男子让女子座，而没有女子让男子座的事。但是这一句话，语病也就不小。听说在日本帝国，有时候女子就让座给男子；在我们这个上海，有很多的时候男子并不让座给女子，这不但是听说，我并且曾经目睹了。

　　据说让座一举，创自欧西，我曾潜心考察，恐系不诬。因为电车上让座的先生们，从举止言谈方面观察，似乎都是出洋游历过的，至少也是有一点"未出先洋"的光景。所以电车上让座，乃欧风东渐以后的一点现象。又据说，让座之风在欧西现已不甚时髦，而在我们上海反倒时行，盖亦"礼失而求诸野"乎？

　　一个年逾半百而其外表又介乎老妈子与太太之间的女人，和一个豆蔻年华而其装束又介乎电影明星与大家闺秀的女人，这在男子的眼里，是有分别的。对于前者，大半是不让座，即使是让，也只限于让座，在心灵上不起变化。

　　我们若把让座当作完全是礼貌，这便无谓；若把让座当作心灵上的慰藉，这便无聊。最好是看看有无让座的必要。譬如说，一位女郎上车了，她的小腿的粗细和你的肚子的粗细差不很多，你让座做甚？叫她站一会儿好了。又一位女郎上车了，足部占面积甚小，腰部占空间甚多，左手拉着孩子，右手提着一瓶酱油，你还不赶快让座？

# 悲　观

　　吴淞谢开元先生，因为"现在上海欠账又将近一百元了"，并且"在去年"就有"对于死的羡慕"，于是乎跳海了！这事已见前昨本报。欠账是一件小事，而对于死能发生羡慕，并且从去年就羡慕起，这便有点非常。

　　还有一位范叔寒先生，在《申报》上登了这样一段启事："自赋悼亡，精神受一大打击，近感世事纷纭，尤觉悲观，以故无论何事，概不闻问。"（见五月十日《申报》）这位范先生虽然尚未跳海，而他这个"无论何事，概不闻问"的态度，也就很可观的了。

　　在下现在上海欠账已经在百元以外，虽然从未赋过悼亡，精神上大受打击可是不止一次，然而我总不敢就羡慕死，也不敢就说"无论何事概不闻问"的话。有几样事，非要我闻问不可。并且——我又要并且了，我根本上就不悲观。

　　世事纷纭，近亦感受之矣！而我终觉生逢盛世，趣味尚浓。譬如说，现在上海解严了，这便是天下从此要太平的意思，稍有心肝的人无不欢欣鼓舞，觉得在帝国主义者统治之下，居然还有严可解。这个严若是照这样解下去，也许可以少好几个人悲观，多好几个人闻问世事。于我们中国大局，也不无小补。悲观何为哉！

# 太 随 便 了

　　吾人衣装服饰，本可绝对自由，谁也用不着管谁。但是我们至少总应希望，一个人穿上衣服戴了装饰品之后，远远望过去仍然还是像人。然而这个希望，时常只是个希望。

　　若说妖装异服，必是生于怎样恶劣的心理，我倒也不信。大半还是由于"随便"。而天下事有可"随便"者，即有不可"随便"者。太随便了，往往足以令人发生一种很不好说出来的感想。譬如说：压头发的绸子，戴与不戴均无关宏旨，但是要戴起来在马路上行走，并且居然上头等电车，而并且竟能面无愧色，我便自叹弗如远甚了。再譬如说：袜子上系条吊带，也是人情之常，但是要把吊带系在裤脚管外面，并且在天未甚黑的时候走到有人迹的地方，我便又自叹弗如远甚了。

　　最爱随便的人，我劝他穿洋装。绅士的洋装，流氓式的洋装，运动时的洋装，宴会时的洋装，打"高尔夫"时的洋装，……在我们中国人看来是没有大分别的，只要是洋人穿过的那种衣服就叫洋装，而加在我的身上当然仍是洋装。即便穿的稍微差池一点，譬如在作绅士的时候误穿了一身流氓洋装，或在宴会时忘记换掉短裤，我们都不能挑剔，因为他虽然外面穿着洋装，骨子里似乎还是中国人，既是中国人，则无妨随便一点矣！

# 挤

　　我最怕到公众的地方去，因为我怕挤。买火车票的时候，你就是不想挤，别人能把你挤进去，能把你挤的两脚离地一尺多高。买邮票的时候，会有十几只胳臂从你的头上肩上嘴巴下腋肘下伸过来。你下电车的时候，会常有愣头愣脑的人逆水行舟似的往里撞，撞了你的鼻尖他还怪你碍他的事。总之，有人的地方就要挤。挤是个人的自由，神圣不可侵犯的；被挤是中国国民的义务，不可幸免的。并且要挤大家挤，挤是一种民众运动，没有贵贱老幼之别。至于没有力量挤的人，根本就是老朽分子，不配生在革命的时代。

　　据到过帝国主义的国邦的人说，帝国主义者却不爱挤，他们买车票的时候，或其他人多杂乱的地方，往往自动的排成一长列，先来者居首，后来者殿后，按序递进，鱼贯而行。他们的这种办法，还是没有我们的好，我们中国的办法有多么热闹，何等的率真！如其我们要学他们的办法，也要从下一代学起，我们这辈的中年人，骨头都长成了，要改也改不了！

# 司 丹 康

有一天我去理发，在将要理完的时候，理发匠向我说："阿要司丹康？"

我从鼻孔里发出一种怀疑的声音来。

他还是说："阿要司丹康？"

我没奈何，冒险点了一下头。他从很远的一张椅子上取来一罐Stacomb，没头没脑的在我的头发上乱抹了一阵。

我出来和朋友说，朋友笑我没见过世面。他们说某某国货店早就出售，某某要人在演说对英美经济绝交时头上擦的就是司丹康，某某小姐也是用这个……我孤陋寡闻，望尘莫及了。然而我有感慨焉。

中国人用外国货，不稀奇；用外国货而给他一个中国译名，说的时候还十分顺口，这就有些奇了。当理发匠说"司丹康"三字时，他万没想到这三个字有解释的必要，更没想到年轻轻的一个人会不知道司丹康为何物。

司丹康是美国货，用用曷妨？"美国货用用曷妨"的哲学成立之后，于是美国橘子、美国苹果、美国冰激凌、美国的什么克尔伯屈克……一齐都用用曷妨。司丹康是否比广生行的油黏，美国橘子是否比福州橘子甜，美国冰激凌是否比上海冰激凌凉……你不必管，你只管买美国货就是。因为凡是美国货就是好的！

# 麻　雀

听说美国闹过一阵子"麻雀狂"，三教九流以及似是而非的人，没有不打麻雀的，有几位留而不学的留学生，还因着传授麻雀术，居然致富了呢。曾几何时，"麻雀"之风已成过去，这就可见美国人做事，没有我们中国人这样的有恒心。我们的一副麻雀牌，自从曾祖高祖的时候打起，到现在那般曾孙玄孙就许还没有打完。中国之有悠远的历史，岂偶然哉！

有人说："时间即是金钱"不可虚掷在打牌上面。对于这种非议，有两种解释：上流的解释就是，我们大国的国民，自是雍容闲适，不把金钱放在心上；下流的解释就是，我们打牌，正是为钱，或输或赢，总不会脱离钱的范围。由此观之，打麻雀是无可非议的了。好，再来八圈！

一个五官四肢头脑胸脏大致齐全的人，若不幸而没有秉受喜打麻雀的遗德，我们也无须十分的惋惜了。因为他还可以把时间用在旁的事业上去。一般的人我倒希望他们打一辈子的牌，虽无大益，亦无大害。设若麻雀制度一旦废除，我们中国将凭空添出成千成万的无业游民。如何使得？

# 阴　历

　　我们有两种历法，一是阳历，二是阴历。这阴历虽然不能当作正式的日历用，然而革了好几次命总是革不掉它。阳历新年，不管你怎样的悬灯结彩，不相干，大家不起劲。非要到了阴历年，大家才一个一个的乐观起来。习惯之于人，真可说是甚矣哉了！

　　脑筋稍微简单一些的人，徘徊于阴阳二历之间，时常闹出大事来。譬如说：今天是阳历二十一，阴历二十二。假如我曾订在二十一晚上请客，而客人误以为我说的是阴历，在昨晚就去赴宴，这岂不是笑话？假如朋友订在二十二晚上请我，而我误以为阳历，等到明天才去，这在我一方面的损失，岂不大甚？

　　房东没有不赞成阴历的，房客没有不赞成阳历的。因为照阴历算，过几年过出一个闰月，房东可以多收一月的房钱。所以就资本家观察，阴历也实在有阴历的好处。苦的是我们房客。还有一层，假如阴历一旦废除，我们从何处去寻黄道吉日，更从何处去查考今天是否宜沐浴，宜出行，宜动土，宜婚丧？

# 大 学 教 授

　　有许多人，把所有的大学教授都看得很重，以为他们在品行上都是很清高的，在学问上更不消说。只要认清"博士""硕士"的招牌，便不致误。其实这是误会。由这种误会还许产生出许多失望和悲剧。

　　大学教授是一种职业，比较得还算是赚钱的职业。要说干这种生意，也不容易。从小的时候，父母就要下本钱，由买石板粉笔以至于出洋旅费，纵然不致倾家荡产，也要元气大伤。学成之后，应该不难于立身扬名以显父母，设若遭逢非时，沦为大学教授，总算是屈尊俯就，很委屈了。

　　一般的人若是生来没有什么大毛病，谁愿意坐冷板凳？但是"得天下之英才，而教育之，一乐也！"而天下之英才往往不在一个学校，所以身为大学教授者，也就往往身兼数校教授，多多益善。这完全是热心服务，薪金多寡，倒是一件小事。以现代人的眼光论，谁要是一辈子做大学教授，谁就是没出息！他们以为大学教授本是升官发财的路上的驻足之所。所以肯长进的人，等到有官可作、有财可发的时候，区区教授，便视如敝屣了。

　　若有思想迂腐的人说："先生，你这不是误人子弟吗？"他将回答说："是的，是的，不过当初人家也是照样误我来的，否则我也不来做教授了！"

# 打　架

　　我们江浙的下等社会的人，打架是有一定的方式的。譬如说：张三得罪了李四，在两人不在一处的时候，张三可以起誓要杀李四，李四也可以赌咒要杀张三。等到两人遇到，也不见得闹出什么命案来，顶多打一架。

　　打架就要有打架的方式。两方先怒目相视，然后口出秽言。双方由妹妹骂起，骂到外祖母为止，声音越来越高，小脸越来越红，最后，双方同时卷袖口，同时摘眼镜，同时向后退，距离愈来愈远。这时节，和解的人应运而生。劝架的人越热心，打架的人越凶猛，结果是双方距离太远，无结果而散。

　　听说在夷狄之邦，打起架来是没有人劝的，总要你死我活，见个高低。由这一端看来，也就可见我们中国人的确是文明多了，虽在打架的时候，也以人命为重，决不轻易流血。所以善于打架的人，总是按着我上面所说的方式，比较危险少些。至于一言既出，拳头随之，闹到头破血出，在聪明人眼里看来那是笨伯！

# 吐 痰 问 题

　　假使一个人的肺部里，生了一块痰，我想我们只有三个方法去处置它：第一是把它吐出来；第二是把它由肺管里咳出到嘴里，然后再从食管里咽下去；第三是让它永远存在肺里。第一条方法最近人情。第二条方法听着有点恶心，然而有一种人，大模大样的把痰咳在嘴里，四面一看，地毡铺得厚厚的，不见痰盂的踪迹，衣袋里又照例不备手绢，只好采取这条办法。第三条办法很少人用，除非在垂死的时候。

　　如其要吐痰，这便有问题。在文明的社会里，自由是绝对没有的。我尝在公众的地方看见一位雅爱自由的先生，呼的一声痰由肺里跃出，哇的一声，含在口里，啐的一声，吐出来了，拍的一声落到地板上。四周围的人全都两眼望着他，甚或把白眼珠翻转出来，作怕人状！

　　有人说吐痰和吸烟一样，是有瘾的。有痰偏偏不吐，久之亦可断瘾。据我看，断瘾倒大可不必，不过在吐的时候，不妨稍微思索一下，吐到可以吐的那种地方去。

# 感情的动物

也不知是谁，说过一句什么："人是感情的动物"。说人是动物，我倒不恼，因为人的确是近乎动物的一类，无论他的血是凉的还是热的，在动物的范围以内人人总有他应得的位置。不过把人当作"感情的动物"，便时常足以发生一种影响，其结果足以使人露出人的本来面目来。

人的本来面目，不大好看。假如今有四五个人于此，把衣服剥去，把体面礼法惯例通通破除，然后再有人把一块带肉的骨头抛到他们中间，你看罢，是一出全武行！再譬如，一个人浑身都是感情，你不触动他倒也罢了，你万一误碰了一根毫发，他能疯了似的回过头来给你一口。"人是感情的动物"，这句话，没有说错。

可是我们总不能不希望人能从"感情的动物"进化到"理性的动物"，由感情从事进化到诉诸理性。有人告诉我说："你不觉得吗？我们是正在进化着呢。"

## 铅角子与新角子

我们中国的币制，听说是很复杂的。即以上海一隅而论，市上流行的钱币至少有六种之多：（一）纸币；（二）银圆；（三）银角子；（四）新角子；（五）铅角子；（六）铜板。新角子与铅角子，都是很神秘的东西，不知究竟价值几许，但是在我们的币制里占一很重要的位置。纸币与银圆，有时也有不大地道的。最可靠最有信用的要算铜板了。你付铜板给电车卖票人，他决不一个一个的敲出声来听听，这就可见铜板在社会上之信用卓著了。

从乡下来的朋友，他们的脑筋不像上海人这样发达，所以他们常常的吸收新角子和铅角子。等到要用掉的时候，他们才有机会觉悟到上海的角子有许多不同的种类。但是乡下来的朋友，你们不必着急，还有比你们后来的乡下朋友，包管你有机会可以不折不扣的用掉。原来市面上就有这样多的铅角子和新角子，来无踪去无迹的，不知将要传到几代下去罢！

还有新从比上海更大的城市里来的人，他们也无心中有收集铅角子和新角子的嗜好。我曾亲见这样的一个人，把一只新角子给黄包车夫，车夫拿在手里，望了一眼，在地上摔了一下频频摇

头，极力表示不甚欢迎的意思。但是那个人扬长而去，只惹得车
夫破口大骂，骂到那位先生的高祖以上五六代的样子方止。我当
时心里颇有一点说不出来的感想。

# 旅　　行

　　旅行是一件乐事，因为除了花钱，受气，吃苦以外，附带着可以开拓胸襟，扩张眼界。但是在我们中国旅行，恐怕除了花钱受气吃苦以外，所剩下来的乐趣也就没有多少了。

　　越是在交通便利的地方，旅行越是不便利。譬如说，乘坐火车，第一，买票的时候，气力稍微虚弱一点的人，就许有性命之虞；第二，即使你的气力强，骨骼壮，你能平安的买到车票，有时候你求脚行的朋友替你搬运行李，临完了你就许没有法子报酬；第三，邻座的先生若把浓馥的关东烟喷到你的脸上来，你只得拌着空气一齐吸进肺里面去；第四……以至于第四十。再譬如，乘坐轮船，第一，开船的时间总不能说是不准，即使稍有耽搁，迟早也总在一百二十八小时以内，决无甚大的延误；第二，船上自有高谈阔论的朋友，通宵达旦的使你不愁寂寞；第三，在上下船的时候，你总要有牺牲性命的决心；第四……以至于第四十。

　　"人离乡贱"，一点也不错。到一个生的地方，人家看着你的尊容，就不大顺眼。再听听你的腔调，就许惹人生气。所以旅行的时候，总要受人另眼看待，越在大的城市，越是这样。

　　假如我有一天不辞劳苦，忽然立志要旅行，我宁可雇一辆人推的小车子，一步一步的推到乡下去。乡下人或者都还知道他们自己是人，同时也许把我当作他们的同类看待。

# 小 德 出 入

　　有一种人的哲学是："大德不逾闲，小德出入可也"。这种哲学实在要不得，因为"小德"的范围太广，包括的东西太多了一点。根据这种哲学，一个人只消不去杀人放火，便算是"大德不逾闲"，此外无论什么事都好归在"小德"里面，并且随便"出入"都还"可也"。

　　譬如打呵欠一事，也是我们人所常常有的，然而在大庭广众之间，纵然不能把呵欠消灭于无形，也要设法不要太使旁人注意。在下有一次，在电车里遇见一位先生，只见他忽然张开血盆似的巨口，作吃人状，并且发出一声弯弯曲曲的大声音，真有旁若无人之概。我看他的意思，是很希望有人在电车里给他支起一张床铺。

　　随地吐痰，到处便溺，深夜喧哗……种种不顾公德的事，都是"小德出入"。有人若加以批评，那算是在他的人格上过事苛责，未免多事。一个人若是大德既不逾闲，小德复不出入，那就可以说是一个完全的人了。然而谁肯这样的委曲求全？

# 半 开 门

"打折扣"是商人的习惯。哪怕他们宝号的墙上悬起"言无二价"的金字黑漆的匾额，你只消三言两语，翻翻白眼，管保在价钱上有个商量的余地。可是习惯之于人，甚矣哉，除了吃饭之外，处处就许喜欢打个折扣。

天有不测风云，商店也有不测的罢市。这时节，老板的心理，真需要我们的同情的安慰。果然，所有的商店都关门大吉了，黄金万两川流不息的想往商店里流，但是流不进去。这景象可有多惨！然而关门也未曾不可打个五折，两扇大门，关上一扇，如何？平常大门洞开，招财进宝，如今罢市，半开门足矣。

中庸之道，大概就是"打折扣"的哲学罢？半开门的罢市，也总算是圣人之教了。不知道在吃饭的时候，有没有这允执厥中的精神？

# 缠　　足

报载："江苏省党部特别委员会，昨通令各县市特派员，协同各县县知事，严禁妇女缠足。"这实在是一件极大的德政。我们拼命的宣传缠足有害，哪怕说破了几张嘴皮，也收不了多大的效果，因为缠足的那般人，多半是乡下人，轻易听不到我们的宣传，听到了也不容易听懂。现在明令严禁，倒可事半功倍。不可理喻，只得威临了。

本来是，好好的一只脚，缠他做什么？不管你多大的身躯，一身的重量至少也有百十来斤，都靠那两只脚来支持，已是辛苦了，再把脚缠得像一颗粽子似的，未免欺脚太甚！

未缠足的，当然是不该再缠。已缠足的，也可以酌量的解放。解放后的脚，也许僵挺硬凸，不大雅观，然而究竟走起来方便些是真的。

现今时髦女子，虽然不缠足了，但是同样的不肯让脚自然发展。好好的两只又肥又软的脚，偏偏要穿上一双瘦小的镂花漆皮鞋，高底细尖，脚面上的肉一块一块的从镂花中间凸出来，好像是一个玉蜀黍。何苦来哉！

# 虎　烈　拉

　　年年到夏天，要闹一顿虎烈拉。幸亏我们中国人多，你死了还有我，不至于剩出粮食来没有人吃。并且人多就命贱，死一个两个的，无关宏旨。因此，虎烈拉不住的拉人，而制造虎烈拉的总批发所——垃圾桶，仍是盖虽设而常开。

　　我们中国人也就真耐心。不计数的蚊子、苍蝇，从垃圾堆里把微菌整批零趸的送到府上，然后时运不济，就许祸延给无论哪一位，府上要大热闹一阵。但是，并不曾听说尚未死亡的人有什么预防的方法。只有医药界的先生们，不晓得为什么，对于虎烈拉，一个个的不是讲预防，就是讲急救。

　　本来制药救人，不算是甚大的罪恶。不过世界上怕死的人太多，制药的人实在忙不及，所以热心过度的朋友往往别出心裁，一杯凉水，半匙红糖，也算作是药水了。在没病的时候喝下去，甜滋滋的，并无大碍。

　　我若患虎烈拉，可不敢乱喝药水。因为病虎烈拉而死，究是天灾，乱喝药水而死，便是人祸了。

# 束　　胸

本报八日香港电……有人提议禁女子束胸及青年男女吸食烟酒，经省务会议通过，云云。这是德政，可佩之至。

女子束胸，实在应该禁，只是实行起来，恐怕要很费苦心，譬如，一位胸部稽查员，巷头伫立，见一女郎姗姗而来，胸部隐约坟起少许，稽查人若是胆怯一些，或客气一些，单凭眼力，便很难断定这位女郎是否犯束胸的罪。并且女子身体，参差不齐，有的胸部完全是一块平阳之地，实在不曾束胸；亦有胸部的肉像气垫子似的，东一块凸，西一块凹，而事实上胸部已经五花大绑的捆了好几道。这怎么办？

青年男女吸食烟酒，也实在应该禁。我想这烟一定不是专指鸦片，酒也一定不是专指火酒。老年男女，就和旧报纸似的，不值什么，就是烟熏死，酒毒死，都不要紧。唯独娇嫩的青年男女，用处大，保护得要特别周到，不能不禁止他们吸食烟酒。

如今是个解放的年头儿，头发解放，缠足解放，如今又是胸部解放，但是烟禁和酒禁，却又解放不得。

# 哀　挡

昨日报载："近有一种骗匪肩一破馄饨担，满装破瓶破碗，行至弄内人丛中，作误踏香蕉皮状。喀琅一声，连人带担，打得粉碎，伏地呜咽，其惨不可名状。同时必有一人出，向众大发其慈悲心，创议捐资助之……果然银元铜元满握，乃即收拾破担称谢而去。……个中人谓之'哀挡'。"这样新颖的骗法，果然令人惊异，然而既发生在上海，便又无足怪了。假如有一种骗法，在别处发生，而在上海独付阙如，那才是怪事。

这"哀挡"的骗法，是根据孟子人性善的哲学而来的。假如人性不善，你卖馄饨的真个"连人带担打得粉碎"，与我何干？然而天下还是善人多，情愿把无限制的同情心拿出来凑成一件骗案。那骗匪对于人性也真抱乐观，并且自己也真肯牺牲，不惜作误踏香蕉皮状，以凑成仁君子的慈善事业！

# 信 纸 信 封

凡是开办一个铺子，创立一个学校，组织一个机关，或发起一切其他大家吃饭的团体，第一件要紧的事，据有经验的人说，就是印制信纸信封。有许多机关，干脆说罢，唯一的事务就是印制信纸信封，此外不必更下什么资本。说也奇怪，社会的人士真有眼光，看见你用的信封信纸印着机关的名字，顿时对你增加三分信仰。信纸上要是再印上几个英文字，你的人格就算是有了担保。因为这个理由，在无论什么像样的机关，信纸信封的费用是一笔很大的开销。

然而（一个很使劲儿的然而），公家的信纸信封，用在公家的事务上者，可不算多；用到私人的事务上者，可不算少。这在用信纸信封的人想来，不是没有充分理由的。理由是：用几张信纸信封，在公家损失无几，在我一方面节省良多。奉行俭德的人，就没有话说了。

有一天我接到一封从外国邮局寄来的信，那信封是免贴邮票的信封，在贴邮票的角上印着："如有以此信封作私用者，处以二百元之罚金。"从字面上看来，公私似甚分明，然而帝国主义者做的事，当然是不足为训了。我们中国人盗用公家信纸信封者，恐怕还不多，还没有到惹人注意或特颁刑律的地步。大可乐观。

# 名　片

　　名片不是什么特殊阶级所特有的，人人都可享用。上自达官贵人，下至妓娼走贩，只消你有一个名字，再只消你有几角钱，你便可印一盒名片。

　　名片的种类式样之多，就如同印名片的人一样。有足以令人发笑的，有足以令人骇怕的，也有足以令人哭不得笑不得的。若有人把各式的名片聚集起来，恐怕比香烟里的画片还更有趣。

　　官僚的名片，时行的是单印名姓，不加官衔。其实官做大了，人就自然出名，官衔的名片简直用不着。唯独有一般不大不小的人物，印起名片来，深恐自己的姓名太轻太贱，压不住那薄薄的一张纸，于是把古往今来的官衔一齐的印在名片上，望上去黑糊糊的一片，就好像一个人的背上驮起一块大石碑。

　　身通洋务，或将要身通洋务的先生，名片上的几个英文字是少不得的，"汤姆""查利"都成，甚而再冠上一个声音相近的外国姓。因为名片也者，乃是一个人的全部人格的表现。

# 乐 户 捐

昨日北京电："警厅通令严禁妓女退捐歇业，免影响乐户捐。"这一段电文翻成我们日常通用的语言，就是："当妓女的，无论在身体上精神上经济上受什么压迫，也不准停止营业，免影响北京警厅的收入。"再干脆些："北京警厅逼迫妓女继续卖淫。"

妓女通常叫做摇钱树，北京摇钱树的大老板便是警厅，因为乐户捐是警厅最大的收入的一项。所以近年来妓女生意萧条，纷纷歇业，警厅收入大受打击，为维持薪饷来源计，不得不勒令禁止。妓女与警厅的关系之深，有若是者。真可以说，警厅与妓女，相依为命。

"有饭大家吃"这句话，只是说说而已。即如北京警厅的人要吃饭，便管不得妓女有没有饭吃了。其实北方人还是太忠厚，禁止妓女歇业，大可不必说明是为乐户捐的缘故，至少也可以想出几条冠冕堂皇的理由。例如：（一）妓寮里面服务的男女人员甚多，一旦歇业，生计断绝，影响地方治安；（二）妓寮是娱乐场所，也是文化机关，北京中外观瞻所系，须臾不可离。这样讲来，多么体面，多么好听！

# 铜　板

　　铜板者，北方人叫它做铜子儿，乃是我们最通行的最有信用的一种泉币，并且"当制钱十文"之多者也。洗澡过的洋钱，涂改过的钞票，以及什么"新角子""铅角子"，我们总都见识过，而不道地或不够分量的铜板却还少见。并且使用铜板的人，似乎都很明理，所以不拘是云南贵州铸造的铜板，在上海行使都可以不用贴水。这真是太便了。

　　北方通用的一种大铜板，每一枚值铜板二枚，在江南是不通行的。据精通金融情形的人说，这是因为一个大铜板的分量恐怕抵不过两个小铜板的缘故。由此观之，铜板的重量还是减不得的。十个八个铜板放在衣袋里，还不算什么；可是四十五十个铜板，一大撅子，放进衣袋去，身体孱弱一点的人便不能不认为是一种压迫了。

　　我虽然不敢说是资本家，然而几十个铜板，却天天带在身边。我的单薄的骨头架子，还担得起那死沉沉的一撅子，可是如今大热的天，薄薄的一层衣裳，便有点支持不住，大襟上的扣纽时常坠到腋下去了。而且铜板之为物，不禁招惹，一五一十的数一遍，手上会落一层臭铜锈。

　　我谁也不怨。我只默祝：我们中国的历史走得快些，快让这铜器时代过去。

　　此文刊后，得K.V.先生来函，云："将来大作印行单本时，此文请勿选入，因大马路一带卖铜板袋者甚多。我想买一只送给先生……"

　　但K.V.先生之铜板袋始终不曾送来。谨志于此，以存真相。

# 撒　网

　　我们通常有婚丧大事，不敢自秘，总是要印许多帖子，分送亲友。这也是一种很正大的举动。但是分送帖子，与施舍粥食略有不同，绝不可抱多多益善的决心。否则你这一张帖子送到一个不相干的人的手里，他的心里不免要生出一种非常的感想，有时竟把你的婚帖当作丧帖看，或是把你的丧帖当作婚帖看。

　　北京人把乱送请帖这件事唤作"撒网"，那意思是说：送帖的人不分畛域，到处送帖，是希望多收几份礼物，如同撒网捞鱼一般。其实如今的鱼，比撒网的人要聪明些，有时候他们会从网缝里钻出去，让你白撒一网。有时候你只捞起一点点的东西，倒赔上许多撒网的费用。

　　有些撒网的人，并不是从经济方面着眼，他们是想多请几位客人，撑撑场面。于是乎赵大娶媳妇，赵大的亲戚的朋友邻居李四也接着请帖了。于是乎王二平常认为最没有人格的孙五，也接着王二的结婚帖子了。掉在网里的人，有时费了许多周折，才能知道究竟谁是撒网的人。

　　但是天道好还，你这回撒一个大网，不久你就要掉在许多人的网里。

# 招　　聘

　　古代的人有时候求才若渴，只消你真有一点本领，往往不惜三顾茅庐，求你指教。如今这个时代，茅庐一天比一天的多起来，但是很少有人来光顾。住在茅庐里的人不免发急，因发急而看报，有时候竟在报上发见招聘经理招聘书记等等的广告。

　　若非自己的夫人没有兄弟，谁肯登报招聘经理？这是很明显的事。然而世界上不肯"以小人之心度君子之腹"的人尚未绝迹，所以有人招聘贤才，就有人欣然而往。

　　当经理有当经理的规矩，须要先交出多少的押款；做书记也有做书记的手续，须要先交出多少钱的报名费。这押款和报名费如数交付之后，你的责任就算尽了，不必再希望有什么下文。如其真有了下文，那也是足以令你哭一场的下文。

　　思想顽固的人，常常不明了现代社会的组织法，动辄曰：人心不古。其实不尽然。人心不古者，只一部分人而已；即如看见招聘广告而欣然应征的人们，他们的心仍是很古的。

# 拳　战

我现在所要谈的拳战，不是外国鬼子立在一个方坛上打得你死我活的那种拳战，乃是我们中国的文明人在喝酒的时候"五魁呀！""七巧呀！"那种拳战。

我曾走进中国饭馆，里面的声音之大，有如万千士卒之鼓噪，我总以为里面至少也应该有一两位头破血流，才能与这么大的声音相称。俟我入座之后，金撙酒满，只见有人卷袖口，有人伸拳头，桌面上登时发生一种很剧烈的运动，并且种种的声音随与俱来，忽而声若洪钟，忽而不绝如缕，高下疾徐，不可究状。若用五线谱来记录下来，十五条线也未必够用。

深得人生之趣的人告诉我说：吃饭无酒，固然不乐，喝酒不猜拳，也还不能尽兴。我独不解者，是为什么一定要把嗓子喊得像破钟一般？有时候我看见上了年纪的人，手伸出来直哆嗦，并且从丹田（即耻骨缝最高点）里弯弯曲曲的喊出一声公鸡叫似的音调，我就觉得危险。

拳战不能不喊，不过我们总该要顾虑到人的喉咙究竟是人的喉咙。

# 甚 有 心 得

从前人心还有几分古的时候，把留学生看作很有价值的一种人。那时候的人，总觉得一个人远渡重洋，然后学成归国，一定多少有点本领。至于留学生既留之后，究竟是给外国人洗碗还是给外国人当听差，那都不成问题。

所以在留学生归国之际，就有一种牢不可破的公式，一定要设法在报上登一段新闻，内容大致是这样：

"某某君，少有大志，肄业于某校时，每试辄列前茅，某年出洋，卒业于某校，得某项学位，闻将于某日搭某轮返国。君专习某科，甚有心得。"底下还有一个"云"字。

再漂亮一些，或者就要印上一张玉照。无论哪一位留学生归国，报纸似乎都很愿尽登这样一段新闻的义务。并且最奇怪的，就是无论哪一位留学生，都是"甚有心得"。究竟心得的是什么东西，那不必管，不过"甚有心得"四字不算是顶厉害的骂人的话，却可以相当的承认的。

听说现在有尚未出洋正在候补的留学生，也把履历连同四寸半身的玉照，送到报馆。这样的人是将要"甚有心得"，当然也要照登了。

# 应 酬 话

　　两位素未谋面的人，一旦遇到了，经人略一介绍，或竟未经介绍，马上就要攀谈起来，并且要作出十分亲热的样儿，这不是一件容易事。非善于应酬者不办。

　　初出茅庐的后生小子，会到生人，面红耳赤，手忙脚乱，一句人话也说不出，假如旁边有一座钟，恐怕只有钟声滴滴答答的响着。善于应酬者，则不然了，他能于请教"尊姓""大名""台甫""府上"之后，额外寻出一套趣味浓厚的应酬话。其中的精粹，可以略举一二如下：

　　"今天的天气热啊！"

　　"是的，这两天热得难过。"

　　"下一阵雨就好了。"

　　"可不是，下一阵雨至少要凉快好几天呢。"这样的谈下去，可以延长半点多钟，而讨论的范围不出"天气"一端。旁边的人看着将不禁啧啧称叹曰：这两位士兄多么漂亮！多么健谈！多么会应酬！应酬至此，真可以出而问世矣！

　　但是除了天气之外，还有可谈的事物没有？凡是自己能辨明天气之冷热的人，常常感觉到，语言无味，还不如免开尊口，比较的可以令人不致笑出声来。

# 住一楼一底房者的悲哀

　　此文载第十七期《三民周报》，因为是在编辑《青光》之余作的，故附录于此。

　　小时候听人说，衣食住是人生三大要素。可是小的时候只觉得"吃"是要紧的，只消嘴里有东西嚼，便觉得天地之大，唯我独尊，逍遥自在，万事皆休。稍微长大一点，才觉得身上的衣服，观瞻所系，殊有讲究的必要，渐渐的觉悟一件竹布大褂似乎有些寒伧。后来长大成人，开门立户，浸假而生儿育女，子孙蕃殖，于是"住"的一件事，也成了一件很大的问题。我现在要谈的，就是这成人所感觉得的很迫切的"住"的问题。

　　我住过有前廊后厦、上支下摘的北方的四合房，我也住过江南的窄小湿霉、才可容膝的土房，我也住过繁华世界的不见天日的监牢一般的洋房，但是我们这个"上海特别市"的所谓"一楼一底"房者，我自从瞻仰，以至下榻，再而至于卜居很久了的今天，我实在不敢说对它有什么好感。

　　当然，上海这个地方并不会请我来，是我自己愿意来的；上海的所谓"一楼一底"的房东也并不会请我来住，是我自己愿意来住的。所以假若我对于"一楼一底"房有什么不十分恭维的话语，那只是我气闷不过时的一种呻吟，并不是对谁有什么抱怨。

初见面的朋友，常常问我"府上住在那里？"我立刻回想到我这一楼一底的"府"，好生惭愧。熟识的朋友，若向我说起"府上"，我的下意识就要认为这是一件侮辱了。

一楼一底的房没有孤零零的一所矗立着的，差不多都像鸽子窝似的一大排，一所一所的构造的式样大小，完全一律，就好像从一个模型里铸出来的一般。我顶佩服的就是当初打图样的土著工程师，真能相度地势，节工省料，譬如一垛五分厚的山墙就好两家合用。王公馆的右面一垛山墙，同时就是李公馆的左面的山墙，并且王公馆若是爱好美术，在右面山墙上钉一个铁钉子，挂一张美女月份牌，那么李公馆在挂月份牌的时候，就不必再钉钉子了，因为这边钉一个钉子，那边就自然而然的会钻出一个钉头儿！

房子虽然以一楼一底为限，而两扇大门却是方方正正的，冠冕堂皇，望上去总不像是我所能租赁得起的房子的大门。门上两个铁环是少不得的，并且还是小不得的。因为门环若大，敲起来当然声音就大，敲门而欲其声大，这显然是表示门里面的人离门甚远，而其身份又甚高也。放老实些，门里面的人，比门外的人，离门的距离，相差不多！这门环做得那样大，可有什么道理呢？原来这里面有一点讲究。建筑一楼一底房的人，把砖石灰土看作自己的骨头血肉一般的宝贵，所以两家天井中间的那垛墙只能起半垛，所以空气和附属于空气的种种东西，可以不分畛域的从这一家飞到那一家。门环敲得拍拍的响的时候，声浪在周围一二十丈以内的范围，都可以很清晰的播送得到。一家敲门，至少有三家应声"啥人？"至少两家拔闩启锁，至少有五家有人从楼窗中探出头来。

"君子远庖厨"，住一楼一底的人，简直没有方法可以上跻于君子之伦。厨房里杀鸡，我无论躲在哪一个墙角，都可以听得见鸡叫（当然这是极不常有的事），厨房里烹鱼，我可以嗅到鱼腥，厨房里升火，我可以看见一朵一朵乌云似的柴烟在我眼前飞过。自家的庖厨既没法可以远，而隔着半垛墙的人家的庖厨，离我还是差不多的近。人家今天炒什么菜，我先嗅着油味，人家今天淘米，我先听见水声。

厨房之上，楼房之后，有所谓亭子间者，住在里面，真可说是冬暖夏热，厨房烧柴的时候，一缕一缕的青烟从地板缝中冉冉上升。亭子间上面又有所谓晒台者，名义上是作为晾晒衣服之用，但是实际上是人们乘凉的地方，打牌的地方，还有另搭一间做堆杂物的地方。别看一楼一底，这其间还有不少的曲折。

天热了我不免要犯昼寝的毛病。楼上热烘烘的可以蒸包子，我只好在楼下下榻，假如我的四邻这时候都能够不打架似的说话或说话似的打架，那么我也能居然入睡。猛然间门环响处，来了一位客人，甚而至于来了一位女客，这时节我只得一骨碌爬起来，倒提着鞋，不逃到楼上，就避到厨房。这完全是地理上的关系，不得不尔。

客人有时候腹内积蓄的水分过多，附着我的耳朵叽叽哝哝说要如此如此，这一来我就窘了。朱漆金箍的器皿，搬来搬去，不成体统。我若在小小的天井中间随意用手一指，客人又觉得不惯，并且耳目众多，彼此都窘了。

还有一点苦衷，我忘不了。一楼一底的房，附带着有一个楼梯，这是上下交通唯一的孔道。然而这楼梯的构造，却也别致。上楼的时候，把脚往上提一尺，往前只能进展五寸。下楼的时候，把脚伸出五寸，就可以跌下一尺。吃饭以前，楼上的人要扶着楼杆下来；吃饭以后，楼下的人要捧着肚子上去。穿高跟皮鞋的太太小姐，上下楼只有脚尖能够踏在楼梯板上。

　　话又说回来了。一楼一底即或有天大的不好，你度德量力，一时还是不能乔迁。所以一楼一底的房多少是有一点慈善性质的。

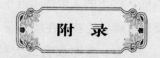

# 绣　衣　记

　　北京警厅科员某,旗籍也。家素贫,赖其妻精麻雀术,每战辄赢,日积月累,称小康焉。而某科员不谙持家之道,恒思有以挥霍之。京中有暗娼名"尚二爷"者,风流旖旎,芳名藉甚。轻薄子弟,趋之若膻。一日,某科员邂逅之于中央公园,妖媚万态,游人咸为驻足。某科员情不自禁,遂尾之。时大雪初霁,道乃至滑,尚二爷行其行,纤足高履,几倾跌者屡。某科员忘形而呼曰:"险哉!女士胡为而不遵此道,行走较易也?"二爷红晕于颊,不即与语。某科员益不自持,趋就之,刺刺不休,二爷亦复报以秋波。某科员竭其平生奉承之术,曲意求欢,欲偕而观影戏,二爷故为撑拒,强而后可。从此东长安街平安电影院中,常见此一对野鸳鸯,高踞包厢,情话绵绵矣。

　　某科员在警厅,通洋务者也,蟹行文字,虽略识之无,而与洋商接洽,非彼莫办。以故洋商如平安电影院皆深交纳之,且赂以包厢免票。而尚二爷不知也,见其出入戏院,举动阔绰,遂视为肥货。某科员有友杨某,市侩也,业景泰蓝,家素封,而好小利，见某科员方沉溺于酒肉声色也，贷以汽车，杨某自为司机，从此某科员偕尚二爷观剧宴饮，杨必与俱。杨某镶边多日，不费一文，计乃良得。而某科员由杨某之汽车，得出入自由，更可博二爷之欢心。于是三人形影不离，日奔逐于花天酒地。某科员之妻，犹在家勤俭度日，计较锱铢也。

某科员有黄包车，得汽车后，遂弃而弗用，恐车夫之泄其秘也，厚贿之。而车夫乃太太之宠人，惧日后遭谴，尝微露其密，以为日后卸责也。科员妻不之信，潜伺其夫。科员夙有季常癖，居恒战战兢兢，不敢稍忽。妻久而无所获，心渐释。而车夫贪求无厌，嫌赂之寡，心滋不悦，在夫人前益无所隐。尚二爷以绰约之姿，特工装束，一衣一履，靡不穷极诡丽，招摇过市，令人目夺。科员投其所好，罄其资财以博一欢。尝焦思苦虑，独出心裁，务求花样翻新，触人眼帘。一日，为市黑缎，以白丝线绣蝴蝶无数，遍及周身，其妖冶可见。初不料此一袭绣衣，引起醋海大波，几乎断送科员一命也。

尚二爷之制绣衣也，科员妻亦适制新衣，且在同一之成衣铺。衣将成，夫人命车夫往取，在成衣店中见绣衣，方赞叹间，店主人遂以实告，大惊，阳为镇静，徐曰："此绣衣已成，甚善。家主人嘱我同携去者也。"店主人不之疑，任其携去。至家，潜呈绣衣于主人妻，以为铁证。妻始恍然，忍无可忍，与其夫对质。科员初不服，妻遂掴其颊，清脆可听，掷绣衣于地，曰："是何为者？有以语我来！"科员语塞，知事败露，俯首听教。夫人奋其雌威，谴责备至。且迁怒杨某，尝于大庭广众之下，辱责之曰："君假吾夫以汽车，此恩此德，何日得报也！"科员从此敛迹。慑于闺训，未敢或违，出外必须秉承阃命，夜晚绝对不能出行。

　　科员不到厅者数日，友辈咸为疑虑，好事者趋而探视，则科员"忧郁成疾，颈部生疮，蜷伏床笫，奄奄待毙矣"！此事京中传为笑谈，议论纷纷，咸为科员太息焉。

　　**记者按：尚二爷之名，余尝耳之，若某科员者，可谓自作孽矣。但其夫人以麻雀术致富，亦可谓刻币成家，鲜克有终满矣。**

本篇原载于1927年5月2日上海《时事新报·青光》专栏，署名谐庭。

# 新都归客潭

宁垣发生战事，我恐怕直鲁军骚扰，逃到上海避难，后来直鲁军倒都窜到江北，于是我回到南京去。现在又重来沪上，南京市面情形，有足述者，兹缕列之。

下关商业完全停顿。江边不能行人，旅馆十九关闭。栖居旅舍之花界姊妹皆杳如黄鹤，别营香巢。一种萧条凄凉状况实历来战事时所未有。日来浦口方面时发炮弹，沿江居民迁徙一空。昔日繁华富庶之区，已一变而为沙场矣。

南京城内的新气象，首推张贴墙壁之标语，有数处英美烟公司广告地位，均改贴宣传口号。趋车进城，左顾右盼只见东也打倒，西也打倒，前也打倒，后也打倒。南京标语较沪上者制造较佳，长墙高壁，往往用油涂饰，鲜艳夺目，经雨不污，可以持久。府东街一带张挂巨幅图画，以彩色画种种寓意的图样于布帛之上，围观者挤得水泄不通。

鼓楼楼上驻兵，红墙上剥落甚多。显系战时遗迹。楼墙上绘有孙中山先生半身肖像，大可及丈，甚为醒目，唯绘者对于国父容貌，恐不十分熟悉，因国父清癯强健，此像乃臃肿肥胖，至为不伦，见者无不掩口葫芦。

夫子庙一带依然热闹，新添书摊多处，外国书籍堆积如山，中以宗教书为最多，此处如杂货摊亦极夥，此盖与外人共产后之现象。北门桥南一带夜市异常繁盛，且物美价廉，打字机只售二元，铁衣箱只售五六元。其来路如何，不难想见。

东南大学驻满军队，何总指挥驻节于此。门外向极清冷，驻军后顿呈勃兴之象，馄饨摊面摊杂食摊如雨后春笋，人声嘈杂，不堪言状。校内草地，向之不准践踏者，今则为马队饲马之所。校门高扎彩坊，望之绝不似教育机关矣。校内科学馆一部分及图书馆被学校保留，余均被军队占有。

太平桥某公馆，前曾有外人居住，门首铜牌，赫然高悬，外人久已移出，房东以为可资庇护，未即取下，此次事变，因被波及。公馆内寄居东大教授二人，亦受池鱼之殃。公馆主人事前将珍贵物品悉数寄存于碑亭巷女青年会，现皆不知去向，女青年会已成兵舍云。

本篇原载于1927年5月2日上海《时事新报·青光》专栏，署名亚紫。

# “第三种水”？

张博士竞生是科学家是哲学家又是艺术家，其言论则每介乎三家之间。学问浅隘只通科学的读者，往往觉得博士言谈玄妙离奇，专习哲学的读者又觉得他平庸浅泛，独嗜艺术者又觉得他俗鄙不堪，这全由于博士的学问深邃宏博，融会贯通，东摭西拾，头头是道，一般学士，不能窥其项背。不过博士之所以能大受欢迎，处处引人入胜，津津有味，则完全在其“第三种水”。

据博士自己说：“我近来所宣传的女子‘第三种水’，比‘第三国际’，其关系不是更为重大吗？”实际是，这“第三种水”是关系重大，非常重大。因为博士自己说：“愿于三年内把‘审美丛书’出到六册。希望得其版税足以为我及妻儿住欧生活费。”张博士一家大小，到欧洲后，嗷嗷待哺，就靠这“第三种水”了。却说这“第三种水”是张博士所“发明”的，所以难得可贵，现在风行一时，只要按照博士所开的方案，照方行事，包管你如愿以偿。不过听说这“第三种水”已成过去，张博士近来加功研究，又发明了一种“第四种水”。我想张博士把发明“第四种水”的经过情形，再大吹大播的发表一下，那么张博士、博士夫人、博士小姐、博士少爷，赴欧的旅费也就有了着落，今夏大可成行了。哈哈。

本篇原载于1927年5月3日上海《时事新报·青光》专栏，署名秋郎。

# 这也算得时髦!

在前清庚子之后，会说几句英文的人，便算是"身通洋务"，一个没弄好，就许派你到外务部（总理衙门）当差。同文书院未改作译学馆的时候，肯拉下脸来去学说洋话的，每月可以得二两银子。说洋话在那时候是件丑事，就如同现在我们说中国话一样的可丑!

现在不然了，会说英文才算得时髦。不，不，在上海说英文已不是时髦，已是固定的习惯了。打电话时你要说英文，到邮局寄信你也要说英文，到门窗玻璃稍微大一点的商店，你也不可不说英文。你如其不会说英文，你吃亏，你只得怪你令尊大人没能使令你受普通教育。

说英文谈何容易，把舌头翻得滴溜转，一串一串的由嘴里往外流，那叫做说英文；洋泾浜的英文也是英文。北京有一家成衣店，招牌是中英合璧的，左书"上海分此"，右书"Shang-hai diuided here"，这也是英文。嘿，难言也!

在下没有出息，虽然几句洋话实在蹩脚，有时候冷不防有人把洋字喷到我的脸上，没法子只能招架招架。这是不长进的毛病，已经根深蒂固，只希望将来我的贤子贤孙，别学这样的时髦罢了。

本篇原载于1927年5月4日上海《时事新报·青光》专栏，署名秋郎。

# 留学生市价低落

　　无论什么东西，在社会上有供有求，这供求缓急之间，就决定了高低升降的市价。近来年年有大批的留学生上市，轮船码头，火车机房，堆积如山，走动起来，可以用鞭子赶，而买主大半因为旧货聚积已多，所以承销都不甚踊跃，留学生的市价，于是乎低了。

　　譬如说：要作一个美国留学生，制造的时间定为三年，这三年要用本钱若干呢？每月用费美金八十，学费算作一年二百，来回路费五百——共合华币约八千块大洋。在市价没落的时候，留学生每月就算赚二百块钱，一年两千四，三年半后，如其不曾打破饭碗，就可以归还本钱了。你看这利钱小不小？

　　如今则不然，制造留学生的本钱，一天一天的增加。回国后没有人请教。雇黄包车由大马路到静安寺，我只出十个铜板，你说太少点罢，但是黄包车若有好几百辆闲着没有生意，你要不拉，他就许拉，倒比饿着强点，留学生也是这样。四十块钱的小书记，留学生也得干。不干？饿着——这样一来，市价如何不低？

　　现在出洋留学的还不见少，我看这亏本的勾当，还是少做为宜呢。

　　本篇原载于1927年5月5日上海《时事新报·青光》专栏，署名秋郎。

# 张竞生丑态毕露

编辑先生：

五月三日本栏载有秋郎君的一篇谐评，批评张竞生的"第三种水"，我早就想对于这种诲淫渔利的假科学家着实教训一番，秋郎君可谓先获我心，可惜秋郎君骂得深刻有余，痛快不足！

张竞生的第三期《新文化》，在卷首用四号字排起一封《张竞生致汪精卫信》，真是令人恶心。汪精卫先生接近共产也好，不接近共产也好，与你专喝"第三种水"的张竞生有何相干？他以为必要如此，才能表示他的地位的重要，才显得他能与当今要人相提并论，才足以炫露他也懂得政治经济之博学。这真无聊极了！

性欲问题，不是谈不得的。要研究性欲就研究，要作淫书就作，不必戴上什么科学艺术的假面具。科学艺术，他哪里懂？张竞生处处是以轻薄的态度描写性交，宣扬女人方面的亵秽。我觉得奇怪，褚某对于他是不算什么了，而张竞生的妈妈，当初生他养他的时候想必也受了许多的苦，何以他不看他妈的面子，给女人稍微留点地步？

编辑先生，听说有一部分人很受张竞生的愚弄，希望你在

《青光》上痛痛快快的申斥他一回才好呢！

丹甫自闸北寄

　　记者曰：我们不能十分痛快的骂张竞生，因为我们不能十分的降低我们的人格。最有效而最省事的教训张竞生的方法，就是以后不再看他的文，不再提他的名字。否则无论骂他恭维他，总是替他登广告。这种人绝不以挨骂为不舒服。而在国家将亡的时候也绝不可以有这种人。

本篇原载于1927年5月6日上海《时事新报·青光》专栏，署名丹甫。

# 上 海 赛 马

上海春季赛马已经闭幕了。数日来跑马厅一带的空气，渐渐的新鲜一点了。昨天上海《泰晤士报》记载此事说：

**将来等到外兵撤退上海，军舰飞机一齐开走的时候，历史家记载这次赛马的故事，必要大书特书，虽历史上著名之英国与西班牙的海战，比起来都要逊色呢！**

我觉得这次上海赛马，的确也有一些和往次不同。人也是那样挤，车也是那样的多，马也是那样的跑。但是，我心里终觉得有点不大得劲儿！

思之，又思之。有了。往次赛马，场里有那些黄皮的兵吗？场里有那几间飞机住的席棚吗？外国人也真开心，闲着会想出跑马的玩艺儿；他们更不怕费事，调了那么许多的兵，来保障他们在上海跑马的举行。《泰晤士报》记者的话倒很有趣味。将来等到外兵撤退上海，军舰飞机一齐开走的时候，我们的历史家也要在记载时大书特书，不过我们历史家所要记载的未必就是这次赛马罢了！

本篇原载于1927年5月6日上海《时事新报·青光》专栏，署名秋郎。

# 记 罗 家 伦

　　罗家伦的姓名近来映入吾人眼帘者凡二次，一是国民党上海特别市党部指导员的广告，罗为指导员之一；一是上海商务印书馆广告，罗曾新著《科学与玄学》一书。罗君人甚有趣，今就所知，以告读者。

　　罗君字志希，江西南昌人氏。相貌奇特，头部占空间甚多，色黝黑，皮糙若沙纸，而春风满面，和蔼可亲。君两手肥硕臃肿，如熊掌然。博闻强记，雅善谈笑。五四运动发生时，君正肄业于北京大学，为胡适之君高足弟子，为新潮社中重要人物，以此受知于蔡孑民。后南洋兄弟烟草公司资送北大学生五人赴英留学，君遂获选焉。君酷嗜淡巴菰，大长城大联珠终日不离手，说者谓为受南洋烟草公司之影响云。

　　君遨游欧土，专攻历史政治，课外事业亦颇活动。有人尝遇君于巴黎店肆，问曰：君胡至此。罗曰：吾为张伯伦所不容，亡命至此耳！其言谈豪迈，往往如此。客岁返国，应东南大学聘，授历史诸科，每有应酬，必着洋装礼服，恂恂然有绅士之风。能操数国语言，皆能达意，为侪辈所不及。党军与孙军相持于南浔间，君侍其尊人返里，归后尝告友人曰："吾历尽万险，身受七

刃，而心不少惧。"言次出掌示人，视之，果有细痕如线，几至
出血，亦云险矣！

罗君喜谈话，酒后茶余，辄向友人絮絮不已。对于其在情
场经验，则尤兴致勃勃，谈时有得色。盖中外士女，见君无不倾
倒，案头倩影多帧，其明证也。闻愈在女子面前，君之谈锋乃愈
健云。

党军克宁后，君来沪上，仆仆风尘，状至忙碌，而鲜有知其
使命者。后回南京，始得指导员之任命。现促居南京总司令部，
于党国要政，多所擘划云云。

本篇原载于1927年5月8日上海《时事新报·青光》专栏，署
名亚紫。罗家伦看到本文后，给《青光》写了一信，谨录如下：

记者先生：

阅五月八日贵报《青光》栏关于我的记载，觉得有当声明
的：（一）我不是江西人；（二）我不是南洋兄弟烟草公司资送
留学的。其余诙谐的记载，我自有相当的"幽默性"，付之微
笑。此等记载，在西洋的报纸上，对于大学者或大政治家，每每
出之，于讽刺画中为尤甚，贵报或富于西洋报纸风味，但伦尚深
愧于与西洋大学者大政治家并拟也。我解此等记载，毫无恶意。
但伦自有其严正的态度，郑重的目的，能奋勇不畏艰险以赴之，
此或为贵报与国人所能谅解者。此信敬盼登载，谢谢！

　　　　　　　　　　　　　　　罗家伦 敬白 五月十四日

# 当 面 撤 换

　　报载苏州学生联合会的"总要求电"（见昨日本报），排列三十五条，第七条的条文是："多数学生认为不满意之教员得呈请学校当面撤换"。这"当面撤换"四字，有点费解。当谁的面呢？并且既撤之后，继之以换，隐寓继任者亦须要"当面"继任的意思。这问题愈发复杂了。

　　其实不难解释。所谓"当面撤换"者，就是由学校召集全体学生，开一个会，恭读总理遗嘱，然后把学生认为伺候不周的教员唤到主席台前，验明正身，声述所以要"撤"的理由，随后由全体高呼"当面撤换"的口号三声，这位教员便低头垂手从大门走出去，并且在门房具个甘结，声明以后再不回来。这叫做"当面撤——"，还有一个"换"字，没有做到。学校寻得替人的时候，也要照样的开个会，叫他在学生面前行个见面礼，然后主席敬告学生："学校今天又雇得某某，来同诸位共同研究，他学识很浅陋，望诸君不时的指教，如其实在不堪造就，请诸君告发，立当'当面撤换'。"

　　当教员的吃的是学生的饭，便不能太大模大样的不把学生放在眼里，但是教书匠也是一种劳工，而劳工听说也是神圣的，所以当教员的一旦觉悟起来，也许要问学校说："雇我们教书是可以的，但是当面挑选，回头不换"哩！

本篇原载于1927年5月9日上海《时事新报·青光》专栏，署名秋郎。

# 丹 甫 杂 记

祖父打孙子；儿子左右开弓打自己的嘴巴。

祖父：你打自己做什么？

儿子：你打我的儿子，我打你的儿子。

丹甫曰：此老笑话也，殆亦小独幕剧之流乎？

本篇原载于1927年5月10日上海《时事新报·青光》专栏，署名丹甫。

# 《青光》启事

现在《青光》改组。略有启事，敬告读者。

（一）文字当力求幽默。《青光》的性质原为娱乐，希望读者诸君于披览严重愁苦的时局新闻以后，看看闲话小说之类，以弛缓其紧张的心情，就如同饱啖膏脂之后，进以甜汤，顿觉心清口爽，欲达到此种目的，必须在文字上力求幽默有趣。所谓幽默者，就是标奇立异，刻意形容，虚而不妄，刺而不伤。真正幽默文字，很是难得，方今学者文人，竞尚幽默，但细按其究竟，或则俚语俗言，流为鄙陋，或则描绘亵秽，炫世骇俗。《青光》文体，愿以真正之幽默自绳。

（二）材料的分配当力求丰美。每日《青光》弁以短论一篇，或刺时事，或论时人，用意无妨深远，态度总是滑稽，短篇纪述，尽量刊载，长篇说部，新添春随先生的《留西外史》。作者旅居欧土，历有年所，善属文，熟于掌故，《留西外史》之作，凡数易稿，都十万言，洋洋大观，得未曾有。各种美术插画、讽刺画，充分搜集。此外如政局内幕、时人轶闻，趣味盎然、足资谭助者，无不广为探讨，以飨阅者。《青光》篇首，原有"点心"一块，原料日告缺乏，味道难免薄劣，嗣后不拘每日一块，如有佳点，即以敬客。此外新辟戏剧界、电影界、花界新闻各栏，广延个中老手，特约通讯，期以最近消息报告读者。

（三）读者来稿当竭诚欢迎。诸君赐稿十分荣幸，文体不拘，但请缮写清楚，并加新式标点。一经披露，略致薄酬。篇幅以一千字左右为最宜，如有长篇而趣味特饶，亦以能逐日续布，自成段落者为合格。

本篇原载于1927年5月11日上海《时事新报·青光》专栏。

# 留学生纽约遇盗纪

## 贪便宜老憨上当　设妙计黑奴行劫

纽约这个地方，五方杂处，三教九流，无一不备，繁华扰攘，甲于全球。而奇闻怪事，也就层出不绝。我们中国留学生在纽约一带读书的，或听说是读书的，合计不下三百人左右。三百人中当然是形形色色不一而足。有一位姓仇的，还有一位姓汪的，我单提这两位，就因为他们是我这篇纪事的主人公了。

仇先生说："我想买只手表。"

汪先生说："我陪你到第五街去，好不好？"

仇先生说："那地方去买，太贵。"

"那么，你买一只一元货的鹰格索罢。"

"我要买好点的表，而价钱又要便宜。"

汪先生说："等有机会再说罢！"

他们二位就真个静等机会，天天看报，看有没有减价的地方，天天到拍卖行，看有没有便宜货。这样过了好久，仇先生依然是"无表阶级"，心中闷闷不乐。

"不是冤家不对头"。有一天，仇汪二位，在百老汇路大学楼吃晚饭，饭后散步，迎头来了一个黑奴，面如炭色，唇红齿白，笑容可掬，走近之后，黑奴拍着仇先生的肩膀说道："喂，查利，我这里有个金表，你要不要？"说着，从口袋里掏出一个金表，亮晶晶的很是不错。"我只要两块半钱，就卖给你！"

仇先生笑逐颜开，拍掌称善，正是踏破铁鞋无觅处，得来全不费工夫，马上就要掏钱买表。汪先生也很羡慕他的幸运，极口夸赞如何便宜。

黑人说："别忙，查利，我家里还有比这个更好的呢！"

"你府上住在什么地方？"

黑人把他又黑又粗的手指往前面一指，说："就在前面。"

于是汪仇二先生随着黑奴走去，行行重行行，拐弯抹角，走进一个极深极僻的狭巷。汪先生有点胆怯，说："这是什么地方？我们不去了。"黑奴说："就在前面便是我的家，请少安毋躁。"

又弯弯曲曲的走了一阵，到一个黑暗无灯的门前，黑奴鞠躬如也，说声："请进吧，这便是舍下，龌龊得很，有屈尊客了！"

仇先生进去了，汪先生也跟进去了。屋里真真黑，暗中摸索，似乎摸到了楼梯。黑奴道歉说："对不起，我的屋子在楼上，请屈尊登楼罢！"

"怎么这样黑呀？"汪先生扯着仇先生的衣角说。

黑奴听见了，说："对不住，今天电灯坏了。"

走到楼上，仇先生止住步，汪先生问屋子在什么地方。黑奴说："请再上一层。"

上了一层，黑奴又说："请再上一层。"又上了一层，黑奴又说："请再上一层。"在纽约一二十层的高楼遍地皆是，黑奴是个穷人，住在最高几层的楼上，原是很普通的事。所以仇汪两位也就坦然的上楼，真所谓"欲买便宜货，更上一层楼"。但是顶高的十八层楼，里面没有灯火，并且没有人声，这便有点奇怪，必非住家的地方。所以汪先生便渐渐的疑心，上一层楼他的疑心加重一分，轻轻的在仇先生耳边用中国话说："咱们别上了，有点情形不对。"两人不由分说，回头就想下楼。黑奴在他们身后，看见他们想脱逃，说时迟那时快，掏出一把牛耳尖刀，厉声说："快上楼去！"

仇汪二先生俯首帖耳的上楼，上，上，上，上到楼房的露顶。

黑奴连发了好几道命令："站到东南角上去！"

"脱下衣服来！"

"脱下裤子来！"

"脱下袜子来！"……

仇汪二先生现在是赤条条的一丝不挂了。两个人亭亭玉立，不知所措。仇先生吓得魂不附体，汪先生魂儿飞到了半天。汪先生还记得从前听人说过黑人颇好男风，益发为难起来。

黑奴把他们两位的衣服聚拢起来，搜括银钱等物，笑嘻嘻的走了。两位想去追赶，彼此对看都是赤条条的，忍不住又好笑，只得耐心把衣裤穿起，这个时候，黑奴不知跑到什么地方去了。仇先生和汪先生这才下楼，默默的记识了这个房屋的所在，登时报了警察。

没有几天，黑奴被侦探捕获了。黑奴反告了仇先生一个诬告的罪，于是打起官司，数月不得结果，弄得仇先生欲罢不能。终于官司赢了，原赃发还，黑奴监禁。

听说仇先生后来还是买了一个一元货的鹰格索。

本篇原载于1927年5月11日《时事新报·青光》专栏，署名徐丹甫。

# 广　　告

　　我在报上看见这样一条广告：

## 西洋年轻女子

　　兹有年轻西女子专治按摩术无论何人一经抚摩即觉神清气爽
盍来一试法租界路头随时俱能按摩

　　这小小的一段广告，有好几点值得注意：（一）是一个女
子；（二）并且是年轻；（三）而且是西洋的；（四）无论何人都
可以一试；（五）随时俱能一试；（六）试后即觉神清气爽。假使
看广告的人把"按摩"两个字忽略掉，那便不堪设想了。至于这
位女子有没有这样的神术，能使"无论何人""神清气爽"，在
下因为未曾"一试"，不便妄测。不过这个广告实在高明。

　　撰广告文，就如同上海人说话一样，不一定要完全是真实的。多
少打个折扣，圣人所弗禁。广告是专门给忠厚人看的，像我们这般"心
地欠厚脸皮欠薄"的人，只能拿广告当作广告看。然而幸亏天下尚有
够多的忠厚人，否则报纸上街道上许许多多的广告，宁非枉费心机？

　　本篇原载于1927年5月12日上海《时事新报·青光》专栏，署名秋郎。

## 所谓"流氓式的洋装"者

《青光》编辑主任转

秋郎先生伟鉴：

　　顷读大作《太随便了》一则，无任钦佩，唯文中有"流氓式的洋装"一语，仆甚不解。仆喜着洋装，未审是否形似流氓，自读先生大作后，辄惴惴然不自安，务恳先生明白示我，所谓"流氓式的洋装"者，究是何状？专诚拜恳，敬候撰祺。

　　　　　　　　　　　　　　　　　　　王小圃谨拜上

　　　　　　　　　　　　　　　　　　　　　五．十一

小圃先生：

　　所谓"流氓式的洋装"就是外国流氓的装束。不晓得足下看过外国的杂耍戏没有？Haudeville里至少总有几对流氓。流氓穿的洋装，颜色是顶刺目的，上下颜色不同，裤脚管肥肥的，花纹的袜子，有花纹有颜色的衬衫，一条希奇古怪的领结，手持司提克，头上歪戴着帽子，走起路来一颠一纵——够了，这就是一个道地的流氓。当然，流氓之所以为流氓，固不在其装束；我因为上海有许多绅士，误穿了流氓的洋装，还自以为时髦，心里未免难过。旋思"时有髦"与"流氓"二者关系异常密切，所以这问题便很难说了。

秋郎谨答

五月十一日夜

　　本篇原载于1927年5月12日上海《时事新报·青光》专栏，署名秋郎。本篇中王小圃系梁实秋的化名。

# 《青光》启事

（一）投稿诸君，如欲在不登时索回原稿，务请预先声明，附寄相当邮票，并详细姓名住址，否则恕难照办。

（二）本栏因篇幅有限，长篇著作，幸勿见惠，免费周折。再，本栏各项插画，暂时亦不须用，请惠稿诸君注意。

（三）一切来稿，于接到之日起，至多不过一星期，必当发表，否则即系不便登载，恕不答复，乞谅乞谅。

本篇原载于1927年5月13日上海《时事新报·青光》专栏。

# 断　屠

　　十二日从北京发来两道急电：其一，"郊外居民祈雨，僧人请断屠七日，各大观寺均设坛"；其二，"京兆尹李垣明晨在地坛祈雨"，此胜朝旷典也，懿欤盛哉！

　　二十年前，在下就有过激嫌疑，到处登台演说，喜欢破除迷信，迷信这个东西，我现今可是不敢再破了，我的原意只是破迷，并不是除信，如今连迷带信一齐都破除了，着实可怕。因为不敢再破除迷信，所以北京虽然发来两道断屠祈雨的急电，而我决不口出恶言。

　　僧人声请断屠，但是电文过简，不曾说明所谓断屠是请北京的安国军总司令部断屠，还是请长江一带的洋兵断屠，还是请官厅饬令卖猪羊肉的断屠。这三种都是屠，赶快断了一样，北京的雨就必定沛然降矣。据我浅薄的推测，僧人所谓断屠，断屠猪羊也，因为安国军和洋兵不大爱屠僧人，而僧人又不大爱屠猪羊。各屠其所屠，各不屠其所不屠，于是乎北京僧人声请断屠。

　　一方面断屠猪羊，一方面叫京兆尹李垣上地坛磕头，北京下雨，可操左券。你看：这两天上海的黑云不是直呼呼的往北飞吗？

　　本篇原载于1927年5月14日上海《时事新报·青光》专栏，署名秋郎。

# 《到上海来的"屈死"听者！》按语

秋郎谨案：我读过申贼，恕我不称"先生"，因为申贼与"先生"二字实在不好联在一起。这篇文章，说句刻薄话罢，我笑了。我笑的是上海人不尽是"屈死"，而例如申贼也者，即可谓"识'头路'"者矣。秋郎是"屈死"之一，已经申贼"证明"了，这顶"屈死"帽子只得戴着。其实无论谁人，若有敷余的帽子向我头上戴，我总是感激的。何况这顶帽子来自申贼乎？

**附：**

### 到上海来的"屈死"听者！
#### ——秋郎先生亦"屈死"之一也！

申　贼

上海是国中最时髦的所在，自然不能允许内地的"老实头"到此逗留，如其你不识"头路"，也想来此时髦所在学一些乖，那末你不但学不到什么，而"屈死"的尊衔，却稳稳地加在你的头上了！

像秋郎先生也者，自然也是上海人口中的"屈死"之一。你看秋郎先生在理发肆中，理发匠问他要不要用"司丹康"的时候，他就会大惊小怪，你看秋郎先生在外面见有些所谓"琴脱耳慢"者，穿了流氓式的"洋"装，他也就以为异事；凡此种种，都足证明秋郎先生也为上海"屈死"之一也。

在上海，凡是时髦的就都是好的，是美国货的司丹康也好，是流氓式的洋装也好。总之，"时髦"就等于"好"！这是上海人的"逻辑"！

但上海人的"时髦"观念是活动的，假若你不知就里，在你与上海离别了一年，一月，一日，一时，或甚至于一分一秒以后，而再以前一秒，前一分的观点来看上海，那末你又得戴上"屈死"的尊衔了。比如旗袍，以前是几于无人过问的，但忽又盛极一时，后来旗袍又成为乡下老媪的专有品，而非上海的时髦服装矣。所谓"旗袍马甲"者。现虽曾略有风头，但不久亦当归淘汰，你们见了这种现象，便该知道上海时髦是变动的。凡不愿做上海之"屈死"者，对于上海的万千事物，皆当作如是观！）

本篇原载于1927年5月14日上海《时事新报·青光》专栏，是梁实秋为申赋《到上海来的"屈死"听者！》一文所作的按语。题目为编者所加。

# 汉口英租界出售

　　五月十三日《字林西报》登载《汉口英租界出售》滑稽广告一则，极讽刺之能事，十四日日人发行之《上海日报》已行转载。今由原文移译如后：

## 汉口英租界出售广告

　　现有宽敞宏丽自由保有之地产，坐落在扬子江上游，沿江边占地约有半英哩，内有公共建筑、银行、公所、私人住宅、赁租房地、转赁租房地、动产、不动产、附属品等等，一概在内，如有能出最高买价者，即行出售。

　　此产前属于大英帝国，五个月前卖与莫斯科开办之陈友仁鲍罗廷合股公司，该公司忽告失败，遂又至买卖场中，因原出售人决定不愿再行买回。该产必须出售，凡肯出相当代价者必不致遭拒绝。

　　各政团，或军阀，或各省督军，如欲购买，务请附寄黏有邮票之回信信封，并须写明姓名住址，以备回信。为免除纠纷起见，欲购者务请于住址突然变更时，或地位发生动摇时，向出售人声明为妥。

独家经理：张伯伦公司，伦敦外交部。欲购者请向上列经理处接洽。

本篇原载于1927年5月15日上海《时事新报·青光》专栏，署名谐庭。

# 一 封 怪 信

《青光》编辑主任先生：

　　读贵报《青光》将商店的店伙骂得不亦乐乎，佩服佩服。但是我们贵国人的脾气是"你不搭架子我就要搭架子了"。唉！劝你们不以骂自己人为能事，还是恢复十四天前对外的精神罢。因为你也是中国人，若使做了店伙，决定是半斤八两，与别人差不多的。此上。

　　　　　　　　　　　　　　见不过人启　　宝山路五七七号

　　这位先生似乎是不能分辨"编辑主任先生"与《青光》投稿人的区别，所以上面信中口口声声的说"你……""你们……"的。而我看过之后，总疑心此信不是写给我的。

　　买东西的客人有时很不讲理，喜欢叫喊、抢先，好像这个店铺是为他一人开的，这种情形是有的。可是店伙倨慢无礼，也是极不好的现象。我们不必因为都是中国人便把中国人的短处隐匿起来。我们中国人有了短处，自己人若是不骂，却等谁来骂我们？自己有了毛病，既不能否认，又推推诿诿的说什么一致"对外"，这样下去，我们中国人什么时候才能有一点长进？

　　本篇原载于1927年5月16日上海《时事新报·青光》专栏。

# 穷　疯

昨日本报《教育界纪事》载北京电："直隶停发留学经费已久，留德学生杨某穷疯，使馆电省署，请速汇回国川资。"我想凡是穷而未疯者，对之当表无限的同情。而为免得其他留德学生之触景生情，回国川资也实在应该速汇。但有一个先决条件，就是，直隶省署里的人一定要比杨先生的神志清醒一些才成。

杨先生疯到什么程度，我们不得而知。我们想象着：也许疯得忘了自己是中国人，也许疯得对于中国时局忽抱乐观……无论如何，我们总该原谅，因穷致疯，非得已也。因为留学生本是最娇嫩不过的，往往因为一个半个的女人，弄得疯疯癫癫，何况直接影响到吃饭睡觉的穷呢？

有很多事，非要到外国吃几年面包牛油，是做不来的；但例如穷疯一事，在国内亦不难做到。我们若肯体念国币艰难，大可不必出洋，免得将来又要烦使馆拍电请速汇回国川资。可是话又说回来了，我们的子弟或父兄，年纪大了，我们不能不让他求学，要求学则以枪炮声不常响的地方较为合宜，那么杨先生而穷疯者将大有人在了。

"救救孩子！"

本篇原载于1927年5月16日上海《时事新报·青光》专栏，署名秋郎。

## 《青光》图案释

　　本栏编辑秋郎先生是我的老友，他很早的就命我给《青光》画一个图案，我一时糊涂竟答应下来。图画一事，荒疏已久，所以总懒得动笔。前几天友人禹卿先生招饮，席间又提起此事，我说不知怎样画才好，当时禹卿就供给了我一点意思，我想倒还有趣，于是就胡乱画了一个，总算是敷衍过秋郎的面子。恐怕画意不十分清楚，特地再解释一番。画蛇添足，惭愧惭愧。

　　画中是一个小丑，持着一把三叉长刀，小丑大放光明，上边是一座委娜丝（Venus）的石像。我不知道这几样东西我画好了

没有？小丑是表示滑稽的意思，秋郎不是喜欢幽默吗？小丑不幽默谁还幽默？那把长刀是比作为青光撰稿诸公的如椽大笔，笔枪墨剑，多方讽刺，比我画的长刀还要锋利多了！小丑大放光明，是表示《青光》之"光"。上边的委娜丝石像是代表"美"的意思，也是暗示小丑信口开河凭着一支尖笔瞎三话四，而终不脱艺术的意味和典雅的风度，虽是游戏文章，要亦以"美"为指归。

区区之意，尽于此了。

本篇原载于1927年5月18日上海《时事新报·青光》专栏，署名徐丹甫。

# 消　遣

　　昨日本报载《驻沪西兵之消遣所》新闻一则,大致谓:"由西人魏奇君发起组织,特雇妇女三十以慰寂寞"。患什么病吃什么药,驻沪西兵既是如此的"寂寞",魏奇先生只好设法使他们这般这般的"消遣"了。

　　前日本报又载《英兵白昼强奸华妇》新闻一则,大致谓:"系张尧卿家佣妇,经医院验明奸伤,交涉员抗议"云云。由此观之,西兵之"寂寞"实不能不"慰",而魏奇先生之创办"消遣所",岂偶然哉?

　　同是消遣,而往往因为消遣的性质范围以及态度之不同,可以令人生出不甚相同的感想。比如说,张尧卿先生的佣妇不过稍微"慰"了英兵的一点"寂寞",这便不能不说是个乱子。假使同一英兵,能多忍几天"寂寞",到魏奇先生那里去"消遣",那便没有问题了。可见中西文化之不尽同,而交涉员之抗议,恐怕一方面是"据理力抗",一方面是"著毋庸议"呢!

　　魏奇先生的消遣所已于十六日开幕,我想邓坎将军应该送一块匾额,上面写着:"挽回利权"。

　　本篇原载于1927年5月19日上海《时事新报·青光》专栏,署名秋郎。

# 丹 甫 杂 记

　　有一天，六七个人夜深开会，鼾声起于座右，原来是有一位睡着了。有人就想推醒他，内中就有一位连忙摇手说："不必推醒他，我们只消把说话的声音越来越大！"言时声果愈来愈大，某君遽然醒矣，慌张不知所措，众乃大笑不置。

　　本篇原载于1927年5月20日上海《时事新报，青光》专栏，署名徐丹甫。

# 跳　舞

　　跳舞原是很雅的一件事，假如能以跳舞始，以跳舞终，并且在跳舞之中以跳舞为限。头一个条件很容易做到，后两个就需要一点克己的功夫才成。所以，有些自己深知道自己的人，不敢十分的轻于一试。

　　现在上海流行的跳舞，听说是来路货。所以上海士女之应该学习跳舞，乃是天经地义。说起跳舞，和跳舞的人一样，有上流与下流之分。上流的跳舞，可以令你少出一点汗，少喘几口气。下流者反是。有一种舞法叫做Charleston者，便是很足以令人出汗的动作，也是我们上海士女近来所最醉心的舞法。假如有一个时髦女子，不会Charleston，在名誉上的损失，便会如同没剪发似的一般重大。

　　处在现在这个年头儿，不跳舞是不行的了。我只是虔诚的希望，跳舞的先生小姐们，在身上用力的时候用得稍微平均一点！

　　本篇原载于1927年5月22日上海《时事新报·青光》专栏，署名秋郎。

# 乾 坤 定 矣
## ——Mr. P. T. Chen 与 Miss Hilda Yen

上海近来又发生了一段"乾坤定矣"的事体，就是陈炳章先生与颜雅清女士将于六月二日结婚的消息。其实人家的少爷和另一人家的小姐结婚，局外人本来不关痛痒，我如今谈谈这两位少爷小姐的履历经过，也不过是善颂善祷的意思罢了。

颜雅清女士，系医博士颜德庆先生之女，曾肄业于中西女塾，后以清华专科生游美。女士洋名曰 Hilda，友辈咸以 Hilda 呼之。初入胡桃山学校补习，继入斯密士大学，课余之暇，雅善交际。时哈佛大学有张鑫海先生者（后改称博士），年少多才，亦留学生中之翘楚，与颜女士友善，过从甚密，据云颇能以纯洁之友谊相终始。又有张某某先生者，乃西点陆军大学学生，身着军装，倜傥不羁，亦颇蒙女士青眼。张性急躁，遽以婚事相商，遂惨遭"刮胡"之痛，（注：凡碰女学生之钉子者，皆谓之"刮胡子"，此留美学生界之通用语也。）张先生受创至深，大不快活，以为多日精神实力，废于一旦，有所不甘，竟致持枪胁迫，险些闹出人命案子。此事留学界中无人不知。吓得颜女士急急忙忙的回了国。后来这位张先生回国，听说在段执政当国的时候招了驸马，现已做官。颜女士回国之后，往来京沪之间友朋甚多，就中有一位北京大学教授叶先生亦为熟识之一，社会人士无不盼有情人都成眷属。而今忽以陈颜缔婚闻！

陈炳章先生者，在友辈中通称PT，盖"兄弟会"中人物，彼此皆作类是之称呼。PT卒业于圣约翰，约翰派中之优秀分子也。一九二三年投考清华专科生，因英文程度太好的缘故，对于其他方面稍有隔膜，遂改由自费出洋，为彼年自费赴美学生代表。英语甚熟，当其登捷克逊总统号时，名片上已印有Bachelor of Arts之官衔，其学闻深博，已可概见。既出洋后，入普林斯顿大学，而于跳舞场中交际会里大显身手，遂成FF兄弟会中之中坚分子。后又任留美学生会诸要职。于是"之名在东美大震，有人只知"之名，而不闻其姓氏，甚有疑其姓王者。"当来纽约，在中华园呼朋唤友，在跳舞场称兄道弟，披衣裳，峨大冠，春风满面，笑容可掬，其结识颜女士当在此时，而今竟一帆风顺，时机成熟，可为贺，可使张博士羡，可为张驸马恨，尤可为叶教授叫屈也！

本篇原载于1927年5月23日上海《时事新报·青光》专栏，署名徐丹甫。

# 麻 木 的 笑

昨日有署名李王恨英者，投函本社，附稿如后：

今天下午，外子忽患疴吐，我便急急跑去请一位医生，拿着方子去五洲药房配药。不料经过将近到外滩花园的时候，对面来了数个英帝国陆军，远望着我，已经早现出一副怪脸。我这时候欲避亦不可能，不得不快步想走过他们的跟前。他们见我来近了，便将他们的手互相握着，成一半月形，来包围着我，横加戏谑。我这时欲哭无泪，欲呼无声，斜望着一个华捕站在旁边，但是始终不加干涉。大约三分钟，有一辆汽车驶来，里面坐着一对西人，或者是夫妇，见着如此样子，就下了车来善言劝他们放了我，于是我就算解了这个围。记得当时我被他们困住时，来往不少我国人，但未曾有一个人来帮我的，而且反聚着三五人向他们笑。诸位，我写到这里，事实虽然写完，但我的郁气尚印着在我的脑里，希望诸位同胞看了我这段叙实，快的去努力来为我们的同胞洗了这样的羞耻！

记者曰：英国兵侮辱中国妇女，这不算是大错，因为（一）

他们是英国兵；（二）你是中国妇女。唯独那看热闹的聚着三五人旁观暗笑，这几位先生，杀了之后还应该充军！

　　他们的这一笑，真不可测。这一笑，十足暴露我们国人的麻木的心理。假使他们欢笑之余，定睛看时，那位受辱的妇女正是其中一位令堂大人，或竟是尊夫人，我不知道他那副笑嘻嘻的小脸儿是否能暂时收敛起来，更不知能否迸出几颗有人味的泪珠来？

本篇原载于1927年5月24日上海《时事新报·青光》专栏，署名记者。

## "凉血动物"

　　我常亲见一位戴玳瑁边眼镜的先生，横眉竖眼的骂一位黄包车夫："你是凉血动物！"骂的时候用手指直戳到那人的鼻尖上。幸而那位黄包车夫是有福气的人，他不懂"凉血动物"怎样讲，所以没有闹出大的乱子。

　　我对于"凉血动物"的意义，似乎有相当的了解，然而我真正认识"凉血动物"，还是在昨天报上的《上海学生联合会为北伐军军费募捐启事》里。据云，凡不遵照联合会公布的募捐办法者，即为"凉血动物"。我们对于北伐的工作十二分表同情的人，对于这个逻辑的论断，自然无庸置疑。

　　在小学校读过博物一科而记忆力较强的朋友，知道凉血动物是指着鱼虾龟鳖一类的东西而言。骂人是凉血动物，也可算是一句很刻毒的话。但是如今这句咒语，却渐渐失了重量。从前讲究人为万物之灵，还说什么礼义廉耻；现代讲究人为动物之一，只知道犯上作乱，性欲横流，所以如今骂人是动物，简直差不多是名实相副。至于一个动物的血之凉与不凉，那就完全看他对于学生联合会的募捐办法之遵与不遵了。

　　本篇原载于1927年5月25日上海《时事新报·青光》专栏，署名秋郎。

# 新 名 词

自从康梁变法，国人锐意维新，成千成百的"新名词"从外洋！尤其是东洋！贩到我国来。稍微时髦一点的人，就要满口里"目的""团体""卫生""迷信"以为不如此便是时代的落伍者。然而新名词，岂人人得而用者哉！据说在新名词盛行时，有以"压力直达中心点，男女同登大舞台"为喜联者，语虽卑陋，亦可见那时候的新名词之滥了。

近年来新名词益发新得出奇，这不能不说是我们国民教育的一种进步。譬如说，"模特儿"本是习画用的一种对象，第一，不一定是人；第二，不一定是女人；第三，不一定是裸体的女人。这是很明显的事。但"模特儿"成了新名词以后，张三谈模特儿，李四也谈模特儿，更有一班好造谣生事的人，把模特儿当饭吃，谈得神乎其神。甚至有人把褪去衣裤就叫做"模特儿之"，是模特儿不仅为新"名词"，且是新"动词"矣！

用新名词贵在用得不太离奇。例如"曲线美"，我们在应该听说的地方还听说过，而"青筋"美便匪夷所思了。我们希望国民教育在这一方面不要进步得太快。

本篇原载于1927年5月27日上海《时事新报·青光》专栏，署名秋郎。

## 为下流的小报辩护
—— 与上流的小报无关

听说有人在骂下流的小报，我心里是老大的不快活。我虽然靠小报吃饭的，我却是把小报当饭吃的，我时常告诉我的孩子，四书五经，可以不读，而下流小报，不可不看。我现在能在上海安居乐业，往来于四马路之间，如鱼之得水，茶余酒后，甚而至于在更衣的时候，都不愁寂寞，这就几乎是完全得力于下流的小报。所以我的造孽钱不用在别处，而偏偏喜欢用在下流小报上。每次买一大堆的下流小报，总是什袭珍藏，比爱护我的孩子还要加好几倍小心。现在有人攻击下流小报，我如何能不心痛。我尽了数昼夜的工夫，挖心掏肝的思索，居然想起好几个还很说得过去的理由。然则，可以大大的辩护矣。

第一，有人说下流的小报喜欢造谣。余曰：是不然。譬如说：我向张先生说，你该请我吃酒了，而张先生竟不请我，我于是就在我办的下流小报上给他登一段，说张先生如何堕落，如何有姨太太腔，诸位，你们能说这是造谣吗？也许与事实稍有不符，然而决非造谣，说句漂亮话，这正是创造力的表现，很合艺术原理的。现在的下流小报，是写实派的作品，如有写得不实的地方，那便是由于想象力太充足的缘故。如其只是在贬损方面写得过实，那是春秋责备贤者的意思。造谣云乎哉！

第二，有人说下流的小报喜欢诲淫。余曰：是又不然。真正诲淫的是四马路上卖春宫的朋友。在天黑的时候，弄堂口里，掀开衣襟向你递眼色，令你一见心动，再走近一看心跳，再细细一看非买不可。买了春宫以后，你必要想着法子利用。此之谓诲淫。至于下流小报，在马路上公然叫卖，并无偷偷摸摸的举动。诸君，你想诲淫的东西能在光天化日之下叫卖吗？下流小报之身价，由这一点看来，居然是在春宫之上了。如何可说诲淫？即或有涉及男女私情的地方，那是环境的关系，下流小报的记者浸馈在淫荡的环境里已非一朝一夕，恐怕在先天已受了这样的影响，不知不觉的兴趣偏向这方面一点，我们应当原谅的。有人说下流小报是专靠生殖器吃饭，其实这也不能成为罪状。有号称性学博士者，靠第三种水吃饭，国立北京大学还曾请他去当教授。上海还有许多妓寮暗娼，咸肉野鸡，不也是吃这一行的吗？为什么下流小报不可以认为同业？造谣诲淫，两大罪状，完全不能成立。攻击下流小报的人们听着！你们不可辜负下流小报的好意，下流小报的记者都是很谦恭的奉承你们读书的意旨。你们喜欢什么，他们便供给什么。试问你们的孝子贤孙有这样的惹人痛爱没有？物不能其平，则叫唤，下流小报正是表现那一般人的人格的所在，你看他们的取材遣词，无往而不是暴露他们的人格。我相信下流小报的记者，已尽其德行才智，努力使之趋向上流。你们如其还不满意，下流小报势非停刊不可，但是这一般人的人格，终究要表现出来的。讲究平等的人说，人格是平等的，那么圣贤可以著书立说，难道上海的下流小报记者便不该编小报吗？

　　丹甫曰：我的辩护终了，是非曲直请读者公判，有一事愿在此声明：我所辩护者是下流的小报；至于上流的小报，我因为看过的不多，毫无意见。

本篇原载于1927年5月28日上海《时事新报·青光》专栏，署名徐丹甫。

## 睡觉与强奸

英兵强奸华妇一案，已经判决无罪了。好几天前，我就说过，这不过是英兵因为寂寞偶尔消遣消遣罢了，在文明的英帝国主义者看来，是无伤大雅的。而我们国人偏偏把廉耻贞节看得这样重要，可见"吃人的礼教"流毒之深且远矣！

这个案子判决之后，听说很有些个人愤慨而惊讶。我看行有余力的时候，愤慨一下子，倒也无妨；只是惊讶的表示，则大可不必。东西的文化本来是有未能尽同之处，例如西方人吃面包，东方人就吃米饭，再例如中国人认强奸为有罪，英国人就认为无罪。中英法律并非都是根据于人性而制定的，于此可见一斑；而治外法权之决不可在英兵撤退以前废除，尤为明显。况且，这强奸案，并非如外面宣传之甚，只是一个睡觉案乎？由"强奸"翻译成"睡觉"，想见这位翻译先生当时搔首挠腮，搜索枯肠的苦状。说老实话，翻得总算大致不差。在帝国主义者看来，强奸与睡觉也许同是未可厚非的行为，人人所不能免的。英兵赫白特劳先生到沪数月之久，仅被人控告"睡觉"一次，将来英国当局考查驻沪英兵成绩，赫白特劳先生还许是比较的品行最优良的呢！

本篇原载于1927年5月29日上海《时事新报·青光》专栏，署名秋郎。

# 五 卅 纪 念

　　民国十四年五月三十一日，我正在美国波士顿华盛顿街醉香楼吃饭，一位中国学生慌慌张张的跑上楼来，愁眉不展的问我："丹甫，你看今天的报了没有？"我嘴里正含着一块炒龙虾，连忙把虾壳吐了出来，说："有什么新闻吗？"他一声也没有响，把一卷报纸抛到我的面前。只见第一张上特号大字印着"上海警察枪杀学生"几个字。我失声喊出："杀人了！"这一声喊不打紧，早惊动了邻座的中国同学，一齐冲了过来，围着我争先看这一段令人震悼的惨闻。屋里一点声音也没有，我只听得伏在我肩上的一位朋友的喘息声。看过了，你望望我，我望望他，悄悄散去。我们就这样的默默的凄凄的接受了这五卅惨案的噩耗。我们那时的心情，就如同在海外听说家里的父兄子弟被强盗杀害，一般的心痛，一般的神伤！死者已矣，生者不能不勉强节哀，治理后事，于是我们也就在可能的范围以内，做了相当的工作。

　　在国内的同胞，尤其是上海居住的同胞，你们是亲眼看见那一班英国强盗逞凶，杀伤我们的国人。你们的义愤，你们的哀痛，当是加倍的深切。你们的工作和牺牲，也是彼时在海内外的同胞所最钦佩的。我就在那惨案发生以后不久，回到上海来，走过南京路时，触景生情，为之鼻酸！光阴如逝，五卅惨案已经过了两年。我们不但不曾给死者昭雪，上海的强盗反愈聚愈多。你看他们遣兵调将，安营布网，大有久居之意。强盗行为，依然猖獗。有赫白特劳先生者，首先提倡强奸。继起者究有若干，不得而知。复有成群结队的强盗，在马路上耀武扬威。我们上海居民，不啻全部陷身盗窟。这个耻辱，比两年前的五卅惨案，为何如？

党军到沪，气象更新。然而盗窟尚未陷落，暴徒仍在横行。当兹五卅二周纪念，愿我凡有血气之伦，努力振作，雪此五卅之奇辱大耻。务使英国巡捕不能再杀害我国人民，务使赫白特劳先生不能再强奸我国妇女。此心未泯，终有一日。请看今后上海，竟是谁人之天下！

本篇原载于1927年5月30日上海《时事新报·青光》专栏，署名徐丹甫。

# 开　会

　　昨日本报记前日《招商股东会之怪状》。文中的警句是：
"赞成者则鼓掌如雷，反对者则怪鸣如枭，摩拳擦掌跃跃欲试者
亦颇不乏人……主席只忸怩于台前……细微不能辨……旋有……
代主席传声，其音时洪若钟，时尖如枭……无不捧腹……会场一
变而市井不若……彼呼我骂……势成对垒……"这真是有声有色
的一个会。而这样热闹的会恐怕还不见得是空前。

　　开会不是一件容易事，人人都要涵养有素，单讲这一层，就
非从家庭教育入手不可。一个人一张嘴，一张嘴里说出一种道理
来，谁的声音高便算是谁的理由足，在这种场合之下，涵养功夫
稍微欠缺一点的人，难免就要感觉到言语之不足以表情，进而采
取摩拳擦掌的姿势。所以一提起开会来，我总是不大踊跃，别人
打破我的脑壳，我觉得痛，我若照样打破别人的脑壳，我又赔不
起。然而，有事便不能不开会，开会亦即不能不有怪状。治本的
方法是从小的时候，大家的家教都稍微严一点，治标的方法是限
制开会的资格。例如不能等别人讲完话就要讲话的人，或讲话而
不能不握拳头的人，少去开会为是。

　　本篇原载于1927年6月1日上海《时事新报·青光》专栏，署名秋郎。

# 五卅纪念还没有过

　　五卅那天，上海商人停业，工人停工，理由是纪念五卅惨案；卅一那天，商人开市了，工人复工了，理由是五卅纪念已过。我们试一细想，这两句话，有没有语病？照现在的情形看，五卅纪念果然已过了吗？

　　前天本栏登徐丹甫先生来稿《五卅纪念》，他说"请看今后之上海，竟是谁人之天下！"在这个问题没有满意解决以前，五卅纪念就是还没有过。徐先生说在五卅的时候"一班英国强盗逞凶"，实在是慨乎言之了。其实杀死我们国人的，并非强盗，所以"英国强盗"的名称，是不能成立的，如其真是强盗杀人，我们也就不必引以为耻。譬如人家被盗，无论盗匪已否受刑，总无须举行什么周年纪念。唯其五卅案不是"强盗逞凶"，所以值得我们的永久永久的纪念。徐先生又说："有赫白特劳先生者，首先提倡强奸"，徐先生那时候还不知道强奸案已经判决，还不曾知道赫白特劳先生是一位最清白的人。由文明国的法律证明劳先生无罪，那当然就是无罪，劳先生越是无罪，我们越是把强奸案认为一件大耻！

　　今天是六月一日，两年前的今日，南京路上还有同胞流血。

今天商店照常营业，工人照常工作，今天也再没有什么纪念会，但是，五卅纪念还没有过！

本篇原载于1927年6月1日上海《时事新报·青光》专栏，署名记者。

# 编 辑 者 言

《青光》改组，已经一月于兹。在下有很多的体己话，想和诸位谈谈。

《青光》的篇幅很小，而来稿甚多，五光十色，各有独到之处。有的是写在焦黄的一块草纸上面，在下素来是敬惜字纸的，所以这张稿子如不登载，亦决不移作他用。有的是写在日历纸的背面，黑漆漆的一片蝇头小楷。有的是在巨幅上面寥寥数字，碗口般大小，这种稿件无论放在什么地方都要占很多的空间。有些稿件寄来不用信封，用纸层层包裹，裹成一个春卷似的，剥皮的时候又不敢莽撞，因为在未打开之先，谁也不知里面藏着什么娇贵的东西。还有从好几千里外用双挂号寄来一个小独幕剧或是跌打烫伤的药方，作者的谨慎诚恳的态度比他的尊著更足以令我钦佩了。

《青光》每天接到投稿，至少在五十件左右。在下虽然有志上进，却也未能一从头至尾的拜读。有些投稿先生似乎深知我的不长进的毛病，往往在稿上批明"要稿"二字，更有批注一行小字："请你看完一遍。"我有时也就如命，有时事后不能不后悔。稿件既多，不能不有个取舍。以在下的眼光与学识而论，湮

没天才和选择不精的事，不敢说没有。因此，有许多投稿家便很
勇于教训我。有一位先生，屡次赐稿，但我都觉得登在别种地
方才合适。但他特别看重《青光》，他说："你越不登，我越要
投。神经病了！"又说，"你要是再不给登，唯你良心是问！"
我若抗命，便要发生良心问题，这是多么为难？但这一次我是终
于没有良心。过几天他换了一个名字来，我私心叹服，天下真有
乖觉的人。

　　我还常接到难于回答的信，今发表两封如下。请读者看看，
有法回答没有？


秋郎大主笔台鉴：

　　敬启者，仆凤仰先生学问鸿博，热心公益。仆有恳者，求
先生代为设法，则感荷无涯矣。仆贱内本系缠足，甚感不便，由
去年起令其放足，唯一不缠紧，即觉臃肿痛疼，甚至不能行走。
请问先生，有何妙法，能使贱内恢复天足，且不觉痛苦。如蒙见
复，功德无量也。回信请寄宁波□□街□号可也。
　　耑请
大安
　　　　　　　　　　　　　　　　　　　　　　　　仆茉某谨上


主笔先生伟鉴：

　　鄙晚生向阅□□报，自本月起改阅贵报，《青光》一栏，尤
为心折。内有小说新闻轶事闲谈，不拘一项，如食杂烩，甚合晚
生胃口。不禁技痒难熬，拟投稿贵报，但初次出马，不知一切内
容如何？投稿次数有无限制？报酬有若干？如不登，可否退回？
信封上是否即是如此写法？投稿须要几分邮花？稿纸以何种为

宜？……均请先生示及，不厌求详，至要至要。专此奉达。

　　并叩

暑祺

　　　　　　　　　　　　　　晚生□□□顿首拜


　　在下是从内地来的"老实头"，处在上海这样的大城市，时常发生一种乡下人之悲哀，看着事事物物都是希奇的，所以说话常有惹人笑话的地方，这是要请大家矜宥的。更有时说话不知深浅，使人家生一肚皮气，真不值得。《青光》有时记载时人的轶事笑闻，只求其滑稽善讽，不伤大雅，无意中却也招人怨怒。真正的大人物，无论怎样谈论他，他不动声色，因为巷谈街议本不足以损益他的身价。唯独有一般不大不小的人物，尤其是曾到外国吃过两年面包，做过一本东抄西偷的书，这般人往往自以为是一个很像样的人了，报纸上一沾惹他，他一面欣喜不置，一面还要马上挽出比他大一号的人来替他更正。你明明是挖苦他，他偏谦逊未遑，连说他不是大政治家，不配受这讽刺。像这样的肉麻事，《青光》也不是没有经历过。

　　在下向例是不常看小报的，不是因为小报不值一看，是因为一则小报太多，一则天下值得一看的东西太多。听人说，《青光》时常是小报上的材料，并且有时我的名字，也有上小报的光荣。小报上有人说：《青光》是"女性化"了。这句话真像是他们所能说的话。如其《青光》登几幅妇女们的照片，登几段性问题方面的文字，便算是"女性化"，天下尚有一种非女性化的小报没有？小孩子拿着竹竿打人，时常不留心先打了自己的小头皮，毋太可笑。还有人说，《青光》从前是兴隆时代，现在是衰败时代。现在的《青光》当然不敢和从前的青光比美，不过

动物的口胃，是很参差的。我们若把人吃的东西喂畜牲，畜牲
吃下去不消化，就许乱叫起来和我们"作对"。我们只好由他
"作对"。

　　《青光》一向是欢迎投稿的，顶远的地方如奉天云南都有人
来稿。就说说有一小报替《青光》登广告，说"本报来稿太多，幸
勿再投，原稿待领还"，这真幼稚得可怜了！只得一笑置之。

　　不再多说。留一点话以后再谈。

本篇原载于1927年6月2日上海《时事新报·青光》专栏，署名秋郎。

# 来 函 照 登

　　敬启者，鄙人读《青光》有年，编辑诸翁，均热心国事，何胜钦佩。兹见某军军乐会事，各报均有宣传文字，按是举完全为某国兵助饷之性质，我国人士头脑清醒者，当然不受其诈，而蒙然不觉者，未始无人。鄙人不文，无以达我心声，愿诸翁在《青光》上作机警之文字，以告国人。未知诸翁能否助以一臂之力，以达此目的？此请《青光》编辑先生公鉴

　　　　　　　　　　　　　　　　　　　　　祖国敬启

　　记者按：这几天来，《青光》接到是项函稿甚多，无非是劝告国人的意思。不过我想这几位热心的先生也未免太把这件事看重了。譬如，一个人穷极了，他还肯吹笛弄箫，求你周济，这样的人总还算是驯良的人。我们曷妨稍微慈悲慈悲？况且，有较妙的敛财的方法的人，未必肯做这驯良的事。奉劝热心诸公，大可放心。等将来真有需饷的时候，事情就闹大了。一笑。

　　本篇原载于1927年6月3日上海《时事新报·青光》专栏。

# 笑　话

天津包子，皮薄而内有油汁，食时偶一不慎，油汁可溅出数尺之远。一乡下人，初次食天津包子于某肆，猛力咬时，油汁迸溅，适溅在邻座客人脸上。客殊镇静，行若无事，唯目炯炯注视乡下人。乡下人犹未知觉，就食如故。

堂倌适在侧，殊觉不安，急以手巾进，请客擦面，客徐曰："你别忙，你看他的盘子里还有三只包子呢！"

本篇原载于1927年6月5日上海《时事新报·青光》专栏，署名丹。

# 病 从 口 入

病从口入，这是我们的一句古训。意思是说，食物由口里进去的，往往便在肚里作怪，以致闹出病来。所以我们便迁怒到这嘴上，假如人而无口，病岂不是无从入了吗？是的，但是食也就无从入了。故此我们若想免病，仍要在食品上力求清洁，而这个口似乎是不负什么责任。

我们中国的人士，似乎很能了解这个病从口入的古训，所以除了在食物上加以相当的注意以外，对于口之张闭，漫不经心。有饭吃的时候，当然是大家争着张口，并且赛着张大了口，这却无足怪。而在不吃饭的时候，有人还是把口张着。我们只消留神考察，电车上，戏园里，街旁的群众里，到处可以发现许多同胞，逍遥自在的大张其口。

据说，无事张口，是有碍卫生的。在恶劣的空气里，成千成万的小动物，如霉菌之类，无孔不入，很容易在你张口的时候，长驱直入，成了腹心之患。所以病从口入这句话，是很有道理的。现在天气一天比一天的热，空气里的霉菌又到了飞扬得意的时候。愿保身养性的人，努力加餐，没事的时候，免开尊口。

本篇原载于1927年6月5日上海《时事新报·青光》专栏，署名秋郎。

# "诙　谐"

　　本报五日北京电：东北讲武堂长朱继先昨下午至花园饭店向张作相贺节，嗣与张弟作涛诙谐，被用手枪击毙。传涛有精神病，两张将厚恤朱氏。

　　这一段记载，颇有春秋笔法。言"诙谐"，盖极示非关重要也。"与张弟作涛诙谐"，是讥其不自量而捋虎须也。言"击毙"示私斗致命也。"传有精神病"，盖疑词，隐示文饰之意。"厚恤朱氏"，示不置作涛之所为也。

　　军阀中间本来没有道理可讲，谁不留心，谁就许被人"毙"了，手枪一多，这种事就免不了的。我们对被毙者固不必深加惋惜，即是对毙人者又何须痛心疾首。国军到时，这班军阀，早晚就要同归于毙。

　　不过"诙谐"这件东西，的确是一件不很吉利的朕兆。"木讷近仁"，我们虽然不必木讷，然而尖嘴猴腮的嘻嘻哈哈，却只可以在唐尧虞舜的时代偶一为之。三代以后，民风日趋淳厚，时间日形经济，说起话来，一是一，二是二，要来得直率而干脆。在近代人的生活里，"诙谐"是没有分的。

　　本篇原载于1927年6月7日上海《时事新报·青光》专栏，署名秋郎。

# 记诗人俞平伯

　　诗人俞平伯先生，乃是俞曲园先生的后人，家学渊源，所以也很喜欢作诗，并且作得很好。俞先生的轶事很多，实在讲，诗人没有没有轶事的，愈有轶事愈成其为诗人呢。

　　俞先生前几年到美国去了一次，后来又到英国去了一次。诗人出游，外边知道的人不多，这是什么原故呢？原来俞诗人的出国，去的快如迅风，人不知鬼不觉的去了，回来的时候，也快如迅风，人不知鬼不觉的回来了。俞先生所以来去匆匆，此中自有道理。

　　俞先生到美国去，无非是有鉴于太史公之游，名山大川，为文益发奔放奇肆。他到了纽约之后却感得生活非常发紧，心里老大的不高兴。俞先生身体是弱的，从哥伦比亚大学旁边 Amsterdam Ave 走过的时候，一定要有两位年轻力壮的朋友帮忙。原来那条街是一个陡坡，走上去的时候要两个人扶着两臂向前推，走下来的时候也要有两个人往后拉，否则有不堪设想者。这还不说俞先生的胆子顶小，平常上课的时候，一定要有朋友陪他上课，才觉得胆壮。有一天，俞先生没有找到朋友，一时好奇，竟冒险独自去上课。到课堂里，只见四周坐着的都是异类，头发是黄的，眼睛是绿的，无数双绿眼睛好像是射出许多条绿光，都射在我们诗人身上。俞先生举目无亲，呼地无门，几乎急得要作出一首诗来。这时候俞先生的耳朵后面泛起一朵红云，渐渐蔓延到全脸部，到了一个不可收拾的地步。俞先生情急智生，从课堂里逃了出来。逃到自己寝室里，喘息才定，计上心来，马上收拾行装首途回国。

俞先生回国之后，深恶夷狄之邦之不可久居，但是在西湖住了些天，又觉欧洲不可不去一遭，而夷狄之邦，比较起来，英国也许比较的合于诗人一些，于是乎诗人游英。

到了英国之后，果然是个好玩的所在。但是天下事往往有不能尽如人意者。有一天，俞先生的两足穿着两只袜子，内中有一只袜子在后面发现了一个小小的洞，过了些时，这小小的洞不见了，原来扩充范围，成了一个很大的洞了。俞先生一半是没有看见，一半是没工夫缝补，还有一半是想来别人或者看不见。但是，冤有头，债有主，俞先生的袜子上的洞，偏偏被房东太太一眼瞥见。房东太太也太没有涵养，顺口说道："俞先生，你的袜子破了。"说时，用手往俞先生的足部一指。这一来，不打紧，第二天俞先生整装回国了。

我前些天到杭州去看友人徐君的病，在西湖边上的俞楼玩了一会，这俞楼即是诗人俞先生的别墅了。好大的一所洋楼！我没去过外国，不知是英国式，还是美国式。俞楼寄卖新书数种，有一种叫做《忆》。据卖书人说，就是他们的"小老板"作的。我回去告诉徐君，徐君把上面的轶事告诉了我。我本想多问他几句，可惜徐君要喝鸡汤了，我只得带住。

本篇原载于1927年6月7日上海《时事新报·青光》专栏，署名华君。

# 笑　　话

一个乡下人，初次进城，初次吃包子，烫了脊背。原来乡下人不知包子里油水甚多，所以张口咬时，油水便顺着筷子流到手指上，沿手指淌到胳臂上。乡下人便伸出舌头想舐去吃了，哪里晓得，刚一伸起胳臂凑近舌尖，臂上的油水竟一直往袖口里流。乡下人慌忙卷袖子，就在这个时候，油水已竟由胳臂流到背上。此之谓吃包子烫了脊背。

本篇原载于1927年6月8日上海《时事新报·青光》专栏，署名丹。

# 草　帽

近来天气似乎热了，脑袋在人身上要占一很重要的位置，酷热的骄阳直晒在头皮上，不大很舒服，脑子里浆水本来不多的人，经此一晒，就许要在脑袋壳上贴召租的条子。所以头部之卫生，不可不讲，而草帽尚矣！

草帽既可保护脑浆，又甚美观。本来相貌牵强一些的，戴上草帽之后，就许增加三分姿色。所以现在社会上可以出头露面的人士，不戴草帽的很少，除了脑袋作扁杏仁状的朋友，他们的头颅根本的不合于草帽以外，差不多都要峨起一顶草帽了。但是天下事物，有一利即有一弊。在电车上拥挤的时候，你的芳邻如其是戴草帽的阶级，你可当心门牙！还有在刮大风的时候，草帽若是在又平又滑的马路上滚起来，真须要一位田径赛健将去追赶。

买草帽要买国货，除了爱国以外还有许多的理由。市上有一种价钱很低的草帽，式样既新，颜色又白，这种草帽只有一样欠研究，一着雨水就会变成一滩泥！

本篇原载于1927年6月9日上海《时事新报·青光》专栏，署名秋郎。

# 杀 人 放 火

昨日本报载：

> 日本平岛地方有一十二岁之男孩，纵火于第五师某军官之住宅，该屋全遭焚毁，被警察捕去。询以何故纵火，该孩供称因见影戏中有放火技术，故实验之云。

一个年才十二岁的孩子，便这样的富有实验主义的精神，并且总算是尝试成功，我们不能不说，这孩子有出息。

杀人放火，也不是一件容易事。在外国，为求杀人放火的普及，常把电影作为杀人放火的教育机关，现身说法，比看图识字的教科书还要浅显清醒些。所以不赞成杀人放火的人，往往以为有些影片是近乎"海盗"。当然，电影里也颇有讲仁义道德的，但是这种片子，只能在没有人迹的地方去开演。

我们上海的人士，一向是高尚的，所以国产的影戏片子鼓吹杀人放火的是很少见。但是上海现在有一个比电影更足以诲盗

的利器，更足以遗害儿童，那便是我们这个百恶俱全的社会。试
问：除了杀人放火，上海本埠，还有别的新闻没有？

本篇原载于1927年6月10日上海《时事新报·青光》专栏，署名秋郎。

# 洋兵的天堂

　　洋兵在未来上海之先，在他们本国据说很受压迫，人道，公理，舆论，法律，有时候也偶尔的拘束他们的一点自由。所以一个洋兵在本国时只是一个兵，假如从小家教严一些，还许是个规矩的兵。但是到了上海之后，便和到天堂差不多。因为除了天堂，什么地方可以容许他们这样的自由行动，自由打人，自由"睡觉"？

　　黄包车，在洋兵眼里，是一个很优美的制度。当夕阳西下，好风徐来的时候，三两成群的洋兵，跳上黄包车去，手执小鞭，在车夫的头上敲来敲去，如击乐鼓，说说笑笑，好不得意！这时候，就常常有与车夫同一国籍的人，在道旁驻足而观，并且还笑容可掬！洋兵笑，道旁人笑，说不定车夫也回转头来笑！

　　洋兵坐在黄包车上的愉快，是表示胜利的意思。他们心里想："我祖上也不知有什么阴功，坟地也不知有什么风水，我可以坐在人拉的车上，并且车夫的脑袋可以供我随便敲打。这在我本国，恐怕除了我们家严的秃头以外，别人的脑袋连摸一下也不成的。"道旁人笑，笑的是：他的同胞的头，有被洋兵敲打的光荣。车夫自己笑，笑的是：洋兵偏偏爱敲他的头。

　　上海要是真成了洋兵的天堂，那就是我们中国人的地狱了。

　　**本篇原载于1927年6月11日上海《时事新报·青光》专栏，署名秋郎。**

# "竞学"大纲

张竞生在第四期《新文化》上，劝人研究"竞学"。假如"竞学"就是张竞生所发明的学说，那么就十分深奥了，后生小子，很难穷其究竟。兹谨就第四期《新文化》详加研究，拟为大纲，以便学者。

（一）呼吸的真意义——"呼吸乃是一种'气的交换'，其交换地方不是必要在肺部……至人类始在肺……实则我人全身细胞皆能呼吸……简单说，每次的肺部一呼，则全身细胞同时一呼……及肺部一吸，则全身细胞也同时一吸。……严格说来：所谓呼吸的真义，不在肺部的伸缩……"

（二）性部与呼吸系确有相关系的证明——"我国许多'淫书'……也是同样意义的解释。"

（三）"海绵质的伸缩力"就是呼吸力。

（四）"……上海的怪头极多，但你留心我的斩妖剑吧！"丹甫谨注：所谓"怪头"者，即是不与张竞生表同情的人的别名。

（五）"光旦在时事新报发表了一篇新文化与假科学：可见他们骂人者有一致的组织了。"丹甫谨案：此"一致的组织"之内容，张竞生尚未宣布，无从知悉。

（六）张氏的优生是玄学的，我们的才是科学。

（七）"你须知你是什么人格，我是什么人格。但我对你辈一般上海文氓，除非万不得已时，我终不要学你辈的破口便骂。"

（八）"裸体是为经济的节俭！裸体是为精神的活泼！"

（九）"本刊投稿酬资从丰……并有一成之抽红办法，以资奖励。"

（十）"美的书店，现已开幕，欢迎参观"，"所用女店员……招待周到自不必说。"

（十一）"我主张丹田呼吸。"丹甫谨案：遍寻解剖学书，不知丹田究在何地，待查。

（十二）"我爱我国女子是出于本性的。""我的苦心我的诚意我的伟大热烈的爱终有一日见白于我国的女子！"

丹甫写到此地，打了一个嚏喷，写不下去了——未完，但是决定不续完。

本篇原载于1927年6月11日上海《时事新报，青光》专栏，署名徐丹甫。

## 剪发的恶剧

近来女子剪发，万分热烈，马路上随时可以见到光泽而整齐的半截青丝者，但是——也有许多顽固的家长，绝对反对。新闻纸上，也不必说！邻居某翁，日前因其女将三千烦恼丝，付诸并州剪。翁一见，咆哮如雷，告以皖南某翁，因被剪发，尚不顾生命，至于自尽。遗书有曾经先帝手泽，誓与发辫共生死，今遭意外，无颜见先帝于地下等语。今尔以待字女子，效娼妓之举动，廉耻何在？我家世世书香，代代贤淑。今出此怪物，唯有驱逐出家，脱离父女关系，让我垂死的老眼，干净些罢。……当即拽女门外，以示决绝。这时一发千钧，真是危乎殆哉。记者睹状，力为排解，担保此后任其恢复原状，不再修剪，请翁恕其初次。再三恳求，始获解决。然女郎已泪如潮涌。归而记此，以质同志。

本篇原载于1927年6月11日上海《时事新报·青光》专栏，署名服周。

# 丹　田？

　　常常听人说，人身上有一块丹田，为一身精髓所寄，其用甚大，其妙无穷。在下的贱躯自命是没有残疾的，所以也不敢不承认我身上也是有一块丹田。我对于生理学，总算是研究得不大得法，同时我又耻于下问，所以说来惭愧，到如今，虚度若干春秋，连自家身上的丹田，都不曾认识过。

　　身通道学的人告诉我："人身脐下三寸曰丹田，言为修炼内丹之地也。"这说得多么明显！由脐量下三寸，便得。抱朴子说："丹田有三，在脐下者为下丹田，在心下者为中丹田，在两眉间者为上丹田。"这来得更详尽了。

　　在现今科学昌明的时代，随便什么东西都可以发明，随便什么东西都可以被发明。听说如今"第三种水"已经过时了，最新上市的口号是"丹田呼吸"。我们对于这层出不绝的发明，不能不叹为是一个洋洋大观。但是我们愿意，从事于发明的人们，暂时以他的自己的身体为限，似乎可以不必在旁人的身上发明出新东西来。万一不得已，发明者迫于真理，一定要说"凡是人就有丹田"，我们总劝他先声明一句，他是没有丹田的。

　　本篇原载于1927年6月12日上海《时事新报·青光》专栏，署名秋郎。

# 《文学大纲》第三册中译名的商榷

前从友人处借得郑振铎先生"编"的《文学大纲》第三册，翻阅之下，钦佩莫名。我觉得郑先生的文字，颇带翻译的色彩，但是我不敢证实就是翻译。只就郑先生的译名而论，似颇有讨论的余地。今就郑先生注明原文的译名，为简单商榷如下：

（一）Machiavelli译为"马查委里"，这个"查"字，似乎不妥。无论用哪一国文字的读法，恐怕读不出一个"查"的声音来。郑先生不妨查查看。

（二）Machiavellian译为"马查委里安"，这个"安"字，似乎不妥。"安"者是英文中表示其为形容词之意。岂可译音？

（三）Hydra译为"希特拉"，这个"希"字又有些希奇了。郑先生试翻字典便知。

（四）Francois Rabelais译为"法兰科司·拉培莱"。这"科司"二字，要不得。请郑先生换一下。

（五）Francois Arouet译为"法朗哥士·阿洛依特"。对不起，这"哥士"二字，还是要不得。请再换一下。

（六）"吉诃德先生他自己是取完全的'无趣'（Disinterertedness）之一。"这实在翻得太"无趣"了。请郑先生"有趣"一些，如何？

（七）Every Man in His Humour译为"每个人在他的滑稽中"。

我想至少郑先生"在他的滑稽中"了。这Humour一字，在此地不作"滑稽"解，应该当作Whim解，或作"偏僻的特性"解。郑先生试读这个剧本，便晓得并不是"每个人在他的滑稽中"，而郑先生自己倒是太滑稽了！

（八）Holy Orders译为"圣谕"。不知"谕"从何来？字典是绝不可吝惜的。

（九）Donne译为"杜尼"。不知"尼"从何来？商务印书馆出版的《标准汉译外国人名地名表》，郑先生总该买一本。

（十）The New Atlantic译为《新大西洋》，译得一点也不错。可惜西洋文学并没有这样一本书，好像培根作过一本The New Atlant's，假如郑先生即是指此书而言，那么郑先生，你太难了！

本篇原载于1927年6月14日上海《时事新报·青光》专栏，署名徐丹甫。

# 我所望于我的芳邻者
## ——留声机问题

　　孟子曰："里仁为美。"我现在住的这个"里"就可以说是美了。弄底的那一家芳邻，很喜欢研究音乐，特别的是我们国粹的音乐，当然这是一件很值得鼓励的事。我们教孩子读书，购买书笔纸墨的费用，总是不能省的。所以这家芳邻，为研究音乐起见，置备了一个留声机，我觉得也不算是过分，而并且觉得是一种有出息的表示。但是，人类的耳鼓仅是薄薄的一层膜，还不如牛皮那样的坚韧，所以禁不起整天整夜的强烈的声浪的震动。这是人类生理上极大的一个缺憾。我的那家芳邻，对于我的这种缺憾，似乎很不能原谅。早晨七八点的时候，那家芳邻的留声机开始了。"我……好……比……浅……水……龙……"，把我惊醒了。这时候，我只是叹服这一家人的勤学不倦。夜晚十一二点的时候，那家芳邻已然唱到："我……好……比……笼……中……鸟……"，了。这时候，我有一种感想，那个留声机恐怕是租赁来的，一天到晚的不可停唱。

　　要说我们不费分文，天天时时刻刻的听唱戏，我们应该感激人家。人家每逢开留声机的时候，总是八窗洞开，表示与民同乐的意思。但我是一个不知足的人，常有不情之请，希望人家多预备一两张片子。其实我那芳邻的收藏也总算可观了，片子大约有五六张之多，如《探母》，如《梅花三弄》，如《大鼓》，应有尽有，轮流演唱，决不该觉得厌烦。但我常想，纠合全弄的住户，捐几个钱，买一两张片子送给那家芳邻。我疑心那家芳邻对留声机结不解缘，恐怕是由于一种"复杂"，在变态心理的范围以内了。再不然，就许是奉有他们尊大人的遗嘱，日夜演唱，所以超度亡魂。但是，我们没有亡的魂，如何禁得起这样的超度。我屡次的想联合全弄的房客，上一个条陈，请他们在开演留声机的时候，五分钟前，按户通知，年轻力壮的人立刻跑出弄外暂避，老耄婴孩则通通用棉花把耳朵塞住。如此，大家方便。但是，人家要开留声机是人家的自由，为什么要预先通知你？并且人家一天要开八百二十次，每次要通知你，恐将不胜其烦。所以我对我的芳邻决不想作任何方式的干涉。我所望于我的芳邻者，就是，有一天，自不小心，把唱片打得粉碎！

　　本篇原载于1927年6月14日上海《时事新报·青光》专栏，署名慎。

# 性　学　博　士

　　从前的人，如"肯"读书，读书如"能"得法，至少可以得到一个"秀才"的头衔。得了这个头衔以后，阖乡的人对他都要有三分怕意。现代的人，如"能"读书，读书如"肯"得法，至多可以得到一个"博士"的招牌。得了这个招牌以后，他对他自己都要有三分的钦仰。

　　真正潜心学问的人，有时候顺手牵羊的带回一个博士的学位，当然是视如敝屣，不致因此而神经错乱。但是命小福薄志高皮厚的朋友，得了博士之后，思想行为上，就许反常。有一位法律博士，在美国的时候，人家偶然称他一声"先生"，他觉得这比什么侮辱都来得厉害。

　　现在的"博士"，行市落了许多，但是以"博士"为业的人，一天比一天的增加。张三称博士，李四称博士，甚而至于作淫书的文氓也称博士。这种博士，既不博，又非士。投机媚世，骇俗诈财，如何是士？说来说去，不能离开男女的方寸之地，焉得称博？

　　博士本来比较得算是一个体面的称呼，但是有一天在我们中国，顶厉害的骂人的话将要是："你是一个博士！"

　　本篇原载于1927年6月14日上海《时事新报·青光》专栏，署名秋郎。

# 妇女的装束

人类和其他的种类，有许多不同的地方，而穿衣也是一个显明的分别，虽然不是最根本的分别。穿衣除了为蔽体以外，美观也是要讲求的，有人说，这于妇女为尤然。

外国的妇女，大概是把衣服认作"必需的罪恶"。除非万不得已的时候，才肯穿衣服；穿上衣服了，也要设法达到不穿衣服的目的。有一句滑稽诗，很足以形容她们自己："小手绢，你别哭；有一天，你就是衣服！"

我们中国妇女，在装束上近来也似乎有点模仿外人，但是还决没有模仿到家。这便是我们的礼教的一点功效。提倡裸体的人说："裸体是经济的节俭。"我很喜欢，我们中国妇女差不多完全还不会有这样的节俭的美德。

如何使一件衣服美观，就如同如何使一碗菜好吃一般，不是人人会弄的。装束的艺术，真是一言难尽，即是好几言也尽不了。如果打定主意要穿衣服，并且要穿得美，只得去请教专家。否则你自己关起门来，东一条红西一条绿的打扮起来，自以为美观不过，开门出去的时候，就许吓死两口子！

本篇原载于1927年6月15日上海《时事新报·青光》专栏，署名秋郎。

# 从南京回来后
## ——四个月前的事

　　不敢戴眼镜，不敢穿皮鞋，这才敢上南京去。剃了一个和尚头，戴上一顶瓜皮帽，这才敢从下关搬到城里。自然，这是四个月前的事。那时的城门好不难入，城门口荷枪的先生们，好像要给我作传，把我审问得清清楚楚。他们终于审出我是日本人的先生，这才让我把抖乱的行李整理起来。

　　日本人待我真不错，请我吃赤豆糕，要我告诉他是新派还是旧派，是赞成……的还是赞成……的。我当然摆出我的灰色态度来，因为我在路上的时候，总觉得有个戴皮帽子的人远远地望着我；而日本的先生们可是常常上都督府的。

　　好容易才听见炮声，好容易才看见白俄先生们擎着手枪，曳着重炮向北退去。霎时间我们这一带的居户就特别戒严起来，一家家把大门钉死，一个个在门缝里张。张到黄昏之后，看见一队北退的骑士在我们住的这条街上敲起门来——当然不是用手敲而是用枪柄敲的。那些穷门面的店铺的门户都在免敲之列；那些门虽穷，实际殷实的人家都不免门牌俱裂；实在门户坚实，敲之不破的门户，骑士们为节省时间起见，也肯舍而之他；敲进去的人家，骑士们都不免要带些东西出来。况且门口有的是马，不怕没有运输的工具。我们毗近的一家人家，骑士们是用刺刀挖门进去的。那时风微雨止，万籁俱寂，骑士们进入这家人家约两分钟之后，我们就听见这家人家的院子里发出了"妈呀"的尖锐的呼声。要听第二声时，再也听不到了。照这个尖锐的声浪猜度，似乎是一个少女的呼声。我从南京回来之后，这个尖锐的"妈呀"的声浪还时时盘旋于耳际。

本篇原载于1927年6月18日上海《时事新报·青光》专栏，署名希腊人。

# 检 查 小 报

　　昨日本报载《诲淫小报之末运》，大意谓宣委会编审处检查本埠小报已毕，凡有反动诲淫之各报，将按址封闭。我觉得这是一件德政。

　　一般小报实在太不成话了。讲到性欲，可以说是三句话不离本行。我尝揣测他们编者的心理，大概以为若是谈到性欲以外的话，便算是数典忘祖。社会上人士对于诲淫小报都异口同声的诅咒，可惜大半的人一方面口里诅咒，一方面还要伸手掏钱，大大的购阅。所以上海的小报，就如同编小报的人一样，一天比一天多。

　　诲淫成绩最佳的小报，同时也最反对诲淫。满幅都是些"嫖学""曲线美"，而头一篇文章里还要说些冠冕堂皇的话。所以闹到后来，没有人敢批评小报，因为他们自己早已批评过了。假如他们当初虚心受些批评，现在也许没有这样的末运了。富创造性的上海文人发明了一个名词，叫作"提倡性学"。这四个字是诲淫小报唯一的武器。谁要是非议了他们诲淫的事业，谁就要被他们上一个"提倡性学"的尊号。他们以为这样一来，把自身的罪恶便摆脱干净了。其实哪有这样容易？看着罢！

　　本篇原载于1927年6月18日上海《时事新报·青光》专栏，署名秋郎。

# 家　政

　　"现代的妇女，比从前的妇女，如何？"有人这样的问我。我答曰："难言也！"

　　我是顶佩服现代的妇女的。她们从事于解放运动，已经有很多缠足的女同胞从足部解放起了，梳头的从头部解放起了，这都是表示极彻底的解放精神。他们发起女子参政运动。果然，发起人现在有参政的了。她们运动男女同学，果然，引起了男同学方面极大的同情。从这几方面观察，都可以看出男女几乎就要平等的光景。

　　但是世界上的男人，种类甚多，于是乎良莠也就不齐。有一种男人，好吃懒做，往往把家事的责任推到妇女的肩上，我觉得情殊可恶。家政听说是很麻烦的一件事，譬如说：今天午饭是吃炒扁豆，还是吃烧茄子，这就要有人熟权利害，毅然决定。再譬如：老妈子洗衣服偷胰子，再甚而至于你的袜子上破一个洞，这全要有人常川注意，设法补救。男女既然应该平等，为什么要妇女独理家政？

　　觉悟后的男人，应该本着电车上让座的精神，把烦琐的家政引为己任，让妇女去专心去解放她们自己。最最不客气的男人，也要和妇女二一添作五的平分家政，轮流值日。袜子破了一双，你补一只，她补一只。

本篇原载于1927年6月19日上海《时事新报·青光》专栏，署名秋郎。

# 在 电 车 里

　　我现在是在电车上。

　　我觉得电车不大稳当，于是未能免俗，把手伸起来拉住那个藤环，极力想把身体在电车的地板上作一个垂直线。我的身后有一位先生，占空间极多，而身体极矮，挂在藤环上，委实有一种为难的状态。我低头偷看，他的脚尖都立起来了。于是电车一摇，他的身体便像一个大冬瓜似的滚到我的身上。我受此压迫，我的身体便由一个垂直线斜到四十五度的样子。我为适应潮流，决不抵抗，你来压迫我，我便去压迫他。不过这位先生的喘息声，非常之大，令人未免有一点不很舒服的感想。

　　电车东摇西摇，像摇元宵似的。左旁座上有一位先生站起来了，他的意思大概想下车去。但是据我的观察，电车离站至少尚有四百四十码的样子。这位热心的先生，很看得起我，他把他的一只尊足踏在我的贱足上了。我深深对不起他，恐怕我的鞋子太硬了一点，他踏上去恐怕不十分舒服。我怎么晓得呢？因为他踏上之后，还瞪了我一眼似的，对于我的鞋子之硬深致不满。有两位女郎上车了。一位穿西装的戴大眼镜少年老远的立了起来让座。我那时真怪那女郎走的太慢，因为我身后的胖先生已经一眼瞥见这个空位，有不客气据为己有的趋势。这时候，真是千钧一发。女郎慢了一步，西装少年让出的座位，给胖先生占了。女郎笑了一下。西装少年的眼睛瞪得比他的眼镜还大出一轮。胖先生东望望西望望，有一点胜利的神情。西装少年眼里有两道火光，直射到胖先生身上，但是他有福气，他不觉得。

我付了电车票钱，卖票员不给我车票。他说声："谢谢侬。"有人曾经告诉我，这是他揩油。又有人告诉我，他揩的是外国人的油，所以就是爱国。故此我当于那个卖票员油然起了一种敬意。

我真舍不得下车，车里的生活太有趣，但是我已到了目的地。我下车的时候，迎头撞进好几位先生，但是我极力夺门，终于能够平安的下了车，衣服、帽子、头颅完全无恙，亦云幸矣。

本篇原载于1927年6月19日上海《时事新报·青光》专栏，署名吾。

# 商 店 北 伐

从前讲起"士农工商",商列第四;现在讲起"农工商学兵",商列第三。商界实在是进步神速,否则绝不能有这样的幸运。

"良贾深藏若虚",这是旧时商业的道德,若在今日实行起来,就叫作落伍。如今的商店,和如今的人一样,讲究门面,谁的招牌大,就算是谁的资本雄壮;谁的电灯亮,就算是谁的生意发达;谁的玻璃窗大,就算是谁的货色优良;甚而至于谁的店伙招待不周到,就算是谁的商业道德高。即是半间门面的小店铺,也要时常的闹一阵"大减价"。买一元钱的东西,就许减去八角,额外还送你一点赠品,赠品里还包着一张彩票,以为纪念,总要教你这一元钱花得舒服。

现今商店似乎更能适应潮流了。当今北伐胜利之日,有些商店除了庆祝之外,还发表宣言,声明要北伐。其实我看商店倒是不忙去"北伐",想法子别和华租交界处的几十只木笼发生关系,倒是当务之急哩!

本篇原载于1927年6月20日上海《时事新报·青光》专栏,署名秋郎。

# 留声机问题

　　本栏对于社会上公德问题，向极注意。上次慎君投来《我所望于我的芳邻者》一文，对于邻人开演留声机，漫无节制，扰及四邻，极力讽刺。记者认定凡于过早或过晚之时间开演留声机，确于公德有关。故曾将慎君来稿刊布。兹收到关于同一问题之来稿两篇，一系响应，一系声辩，一并发表于后。

　　　　　　　　　　　　　　　　　　　　　记　　者

一

主笔先生大鉴：

　　我在夏历五月十五日的贵报上读到一篇慎吾君的《我所望于我的芳邻者》的文章，我深具同情。我住的这个弄堂里也有一家是专门爱唱留声机的，从清晨起唱到夜里十二点以后，还不肯罢休。我晓得那家人家的主人是个留学过的，所以竟唱些外国的片子，声音噜杂不堪。我今年59岁了，时时多病，因着这个留声机吵得夜不安眠，苦不堪言。数日前小儿回家来，我向他诉苦。他说这种事在外国是没有的，因为在外国地方，住家的地方，大家都很清静的，除非在最下贱的地方，总有人只顾自己，不顾别

人。慎吾骂他的芳邻，虽过于尖刻，鄙人却极表同情呢。我把这
里情形也说说，所为的是出一口气。

　　耑此，敬颂

撰祺

　　　　　　　　　　　　　　　　　　　　弟汪季涛谨白

## 二

### 一个邻人的回答

　　数日前本栏里载着慎吾的一篇大文，关于留声机的问题，拜
读之下，真是不觉五体投地。他所指的弄底一家，刚刚我是住在
弄底的，而然住弄底的不止就是我，但我既合上这一条资格，所
以大胆来作一个答复。

　　慎君诮我唱片少，像我这种穷开心的人，原置不起许多片
子。但是贫人虽是一百样该死，一点欣赏音乐的权利，在"被夺
私权全部"之前，或者还可享受。曾听人说，意大利的伟人慕沙
利尼，封禁国内剧馆、跳舞场，意大利立刻强盛起来。如今我们
贵国里出了这位慎君，竟能干涉到私人的留声机在白日里开唱，
那本领更出慕沙利尼之上，不愁中国不强了。慎君的职业，我不
知道，我不敢妄猜。照他的气派看来，也许是向来独裁惯了，所
以要越出自己的门户之外，干涉别人家事；但是慎吾若不幸而竟
做了我的芳邻，对于我们这种贫人作乐的一点苦衷，总可了解。
若是慎君真要实行他的独裁政策，何不盖起一座高大的洋房，那
么非但隔壁的蹩脚音乐不至于闹到他老人家耳朵，就是一切电
车、汽车、黄包车的声音，都可以吵不着了。

　　慎君在他的大文里，大谈其心理学，说什么"复杂"不
"复杂"。

我是外行，不懂这些名词，猜起来或者原文就是"combicv"，慎君把这字译成"复杂"，可谓高明的很，不过我好像曾见人家把这字译为"意结"，似乎比慎君那样死板板地译成"复杂"能令人免掉复杂些。

关于留声机有震破耳膜的危险这一层，慎君说人类的耳膜不是牛皮做的，我非常感激慎君的指教，但是我还有些怀疑的一点，我住的房子虽狭隘，然距离我的芳邻，也还有丈余远。普通听片子的人，距离机器很近，并未听见有什么震破耳膜的事件发生，而慎君偏是在较远的地方，耳膜里能感受激烈的震动，可见他的耳膜是特别锐敏。

看慎君的文字，是新人物的一派，而同时还会变什么超度亡魂的把戏，足见慎君的渊博。用留声机器超度亡魂，确是我第一次听见。想来必是慎君对于这事，早就有了经验了。

本篇原载于1927年6月20日上海《时事新报·青光》专栏，署名记者，是梁实秋为两篇关于留声机问题来稿所写的按语。

# 新 月 书 店

　　胡适之、徐志摩等创办之新月书店，闻已租定法界麦赛而蒂罗路一五九号为店址，现已付印之新书约十余种，正在整理待印者尚有四十余种之多。店址不广，但布置甚佳，开张之日，传说有要略备茶点之意。而此种茶点，又传说有要作为招待来宾之用之意。

　　书店总经理已聘定余上沅先生。余先生者，戏剧专家也，对于人生，有深邃之了解，对于艺术，更有精湛之研究，今总理书店，如烹小鲜，措置裕如。闻沪上各界，纷纷要求认股，而定额早已超出数倍，无法应付云。

　　诗人闻一多，亦该店要人。诗人工铁笔，近为该店雕刻图章一枚，古色斑斓，殊为别致。

　　本篇原载于1927年6月22日上海《时事新报·青光》专栏，署名小圃。

# 高雅的"芳邻"

　　"芳邻"究竟是高雅的好。就在扰君清梦的当儿，他也用新式机器发射出来的曼妙的歌声。爱听留声机片的我，若在午夜清晨的枕上发现了留声机片的歌声，一定会侧着耳朵细细的欣赏：一来呢，不能拒绝之油，只有揩之一法；二来呢，留声机片虽然不是什么了不得的东西，可是音乐本身究竟是无价之宝；三来呢，除在冬天买糖炒栗子的时候之外，我与留声机器接近的机会很少。我本人固然没有留声机器，而上海的亲友们又都是公德心高——或是经济学好——不置留声机而置无线电话。本来在现代的客室中无线电话比留声机更可骄人，而送入耳管的资材也较繁杂而丰富，买价既不很高，离沪的时候又不难于拍卖，更不至于发生扰人清梦的问题。我虽与留声机无缘，但也有代替留声机的物事来扰我的清梦。这就是午夜撞门的声浪。这位撞门者神经很敏，又会吟诗，在我将想干涉而尚不敢干涉的时候已托天上清风送了两句诗过来。这两句诗是："平生不做亏心事，半夜敲门不吃惊。"

　　此外还有天明才止的牌声，也有使我深夜清醒的功用。这个与人家经济问题大有关系，我当然更不能干涉，因此我也有一

愿，我并不愿黄膺白先生举办牌捐，我单愿陈嘉庚先生赶快制卖
橡皮桌面。

　　本篇原载于1927年6月22日上海《时事新报·青光》专栏，署名希腊人。

# "听说""据说""听人说"

K.V.先生：

　　尊函甚有趣，因排印不便，否则必当发表。足下说我立意要学某某文豪，这一点我不很服。因为我对于这位文豪虽然钦佩的很，但实在没起过念头要想学他。足下又说我的"大作之精彩"，就是"听人说""听说""据说"。证据确凿，我不能不承认。不过我也有一点点的道理。我是一个"乡下人"，不大懂世面，到上海来无时无地不在虚心受教，所以提起笔来，总是冠上"听说""据说"的字样，以示言有所本而非妄作主张。其实我这习惯，前好几年就有，不过于今为烈罢了。谨拜忠言，俟我的乡下人气完全脱掉，即当痛改。

　　本篇原载于1927年6月22日上海《时事新报·青光》专栏，署名秋郎。

# 翻 译 家

自从闹了新文化，凭空添了无数的翻译家。翻译家的资格，是很严的。第一，要胆大；第二，洋文至少要有大学一年级的程度；第三，中文至少要能写一段短短的清通的语体文。最要紧的是第一项资格，所以能做翻译的人就多了。

现今的翻译家分四个等级：第一流的翻译家是不备字典，即备亦不常翻；第二流的是备有一部小字典，偶尔翻用；第三流的是备有大字典，时时翻用；第四流的是不备字典，即备亦不常翻。等级的高低，是按其作品销路之多寡而定。第一与第四流的分别，即是前者不肯翻字典，后者不必翻字典。

如今第一流的翻译家，真是胆大如天，完全可以脱离字典而独立，并且常常翻出许多新的意思，补字典之所不足。瞎猫撞死鼠，撞到了一本洋书，书名若是新鲜好听，马上就可动工。先抽出几章，改头换面的编成一本书，然后再一页一页的译出来。所以一本洋书至少可以化出两本中文书来。假如中文方面照例的不很通顺，你说这是"直译"。假如洋文方面又照例的误译了许多，你可以说："译时仓卒，疏忽之处在所不免。"最不得了，你还可以说那是"手民之误"呢。

本篇原载于1927年6月23日上海《时事新报·青光》专栏，署名秋郎。

# 行为的公式

　　一个人做一桩事，若是做的次数多了，自然而然会发现一个较好的方法，这个方法久而久之就变成一种公式。你若同东方某国无产阶级做朋友，不久他一定会请你吃饭；再不久，他一定会同你借钱；你若拒绝他的请求，他一定会同你绝交。你若和欧洲的朋友谈话，若是谈话的时间在二十分钟以上，他的一切姿势当中，至少有一两次是耸肩、伸掌和垂口角。

　　行为的公式最多而又最妙的，当然要推我们这个古国的人民。不单骂人打架都有一定的很玄妙的公式，就是登厕也有公式。你若肯到公厕旁边小立，你总不会听不到一两声"N"的音素。据语音学教员告诉我，他从未耗时耗力于"N"一个音素的矫正。大概因为每一位国民都有过"肠深屎落迟"的经验，早就学会了这个音素；至少他在襁褓时代已经听熟了他的母亲代他发出的这种声音。

　　敝省有几个钱的人每在节前岁尾穿一件布的打补钉的衣服。这个公式效果很大，因为穿绸衣的穷人就不能向他借钱；就是一定要借，也觉难于开口，易于打发。不过，若是你的衣服比他穿的更破，他也就拿你没法。

高明如在大学任课的博士们，上课时也有几种公式可记。其中最流行而最出风头的一种，就是在黑板上写各国文字的参考书：一种是日本文的，一种是法文的，一种是德文的，英文的那就不消说了。至于这些参考书，图书馆里有没有，在中国买得到买不到，学生们看得懂看不懂，那就题涉分工，不在博士们责任范围之内。总之博士们对于这几本参考书是研究过的。

学生们若是不愿抄录这些参考书名，也有一法，就是预先在黑板上写上一大串各国文字的参考书。博士们看见了或者也会头痛不写，就是写，也不至于把世界各国的参考书都写遍。

本篇原载于1927年6月24日上海《时事新报·青光》专栏，署名希腊人。

# 姓 名 趣 话

清季，浙东有楼更一者，名诸生也，其名曰上层。盖以唐诗"更上一层楼"句，错综为之；而姓名及字，皆在其中矣。

山西安邑县有一人，姓名皆奇，姓为山（音妾），名为（音厥）。

清同治间，孙诒经督学闽省。一日，点名毕，入内，笑谓幕友曰："今日见一姓名，真大奇。"幕友叩其所以，曰："其人姓出。"良久不语。一友问曰："岂名精耶？"曰："果然。"咸大抚掌。

以姓为名者，绝无仅有；而光绪中叶，山阴有幕客孙逊者，初名孙，以文童应试。同学见其姓名之重文也，笑而嘲之，曰："君对于吾辈，本已为孙矣。今又名孙，是吾孙之孙也。君其为吾辈之玄孙乎？"孙大愠，乃改名曰逊。

有合姓者，以二姓并合而成。大率为甥嗣舅，婿嗣翁；而又不忍使本宗斩祀者也。不知者，辄疑为两字姓耳。其著称于今世者，有浙江桐乡之陆费逵陆费执兄弟。

清光绪间，李文忠公督直隶，有部将，姓者名贵，滇人也，生于合肥；盖其祖先以事发配至合肥，遂家焉。贵幼失怙恃，不自知其姓。稍长，应募为兵。主募者询其姓，瞠目不能对。主募者笑曰："是何足奇，之乎者也，皆可为姓，尔可姓者名贵。"遂以者贵二字注册，后从军久，屡立战功，官至提督。清季，吴江有廪生沈龛，应岁试。学佐某点名，不识龛字，乃破龛而呼曰"合龙"。

　　姓名笔画最少者，清季有内阁中书丁乃一，三字仅五笔，不易有二也。

　　本篇原载于1927年6月25日上海《时事新报·青光》专栏，署名赵振甫。

# 国　　语

　　昨日报载临时法院吴经熊推事与陪审英副领事，因为用国语辩护问题，大起争辩。我们对于吴推事之力争主权，当然是十分钦佩。不过我因此联想到许多旁的问题。

　　打电话要号码的时候，如用国语，你总有练习忍耐性的机会。如用英语，你便很容易达到你打电话的目的。可以说，各有各的好处。不通世故的人要问："为什么中国人对中国人讲话要用英语？"通世故的人答曰："此上海之所以为上海也！"

　　中华邮政局据说就是中国的邮政局，但是常常通用两种国语，一种是中国的国语，一种是英国的国语。而用后一种的国语的人，又不见得全是外国的人。其实这算不得奇怪。试取一张中华民国的邮票来看：上面不就也有一大排的英文字么？无论世界上哪一国的邮票，恐怕没有用外国文字的，而我们中国邮票偏偏是一个例外。

　　我尝有一个杞忧：觉得中国国语将要到必须拥护的时候了。不过有一节我要郑重声明，我说拥护国语，是说中国的国语，不是说英国的国语。

　　本篇原载于1927年6月26日上海《时事新报·青光》专栏，署名秋郎。

# 笑

　　据一位生物学家说，笑是人类特有的一种技能，猿类也有时会笑，其他低能动物便很少能笑的了。所以约略说来，能笑与不能笑，是人与非人的一个分别。

　　有人观察的结果，从前现代的人渐渐不大肯笑了。当然，一个人在又凉又饿的时候，我们若勉强他笑，那个苦笑的脸儿，我们也不见的爱看。不过假使的确有可笑的事情或状态，放在眼前，一个身心健全的人自然会笑逐颜开，至少也不至于把脸部直着扯到八丈长。

　　不笑的人未必就是悲观者。真彻底的悲观者，他才会笑呢！他笑起来能够令人毛骨悚然！我们所希冀的是，人类的生活除了努力做一些可敬可爱、可歌可泣的大事业以外，稍微匀出一点空间，大家笑一笑，是很有益卫生的。至若可笑的事不能引人笑，甚或令人认真起来，那也无法，尽亦气数使然！

本篇原载于1927年6月27日上海《时事新报·青光》专栏，署名秋郎。

# 记云裳公司

　　唐瑛、陆小曼、胡适之、徐志摩诸君所发起之云裳公司，现虽尚未开幕，社会人士却极注意。现由江小鹣先生努力筹备，已略有眉目。社址已租定静安寺路夏令配克戏院附近，地点甚为适中，正在积极布置内部，大约半月后即可正式开张。鄙人昨日经过静安寺路，见有一商店，玻璃涂满白粉，预备揩拭；唯在白粉上绘有流云数朵，中有大大小小之符号数个，据闻即系云裳公司之店址。即此流云数朵，其用笔之灵活老练，可知该公司确有艺术意味，将来正式开幕后，未可限量。或谓此数朵流云，系江小鹣氏手笔，未知确否？

　　本篇原载于1927年6月28日上海《时事新报·青光》专栏，署名华。

# 雷　殛

前天下午，大雨倾盆，雷电交作。昨日报载，浦东两个妇人被雷殛死。迷信的乡下老儿和迷信的城里人将曰："阿弥陀佛！雷公爷有眼睛，惩治恶人。"在下没有做过什么太大的亏心事，然而在电光闪耀雷声隐隐的当儿，却也觉得没处藏没处躲似的。

记得小时候，听见家里大人说："糟蹋米粒的，必遭雷殛。"吓得我吃饭的时候，必恭必敬的，不敢遗落一粒米饭，把饭碗舐得干而且净。后来我进了小学堂，声光化电，无一不通，对于雷公电母的敬意才渐渐的取消。然而在雷雨的时候，头发里发痒也不敢抓，皮肤上发痒也不敢挠，生恐磨擦生电，生电招雷！

"雷殛恶人"的学说，虽然荒诞，却是有益无害。你若是作恶造孽，法律纵然有个疏漏，报纸纵然有所顾忌，然而老天爷有眼睛，你逃不了那一声霹雳。但是这个学说，若真能证明真实，却也不得了，雷雨的时候，街道上不是没有行人了吗？

本篇原载于1927年7月3日上海《时事新报·青光》专栏，署名秋郎。

# 电车让座问题

　　在电车中让座，自然是文明不过的举动。若不文明，欧美社会怎样会风行，上海社会怎样会模仿呢！其实，在人力车上也可实行这种文明举动，不过须把人力车分为两等：头等是原来座位，二等是踏脚的地方。当我们的人力车浩浩荡荡向前进发的时候，忽地赶上了一位踽踽独行的女教授，或女教士，或女护士，或最近才有的女护兵，我们就当一跃而下，鞠躬而前，请她坐头等，我们坐二等。

　　坐在电车头等厢中，最怕的是有一个妓女站在面前。让座罢，她是一个妓女；不让座罢，举动便不文明。于是虚荣心与公德心一阵交战，往往公德心获胜，终于站了起来。坐在电车三等厢中，最怕的是有一个仆妇站在面前。让座罢，她是一个仆妇；不让座罢，心中很抱不安。于是阶级观念与恻隐之心恶斗起来，往往阶级观念获了胜，仍然保持着原有的地盘。若是上车来的是从良的妓女，或是中彩的仆妇，或是任何太太小姐们，那我们心中就平安了，不至于发生什么问题。所以你若在街头小立，你便会发现电车中并肩列坐的，都是云裳美服、顾盼生姿的人物；那用臂膀高高吊在藤圈上的，很多是黄面鸠形的次等女性。

　　我们让座，固然为的是她们；而她们的就座，也为的是我们。因为我们若鞠躬如也的站了起来，而她们仍然挺不就座，那我们不单对不起自己的一双尊足，同时还会使邻座的朋友们面部开花。所以她们虽在闺中校中署中营中坐腻了，仍肯领我们的盛情，翩然就坐；这一层，我们男性应当表示相当的感激的。

　　虽然我们知道女子的体力逊于男子，但这不过是少数不很时髦的生理学者们的宣传；究竟如何，我们还不能断定。就算女性体力确实逊于男性，在电车中小立片时，会不会损伤玉体，也要待专门学者来回答。有人说，女性为保持独立精神，实施平等原则起见，将有不受男子让座的一天。又有人说，让座的行为将与其他侮辱女性的行为视同一律。更有人说，电车乘客的让座等于本国大学毕业生戴方巾。

本篇原载于1927年7月4日上海《时事新报·青光》专栏，署名希腊人。

# 饭　　碗

　　大热的天儿，在路上跑来跑去，汗下如浆，一个没留神还许来个虎烈拉，为的是什么？是饭碗。见人打躬作揖，未言先笑，日里受了委屈，回家向太太发气，为的是什么？是饭碗。衣食住是人生三大要素，而这三大要素全是从这个碗里长出来的，所以说，饭碗者不可须臾离也。

　　机警的人总不愁没有饭吃，打破了一只饭碗，他能立刻再换一只。捧着这只饭碗，就如同捧着祖先灵位一般，你若稍微敲着碰着他半点儿，他能同你拼小命！这患得患失的一副现象，真够瞧的。

　　饭碗有空实之分。哪怕你同时把着好几只饭碗，碗里没有饭，也是枉然！碗里饭只盛上五折六折，那你也是吃不饱。所以真善于吃饭的人，找饭碗的时候，不注重碗，而注重碗里头的饭。

　　本篇原载于1927年7月4日上海《时事新报·青光》专栏，署名秋郎。

# 小 人 开 心

"由海州战败之联军……溺毙者约千余人……在一死兵身上搜出包袱一个，被某甲攫去，回家启视，盖系中国银行钞票，计二百八十余元，惊喜之余，旋得疯疾。"这是昨日本报《板浦通信》的一段。

从前迷信的人，相信命运，以为有多大的命才能享多大的福。假如你命里注定可以发三块钱的财，忽然得到三块五角，你就许身上觉着烧得难受。上面所述的某甲，因为二百八十元喜欢疯了，也是命该如此，无足怪了。语云："小人开心，必有大祸"，有一点信然。

现在的人，差不多都是少有大志，然而命小福薄，就是一旦得志，福气压不住，难免神魂颠倒，还不如那安分守己的人比较得少受人一点笑骂。所以乐天由命的人，看见别人得意，看见别人发财，无所动于衷，只得心中默默的想："只愿我自己少作点孽，将来我的子孙或者也可以照样得意，照样发财"！

本篇原载于1927年7月6日上海《时事新报·青光》专栏，署名秋郎。

# 绰　　号

读过《水浒》的人，大概没有人不佩服施耐庵的发明绰号的天才。只消三四个字的绰号套在一个人上，那个人的尊容脾气就会鲜龙活跳的现在我们眼前。虽说是绿林中人的习惯，却是有趣的很。只是如今的人，不及从前绿林的风雅，上流高雅之士都不屑发明绰号，唯有所谓学校者，对于绰号的发明，似乎还肯相当的努力。

记得小时候，在学校读书，同学的里面颇有能文之士，常常镂心刻骨的制造绰号。有一位头扁而面麻的先生，立刻就有人给他土了一个"芝麻烧饼"的绰号，他在体育馆翻杠子的时候，群呼："芝麻掉了！芝麻掉了！"此外可哭可笑的绰号不知道有多少。到如今，有许多的人名字，我都不记得，但是提起绰号来，总还依稀有点影子。

愈古怪的人愈容易有绰号，因为平平常常的人，一人来高，没有什么好玩的地方。唯有希奇古怪的人才好玩。如今好玩的人渐渐的多起来，然而受得住绰号的人不多，所以绰号之风渐渐的式微，惜哉！

本篇原载于1927年7月16日上海《时事新报·青光》专栏，署名秋郎。

# 洗　澡

十四日路透社电，纽约奇热，午后商店闭门，消防队用皮带喷水，俾居民稠密区之孩童浴于其中云云。皮带喷水，大概就是在马路上实行雨浴的意思了。因此我想起夏天洗澡的问题。

我们中国的公共洗澡的地方，似乎比哪一国都来得多。乡村的河渠，不消说是天然的浴池；城市里的浴室也就不少。可见我们国人之注重卫生。可是中国人的澡不容易洗，进了澡堂之后，恐怕没有几小时出不来。因为所谓洗澡者，实是包括许多助兴的材料，例如品茗、吃点心、吃水果、捶背、修脚、挖耳、理发，源源而来的热手巾，擦背，高枕而卧。听说北京有所谓"四项加一捐"者，认定洗澡是消耗是奢侈，所以要收加一捐。像这样的大规模的洗澡，实在也不能不限制一下了。

下等人洗澡当然没有这样复杂。"金鸡未叫汤先热"，"红日东升客满堂"，一池的热汤愈洗愈多，因为每一个洗澡的人要贡献几滴汗珠进去。可是无论上等人下等人，在浴室里都是赤条条的来去无牵挂，百无禁忌！

我替中下等社会的妇女发愁，女浴室还不多，男浴室又不开女禁，只得在家里用个小木盆，把身体分作几段洗浴，简直是盖碗里洗澡——扑通不开。

　　本篇原载于1927年7月17日上海《时事新报·青光》专栏，署名秋郎。

# 让座的惨剧

　　电车里让座，是我到上海来后五个月才发见的一件新闻。至于我自己实行这件美德，那就更是晚近的事了。我愿赌咒说一句良心话：我真不愿意让座，至少我的两条腿真不愿意让座。然而一个人不只是两条腿，所以我终于染了这一件不是从心眼里愿意做的美德。我这个人，又爱多事，没事的时候，喜欢看看报，于是乎知道现今有所谓男女平等运动者。这一来，不打紧，我在让座的时候，心里便有些不安起来。我唯恐不小心，触犯了女性的尊严，同时又叫我的腿白白受了委屈。话虽如此，一个二十多岁的人，骨头是长成了，有什么毛病也很难改，所以让座的这个习惯，我实行了一年多，几乎每天都不能免。日积月累，经验渐渐的宏富了。让座本来是个悲剧，在我这方面是悲剧，也许在对方是个喜剧，然而也有时竟演出惨剧来。容我慢慢道来。

## 一

　　一位中年妇人，看上去很像一位规规矩矩的妇人。因为她的装束，一点也不像上海人的装束。她走上车来，从许多块人肉中间挤来挤去，最后挂在我面前的那个藤钩上了。我当时就想此时不让，更待何时？于是乎，我便极力模仿漂亮的上海人的态度，抽身起来。哪里知道，我的身体离开座位不过才五六寸的样子，就觉得有两半个热烘烘的臀部从四十五度的斜角的方向斜射过来。定睛看时，原来是一位堂堂的大丈夫稳稳当当的坐在那里了。他的胆量真不小，抬起头来看看我。

## 二

乡下人脸上带幌子，一望而知。有一天，我在电车里，看见一位妇人，脸上的乡下人气一点也不曾洗掉，就和前两年的我差不多。后面还跟着一位男人，穿着白夏布大衫，满脸大汗，那大衫的袖口大概只有三四寸宽罢。这一对男女没有坐的地方，同时他们的模样也实在不像有令人让座的资格，所以在电车竟东歪西倒的乱滚起来。其实他们离我还远，不干我的事，不过我本乡下人，不免有同类相怜之意，于是立起身来，喊那个妇人来坐。那妇人和那男子走了过来，看看只空出一个人的座位，那位穿白夏布大衫的人竟不假思索坐下去，那妇人也笑嘻嘻的认为是一个很满意的解决。然而我心中悲惨！

## 三

是一位头发斑白的老太太，又同着一位半老的太太，两位一面上车，一面叽哩呱啦的有说有笑，她们的四只眼睛像老鼠般的左右视察，不消说是寻座位了。我想她虽然是一个老太太，终究是个妇女，似乎也应该在必让之列。于是我又慷而且慨的立起身来。哪里晓得，我尚未完全立起，那老太太早一眼瞥见，作饿虎扑吃状，直扑过来，并且伸出胳臂把我一拨，我险些儿跌到别人的身上去。我当时心想，这位老太太平常不定是吃什么千龄机万

龄机的，否则哪里来的偌大气力？然立定之后，再仔细观察，那
两位太太都挤在我让出的那一个座上了。

　　像这样的惨剧不知有多少！若全写出来又未免太惨了。然
而座还是不能不让的。除非有一天，男女真平等了，谁也不让谁
座，或谁都让谁座，到那时候，惨剧就少了。

本篇原载于1927年7月19日上海《时事新报·青光》专栏，署名李敬远。

# 记黔人之伏虎术

贵州全省多山，重峦深谷间，时有虎迹。山居之农善捕虎，捕必生致之，以术豢养，使之驯，能代耕牛之役。捕时，多设陷阱，诱以饵，使入。既得虎，缚其足而柙之，日按时投以食。食多谷类，稍杂以肉，虎初不欲食，饥甚，始稍稍食之。积数日，知其力已疲，乃以铁锤敲其牙，去之务尽。复剪伐其爪，使平钝如牛蹄，遂缓其缚，而柙则如故。日仍按时给以食，久之渐习，而食有加。察其状，至食尽，若有余求，则故弛柙门而纵之。虎既去，不三日，必复来。盖爪牙既去，不能攫获他兽，即攫获，亦不能啖食也。

农见虎之复至也，初不与以食，虎摇尾乞怜，乃以索系其颈，以曩食食之。唯就食之地无定所，或屋前，或屋后，或屋左，或屋右。赐虎以名，每食，辄指置食方向，呼而与之。久之，虎与人习，解人意，偶训之以简语，则状若倾听，意若领会，前后左右，各知其方。苟执名而呼之，曰某来前，虎即趋而进，曰退后，虎即习而退，左之右之，固无不宜之矣。于是驾之以犁，使习耕，初犹须人之董率也，继唯坐而叱叱使之，无不如命，且力强而性奋，无牛之惰，有牛之功，故农不畏之，而转喜之也。日之夕矣，牛羊下来，耕虎杂其中，彳亍偕行，牛羊与虎，固耦俱无猜也。

本篇原载于1927年7月19日上海《时事新报·青光》专栏，署名赵振甫。

## 何前恭而后倨也

前些天接到一封信，内容如下：

秋郎先生：

　　拜读《青光》，钦拜无似！

　　兹奉上拙稿未是草《西人目中之华兵的反响》一则，乞斧政后，赐载贵报隙地！不胜感感！此上，即请撰安！

张锄奸上

十六．七．十六

通信处：本埠新北门内张锄奸收

函内附着张先生的"未是草"。洋洋三四百字，而别字极少，只有"辩护"的"辩"字误作"辨"字，不通的词句也不多，仅有一二处该"斧政"。《青光》虽然有的是"隙地"，却始终不会"赐载"。理由很简单，《青光》的篇幅是有限制的，有许多文字通顺的稿件还不能不割爱呢。

　　本月十八日，在一种尚未取缔的小报上，发现这一位锄奸先生的一篇东西，大致如下：

## 银样镴枪头之《青光》

……想着《青光》是《时事新报》的喉舌，谅来敢登我这篇

文字的……谁知等到今日，竟如石沉大海……莫非秋郎怕

事，给那帝国主义者吓倒了罢？……莫非秋郎与我不相识……将

那篇东西连信封也未拆，搭起有地盘主笔的架子，将来一箍脑儿

丢下字纸篓里去了。这真是冤枉！我瞎胡猜，《青光》绝不会做

银样镴枪头的呀！

今特正告这位锄奸先生：足下真是"瞎胡猜"，"《青光》

绝不会做银样镴枪头的"，因为足下曾经"拜读《青光》，铁佩

无似"了。

本篇原载于1927年7月20日上海《时事新报·青光》栏，署名秋郎。

# 一　颗　星

昨天午后，烈日当空，街道旁有许多人仰着头看天，张着口，把颈子伸得长长的，好像天上要掉下馒头来似的。又听见许多皱着眉的人说："这可不好了，这可不好了。"我便疑心那些仰观天象的人或者是在"忧天崩坠"，那么和我也有一点关系了，于是我也抬头看，只见深蓝的天，黏着几缕白白的云。

后来听人家说，天上发现了一颗星，有人说有碗口般大，有人说有烧饼般大，又有人说有令人不敢信的那般大。不过天上发现了一颗星，是许多人却认为是真的一回事了。

国粹派的天文家说，白天发现一颗星，并且那颗星有如此如此之大，恐怕是不祥之兆。心直口爽的人说，这简直是刀兵之象。如其这颗星真是有这样重要的意义，我觉得这颗星不该在昨天才发现，并且也不该只是那一颗星在昨天发现。

本篇原载于1927年7月20日上海《时事新报，青光》专栏，署名秋郎。

# 剪　发

　　这几天闸北常闹剪发风潮，乡下老儿的发辫常常无端的被群众剪掉。乡下老儿脑筋简单，心想一毛一发受之父母，岂敢毁伤？并且小辫儿长得好好的，不曾犯罪，一旦剪去，未免心痛。所以当小辫儿被剪之际，掉几点老泪，甚或咧着大嘴哭一场，似乎也是不可少的表示。

　　上海的群众之所以要剪人家的小辫儿，理由更充足了。我们中国是文明的国家，世界文明各国人民，未有有小辫者也，然则我们文明的中国人岂可有小辫乎哉？你不剪，我替你剪！

　　我们中国自从文明以来，也有一二十年了，居然还有没剪掉的小辫儿长在人头上。有志之士，当然要感慨了。这尤其是在如今解放的时代，女子都争先恐后的把头发剪去，男子反倒垂着辫子，这岂不贻笑巾帼吗？

　　剪也好，不剪也好，不过有一节要记取：把小辫儿唤作"豚尾"，那原是不开眼的帝国主义者的口吻，我们自家人就不妨客气些，免得徒快一时之意，连累到我们自己的从前的家长。

　　本篇原载于1927年7月21日上海《时事新报·青光》专栏，署名秋郎。

## 理想的 "饭碗"

　　前代青年人的快心事是："洞房花烛夜，金榜挂名时。"现代青年人的快心事是：不用多大的学问而找到一个理想的"饭碗"。有人以为这不是一件易事。其实也并不难。这如同找理想的配偶或任何理想物一样，"踏破铁鞋无觅处，得来全不费工夫"。距离舍下不远的地方，就有好几个理想的"饭碗"出张所。

　　所里的先生们虽没有多大的学问，可也没有梢公们作揖打恭，颠头簸脑那样卖力；也没有堂倌们不出大门，日行千里那样辛苦；又不必像医师们起半夜，睡五更；更不必像律师们那样劳心苦虑，舌敝唇焦。他们不过一举手一移步之劳，就有人拿白花花的银币送上门来。休息的时间也很频数，若和每小时休息十分钟的课堂生活比较起来，有过之而无不及，确实合乎理想的卫生条件。

　　他们的职业环境——无论是物质的或是精神的——也不错。夏有电扇，冬有暖炉，坐有软垫，看有报纸；没事的时候，抽抽烟卷，看看马路，听听鸟语，嗅嗅花香，在红尘十丈之中，也算一个清凉的世界。和他们往来的人物中，有美人，有英雌，有哲人，有博士。对于美人与英雌，他们虽仔细端详，饱餐秀色，却没人拿问他们侮辱女性之罪，对于哲人与博士，他们也不妨施行五权宪法中之一权，寻些题目，口试一番。若是答案不满意，或态度骄矜，语言无味，他们会举起双拳，把被试者结结实实教训一顿。被试者若吃不住这一顿拳头，至多也不过请求罢手，断不至有还拳的轻举妄动。所以捧这个饭碗的人，精神上也是愉快非常，若能捧上十年，定可延寿一纪。

他们的收入，与所长（也就是所主）四六分摊。食，住，有时衣之一部分，由所长供给。所长富于德谟克拉西精神，与所员平等合作，兄弟相称。所员们的待遇一律平等，就是所长的干哥或所长夫人的介弟，也别无优待条件。他们的贵业从未演过罢工流血的风潮，也不至于演中华书局最近演的那一幕。偶尔有人失业，也不难独立营生，或简直独树一帜，自立为所长。总而言之，这个饭碗充满了家庭工业时代的一切优点，毫不沾染工业革命的一切弊害。

据说，拣这饭碗的人都是优秀分子，虽然没有多大的学问。他们除正业而外，都有副业。他们的副业不是唱歌便是弄乐器。歌喉的圆润，只有顾夫人颈上挂着的那串珠子可以拿来做比方。每当月白风清，管弦竞奏的当儿，凡在十步以内的居民，无不被他们珠圆玉润的歌喉所吸引。叫座力之大，就叫老谭复生，也要活活气死。

当他们披上那件特制的白色外褂时，很有医师的架子了。若再戴上一个呼吸隔绝器，俾执行职务时不与光顾者交换气流，那就活像一位医师，而光顾者恐怕更要踊跃呢。

他们的外貌，固然有医师般的尊严，而头衔也与医师、药剂师、画师、雕刻师、工程师、律师、会计师，或其他大师一样华贵。他们若是愿意，很可以在名片的右上角乌溜溜的印上这样一行宋体字："某某理发所理发师"。

本篇原载于1927年7月21日上海《时事新报·青光》专栏，署名希腊人。

## "竞学"大纲

前因"猥亵"被法庭处罚之《新文化》，又出了一本第五号，谨钞其重要之点，拟为大纲，以为关心风化者之参考。

（一）提倡大奶的理由：（1）"礼教已经死好久了"；（2）"束奶女子食饭仅能一碗"；（3）"奶的表现使女子加上一层之美……引起社会——尤其是男子——的兴趣……使男子见之不但有性念，而且有种种的美趣了"；（4）"使世人随意可以鉴赏"。

（二）"耻骨缝最高点即丹田"。（是故丹田呼吸即耻骨缝最高点之呼吸。注意：一个"点"也可呼吸的！）

（三）"……"。（记者注：上文系李君钞自《新文化》者，因风化所关，只得删去。）

（四）"性育通讯本……为最有趣味的文字，但因当局方面……不能公开讨论，但私下仍继续进行"。

（五）"复辟也可研究，共产也可研究"，"某推事也知我全系研究态度"。

（六）"他们不知我与汪君精卫的历史"。敬远曰：从实招来！

（七）"恕我这遭不自己创起，只会剿窃"。

（八）"新郎……应穿一种童子军装束"，"新郎新娘与来宾且舞且歌"。

（九）"究竟《新文化》淫不淫？连作者也不能明白了。"

（十）"努力于译述文学、美术及科学等名著，以增高我们美的书店的位置！"敬远曰：在未努力之前，美的书店的位置如何？不高！不高！十分的不高！

本篇原载于1927年7月24日上海《时事新报·青光》专栏，署名李敬远。

# 狗

　　北方的下流社会的人，常有一种高尚的习惯，喜欢提笼架鸟。上海的似乎是上流社会的人，也常常有一种似乎是高尚的习惯，喜欢养狗。我常看见穿洋装的中国人，手里牵着一条纯粹的洋狗，或穿中国衣裳的中国人，牵着一条纯粹的中国狗，招摇过市。狗的种类繁多，有的比人小一点，如巴儿狗，有的比人还强健一些，如纽芬兰的猎犬。养狗的人与狗，很有互相爱慕的表示，一个伸手抚弄，一个就会摇摇尾巴。于是我便渐渐的觉悟，"鸟兽不可与同群也"这一句话，不一定是圣人说的。

　　听说最喜欢养狗的人，是外国的妇女。我可不晓得是什么缘故。有人说外国人喂狗的东西是红烧牛肉，我倒不敢深信，不过有时比你我吃的好些，却也有的。我总以为养狗的根本理由，便是家里有富裕的粮食。

　　爱养狗的人自管关起门来养狗，不关旁人的事，不过狗的主人总宜稍尽管教之责，不可放狗在弄堂里和来往行人赛跑。这倒是与狗主人的名誉略微有一些关系的事。

本篇原载于1927年7月27日上海《时事新报·青光》专栏，署名秋郎。

## 再记北方人之毁身求财

北京红果行，仅在天桥者一家，以呈部立案故，他人不得开设。相传清乾嘉时，有两行，皆山东人，争售贬价，各不相下；继有出而调停者，谓："徒争无益，我今设饼铛于此，以火炙热，能坐其上而不呼痛，即任其独开，不得争论。"两行主称善，依其法实行。此设于天桥之行主人，即解衣坐之，火炙股肉，须臾，两股焦烂，倒地而死；而此行遂得独开，呈部立案，无异议焉。北京又有甲乙二人，以争牙行之利，结讼数年，不能决最后，彼此遣人相谓曰，请置一锅于室，满贮沸油，两家及其亲族分立左右，敢以幼儿投锅者，得永占其利。甲之幼子方五龄，即举手投入，遂得胜。于是甲得占牙行之利，而供子尸于神龛。后有与争者，辄指子腊曰："吾家以是乃得此，果欲得者，须仿此为之。"见者莫不惨然退。

京北郊外，有争烧锅者，相约曰，请聚两家幼儿于一处，置巨石焉，甲家令儿卧于石，则乙砍之，乙家令儿卧于石，则甲砍之，如是相循环，有先停手，不敢令儿卧者，为负。皆如约，所杀凡五小儿。乙家乃不忍复令儿卧，甲遂得直。

本篇原载于1927年7月27日上海《时事新报，青光》专栏，署名赵振甫。

# 寻 丫

　　昨天《青光》刊载《徐志摩寻丫》一文，徐先生特别要求，"人"字要倒排。我于谨遵台命之余，心里便很疑惑，为什么好好的一个人要两脚朝天做出一种很不规矩的模样？

　　有人说：一个人若有了被人寻的资格，除了小孩看提灯会被人挤散遗失以外，多半是做下了什么卷款潜逃、负气失踪的勾当，这种人当然是有一点神魂颠倒，所以"人"字倒排，盖亦象形之意。如其这种解释可以相信，如其倒排的"人"字即是表示神魂颠倒，恐怕"人"字不该倒排的时候是很少的罢！据寻过人的人说，"人"字倒排，很有理由的，因为"人倒了"与"人到了"声音相同，寻人而人到，岂不是如愿以偿？所以为吉利的缘故，"人"字要倒排。这就如同袁世凯称帝时不准人民说"元宵"二字（因"元宵"与"袁消"同声），同样的发生于一种哲学之下。

　　但是在上海寻丫，有特别的困难，有时候你知道一个人的住址是什么路什么里什么号，你就是干找不着。顶长的一条马路，两尽头处才有一块五十尺外看不见的牌子；立在弄堂口外的巡捕不一定知道面前这条弄堂叫什么名字；门牌有大牌有小牌，有新牌有旧牌，有时有ABCD的区别。寻人谈何容易！

　　传说金圣叹白昼打着灯笼在街上走，人家问他做什么，他说："寻人！"如今在上海寻人，恐怕也要非打灯笼不可了。

本篇原载于1927年7月28日《时事新报·青光》专栏，署名秋郎。

# 挑痧匠

　　如今的社会，是工作太多，人才太少，所以理发师于理发之余也要兼营挑痧匠的职务。老实说，理发师穿着白布褂子，奏刀弄剪，那一股神情的确也是有一点像医生，所以理发师兼挑痧匠，就外表来观察，也还勉强过得去。

　　但是挑痧与理发究竟是还有不能尽同之处。理发即是稍微蹩脚一点，把人家的脑袋收拾得像老窝瓜似的，甚而至于把眉毛剃下来，都还算是小错。挑痧则不然了，你若不管三七二十一恶狠狠的一针向病人心窝里一刺，好，痧倒是挑了，人可也是死了。这样一来，就算是犯了杀戒。

　　理发师而可以挑痧，固然可惊，而痧之可以"挑"，更为可惊。一个人病了若是不想活，旁人当然也很难挽留，不过求死的方法多端，一定要请挑痧匠来向未死的尸身刺两下，我不懂是怎样的一股思想。

　　挑痧匠至此将严重抗议曰：许多患痧的人并不是死于我们挑痧匠之手，你为什么单提出挑痧匠来挖苦？我将告诉他曰：谁叫你不老老实实的理发，反而担任这宗你力不胜任的兼差？

　　本篇原载于1927年7月29日上海《时事新报·青光》专栏，署名秋郎。